DEAD STOP

安珀警報

芭芭拉・妮克莉絲 BARBARA NICKLESS

顏湘如 譯

獻給奈兒・安德森・史戴佛，是她給予我對文字的愛

他帶了什麼回家

她丈夫從戰場帶回家的東西不多。

被沙漠風吹得褪色變軟的背包。兩枚銀星勳章。一枚銅質英勇勳章。晉升的官階。因為瞇著眼睛注視無情的太陽而在眼周烙下的一組白色皺褶。他還帶了一條微跛的右腳回家，天氣一變壞就需要拄枴杖。

但他畢竟回家了。

這一點，加上他在妻兒身上新找到的快樂，讓珊曼莎．戴文波覺得自己是這世上最幸運的女人。

但班恩．戴文波從戰場帶回家的東西也有較陰暗的一面。

噩夢。易受驚嚇。駕駛時，即使車流與道路狀況允許，也堅持要開得更慢一點。偶爾會忽然暴怒，然後喝威士忌喝上一整晚，接下來的沉默鋒利得有如自殺的刀刃。

有時候他會露出一種遙不可及的眼神，讓她無從接近。

在那種時候，珊曼莎會懷疑丈夫真的回家了嗎？

這一切，班恩的么女都毫不在乎。爸爸就是爸爸，八歲的露西全心全意地愛他。

那個星期五，六點五十五分，露西走進廚房，母親正站在爐邊煎肉。在戴文波家，全家人一定要一起吃晚餐，沒得商量，不管事情有多麼亂糟糟，不管露西的兄弟怎麼抱怨太晚吃或太早吃得太快（依據晚餐安排的時間而定），也不管爸爸有多累、狗生病了，或是哪個小孩隔天有作業要交。媽媽經常出差在外，但只要她沒出遠門，他們就要一起吃飯。

就在時鐘的分針移到十二那一剎那，外面車庫門匡啷匡啷開啟，車子駛入時引擎隆隆作響。

「爸爸回來了！」露西大喊一聲，隨即跑去蹲在一張餐椅後面。這是遊戲的一部分。

片刻後，她父親隨同一波熱浪從廚房門走進來，身上夾帶著被太陽曬焦的草味與熱烘烘的柏油味。他把公事包往椅子一丟，太陽眼鏡放到流理台上，對妻子咧嘴一笑。

他體格魁梧，身高一米九，胸膛寬闊。理著和軍人一樣的短髮，面色和善但嚴肅——露西發現，即使在生日派對和烤肉聚會時也不例外。

「外頭簡直像烤箱。」他說。

她母親將上身退離爐子去親他。「聽說今晚還會下雨。」

「謝天謝地。」

他手指拂過她的肩膀，然後轉身打開冰箱東翻西找，最後拿出一只綠色瓶子，彈開瓶蓋灌了一大口。

「今天工作怎麼樣？」露西的母親問道。她每晚都會問同樣問題，有時候露西聽得出母親的口氣有些不一樣，像是藏著一樣尖銳的東西，彷彿被遺忘在地毯裡的針。

「我想想看。我們新到了一批辦公用品。網路當了兩個小時。愛蜜莉的午餐帶了韓國泡菜，妳有聞過那噁……東西的味道嗎？真是痛苦死了。就跟平常一樣刺激。」

她放下湯匙。「你是想說平淡無奇吧。」

露西父親喝了長長一口。「還好啦，珊。」

「戰鬥是你的一部分，我知道你想念那種感覺。」

露西多少知道，這些話就是偷偷插入的針。

父親放下啤酒摸摸母親的臉頰。「我在那邊對你們的想念比這個多上不止一倍。我沒事，珊。」

珊曼莎將臉轉入丈夫的掌心，他順勢將她拉近。兩人保持這個姿勢好一會兒，肌膚在夜晚燈光下泛紅。這讓露西想起去年夏天，他們在法國博物館看到的雕像：「吻」。就好像天地間只有他二人存在，好像原本就該如此。

後來父親退後一步，微笑說道：「那妳今天過得怎麼樣呢，心愛的？」

母親重新拿起湯匙。她身材高挑，一頭深色長髮，還有一雙曾被雜誌作家形容為充滿靈性的褐色眼眸。她是知名攝影師，以拍攝母與子為主。家裡掛滿了她為露西兄妹們拍的照片。

「鬧脾氣的嬰兒，」母親說：「煩躁的母親。我還去了工廠，為下個月的藝廊開幕展多拍了幾張照片。」

「沒有什麼奇怪的傢伙躲在背後？」

她的眉毛皺在一起，那形狀讓露西想到鳥的翅膀。「沒有。傑克也沒看到什麼。也許只是我太神經質。」

爸爸點點頭，但不像是認同她的說法。露西覺得媽媽的助理還算可以，但她很確定爸爸一點也不喜歡他。「妳行李準備好了嗎？」

「差不多了。凌晨四點實在太早。」她一手握住頸後的頭髮往上抬。「我會想你的，班恩・戴文波。」

他拉起她的雙手，鬆開她的頭髮，將鼻子貼入長長的髮絲間：「兒子們呢？」

「在樓上做功課。」

「那就只有我們倆了。」他伸手摟住她。

「爸爸！」露西大喊。

父親對母親眨眨眼。「妳有聽到老鼠叫嗎？」

「爸爸！」

「又來了。那隻小田鼠。我還以為我們把牠趕跑了。」

「我什麼也沒聽見啊。」母親帶著微笑說。

「爸—爸！」這回露西跺著腳喊。

爸爸視線往下移，直到與露西四目交接。

他抖了一下。

露西抬起下巴，高舉起書。「時間到了，爸爸。」

母親叉起手來，但不是生氣媽媽的模樣。「吃晚餐以前，你們還有二十分鐘。」

進了圖書室——其實是起居室，不過露西和父親都稱之為圖書室——露西抓起波波，等著爸爸開燈並坐到他最喜愛的椅子上。隨後她吵著要坐到他腿上，縮在他懷裡，她的填充玩具猴子則抱在自己腿上。父親身上有白天的熱氣，彷彿空調屋內的一絲陽光。他也有辦公室的味道：除了紙張和滯悶空氣味，還有菸味和一丁點油味。有油味表示他當天進過火車調車場。

「你中午吃花生醬。」她說。

「是沙嗲。」他邊翻開書邊回答：「花生醬沙嗲雞。比韓國泡菜好吃多了。我們唸到哪裡了？」

他唸書的時候，胸腔在她耳朵底下發出低沉的呼嚕聲。《獅子、女巫、魔衣櫥》。她的最愛。同樣重要的是母親就是以書中小女孩露西．佩文西的名字替她取名。勇敢、誠實又善良的露西。

從西窗看出去，雲層逐漸聚集。母親告訴過她，七月是科羅拉多的雷雨季。「我在紐約的時候，這裡可能會有暴風雨。」她這麼說：「但別害怕，那只是上帝在重新分布雲層。」

父親唸到白女巫時，露西看著天空開始變黑。她可以看到他們的倒影在玻璃中飄浮。窗子是個神奇的世界：同時容納她與父親坐著的屋內和樹木開始狂抽猛打的屋外。遠處傳來火車鳴笛聲。父親熱愛火車。如今不再是軍人的他就在那裡工作，在寫一本關於鐵路的書。不過鳴笛聲總會啟動露西內心一種遙遠而哀傷的感覺。

一道銀色閃電劈空而下。露西打了個哆嗦。

爸爸打住不再唸書。「火車嗎？」

「不是。」她想勇敢一點。「也不是因為閃電。」

她壓制身體直到微顫平息下來，然後抬頭指向窗戶。「我們可以去那邊嗎？」

父親順著她的目光看去。「外面？當然可以，先吃晚餐吧。等風雨過後我們可以出去散步。」

她搖頭。「不是，你看，有看到我們在窗戶裡嗎？」

爸爸坐起身來，將坐在腿上的女兒挪動一下，瞇眼望向窗玻璃。「看到了，露西。」

「你也看到樹了嗎？」

「看到了。」他嚴肅地回答。他總是很認真看待女兒的想法，但她能感覺到他的笑意。

「那是個神奇的地方。」露西說：「一個中間地，就像魔衣櫥一樣。」

「我們要在窗子裡做什麼，露西鵝？」

聽到父親喊這個小名，她直視他的臉。打從她上幼稚園，父親就不曾叫她露西鵝，而如今她都已經是小三的大孩子了。

「我們會找到一些東西，」她說：「特別的東西。就像在納尼亞的露西。」

「那好啊，露西鵝。」

她重新垂下眼簾，抱住波波。「媽咪一定要去嗎？」

「只是幾天而已。」他抬起女兒的下巴。「妳在擔心什麼？」

但露西搖搖頭。她總會看見一些有的沒的，她的老師們都這麼說。「我沒有害怕。」

一道黑影遮斷了廚房的燈光。

「義大利麵煮好了，你們兩個，」母親說：「來吃吧。」她走到樓梯底端，朝樓上喊兒子吃飯。

爸爸把她從腿上抱下來，讓她站直。「我們能一起用餐嗎，夫人？」

她挽起他伸出的胳臂。「當然了，老爺。」

晚餐時的騷動失控一如平日。伴著雨水拍窗的聲音，明亮的廚房裡鬧哄哄，露西的哥哥爭相對父母講述當天在科學夏令營發生的一切。他們這對雙胞胎已經是大孩子，明年就要念中學了。布萊恩正在說他們怎麼用吸管和線製作氣球火箭，揮舞的手不小心碰到水壺，把它打飛出去。

果汁四濺。母親起身去拿抹布，爸爸和布萊恩則蹲下來撿拾玻璃碎片。她父母不會因為這種事生氣，只會處理善後。露西去過朋友家，才發現別人家有多不一樣。

就在這兵荒馬亂中，門鈴響了。

「孩子們，誰去開門一下。」母親說。

但兩個哥哥正忙著爭辯是誰打翻水壺，露西便起身離開廚房走向玄關。她轉過轉角後，廚房的燈光暗去，前門從黑暗中顯現。從大門旁的窗子看出去，暮色柔和地籠罩著。暴風雨停了，天空裡亮起一顆星星。

遠方又傳來另一列火車的鳴笛聲。露西在走廊上停下來，一手平貼觸感涼爽的牆面，一腳抬起，彷彿不敢落地。

門鈴再次響起。

「露西！」媽媽喊道：「那是卡拉，她要來借攪拌器。幫她開門好嗎？」

走廊變長，也變暗了。大門陰森森地迫近，黃銅門把在漸暗的燈光裡閃閃發光。

露西回頭瞄一眼圖書室，書和波波還在椅子上。

按門鈴的人開始敲門。

「就像魔衣櫥一樣，」露西喃喃低語：「別害怕，是獅子亞斯藍在等妳。」

也可能是白女巫，不知從哪來的聲音說道。

露西的手抓住門把。

別開門，那個聲音說。

「露西！」媽媽喊道。

她的大拇指按下門把按鈕，接著將門拉開。

第一天

1

只要一有機會，記住了：要抓緊生者。別和死者打交道。

——薛妮．帕奈爾，私人日記

她的死狀並不好看。

我站在微冷黎明前的鐵軌旁，拿手電筒照射運煤車廂車輪間的陰暗空間，盡可能在屍體狀況允許下進行評估。跳軌的是一名成年白人女性，大約三十後半，儘管有些年紀，而且血跡斑斑傷痕累累，漂亮的臉蛋仍十分吸睛。

至於其他部位，毫無一絲美麗可言。

我關掉手電筒，放入勤務腰帶的套環中，兩手插進鐵路警察制服的口袋，任由黎明前輕柔灰濛的空氣包覆全身。我的警犬夥伴克萊德坐在一旁緊貼著我，抬頭注視我的臉。牠身體的微顫沿著我的腿往上傳導。

那是對死亡的恐懼。

是戰爭留下的禮物，和鬼魂一樣。

我抽出手蹲了下來，讓克萊德能與我平視，然後將牠的嘴套微微往上挪。

「我們情況還好。」我對牠說。

牠端詳我的臉，片刻後便不再顫抖。我放開牠，與牠頭靠著頭緊貼在一起。

火車另一邊的某處，有隻草地鷚對著幽暗天色傾吐晨曲。有個小東西窸窸窣窣竄過草叢。兩三百米外，從列車車廂間隱約可見南普拉特河水輕拍河岸。清晨一大早，市區顯得遙不可及，彷彿只是號稱而非實質的存在，公路上的車頭燈則有如另一個銀河系燃燒的群星。對我和克萊德而言，此刻正是可能與不可能之間的隔膜細薄如絲的時候。

黎明是屬於鬼魂的時段。因為在接近黑暗的漫長消沉時刻，當太陽只是個謠言，有可能永遠不會綻放光芒，我們最無法容忍自己的罪咎。

從戰場回來以後，我便一直為鬼魂所擾，心理治療師說那是關係妄想，是創傷後壓力造成的，是我不肯放下過去。但我相信一位海陸同袍說的，鬼魂是我們的罪惡感。有很多陸軍與海陸士兵都會看見鬼魂。我那位袍澤信誓旦旦地說，到最後日子總會過下去。

此時，我的目光小心地移回鐵軌，落在一堆模模糊糊、表面光滑的東西上，那是一名曾經美麗過的女子，如今卻只剩支離破碎的骨頭和模糊的血肉。除了一綹散落的深色頭髮之外，她文風不動。

「沒有鬼魂，克萊德。看見了嗎？」

克萊德噴了噴鼻息。

我心想，不知跳軌者有沒有留遺書給家人，隨即又想到，不知她有沒有家人，也不知他們若事先知道她有此意圖，能否挽救得了。

丹佛這個大都會區佔地將近一萬兩千平方公里，人口超過三百萬，她怎會找到這個偏僻之處？她會來到這個地方是出於巧合或是計畫？三更半夜，這裡根本不可能有人碰巧路過，適時阻止她。而她選了一個剛好被鐵軌彎曲幅度遮住，直到火車頭通過高架橋、過了彎之後才看見她的地方，又是因為巧合或是計畫好的？

「妳真的這麼想死嗎？」我問屍體。

克萊德低哼一聲。

我搔搔牠的耳後。「好，我知道。」

我和克萊德是在半個小時前抵達鐵軌處。我看見（支離破碎的）屍體後，朝鐵軌跨出一步，轉眼間便繞過半個地球，在伊拉克的沙塵與熱氣中，將死亡海陸戰士的屍塊放上貨車後面的冰櫃。

多虧克萊德不停地磨蹭才將我帶回現實，此時的我正蹲伏在這段寧靜軌道附近的地上大口大口地喘氣。

先前，我和克萊德協助丹佛警方追捕一名殺人犯，調查過程中累積死亡人數多得駭人（無論是無辜受害或為非作歹的人），在那之後我便應上司要求接受心理諮商，至今已有五個月。即使這段療程對於閃回、作噩夢與出現鬼魂等現象並無幫助，但我至少逐漸擺脫了止痛藥與安定文、香菸與自責，努力地重拾清晰的腦袋與心安理得，回到從前的自己，當我所相信的一切尚未在不知不覺中先後被戰爭與調查工作侵蝕之前的自己。

然而，過往當然始終都在。

克萊德表現得更好。從伊拉克回來以後，牠就數現在最機敏、狀況最好，黑褐相間的比利時瑪利諾犬毛光澤亮麗，雙眼炯炯有神。追捕犯人期間受到的傷害，對牠而言只是一次不好的回憶。

牠又蹭蹭我。開工了，海陸戰士。

「沒問題，」我對牠說：「別讓我拖慢你的速度。」

閃爍的紅藍燈光穿透我身後的黑暗，接著有輛車駛到一個緩坡頂的路邊停下。車門打開又關上，幽暗中傳來兩個男人輕聲交談的聲音。大概是接獲我通報趕來的警察和這輛列車的駕駛。方才我打發了司機員到馬路上去攔巡警，也讓他遠離自己無意間造成的死亡現場。

我聽見下坡的腳步聲，轉過身去。一道手電筒的光束跳躍、穿梭，從我和克萊德身上閃現過後落到地面，最後停在從逐漸淡去的星光中赫然現身的列車側面。

「妳就是通報的那個假警察？」一個年輕男性的聲音問道。

「我是特別探員帕奈爾。」

我沒有因為他的用詞動怒，因為我的工作內容，往往連其他警察也弄不明白。鐵路警察雖是替民營公司工作，卻也和受雇於政府單位的警察一樣，是經過治安警員標準與培訓認證的第一級執法警察。我們有州政府與聯邦政府的授權，可以巡邏、查案、逮捕嫌犯，不管是不是在鐵路公司的產業範圍內。

我等候著桑頓警局第一位到達現場的人員慢慢走向我。逆著他的手電筒燈光看去，他看起來頂多二十二、三歲，這恐怕是他第一次看到跳軌的人。我心裡不禁閃過一絲同情。

他的燈光照在我臉上，停留稍久了些才放低。我眨眨眼，消除殘像。

「我是凱茨警員。」他說：「是妳發現的？」

「對，是個女人。」我們握了手。他沒有理會克萊德，克萊德也以眼還眼。

「警探們已經上路了。」他說：「我們就先來看一下吧。」

「我要是你，會留給別人去做。」

我們說話之際，太陽已緩緩升上地平線，灰濛中滲出一道淡薄光輝，使我更清楚看見他的五官。紅潤膚色配上藍眼，警帽底下一頭金髮，隱約可以聞到淡淡的古龍水味。凱茨警員長相俊秀、體格健壯、充滿自信。

聽了我的話，他皺起眉頭。

「妳第一次看屍體？」他問道。

「這個嘛……」

他幾乎像是要拍拍我的頭。「第一次總是最糟的。」

「的確。」我說：「就當作是犯罪現場吧。小心她的腿。就在你右邊十公尺。」

他頓了一下，但隨即爬上緩坡朝鐵軌走去，靴子踩在碎石上吱嘎作響。他蹲下來，手電筒往煤車底下順著鐵軌掃射。

「這是……」他話說到一半，接著才補上：「媽的。」

我抬起臉迎向清涼濕潤的空氣。星群已經消失。旭日從列車另一邊朝我們射來鋒利的光芒，可以大膽揣測這個七月天將不會好過。丹佛正受到一波破紀錄的熱浪侵襲，夜裡還降下傾盆大雨，不只浸濕土地，還因為排水道排水不及，讓整座城市變成一片沼澤。民眾發現天氣驟變加上犯罪率上升，丹佛簡直就像剛果了。

我身後有車燈掃過，又有一輛車停下。接著又是車門聲，說話聲。是男人，在嘮叨抱怨。是警探們。

這時有另一個聲音擾亂了清晨的寧靜。那位巡警好不容易走到離鐵軌十米外，終於還是把早餐吐到草叢中。

「第一次總是最糟的。」我說。

兩名警探都是睡眼惺忪的老前輩。法蘭克．威爾遜：身高一米八，過度肥胖，頭頂漸禿，臉色灰白又滿臉皺紋，活像一張揉皺的報紙。另一個是艾爾．葛雷希諾：年輕了幾歲，身高超過一米九，臉色紅通通，身材壯碩，可能有心臟疾病而略顯浮腫。

他們拿出警徽晃了一下，與我握過手後，威爾遜問能不能也和克萊德握個手。克萊德應允了。

「你長得真好，」威爾遜對牠說：「瑪利諾犬，對吧？聰明的傢伙。」

克萊德十分得意。

「菜鳥怎麼了？」葛雷希諾豎起拇指朝凱莰比了一下，只見他還彎著腰站在草叢中。葛雷希諾提高嗓門說：「喂，這個跳軌的嚇破你的處女膽啦？」

凱莰沒有轉身，卻是比出中指。

「他是吃壞肚子。」我說。我欣賞他的膽量。

葛雷希諾哼了一聲。

我將我知道的訊息告訴他們。列車在三點五十八分往南行駛時，司機員發現這名女子站在軌道上。當時列車時速八十公里，並未違規，駕駛是在警示照明燈的強光中看見女子。列車過彎後，與女子的距離約莫兩百米，駕駛鳴笛並緊急剎車，但女子並未移動，想要避免撞擊是無望了。列車又開了將近一公里半之後才終於在尖嘎聲中停止。他呼叫調度台，調度員便通知執勤的我。

我隨後到停車處找到司機員，很快地做了酒測，同時打電話向桑頓警局報案並叫了救護車。我取出列車影像記錄器與事件記錄器的硬碟，將列車長留在車上之後，與司機員來到這裡。我發現這名女子後，沿著河邊步道上下各走了三米左右，以確認沒有其他屍體。這是標準作業程序。

我省略了閃回的部分。

威爾遜朝山坡上的車輛點點頭。「那輛 Lexus 查過了嗎？」

「登記在珊曼莎・戴文波名下。她住在華盛頓公園那區，三十八歲，沒有通緝或違規紀錄。我收到的形貌特徵和我從屍體看得出的部分吻合。」

「妳從那團模糊血肉看得出什麼？」葛雷希諾問。

「她的臉。」我輕聲說。

他轉頭去看。

「華園？」威爾遜揚起一邊眉毛說。

華盛頓公園是丹佛較高級的社區之一，交通順暢的話要開四十分鐘車程。華園居民通常不會成為列車輪下亡魂。當富人選擇死亡，他們會關上門偷偷地來。

「Lexus的門上鎖了。」我說：「車內很乾淨，我用手電筒往裡面照，只看見一副太陽眼鏡、一件女用短雨衣和一隻襪子猴。」

「一隻什麼？」

「填充玩偶，是小孩的玩具。」克萊德也有一隻，但我沒提起。我和克萊德有我們自己的祕密。

葛雷希諾轉向我。「為什麼要開四十分鐘的車來跳軌？」

「如果你想要這種死法，」我說：「沒有比這裡更好的地方。不會有人制止你。」

威爾遜點點頭，好像內心有所領悟似的。「這裡的確算是寧靜，是野餐的好地方。就在河邊那裡。」

「你要我啊？」葛雷希諾怒瞪搭檔說：「你是信奉什麼天然佛教秀逗派嗎？這種死法太可怕了，不管是在這裡還是哪裡。」

太可怕了，的確。

「等你們準備要分解列車，把她拖出來的時候，告訴我一聲。」我說：「我會找技術人員來。」

列車駕駛迪克．魏斯比站在鐵路公司配給我的「福特探險者」旁邊，一腳抬起抵著車身側踏板，嘴角叼著一根菸，菸灰變得長而鬆軟，他卻渾然不覺。那件丹佛太平洋大陸公司（DPC）的褐色外套穿在他身上，有如鬆垮的皮膚。

「又會是炎熱的一天。」和克萊德一同走近時，我盡量以平常的口吻說道。

迪克嚇了一跳。他的手摸向香菸，將菸從嘴裡取出，彈掉菸灰後清清喉嚨。

「妳說什麼？」他問道。

我不再假裝沒事。「搞砸的一天。」

他舉起香菸，吸了飽飽一大口，將肺葉充滿。

「而且才剛開始而已。」他說道，兩眼空洞無神。

迪克長得很高，頭髮已漸稀疏，他因為操作火車，手臂的肌肉猶如盤繞的繩索，雙手的皺褶裡老是沾染黑油，指節粗大，眼周的皮膚也因為四十年來凝視著機車窗外而滿布皺紋。我看過迪克笑到掉淚，看過他生氣到面紅耳赤，在某個退休歡送會上看他喝醉過一次，也曾逮到他在一次長途駕駛後精疲力竭。

但我從未見過現在這樣的他，就跟軌道上那個被肢解的女人一樣體無完膚。

「很遺憾，迪克。」我說。

「天哪，那個聲音。」迪克用手臂抹過眼睛。「那個聲音讓人永遠忘不了。像絞肉機一樣。」

這話我聽其他司機員說過。我感到很驚訝——脆弱的人體撞上火車頭竟也能發出抗議的聲音。

「總部那邊已經在組醫護隊，他們會幫忙的。」我說。

「當然了。我……」他的香菸又放進唇間。

「怎麼了？」

他搖搖頭，吐出煙來，但眼裡顯然有千言萬語想說。

「你值班的時間，」我說道：「幾個小時了？」

他猛然覺醒，抬起眼睛，那眼神銳利得能鑽地。「我沒有睡著，甚至不覺得累。」

「我必須要問，迪克。」

這句話有幾分真幾分假——無論鐵路公司或聯邦政府都不會追查疲勞引起的車禍事故，因此這不是必要的問題。但倘若操控萬噸重列車的人員有過度疲勞的可能性，我不能視若無睹。而且假如有人決定為珊曼莎的死控告丹佛太平洋大陸（這機率不小），律師第一個會看的就是列車人員的健康狀況。

「我開了十個小時，」迪克坦承：「本來想在交會線前交班，結果沒能撐到那時候。」

「值班幾天了？」

「六天，今天是我的最後一天，接下來要休四天。」他與我四目相交。「我不是新手，我是有點累，不然妳以為『紅牛』是做什麼用的？但我駕駛的時候沒有睡著，妳去看攝影機就知道。」

DPC的機車多半都裝設有影像記錄器，是個裝在窗子內側的小小攝影機，會記錄下駕駛員視線所及的軌道，同時也會錄下聲音——駕駛室裡的對話連同鳴笛聲與剎車聲。等我一回到辦公室就會馬上看。

「那賽斯邁爾呢？」我問道。列車長。

「他可能有點累。」

意思就是睡著了，八成還在打呼。

「妳也知道我們都是一人作業。」迪克輕聲地說，眼中仍帶著不悅。「公司這樣裁員，我們還有什麼辦法？」

他又抽了長長一口，接著讓煙滾滾而出，彷彿要將人環抱起來。我趁機享受這二手的尼古丁，一言未發。同情有可能被解讀為認可。

見他沉默下來，我便改變策略。「你打給貝琪了嗎？」貝琪和迪克已經結婚八百年了，這是她第三次接到這種電話。

他將菸抽完，用鞋跟踩熄。「她已經在路上，剛從簡餐館下工。」

我們下方，威爾遜正在做筆記，葛雷希諾負責拍照。他們對程序似乎十分熟稔。跳軌事件並不如一般期望的那樣少見。我們海陸小隊上就有五名同袍禁不起自殺的召喚，我自己也曾凝視過那頭怪獸。但利用火車尋短的人要不是忘了就是根本不在乎，他們是在強迫另一個男人或女人殺死他們。

葛雷希諾的聲音飄了上來。「那不是她的另一條腿吧？」

迪克看著地面。「我沒有……我不能……」

「我知道，迪克。」

最好讓他有點事情忙。桑頓警方會想知道細節，聯邦鐵路總署也會想知道。查問這些細節是我的職責。地方警探會調查現場，判斷有無理由認定涉嫌犯罪。假如法醫斷定死因為意外或自殺，警探們的工作就告一段落了。等鑑識人員蒐集完所需的東西，我就可以讓鐵軌恢復通車，所有人也都可以繼續各自一天的生活。

除了珊曼莎．戴文波，和她身後的家屬之外。

我遲疑了一下，從我的車內取出夾著一張死殘表單的板夾。

「你準備好要談談了嗎？」我問道。

「這是我第三次了。」

「我知道。」

「不過……」他心神不寧的臉上突然有了生氣，驚嚇之情逐漸退去。「這次不一樣。」

「怎麼說？」

「我自己回想了好幾次，心想說不定是我腦袋不清楚。但我可以確定，這次很不對勁。」

我開始搖起頭來，彷彿已經猜到他要說什麼，卻又不想隨之起舞。「說來聽聽。」

「當時天色很暗，我剛過高架橋，並轉過那個彎道。但我發誓……」他對上我的目光。「我發誓，在被我撞到以前她就受傷了。妳去告訴那些警察。在……在事情發生以前，我就從我的燈光看見她了。她已經受傷。」

隨著閃回現象而來的噁心感試圖爬上我的喉頭。「你到底看見什麼了？」

「我……」此時的他在發抖，震驚的保護傘已徹底消失。「她身上有血，眼睛睜得大大的，直直看著我。她直立著，而且怎麼說呢，不停扭動好像想逃走，可是她……」他哭了起來。「她好像動不了。她張著嘴，很可能是在尖叫，但引擎聲太大壓過她的聲音。然後……然後我……」

我一手搭在他肩上。「好了，我們去叫警探上來吧。」

他吸入一口空氣。

「等我一下。」我對他說。

我和克萊德走向隆起高地的邊緣，打算揮手招呼警探們上來時，電話耳機響起。我瞄一眼號碼，是麥可．柯恩警探，丹佛警局的刑警。昨晚我們睡他的床——他堅稱是我們的床，因為我幾乎可以說在五個月前就正式搬去與他同住——兩人身軀交纏，肌膚相親，在夏夜裡分外溫熱。他說他愛我，我說那是狗屁瘋話。

情況便從此開始走下坡。

清晨一早他接到電話時，我們都還醒著，三十分鐘後我自己的電話也響了。他掛斷電話後跟我說：「事情不妙。」然後翻身下床，潑水洗臉，穿上西裝抓起領帶，我還來不及倒咖啡他就出門了。他沒有說再見，我也不抱期望，因為他已與死者同在。

此刻，我猜想他只是在吵架後來電探探口風，便讓它進語音信箱。等這裡忙完再打給他。

但他隨即送來一則簡訊。

多人命案。兩個小孩死亡。父親也中槍。與鐵路有關。打給我。

小孩。我放低手機，閉上雙眼，站穩腳跟，開始按照退務部諮商師教導的方式慢慢呼吸。

一……我一直做得不錯，運動、健康飲食。二……也許酒喝得太多，好啦，是肯定喝得太多。可是……三……最糟也就這樣，連菸都沒抽。每次殘酷的療程都會去，凡事乖乖照做……四……深信情況終究會好轉，而不會惡化。

五。我張開眼睛。

「我們情況還好。」我喃喃地說。

話說久了就會成真。

威爾遜蹲在下方鐵軌旁，側偏著頭注視列車底下，一面用指節摩搓下巴，彷彿對什麼事情感到困擾。

我想起最初靠近屍體時發現的電線，當時以為是從某輛維修車上掉落的。

她身上有血。她想逃走。

我按了柯恩的電話號碼。

2

死亡查核。

在戰爭中最先得知的一件事，就是看見人慘死後的心情很難恢復。你不可能白天打仗，晚上又和平常一樣互開玩笑、說說故事地輕鬆度過。相反地，發現屍體前的那段時刻（與屍體本身）會像電影一樣，在你腦海中反覆播放。你會陷在那突如其來的情況中，毫無知覺，先是因為不是自己而鬆一口氣，隨後生還的罪惡感緊接而來。還有恐懼，對於那條將你發現的每具屍體與你所愛的人分隔開來，名為「萬一」的界線的恐懼。

死亡查核？小心被將死。

——薛妮．帕奈爾，私人日記

柯恩在電話響第二聲時接起，劈頭就說：「我需要妳替我查個東西。」

我口乾舌燥，積聚了點口水才得以開口。「說吧。」

「我這裡有個字母數字碼要查證，我覺得是列車分類編號。」

和鐵路警察上床會學到一些東西。「好，唸給我聽。」

「U-N-M-A-C-W-A-T，」他將字母拼出來。「然後是數字2-1。我猜對了嗎？是不是列車編號？」

我感覺頸背有一股尖銳寒意，那感覺鮮明得就像有人拿著手槍站在我後面。

「再唸一次。」我說。藉此拖延。

「UNMACWAT21，」柯恩說道：「這是什麼？」

下方軌道旁，威爾遜不知留意到什麼，正在招手要葛雷希諾過去看。我讀懂了葛雷希諾的嘴型：你在耍我啊。

「是我們的車，」我對柯恩說：「但不是正常車班。那是運送危險物品的管制槽車，運送氯氣。」

「該死。」柯恩說：「什麼時候？」

「等我一下。」

我開始默想前一天在筆電上看到的列車編組清單，回想每班列車的車廂類型與編號，以及時間表與載貨清單。對於某些事情，我有過目不忘的本領，諸如數字、地圖、與空間有關的東西。當我投身海軍陸戰隊，志願加入軍墓勤務組，這項技能讓我受到指揮官的青睞，因為我毫不費力便能記住軍籍號碼、地點與傷亡報告中的其他細節。我能比任何電腦都更有效率地為死者分類造冊。

此時我鎖定UNMACWAT21的列表。

「那個編組還沒真正存在。」我說：「不過一旦編組完成，列車就會在星期一下午四點四十分，離開德州麥克多納的CP艾德化學公司。如果沒有誤點或機械問題，預定會在三十個小時後通過丹佛。」

「到時會怎樣？」

「接受安檢後繼續上路。再過五十個小時，會抵達南達科塔州沃特敦的一處廢棄物處理廠。丹佛不是唯一的停靠站。沿路上還會停靠一個站加油，會有七次的人員換班和九次安檢，總共會牽涉到十來個獨立機關。」

「到了沃特敦以後呢？」

「列車一卸貨就會掉頭往回走，把空槽車拖回德州，沿途看還要加掛什麼車廂就一起拉回來。列車會在十二小時內重新啟用，不過到時會運送價值較低的貨物，目的地也不同。」

「也就是說會變成不一樣的車班。」

「對。」

「好。等一下。」

柯恩的聲音平平沒有起伏，這是驚人的專注力加上刑警普遍都有的區隔能力所造成的結果。我想像穿著昂貴西裝、理著廉價髮型的他，繃著臉將我說的內容記在他的線圈筆記本內。

克萊德感覺到我們還要等一陣子，便舒展四肢趴在泥土地上，舌頭伸吐在外，此時隨著天色漸亮吹起了暖風。威爾遜和葛雷希諾在軌道附近討論事情，口氣緊繃。

警察所受的訓練是絕不在出動時先預設是自殺案件——面對每一次未能及時發現的死亡事件時，都要以一無所知的心態處理，才不會在現場輕率行事。但這次這樁命案，你會覺得好像只是做做樣子走個過場。地點是刻意挑選的，死者的車子也在，加上珊曼莎．戴文波被撞時面對著火車的事實，都在在增加自殺的可能性。

不過，此刻的我試圖想理解運送危險物品的列車與兒童遇害有何關聯，思緒紛雜。「柯恩……」我才喊一聲。

「等一下。」

我握起拳頭。

有時候，夜深人靜時分，當柯恩熟睡而我盡可能忍住睡意時，我會研究他的筆記。每個案子他都會換一本新的，我便拿著最新的一本進到廚房，給自己倒一指威士忌，然後坐到桌邊，利用手機的手電筒閱讀他當下的辦案筆記。我細看的不是調查內容，而是他選擇的描述方式。我一字不漏地讀，希望能了解這個誘使我進入他的生活，如今又聲稱愛我的男人。

愛情，我對他說，這並不在我們協議的範圍內。此話聽起來誠實得恰如其分，甚至值得稱許。但我真正想說的是，除了我在伊拉克愛上的那個男人（他已在當地喪命），還有和我一起回家的他的愛犬之外，我不知道自己今後還可不可能愛上任何人事物。

我抖抖身子，踮著腳尖蹦跳。克萊德的側身隨著牠打呼緩緩起伏。果然是道地的海陸戰士，任務的空檔一逮到機會就打個盹。葛雷希諾蹲低了身子看著火車底下。威爾遜召喚凱茨過去。他們說起話來，威爾遜抬手指向山坡。

柯恩又回到線上。「我需要那輛列車的工作人員名單，安排這次運輸的人員名單，還有相關的公司和管制單位的名單。我還需要詳細的路線圖，要標示軌道線和周遭的一切。還有列車人員換班或進行安檢或加油的停靠站。妳還想到什麼都丟出來，愈多細節愈好。可以幫我嗎？」

「當然。現在你可以告訴我為什麼要問一輛載運危險物品的列車了嗎？」

「還有，我們需要通知聯邦調查局，妳得讓那班車停下來。」

「有必要嗎？」我禁不住焦慮脫口而出。

凱莰來到坡頂，無視我的存在，逕自走向他的黑白警車。

「今天早上出動的勤務，」柯恩說：「凶手留下兩個訊息。一個寫在主臥室，另一個寫在客廳。就是那輛列車的編號和……」他忽然住口。接著聲音變得深沉，聚積著怒氣，像是突然出現的傷口湧出血來，區隔能力不見了。「在客廳裡，他寫了列車編號，下面還有一排字寫著『如果非要犯法，就用它來奪取權力吧』。」

我張口欲言，卻發現無言以對。

運送危險物品的列車很容易成為激進分子的目標。當列車車廂因為排定的時刻與鐵道共用而無人看管時，風險最大。假如恐怖分子設法駭入載運貨物種類與時刻表的資料庫，便能知道列車在任何一個時間點的確切位置，也就能趁列車停在強風吹襲的懷俄明荒野中時放置炸彈，然後等列車一抵達人口稠密區立即引爆。

「另外，」柯恩接著說：「他在臥室裡寫說他會不停地殺人，直到所有人都付出代價。確實的字句是……等等。」電話中傳來翻頁的聲音。「他寫的是：『報仇雪恨前，殺戮不會停止。』」

「荷馬。」我說。

「辛普森家庭？」

我翻了個白眼。「《奧德賽》。『在求婚者為他們的每項罪行付出代價之前，我也不會就這樣罷手饒了他們性命。』奧德修斯從希臘回國以後，發誓要殺死所有向潘妮洛普求婚的人，並且付諸行動。我寫過相關論文。你那個凶手用的是羅伯．費茲傑羅的譯本。比較欠缺詩意。」

「要命。」柯恩說：「我老是忘記妳是個受過教育的鐵路警察。那第一句呢？關於權力那句。」

「如果你是想問作者，我的教育程度沒那麼高。不過忌妒和權力和爆裂物——這是危險的組合。」

我們沉默下來，思索著。

「求婚者？」片刻後柯恩說道：「這麼說有可能是因為外遇而不是恐怖攻擊嘍？」

「如果凶手確實知道這句話的出處。」

「他既然寫在主臥室，也許真的知道。這次攻擊是針對個人，父親和兩個兒子被殺，母親和女兒被擄走。有可能是妻子紅杏出牆，也許她提出分手，而男方為了讓自己重新獲得力量才這麼做。」

「但婚外情和運送危險物品的列車有什麼關係？除非……」

「除非殺死一家人還不足以讓他洩憤。」柯恩知道我想說什麼。「也許他想讓所有人都痛苦，所以才說什麼『報仇雪恨前殺戮不會停』。」

凱茨打開警車後車廂，探身進去。在他身後，太陽不斷爬升，白晝沉甸甸地靜止不動。河水已從灰轉綠，水面宛如一匹攤開來的褪色天鵝絨。

「所以嘍，我們這位受過教育的嫌犯殺死兩個小孩，」柯恩說：「父親正在送往手術室，能不能撐得過去很難說。現在我發現母親和女兒失蹤，所以如果……」他用嘴吸了口氣。「如果母親不是罪犯，那她們生還的機會有多大？」

我的臉變得滾燙。「有小孩失蹤？」

「八歲的小女孩。」

凱茨起身時手上拿著一捲犯罪現場封鎖線、一把鐵鎚和一袋木釘。

我的皮膚表面冒出汗來。「是誰啊，柯恩？我是說那家人，姓什麼？」

「戴文波。父母親名叫班恩和珊曼莎。失蹤的女孩叫露西。怎麼了？」

「我……該死。」

突然一陣風掃過附近的道路，平野的草隨之偃倒。威爾遜從側面梳蓋住頭頂的白髮豎了起來，像在敬禮，葛雷希諾的栗色領帶則斜斜地飄飛。空氣中塵土瀰漫，克萊德忽然驚醒，彷彿心有所感似的站起來。我再次望向坡底，珊曼莎．戴文波支離破碎的屍體仍牢牢卡在重不可測的重物底下。

「帕奈爾？」柯恩說：「怎麼了？妳有什麼線索嗎？」

我想到半塞進後座裡的襪子猴。無可逃避的結果像拳頭一樣包住我的心。

「我不知道小女孩在哪裡，」我說：「也許就在附近不遠。」

「怎麼……？」

「不過她媽媽被殺了。」

3

伊拉克。那是最好的時期，也是最壞的時期，是屬於友情的年代也是屬於憎恨的年代，是充滿信念的時代也是憤世嫉俗的時代。是光明的季節，也是無比黑暗的季節，充滿了讓人希望永遠不會看見的黑暗事物。那是我們展現愛國心的春天，也是我們希望幻滅的冬天。我們全部要一起上天堂。

至少他們是這麼說的。

只不過必須先通過地獄。

——薛妮・帕奈爾，私人日記

柯恩和我很快地談論了後續步驟，我們倆都很清楚接下來這幾個小時有多重要。我們約略商定在等他從第一現場趕來之前，我要在這個犯罪現場做些什麼。

假如露西是遭陌生人綁架，那麼這將是極為罕見的兒童綁架型態。全國失蹤與受虐兒童中心每年呈報的八十萬起兒童誘拐案中，只有一百名兒童是被陌生人帶走的。

但是遭陌生人誘拐最可能以悲劇收場。這些孩童當中，有些被當成人質要求贖金，有些被綁走則是因為歹徒想把他們當成自己的孩子撫養。還有許多孩子被偷帶走是為了買賣人口的目的——可能下田或到血汗工廠做工，也可能成為性奴隸。

我和柯恩都知道，從露西家人的遭遇看來，她有可能屬於綁架受害者當中最小的一個子集：為了凌虐與殺害的特殊目的而被擄的孩子。

因為這個緣故被擄走的小孩，大多都在一個小時內死亡。過了三個小時，已經可以開始做最壞的打算。經過三天，幾乎肯定會在某個淺墳，或是垃圾箱中找到屍體，也可能完全找不到。

從珊曼莎死亡的時間判定，前兩扇窗口已經都關上了。

小孩遭入侵家中的歹徒擄走，而其他家人全遭殺害，我從未聽說過類似的案件。而且與危險物品運送列車有關的孩童綁架案，或是該孩童的母親被火車撞死的事件，我只需一根指頭就能數得出來。

我和柯恩結束通話後，便與克萊德匆匆下坡趕往警探所在處，急促的腳步讓受傷的膝蓋發出抱怨。五個月前撕裂的肌腱尚未完全復原，經過兩次手術加上長時間的物理治療，情況已好轉，但醫生仍提醒說可能再也無法像以前一樣。有點像我。

威爾遜和葛雷希諾直起身子，瞇眼看著我們走近。正努力往地上釘木釘的凱茨注意到兩位警探靜定不動，順著他們的目光看向我，手也停了下來。

蒼蠅已找到珊曼莎的屍體，在凱茨放下手邊工作後的寂靜中，蒼蠅的嗡鳴聽來有如電鋸聲。死亡的氣味在我抵達時幾乎只是隱約可聞，如今隨著滲入白晝的暖意升溫，味道變濃了。為何死亡非得連毫無尊嚴的傷口也一併呈現？

我在安全的距離外停下腳步，手裡緊抓克萊德的牽繩。

威爾遜和葛雷希諾看著我，眼中沒有絲毫驚訝。不管他們在軌道下方看見什麼，都已經讓他們對我要說的話做好心理準備了。

山坡上頭，碎石吱嘎作響，有輛車到來。我聽見迪克的妻子叫他上車，還說一切都不會有事。

「她不是自殺，」威爾遜說：「我說得對不對？」

「她叫珊曼莎．戴文波，昨晚在他們家，她丈夫受重傷，兩個小孩中槍身亡，還有另一個八歲的女兒露西失蹤了。」

我略去未提預計兩天後要啟程的危險物品運送列車，因為不知道該在何處插入這項資訊。

「媽的。」葛雷希諾咒罵一聲。他先後拉提一下左右兩隻褲管，好像準備衝刺似的。

威爾遜的目光望向遠方，手拍了拍運動外套底下的襯衫口袋。

「早上醒來的時候，」他說：「以為今天會是美好的一天，我老婆是這麼說的，美好的一天。」他抽出手來，凝視自己掏出來的一包香菸，隨即又將菸塞回口袋。他與我四目相交。「看樣子，她是被綁住。用電線。有一些殘餘物看起來像是一大塊木頭。」

「很像十字架的橫木。」葛雷希諾插了一句。

威爾遜怒瞪著他說：「這我們可不知道。」

「她被釘在十……」

「住嘴，拜託你住嘴。我們什麼都還不知道。」

我轉移視線不再看警探們眼中的陰暗，也暫時擱下他們所說的話給我的感受。「丹佛和桑頓的現場鑑識小組還有丹佛現場小組的主導警探，已經在來的路上。現在，我們針對的重點是那個小女孩。」

凱茨已經加入我們，他將鐵鎚頭握在掌心，食指與中指夾著鎚柄急躁地晃動著。「他們認為小女孩在這附近？」

「她沒有和朋友或鄰居在一起，」我說：「他們本來推測她和母親一起出門，把母親當成首要嫌犯，但我們的發現讓案情有了不同轉折。如今已發出安珀警報❶，FBI正在召集快速應變小組，並已通報各媒體。再過不到一個小時，所有人都會開始找她。但目前她能仰賴的只有我們。」

「真要命，」威爾遜說：「她有可能在任何地方啊。」

我們四人彷彿突然意識到「任何地方」有多大，便眺望起四周的田野道路、倉庫、郊區住宅與遠方一座工廠舊址的廢墟，最後透過車廂間的空隙看向河面。

凱茨說：「我們會需要潛水員。」

「Lexus車上有一個兒童玩具。」我說：「主導的警探希望我們盡快將車輛處理完畢，然後打破車窗取出玩具，看看我的狗能不能嗅到氣味線索。」

「妳的狗會有用嗎？」葛雷希諾問。

我冷冷地瞪他一眼。「前海陸戰士。」

「那就做吧。」威爾遜轉向其他人說：「艾爾，你留下來繼續和屍體奮戰。凱茨，呼叫其他小組來支援，讓他們在兩端都設置路障，引導車輛從波特斯繞道。趁現在還沒有一大群運動狂跑進來，叫人去把河邊的單車道封起來。」

他用掌根揉揉右眼，重新看著河水。

「失蹤兒童，」他說：「真要命。」

威爾遜按規矩一絲不苟地檢查Lexus的外部。他無疑也和我一樣有著迫不及待的焦慮。但假如克萊德無法嗅到露西的線索，這輛SUV恐怕就是我們與她的唯一連結，他不能出任何差錯。

他替車輛與周圍區域拍照時，我打了電話給我的上司。莫爾隊長是在兩年前從芝加哥調到丹佛，這段時間的表現證明了他並不比任何在地的高層差。他接起後，我將自己所知道的快速向他做了簡報。命案。小女孩。運貨槽車UNMACWAT21。他必須取消這班車次。

「天哪。」他輕聲說：「我馬上去查警探要的資料，列車的事我來處理，妳和克萊德去找到那個小女孩。」

「是，隊長。」

我從我的福特車後面，拿出破壞Lexus車門所需的工具。我餵克萊德喝了點水，讓牠坐到陰

---

❶ 美加地區的孩童綁架案警示系統。

涼處，然後脫下外套戴上太陽眼鏡，將小圓筒袋的背帶甩上肩，自行繞了Lexus一大圈，小心地不去破壞四周環境。

珊曼莎開的是一輛最新車款，嶄新的黑色SUV，黃褐色皮革內裝。特製車牌上有連綿的青色草原搭配遠方山脈與「聖母」的字樣。令人刮目相看的自我評價。也可能是商業名稱。我繞到車頭，只見水箱罩冒出草葉與薊莖，是車子駛過草地時被車速推擠進格柵裡的。輪拱和車側踏板上仍留有泥巴噴濺的痕跡。

珊曼莎——或者不管開車的人是誰——是匆忙中衝離車道。而且從泥巴看來，她是在深夜暴風雨中或者是暴風雨剛過不久抵達這裡。幸運的話，鑑識人員也許可以找到一些腳印。但在這堆濃密的亂草中，我能看得出來的只有幾根折斷的草莖。

我走到大路上往北看，也就是她來的方向。柏油路面沒有橡膠焦痕，就算她偏離前踩了剎車，也沒有踩得很用力。她在經過高架鐵道後四百米處蛇行衝進路旁草叢，最後停止時，離陡降至鐵軌的路堤只有一米左右。

「妳想做什麼？」我輕輕問道：「或者妳根本別無選擇？妳駛離道路是希望讓女兒逃脫嗎？」

或者——有個更醜惡的想法——會不會是列車司機員看錯了？會不會是珊曼莎開槍射死家人，又在其他地方殺死女兒後，才爬上鐵軌？或許那不是她的血？

我不想再往這個方向想下去。

我以凶手將露西帶到這附近某處為前提，做了三百六十度的搜查。往北八百米的地方有一大片雜亂的倉庫與工廠建築，佔地將近一公頃。往東南三公里，是一個新的住宅社區。正東方，一座小山稜線背後隱約可見兩個筒倉——那是位在DPC所屬土地上一棟廢棄的水泥廠，昔日有列車經由T&W鐵路公司的短程路線運送原料往返工廠，如今建物已漸漸傾圮。

我瞄一眼手錶，已過了十分鐘。威爾遜正在對著小錄音機說話。我舉起前臂擦去額頭上的汗水，手伸進口袋裡摸找不存在的香菸。焦躁感在我的胃裡燒灼，有一種銲槍噴燒的微妙感覺。

「時間都耗掉了。」我對威爾遜說。

「是啊，我知道。」他把錄音機丟進西裝外套的口袋。「我們動手吧。」

我戴上乳膠手套，走到駕駛座側的後門，將一片硬塑膠插進門上端與門框之間的狹窄縫隙，然後握起拳頭把它捶進去，直到縫隙變寬到足以塞進一個氣囊。我給氣囊充氣直到開口變大，再插入一根金屬棒去撞擊解鎖按鍵。我打開門後，便退開不妨礙威爾遜。

他拍完車內的照片後，探身進去用戴手套的手拿出那個填充玩具。

「一個褐色填充玩具，是隻猴子。」他對著錄音機說，一面查看後座各處。「除此之外，車內唯一能看到的就是一件成人的藍色短雨衣，也放在後座。還有一副太陽眼鏡吊掛在駕駛座的遮陽板夾。我們沒有碰手套箱和前面座位中間的置物箱。」

他從車內抽離，退到我等候之處。

我們無從知道那隻猴子是不是露西的。有可能是她的，也有可能是她某個哥哥的或甚至是寵物狗的。不過猴子頭頂別了一條粉紅色蕾絲緞帶，而且有一根淡棕色長髮卡在其中一枚發亮的黑鈕釦上。

威爾遜用鑷子夾起頭髮裝袋，接著將玩具丟進一個紙袋交給我。我將注意力轉向克萊德，牠已經起身猛搖尾巴。

「準備好幹活了嗎，老弟？」

我拿出牠的Kong，一個牠心愛的鮮紅色啃咬玩具。牠豎起耳朵，尾巴搖得更快了。對克萊德而言，工作就是遊戲，這和其他軍犬與警犬沒有兩樣。甚至不只如此，工作就是喜樂。

我打開紙袋讓牠好好聞一聞襪子猴，然後等著牠的目光重新與我交會。

「去找吧！」我對牠下了搜尋令。

克萊德筆直衝向Lexus，從打開的車門探頭進去。我把牠叫回來，又重新下令，要牠去其他地方尋找這個氣味。牠繞過SUV車，在另一邊找到露西的氣味，隨即從路堤朝列車方向慢跑下坡。我跟在後面，心幾乎就要跳出喉嚨。

「老天爺！」威爾遜說。

迪克很確定當時軌道上只有珊曼莎一人。但假如迪克駕駛著四百噸重的火車頭，以將近四十五公噸的衝擊力撞上一個八歲小孩，擦撞之下完全不會有一點聲響或晃動。

接著，在距離軌道四米半處，克萊德轉了個九十度的彎，離開軌道與安靜的列車。我重新緩過氣來。牠輕快地小跑步，尾巴往後豎直，充滿自信地搖擺著臀部。

一個受驚嚇的八歲小孩在漆黑中會上哪去？暴雨雲密布，沒有月亮。我猜想她耳中聽見母親的聲音，應該會跑向任何一個遠離的地方。也許，當時空空的鐵軌在黑暗中給了她一條隱隱約約的路徑。

克萊德仍保持穩定速度。

「有氣味可循。」我對跟在我後面跑的威爾遜說。

「我們怎麼知道已經接近了？」

「克萊德會告訴我們。」

上方有輛車往反方向駛過。我從駕駛座車窗瞥見一名女子目瞪口呆的臉，還看見剎車燈亮了一下，是駕駛放慢車速後又重新加速。

「凱茨，架設路障，馬上。」威爾遜對著對講機吼道。

我和克萊德進入到我們從伊拉克回國並加入鐵路警察行列後培養出來的熟悉節奏，我們的情緒在牽繩間來回移動，那條牽繩便猶如臍帶一般。雖然我和克萊德在戰爭期間不屬於同一小隊，但後來卻建立了一種出自信任的步調，過去兩個月間，在教練的嚴格指導與長時間的操練下，這個步調節奏更是不停地進步——這個教練在移居美國之前，曾是以色列情報特務局「摩薩德」的訓犬師。在許多方面，克萊德比誰都了解我。同樣地，比起自己，我更熟知牠的需求與情緒。

此刻我的搭檔自信滿滿地朝正東方水泥廠的方向而行。迎著朝陽的我們，影子落在身後。雲雀在草原中啼鳴，燕子從河邊樹梢盤旋而上，彷彿一支支飛箭射入愈來愈亮眼的天空。在薊與雜草叢底下有一灘灘小水坑，是科羅拉多罕見的暴雨留下的證明。在我們右手邊，隨著我們愈走離得愈遠的列車靜靜地待著，秉持鋼鐵的耐力與重量等候速度來臨。空氣中飄浮著油與煤與雜酚油的味道，混雜在煙塵瀰漫的鼠尾草燒焦味與野生報春花的幽香中，有些格格不入。

「妳以前是海陸？」威爾遜邊走邊問道：「跟克萊德一樣？」

「第一遠征軍。」

「那就是伊拉克嘍。」

「對。」

「妳和克萊德在那裡就是搭檔了？」

「我那時還不是指導手，只是一個……」我暫停片刻才又繼續說：「我在那邊的時候，克萊德的指導手和我很親近。他死了以後，有人安排讓我接手他的狗。」

「妳的朋友死在戰場上？」

「他是被綁架虐死的。」

「天啊。很抱歉。」

我一時無言以對。我沒有一天不想念道格．艾爾茲。那個機智、笑聲震天、似乎永遠都那麼樂天的道格。我相信克萊德也同樣想念他。

「有時候，」我說：「我說話會不經大腦。」

威爾遜揮揮手表示算了。「我有個兒子在阿富汗。坎達哈。這是他第三個役期。」

你為什麼讓他去？我很想這麼問。「他適應得還好嗎？」

「想必很好吧。他在派駐空檔回家來的時候，都待在自己房裡打電玩，吃飯才出來，幾乎什麼話也不說。要是問他問題，就嘟噥抱怨，然後又回房間去。只有要歸隊的時候才顯得高興。」

「你當過兵嗎？」我問道。

「沒有。」

也就是說他不明白與戰友一起上戰場比試圖融入家庭更容易。我有個朋友，是昔日海陸同袍名叫甘佐，他曾經說過當海陸戰士去打仗時，美國人正在購物中心逛街。這種任性無知讓有些海陸戰士難以原諒，甚至也更難以重新融入。

此時一座獨立的小山聳立面前，高到已足以在我們接近後，遮蔽筒倉的頂端。克萊德帶領我們直接上山，穿過仍殘留在這道西邊山坡上的最後一絲晨間涼意。我受傷的膝蓋發出劈劈啪啪、咿咿呀呀的響聲，威爾遜的呼吸聲也變得粗嘎，就算是八歲兒童來爬也夠陡的。

一想到這裡，我對露西自行逃跑的希望就像墜入懸崖般消失無蹤，取而代之的是一股確定無疑的冰冷恐懼。凶手——不知為何原因——丟下了Lexus，帶著她前往水泥廠。那裡是個陰森廢墟，只有壞掉的機器和空空的窗框和布滿幽暗縫隙的地板，是毒蟲和醉漢經常前往的地方，偶爾也有精神異常者出沒。

由此可見，綁架者不可能存什麼好心。等著要拿贖金的人，不會把肉票藏在廢棄工廠。

這裡是做更可怕的事情的場所。

我們爬上山頂，再次回到陽光下。我將棒球帽拉低遮住眼睛，讓克萊德停下，同時注視著下方日漸敗壞的廠區。威爾遜隨後爬上來站到我身邊，他兩手撐著大腿彎下腰去，大口吸氣。他的對講機不斷發出嘰嘰喳喳的雜音，是派遣台和桑頓警方之間的來回對話。

「妳有小孩嗎？」他可以出聲後問道。

「沒有。」

他直起身子俯視山下。「不會吧。那是什麼鬼地方？」

「愛迪生水泥廠。」我說：「在一九〇〇年代初破產了。」

但我知道他問的不是這個。他想知道的是我們碰上了什麼樣的廢墟。

不規則散布的建物佔地很可能有八公頃之大。早晨的日光將此地到處充斥的瑕疵與缺陷一一挑出。不可知的建築高聳雲霄，遍布著斑駁的歲月痕跡與早已不存在的鍋爐留下的煤灰黑漬。像科羅拉多這麼乾燥的地方鮮少有植物蔓生，在這裡卻長得十分茂密，植物的根吸取南普拉特河水，長出了大片糾結的荊棘叢與散亂的矮樹叢。陽光聚集處有仙人掌叢生。在這片景象中到處萬籟俱寂，毒蟲似乎都逃走了，連飛禽走獸也都避免闖入。三座筒倉矗立其上怒目而視，宛如凶惡的哨兵。

「她在下面某個地方。」威爾遜說。

「我想是的。」

這裡我來過五、六次，奉命來驅逐私闖者。這項任務就像希臘神話裡薛西弗斯所受的懲罰，永無止境；我會發放營養棒和瓶裝水並給當地收容所下達指令。最後一次是三個月前，當時地上還有積雪，我拄著枴杖、戴著心率監測器，一跛一跛地四下巡查。因此我知道這間工廠的基線——一個人類用來逃避其他人類的藏身處特有的悽楚憂鬱。但此刻我想像著好像有種轉變成惡毒的感覺——彷彿有一條蛇盤據著。

「是我多心，」威爾遜說：「還是這個地方看起來就像躲藏著惡魔？」

「但願他沒有藏得太隱密。」

我舉起手示意往前走，接著忽然看見下方遠處的廢墟裡冒出六個人，橫眉豎目地看著我，不禁當下僵住。六個死去的人，是數個月前我一手造成的。他們生前惡事做盡——施虐、殺人、性侵——但這都無關緊要，因為不管警察和海陸戰士們再怎麼絕口不提，殺了人就會毀掉你原本心目中的自己。鬼魂是我們的罪惡感，而這六個人已經糾纏我五個月，齊聲嘶吼著要懲罰。

我將手放下。看見他們讓我不寒而慄。

「妳沒事吧？」威爾遜問道。

死者們轉身消失在一棟倉庫的破碎石牆內，化成一片光影變幻。

我眨眨眼。露西。「我們走。」

「帕奈爾？」

我再次給克萊德下搜尋指令，我們便往山下走去，一面留意著仙人掌與土撥鼠洞。威爾遜將對講機的聲量調低，寂靜隨之籠罩。我也同樣調整了耳機，讓自己聽不見鐵路公司人員的嘈雜對話。

走到一半時，威爾遜說：「妳有沒有覺得我們被監視？」

「沒有啊。」只有死人在看著。

其實我很擔心殺人凶手就在下方某處看著我們接近，擔心到起雞皮疙瘩。這種感覺就像昔日打過仗或經過一場爆炸後，緩緩走進一處人間地獄去為死者收屍，提心吊膽地，處處有眼睛在看著。

到了山下，我們走了五十米來到一面二點五米高的鐵絲網前，網籬頂端向外彎折，要爬過去不容易。我上次來的時候並沒有這道圍籬。圍籬上每隔一段距離就拴了一塊告示牌。

MoMA-D的未來館址
現代藝術博物館—丹佛

「MoMA-D，」威爾遜說：「這是哪門子的藝術幽默？聽起來好像爵士樂手。」

不管是什麼，這告示牌對我來說都是新聞。如果DPC董事會已決定賣掉這塊土地，他們連告知基層一聲都嫌麻煩。我本來已預定下週到這裡來做勤務示範。

克萊德轉過身，沿著圍籬慢跑。露西或綁架她的人想必也是如此。十來公尺後，牠停下來，把鼻子貼在鐵絲網上，發出低哼，等著我想辦法讓牠穿越圍籬。

「他們在這邊過去的？」威爾遜問。

「肯定是。」

「怎麼可能做得到？」

我把雜草往後撥，仔細端詳圍籬，發現有個地方的鐵絲連接不太順。有人把鐵絲剪斷形成一個活動掀蓋，然後小心地放回原位再以鐵絲固定。黑夜中帶著一個人質，不可能製造出這種開口，這也不會是臨時起意的私闖者的傑作。今天早上的事故發生前，兇手就已經準備好這個開口。而他在三更半夜裡也夠冷靜（也將露西掌控得夠好），才能慢條斯理地打開並關上開口，再用鐵絲重新拴緊。

開口的位置讓我感到在意。完全不在通往水泥廠的道路附近，如果是開車來，就得走上半哩路才能到達這個臨時的門。

在這充滿謎題的一天，又出現一個謎題。

我放下克萊德的牽繩，直接去扭開鐵絲，手套就省了——鐵絲太細，不可能有指紋。接著我和威爾遜抓著掀蓋邊緣，用力拉開到足以讓克萊德擠過去的大小。我命令牠等候，牠便停下來，眼睛盯著我，準備好迎接下一個指令。

「再來換你。」我對威爾遜說。

「開什麼玩笑。我的體格是牠的兩倍大。」

「還真樂觀，」我說：「你不介意的話，可以繞路走到大門入口。只是從大門也不知道進不進得去。」

「妳知道嗎？我一直在減肥，一點效果也沒有。」

我使勁地將鐵絲網盡可能拉開，然後等著。

「這是我最好的一套西裝。」他喃喃地說。但還是彎低到肚子高度，扭動身體爬了過去。到了另一邊換他抓住掀蓋，我也隨後爬過去。

脫離鐵絲網後，我抓起克萊德的牽繩，牠於是再度出發。

前兩棟建築很快地將我們包圍，投下深深的影子，好像走進日蝕當中，這裡的溫度低了五、六度。我將太陽眼鏡放進襯衫口袋，讓眼睛適應陰暗的同時順便掃視建物。應該是倉庫或辦公室，我猜。老舊磚牆上覆滿塗鴉，破窗怒瞪著從窗前經過的我們，高高的草叢中有小動物溜竄而過，克萊德視若無睹。泥土裡有樣東西閃閃發光，可能是雲母或類似的石頭。點綴露水的蜘蛛網守護著洞開的門口。

克萊德在倉庫間的通道盡頭附近停下，一如牠所受的訓練。我打手勢要牠退後，我則走到牆角邊背貼牆壁。威爾遜掏出槍跟在我後面，貼著對面的牆壁站。

我瞇眼注視著從天灑下的燦爛陽光，除了蚱蜢在雜草中起落的颼颼聲，別無動靜。有個巨大的齒輪躺在空地上，都生鏽了。一堆啤酒瓶發出響亮的叮噹聲。我旋轉身子，查看鄰近轉角四周的區域。全無人影。這只意味著一件事：綁架露西的人沒有拿著M16突擊步槍站在空地上等我們，邀請我們喝茶。

「有看見什麼嗎？」威爾遜問。

「沒有。你呢？」

「跟監獄的告解室一樣空。不過感覺不對。我脖子後面的寒毛都豎起來了。」

「在這裡等著。如果凶手繞過來，你替我們掩護。」

「天哪，」威爾遜收起槍來。「我老婆老是說我已經變成坐辦公桌的人了。妳帶頭，我隨後。」

我解開克萊德的牽繩，給牠更大的活動空間，然後命令牠去吧。牠往北慢跑，接著又轉往東，追著露西的氣味蹤跡穿梭廠區。

我們快步跟隨牠走過光與影，牠帶領我們經過一間工廠、另一間倉庫和一些不知用途的圓筒結構。我們的路徑穿梭在掉落的混凝土與不明金屬板與其他大塊的廢棄碎片之間。在某處，有人生過營火，燒焦變冷的木頭四周散布著空的快克小瓶與揉皺的錫箔紙。

克萊德每到一個角落就會停下來，等候我查明下一個空間的狀況，完美示範了我和牠在我雇用的前摩薩德訓犬師指導下，所接受的訓練技能。

妳的狗是我所見過最頂尖的，亞威．哈雷爾這麼對我說。好好訓練的話，會出乎妳意料之外。可惜妳變懶了，牠也是。

不是懶，我原本打算這麼說，是害怕。

接著，深入廠區將近四百米後，克萊德的行為改變了。牠走在前面六公尺處，但從牠緊繃的姿態與豎直的耳朵看得出牠突然有所警戒。如果是快要接近露西，牠不會是這種反應——牠是不安，不是興高采烈。倘若克萊德是個站崗的海陸軍人，此時的他應該會熄掉香菸安靜下來。

「克萊德發現了牠不喜歡的東西。」我輕聲說。

「是什麼？」

「還不知道。」

我朝克萊德走近時，牠兩眼直盯著前方。我一到牠身旁便觸摸牠的背，感覺到一陣微顫。死亡的恐懼。該死。

牠停在一面半倒的牆邊，牆內有一段階梯，向下通往一大片陷落的地板——那原是地下室的一個房間，如今已完全開天窗。無論這裡曾經是什麼建築，現在就只剩這半面牆、樓梯和地板了。從前為工廠提供運輸服務的鐵路支線，從我們腳邊高高的草叢中彎曲而過。

不過克萊德感興趣的是五十米外，隔著一片草地的五棟建物。那些龐大的蜂窩狀結構蹲踞在水泥小徑縱橫交錯的田野中，每棟有六米高，等距相隔，完全密封的圓頂結構只在底部留下一扇圓拱門。鐵軌轉入圓頂建築後方便消失不見。這群建築再過去，有一條泥土路彎折向北。

我豎耳傾聽，只聽見風吹過草叢。高空中有一隻鷹飛過，波動的鳥影掠過地面。

「是窯，」威爾遜低聲說：「他們用來加熱原料製造水泥的地方。是迴轉窯發明以前的設備。」

我看了他一眼，他咧嘴一笑，拍拍自己的額頭。「這裡已經不再製造這種大腦了。」

克萊德耐不住性子，就要起步往前。

「Bleib，」我對牠說。待著。然後對威爾遜說：「有死掉的東西。在前面。」

「我的老天，拜託可別是那個女孩。」他順著我的目光望向圓頂建物。「妳在看什麼？」

「還沒看到什麼。」

我將圓筒袋甩到地上，拿出雙筒望遠鏡觀察那些窯。有一群蒼蠅在其中一個圓頂建築前面的某個區域飛進飛出。不知是什麼吸引了蒼蠅，草太高遮住了。我把望遠鏡遞給威爾遜。

「左邊數來第二個圓頂建築外面好像有什麼。」我說。

威爾遜舉起望遠鏡。

「可能是動物。」片刻過後他說道。

「有可能。」我取回望遠鏡，最後再將那個區域掃視一遍，但仍毫無發現。我將望遠鏡收回袋中，又重新揹起袋子。

「去找吧！」我說。

我們走進草地後，整個地方有一種前所未有、空空如也的感覺。除了遠方的蒼蠅之外，惡意突然消失，彷彿魔咒被破除。大自然萬物似乎都感覺到了。忽然間，有一群椋鳥飛襲而來，棲落在附近的一片三角葉楊樹上。就在我們前方一米左右，有一條牛蛇從草間溜過，鑽進一個洞裡消失不見。

來到草地另一端後，我讓克萊德止步，我們便停在蒼蠅享用大餐處的二十步外。克萊德緊靠著我的腿。我輕手輕腳地繞過牠，又走了幾步，直到能看見吸引蒼蠅的東西。

有個男人仰躺在地，四肢大張，睜著空洞的雙眼望天。他腹部中槍，失血過多而死，臉部表情猙獰痛苦。

他看似四十五、六歲，一頭金髮理成極短的小平頭，一張國字臉，五官突出，藍色眼珠轉為混濁，身上穿著藍色牛仔褲、丹寧布扣領襯衫和短雨衣。儘管已經死去，又是滿臉痛苦，他仍顯得殘酷，是那種會踢狗、射殺松鼠的人。

「我們的凶手嗎？」威爾遜小聲地問。

「被八歲小孩射死？」但我很好奇凶手是用什麼武器殺死戴文波一家人。「也許是警衛。」

「那他的制服和對講機呢？」威爾遜皺眉道：「沒有證據顯示凶手只有一人。說不定他們起了爭執。」

我很快地環顧空曠地區和其他的窯，看了看水泥廠的建築。我命令克萊德放低身子，不需要讓我們倆都暴露。然後我對威爾遜說：「繼續監視，我要靠近一點。」

我聽見威爾遜拔槍的摩擦聲。

我朝屍體走去時，蒼蠅轟然飛起。到了死者身旁，我從口袋拿出手機，拍了幾張快照。這是直覺的反應。在伊拉克，我的任務是為死者造冊。也許我永遠擺脫不掉這段經歷。

一等我後退，蒼蠅又飛落到屍體上。

「大口徑的槍，」與威爾遜重新會合後，我對他說：「從射擊殘跡和火藥刺青看來，是近距離開槍。」

他與我四目交會。我們倆無疑都在心裡自問，我們究竟蹚了什麼渾水。

我暫時擱置死者，再次命令克萊德搜尋。牠繞過屍體，直奔留有車轍的泥土路。到了那裡，牠遲疑起來，這是自從聞了Lexus車上露西的氣味後，牠頭一次遲疑。牠嗅了嗅空氣，接著將鼻子貼地。過了一會兒，牠轉回到我們來的方向，無視那具屍體，以來回蛇行的模式繞著那座窯慢跑，穿梭於四周的草木間。最後牠又回到泥土路，重新抬頭嗅聞空氣，隨後看著我，彷彿在說：「什麼也沒有。」

我和威爾遜一起往北走，來到道路朝大門轉彎的地方。

「她走了，」威爾遜說：「凶手肯定藏了一輛車，把她載走了。或許妳說得對，或許死者是個警衛，看見他們了，試圖想幫助露西。」

但我仍然看著克萊德，牠正沿著泥土路往回走向窯群。牠抬高鼻子——不管牠聞到什麼，總之不是地上的氣味。

「威爾遜，」我說道：「克萊德好像聞到什麼了。」

我們匆匆跟在牠後面。到了最遠的一座窯，克萊德低下頭，邊聞邊走向入口。就在門口外面，牠豎起耳朵，露出高度警覺的表情，並趴坐下來。克萊德受的訓練是偵測爆裂物、違禁品與非法入侵者。這意味著牠有所發現。

「露西嗎？」威爾遜以氣聲問道。

我搖搖頭。「是其他東西。」

我和威爾遜掏出槍，各站到窯口兩側。我背靠著曬熱的磚牆，凝神靜聽。無論露西是死是活，我知道她都不在窯內，否則克萊德就會直接進去了。但在裡頭的是其他人或其他東西。克萊德的行為既焦慮又自信十足。牠知道不管牠找到什麼，我都會有興趣。

一絲涼風從窯內飄出，夾帶著一股霉味，是土壤與舊物，還有——我過了片刻才想到——皮革。我側耳傾聽，卻只聽見屍體上蒼蠅的嗡嗡聲和入口另一側威爾遜的粗重呼吸聲。

我從勤務腰帶的扣環取下手電筒，蹲低身子，盡可能不讓自己成為明顯目標，然後從門口探身進去，用手電筒往裡照。

光束迅速跳過一張大木椅，接著是一把鐵鍬。我往較高處照，只見光線照亮椅子後方牆上的一些紅字，我認出是古典文學課上過的句子。我讀著字句，發覺凶手曾經來過這裡，不由得倒抽一口氣。

戀人的恨比戀人的愛更強烈。那恨意為每個人留下的傷口，無藥可救。

尤里皮底斯，我很確定。句子底下寫了一行字母數字碼：02XX56XX15XP。

我將光束移回地上，大大的圓形空間布滿了洞，另外有兩個長形物體用厚塑膠布包裹著，整齊地放在室內一側。塑膠內有噴濺的紅漆。

我閃過一個念頭，好像看見某人在布置自己家。拖進一張小家具，噴上一點鮮亮的紅漆。

我往其中一個塑膠布包覆的形體照了一下，看見一張臉往外凝視。臉上被人用刀殘害過——

眼睛所在處只剩眼窩，鼻子從中間剖開，嘴唇被剜去，製造出一種病態的獰笑。

「不！」我大喊一聲，站了起來。

我還沒能跨進門口，克萊德便快速起身把我往後推。我雙臂往上舉努力保持平衡，手電筒卻脫手飛進室內，落地後旋轉起來，光線隨之一閃一滅，每轉一圈便會照見門口處拉起的一條細銅絲，像絞繩一樣又細又精巧的銅絲。

伊拉克。某個美好的早晨，太陽升起時走向用餐營帳。前一晚的任務仍讓人精疲力竭，全身髒兮兮。我的指揮官「長官」在我身旁，一面聽我說話一面點頭。是關於我在某個死者口袋裡找到的東西。前面傳來某人手提收錄音機播放的亞瑟小子的歌聲。

然後一聲低沉的轟隆巨響。

手電筒的光再次照見銅絲。這時我才注意到地上的袋子，和其他絲線。

「帕奈爾？」威爾遜在叫我。

「快跑！」我大喊道，同時推了威爾遜一把。「快！快！快！」

我們從死者身旁衝過去，奔向最遠的那座窯時，蒼蠅也迅速飛升而起。我心念一動，覺得應該帶著那人一起走，那麼才能知道他的身分。那麼才能留下一點東西可以埋葬。

爆炸時一陣尖銳斷續的爆裂聲，世界便炸開了。

4

鬼魂是滯留不去的罪惡感。滯留不去的記憶。他們是滯留不去的悲傷，幽幽暗暗，足以讓人滅頂。

——薛妮．帕奈爾，私人日記

有樣東西打到我的臉。

甘佐坐在我旁邊的座位，對我咧開嘴笑。

「放點音樂吧，鷹女！」他大喊道。當時我們都用外號稱呼彼此。「讓那些纏著破頭巾的王八蛋瘋子嚇破膽。」

「你自己就是個王八蛋瘋子。」羅波在後座嘟噥著說。

甘佐向我眨眨眼。「要瘋狂才能保持正常。」

我駕著有冷凍設備的七噸貨車，尾隨悍馬車隊行駛在寬闊平坦的道路上，跟在我們後面的是爆炸物處理小組的特殊裝備車輛，殿後的則是憲兵隊的裝甲防彈車。從擋風玻璃越過一排排煤渣磚房看過去，天邊隱約可見一抹黑煙。

又一顆土製炸彈。又一批死去的士兵。又一個破碎的日子。

「穩著點，」長官透過無線電說：「我們沒事。」

就在這一刻，我們爆炸了。

貨車被拋向空中，投射出去，然後像鐵砧一樣砸入沙漠裡。天空消失在一道塵土牆背後。貨車車身傾斜，我揮舞雙手想抓住什麼，膝蓋重擊到排檔桿，頭撞到車窗，安全帶深深嵌入身體。

接下來一陣漫長而緩慢的寂靜。

塵土如雪一般灑入駕駛座。羅波在後座說話，卻無聲。

我張嘴想吸空氣，但吸不到。肺裡面全是結塊的碎片，我就要在土中窒息。

又一聲轟隆，有濕濕的東西濺在我的臉上和胸前。

是甘佐。

我透過耳鳴聽到的第一個聲音是個低沉、沙啞的咳嗽聲。

我仰躺著，腿上一陣劇痛，肩膀也是。砂礫在我的齒間吱嘎作響，我轉頭啐了一口，又咳嗽起來。眼睛被塵土刺得發熱，我便閉著眼。不知什麼東西輕輕推擠我的肋骨，我兩手無力地拍了拍。

我側身縮成胎兒的姿勢，然後忍著噁心欲吐的暈眩開始跪爬，全身都發出抗議的怒吼，臉上有燒灼感，接著再度咳嗽，塵土隨著口水滴到地上。天旋地轉。

「甘佐。」我喃喃地說。

不是哈巴尼亞，我對自己說。是丹佛。

我驚魂未定。

愛迪生水泥廠。窯。屍體。

炸彈。

我猛地睜開雙眼。「克萊德！」

一聲狗吠，接著我的肋骨又被推擠一下。我在塵土瀰漫中，盲目地摸找著夥伴。我感覺到牠溫熱的舌頭用力舔我的臉，立刻緊緊摟住牠，然後才輕輕將牠推開。我把襯衫後幅拉鬆開，擦亮眼睛——白色布料上染了血，好像羅夏克心理測驗的墨漬圖案。

克萊德的鼻子碰觸我的鼻子。

我著急萬分地摸牠的頭與背，順著胸腔往下摸遍每隻腳。摸完後雙手沾滿厚厚的塵土，但除此之外沒有問題。

「你沒事，克萊德。Brav（幹得好）！好樣的。」我的聲音好像遠在半哩外。我聚足口水，扯開嗓門高喊：「威爾遜！」

「我……沒事！」他的聲音微弱。或許他跑得比我快。

「我在這邊！」我喊道。

檢查完克萊德後，我也自我檢查。我用海陸部隊教的方法拍拍腿、捏捏鼠蹊部、腋下和脖子，尋找有無動脈出血。我摸摸臉，手指沾了血。我於是輕輕觸摸臉部與頭顱，看來只是皮外傷。我轉動每個關節，膝蓋好像被人用大槌打斷一樣。腿和肩膀依然疼痛，但都沒有骨折。

「我們還好。」我低聲對克萊德說。

我摸索地面，找到耳機後塞進口袋，和手機放在一起。不遠處又找到帽子。太陽眼鏡碎了——那是柯恩送的雷朋「飛行員」款式，價值不菲。他應該聰明點，別送太好的東西給鐵路警察。我靠在克萊德身上，搖搖晃晃地站起來，踉蹌著腳步遠離水泥窯來到空曠處。

克萊德阻止我進入的那座建物已經煙消雲散，原本所在處只有一個又大又深的開口，四周圍著碎石瓦礫。爆炸的威力讓磚石往四面八方射出，揚起一片看不見盡頭的塵霧。椅子、屍體、紅漆訊息，全都沒了。那個男性死者的屍體也是。當我看見一隻連著腳踝的腳，與屍體的其他部位斷開，不禁閉上雙眼，想像我們在伊拉克用來標示殘骸的紅旗。

就和珊曼莎一模一樣。

呼吸。待在這裡。

拜託待在這裡。

當腳下土地保持平穩不動，我又再次睜開眼睛，並充分意識到我和克萊德沒有被炸得粉碎，全是因為距離與隔在中間的建物。

「威爾遜？」我用舌頭舔過布滿砂石的牙齒，隨後又喊一聲。「威爾遜！」

「站……不起來。」

我轉了一圈。一片迷濛中，只勉強看見十來公尺外有個形體躺在地上。我和克萊德蹣跚走過滿目瘡痍的景象，發現警探呈大字形躺著，雙眼閉合，面無血色。

「威爾遜！不會吧，你不是說你沒事。」

他呻吟一聲。

我在他身邊蹲下，仔細檢查他額頭上那道口子。又寬又淺，容易出血。我很快地替他檢查其他部位：兩隻手臂有許多皮肉傷，大腿上有個傷口似乎傷得不輕；左臂橫擱在肚子上，姿勢怪異，手腕折成一個不妙的角度，顯然是斷了。我再仔細一瞧，發現他手底下有一處血跡不斷擴大。我無視他的呻吟，輕輕將那隻手臂挪開，掀開他的西裝外套，眨了眨眼，又蓋回去。接著拿出對講機。

「現場急救人員已經到達。」調度員告訴我。

我摸摸威爾遜的肩膀。「你能聽到我說話嗎？」

他張開眼，又緊緊閉上。「搞什麼啊？」他聲音沙啞。

我擠出一絲微笑。「你真是慘不忍睹。」

他露出的微笑更像在扮鬼臉，牙齒紅紅的。他試圖再次睜眼時，我叫他等一下。我像剛才擦拭自己眼睛一樣替他擦眼，用我的襯衫清除凝結最嚴重的土與血。

「南丁格爾啊。」我擦完後，他說道：「克萊德還好嗎？」

「嗯，牠很好。」

威爾遜咳了一聲。「妳簡直像隻拖把。」

「那算是有進步了。」

他迎上我的目光。「露西呢？」

「她不在那裡面。否則克萊德會知道。」

「妳看見什麼了？我是說爆炸以前。」

「屍體。」我一面想像那張透過厚塑膠布瞪著我看、被毀容的臉。「有兩具。」

逐漸接近的警笛聲嗚嗚嗚響。一長串車輛沿著道路朝大門疾馳而來，車燈在塵煙霧氣中變得朦朧。

「援兵來了。」我說。說得好像他們能解決這裡發生的問題似的。

「胸部痛得真是要命。」

「我知道，我知道。」我安撫道：「他們會幫你處理。」

「王八蛋把我最好的西裝給毀了。」威爾遜的眼神飄向遠方，變得茫然。「我老婆老是說我會穿著它進棺材。」

「別說了。」我抓住他的手指，緊緊握住。我看到了他外套底下的傷勢，所以知道：有些事無法挽救。

「我兒子，」他說：「妳應該跟他談談。」

「我去帶急救人員過來。」我告訴他：「五分鐘就好。答應我，在我回來以前不要亂動。」

「我們得找到露西。」

「會的。可是現在，我要你待在這裡等我帶急救人員來。好嗎？可以答應嗎？」

「露西。」

「你要是逞英雄，只會拖慢我們的速度。」

他闔上眼睛，我眼睜睜看著他臉上的血色被榨乾。

「威爾遜？法蘭克！該死，你應一聲。」

他發出濕濕的、低沉的咳嗽聲。

「我想那樣好像也不壞，」他說：「我是說坐辦公室。」

三十分鐘後，我與丹佛警局的安格警督並肩而立，看著救護人員將臉色蒼白、已做鎮靜處理但人還活著的威爾遜警探，送上救護車。

「我們會好好照顧他。」一名緊急救護員說。是位女性，有著深色捲髮和親切的眼神。

「他有個兒子，」我對她說：「人在阿富汗。」

她專業的冷靜眼神背後湧現同情。她捏捏我的手臂，隨即爬上救護車。

駕駛關上後門，走向駕駛座。

「等一下，」我說：「你們要帶他去哪裡？」

「刀槍俱樂部，他是警察對吧？」

丹佛醫療中心，因為那裡有最好的創傷中心，又被稱為「刀槍俱樂部」。如果你是警察，卻被救護人員送到其他醫院，那麼到院後的第一件事就是趕快找神職人員。

駕駛將門打開。「妳也得一起去。妳需要做胸部X光，還有核磁共振。妳最好不是那種還可以走動的傷患。炸彈有可能……」

「我知道。我有經驗。」

我和克萊德陪同警督在大門旁等候救護車駛離，車後揚起大片的塵土輕飄瀰漫。上了大路後，駕駛打開警示燈與警笛並踩油門加速。我目送著直到閃光燈混入州際公路的車水馬龍中。

「他不會有事的。」安格說，他眼睛沒有看我。

「當然。」我附和道。

「妳呢？妳會……」

「我沒事。」我把手插進口袋，以免被他看見我的手在抖。

「妳晚一點會去醫院吧？」

「當然。」

其實我不會。炸彈爆炸時我在戶外，而且事先已經在幾棟建物後面找到掩護，所以應該沒事。何況，炸彈爆炸造成的腦部損傷通常都很細微、持久、無藥可治。去了醫院，他們會給我阿斯匹靈和一個兔子腳幸運符——這也同樣有效。

安格清清喉嚨。「要不要幫妳拿點水來？」

「也替我的狗拿一點來，謝謝。」

安格離開後，沿著整排車輛走向一處遮篷，救護人員在那裡設置了急救站，將來可能會變成搜尋露西的指揮中心。我找到一輛空的巡邏車，便將身子靠在駕駛座車門。我雙眼灼熱，有一度很擔心內心的恐懼會拖垮自己。已經很久無須面對炸彈的後遺症，本來打算永遠都不要再去面對的。

「別像個娘炮，」甘佐在我耳邊小聲地說：「別他媽的像個又笨又膽小的娘們。」

「滾開。」我說道。我在伊拉克表現得很好，但或許現在已經不行了。我身體頂了一下離開車身，站直起來，不理會發抖的膝蓋。

救護人員照料威爾遜之際，灰塵微粒漸漸落回地面，彷彿受驚的鳥兒返回棲枝。在逐漸淡薄的塵霧中，執法人員持續不斷嘈嘈雜雜地到來，燈光閃爍、喇叭大響、警笛長嘯、輪胎吱吱嘎嘎響。車門與後車廂打開，又砰地關上。沉重的腳步雜沓，人聲喳呼叫嚷，對講機像被遺棄的孩子似的不停尖叫。四面八方全是桑頓和丹佛的警察、亞當斯與維爾德兩郡的郡警、少數幾個行政部門官員，以及必要的公關人員。在大門的另一端，處理屍體的人在和一個男人交談，我認得他是鑑識組的拍照人員——他們站在一排用來蒐集證物的折疊桌旁邊。丹佛警局負責偵查犯罪現場的警探們在他們的行動實驗室車輛四周忙個不停，還有一支人質談判團隊戴著耳機、穿著防彈背心在一旁待命。由三人組成的防爆小組身穿厚重的防爆服，與水泥窯保持安全距離，看著拆彈機器人移往其中一棟建築的門口。另有一輛車停在路邊，是GPR技師，他會用透地雷達掃描水泥窯附近地區，尋找露西與其他任何受害者。

較遠處，桑頓的特勤小組與偵測炸彈的警犬隊已分路搜索廠區，檢查每個空間，解除危險疑慮。他們互相呼喊時，一個個強有力、透著男性氣概且令人充滿信心的聲音迴盪在建物間。

這眾多的人力、眾多的偵查與鑑識菁英，加上十足的力量展現，應該會讓我好過一點才對。但我看著高聳在眼前、安靜漠然的筒倉，想到在那座窯裡看見的景象，心裡想著柯恩在戴文波家發現的一切、威爾遜的嚴重傷勢，以及所有人都晚了一步，救不了珊曼莎，可能也救不了她女兒。我迎頭撞上一個在伊拉克就已經知道的真相。碰到問題時你可以拋出你所有的一切——火力、人力、後勤支援。你可以找許多絕頂聰明的人來解決。你甚至可以找到許多人願意犧牲自己的性命。

然而到最後，你得到的可能還是同樣的問題和更高的死亡人數。

拯救世界就算了吧。有時候，你連一個小孩也救不了。

安格警督拿著一大瓶水再次出現，我擦了擦眼睛。他注視著我汗濕發亮的臉，我看得出他眼神背後的天人交戰：是讓她做她該做的事還是逼她去醫院？再從醫院迅速轉往精神病院。

他將水瓶遞給我。「我想替妳的搭檔找個碗，但他們什麼也沒有。」

「我袋子裡有碗。我們沒事。」

「如果妳想馬上去醫院，我們可以晚一點再聽取妳的證詞。」

安格整個人像根點燃的火柴，我低下頭不讓他看見我臉上的火熱。現在待在炸彈坑附近，我才不會衍生出逃避行為。熟悉後會變得不在乎——或者至少會能接受。我告訴自己，這就像摔倒後再重新騎上腳踏車。

「我可以等。」我說。

「那好。柯恩警探已經在路上。聯邦調查局也派專家過來了，一支反恐特遣隊和一個綁架應變小組。妳可以等他們來嗎？大概三十分鐘？」

「沒問題。」忍著點，海陸戰士。「我要去找人討根菸，順便讓我的狗伸伸腿。馬上回來。」

「拿去。」安格掏出一包香菸和一個火柴紙夾。「留著吧，我車上還有一堆。我老婆說應該要備好存貨。」

我取過香菸，擠出微笑。「謝了。」

但他依然在觀察著。我和克萊德朝荒野走去時，仍可感覺到他盯著我的目光。

我邊走邊搖出一根菸來點著，吸入那香甜的燃燒氣味。戒菸五個月了。朝陽彷彿被放大鏡聚焦一般往我們身上鑽。我眼前有黑點在白光中舞動，克萊德的舌頭則像一捲地毯攤了開來。警察的聲音與對講機的吵雜噪音，隨著我們走遠逐漸消失；更近處，有唧唧蟲鳴，高長的草貼在我們腿邊喁喁細語。混凝土塵的味道連同雜草的濕土味，一起懸浮在空氣中。疊加其上，是炸彈的化學燃燒味隨著風的渦流迴旋，有如漩渦試圖將我吸入過往。

我從袋中拿出一顆網球，用力拋擲，讓克萊德在特勤小組剛剛確認過安全無虞的空間活動活動筋骨。牠的情緒似乎完全沒有受到爆炸的影響，但為防萬一，我還是希望利用抛接球的遊戲讓牠擺脫陰影，也順便檢查看看有沒有被我疏忽掉的傷處。

我丟了幾次球，克萊德都興致勃勃地去追。看起來狀況正常，步伐沒有中斷，行動沒有遲疑。然而白天溫度逐漸爬升到三十五、六度，我便吹口哨喚牠回來，並找到一小塊陰涼處，旁邊有一面半倒的牆爬滿密密的藤蔓。我和克萊德分著喝了警督拿來的水，隨後克萊德轉了幾圈，在雜草中找到一個安身之處。我挨著牠坐到潮濕的地上，背靠牆壁，又點了根菸吞雲吐霧。只需要幾分鐘就行了，我這麼告訴自己。只要一點時間夠讓我振作起來就行了。

但這不是實話。我的手在發抖，膝蓋在打顫，思緒亂七八糟，好像有第二顆炸彈在腦子裡爆破。

克萊德忽然站起來，把我嚇了一跳。

「長官」從急救人員群中朝我們走來，全身微光閃爍，儘管腿毀了，步伐卻十分穩健。這幾個月來，我唯一會看見他的地方是在噩夢中。此時他卻穿越荒野草地，向我和克萊德點了點頭，然後在我們身旁蹲下，幽靈似的雙手垂放在幻影般的大腿間。

鬼魂是我們的罪惡感。只是如此而已。我縮起雙腳抱住膝蓋。

我在伊拉克服務於軍墓勤務組的兩段期間，「長官」就是我的一切：指揮官、導師兼知己。有一天晚上他要求我幫忙掩蓋一起暴行。當時我很確定我們在做對的事，很確定結果可以合理化我們的行為。沒想到事後一切搞得一塌糊塗，還死了許多人。忠誠與背叛在我心裡糾結纏繞，我都搞不清兩者的終點與起點了。

「你怎麼會在這裡？」我小聲地問。

「我很好奇妳會怎麼處理這個孩子。」

「我是鐵路警察。」我提醒他。「我會說出事情發生經過，然後照常過我的日子。」

「長官」扭扭脖子舒緩痙攣，好像他真能感覺到痛似的。「妳就因為一顆炸彈而不去做對的事？」

「保命自有它吸引人之處。」我抽一口菸，回味著話語中的諷刺。

「保命是短期策略，別跟生活混淆了。人生和死活無關，因為所有人都會死，誰也無計可施。」

「沒錯，」我厲聲說道：「戰爭沒讓我想清楚這點。」

「相反地，」他接著說：「人生的重點在於美德，在於確保自己活著的時候，要為了大我而活。老實說，下士，妳以為過去這幾個月的生活叫人生，根本是渾渾噩噩。」

「你錯了。我一直在工作、在訓練克萊德、在上社區大學，也許還談了點戀愛。那才是生活。」

就死去的人而言，他的眼神很凌厲。「妳天天做的只是吃飯、拉屎、看無聊的電視節目，還有假裝談戀愛，因為妳太害怕了不敢真的去談。就連做妳那份爛工作也只是為了不去面對自己。妳那堆廢話可以去說給諮商師聽，下士，不要說給我聽。現在該是迎戰敵人的時候了。」

克萊德的耳朵忽然動了一下。荒野中，那六人飄入眼簾，身上有刺青、頭顱碎裂、眼神冷酷的六個死人。他們為了活命拚盡全力，但我還是殺死了他們。

我注視著他們。稍早對這份調查工作的猶豫已堅定成可悲的決心。「我和克萊德已經不再做死亡調查。那種活兒被我們留在伊拉克了。」

「長官」嗤之以鼻。「妳打算這輩子就當個基地人打顫發抖，讓其他人去做該做的事？」基地人——同袍出去打硬仗時，躲在後方的海陸戰士。我彷彿挨了一巴掌，怒氣驀地上升。

「我不是基地人，長官。在伊拉克，我每次都有出任務。但問題是，這次我要是涉入，我不敢保證自己能找到回來的路。我……」我用嘴吸了口氣。「我厭倦殺人了。」

他對我搖搖頭。「該做的還是要做。事後總會有辦法熬過去的。」

「你說得簡單，」我放了一記冷槍。「你都已經死了。」

「長官」繼續進逼。「妳以前就放棄過一個孩子。妳要是躲著不出面任由整個情勢演變到不可收拾，妳會有何感覺？」

這話刺到痛處了。我抽一口菸，將熱氣吸入肺中，眼睛盯著遠方的防爆人員。「首先，有活著的感覺。」

「妳真這麼想？」

我將香菸捻熄在牆上。「我比較喜歡不多話的你。」

「以前我老婆也常常這麼說。」

我們倆都靜默下來，為人生的一些渺小時刻感傷。

須臾過後我說道：「事實上，長官，我覺得我漸漸變得不太正常。」

他聳聳肩。「下士，如果妳下定決心要發瘋，就請便吧。但現在我們的行動需要每一個戰士參與，所以我建議妳要發瘋還是慢慢來。」

「恕我冒昧，長官，但已經有點太遲了。我已經在和死人說話。」

那是一抹笑意嗎？「發瘋也不一定不好。」他起身說道：「嗚啦，海陸戰士。」

他大步離開走入荒野，身上的沙漠戰服被塵土與血黏得硬邦邦。他從那六人當中走過，他們轉身隨他而去。穿過半個荒野後，消失不見。

我和克萊德彼此互望。「你覺得我是基地人嗎？」我問。

克萊德保持沉默。

「謝了，夥伴。」

柯恩的轎車駛進兩輛巡邏車之間，他停下車，猛地推開車門，跳了出來。他望著沙塵與防彈小組與特勤小組的車輛，喃喃喊我的名字。之前我發現「長官」屍體的時候，是否也是這副神情呢——圓睜的眼中充滿驚恐？

我起身走向他，同時舉起一手吸引他注意。

他看見了，朝我走了三步後停下，站穩腳步迎接熱情洋溢衝上前來的克萊德。

比利時瑪利諾犬或許不如血統相近的德國牧羊犬那般魁梧壯碩，卻能以一個兩歲幼兒迎接聖誕節的熱情補其不足。而柯恩警探正好又是克萊德相當熱愛的人。

去年冬天我住院期間，是柯恩代為照顧我的夥伴。他以厚顏的賄賂（每天招待丁骨牛排）贏得了克萊德至死不渝的愛。就柯恩對食物的信仰看來，說不定還餵了龍蝦和魚子醬。我應該慶幸自己重傷臥床時，搭檔沒有養成喝威士忌的習慣。

克萊德跑近後，柯恩在草叢中蹲下，以同樣的熱情揉撥克萊德的毛。他們已經好幾個小時沒見到對方。

我追上來後，柯恩鬆開我的夥伴站起身來，然後張開雙臂要擁抱我，我下意識地畏縮一下。他眼神似乎變得黯淡，但略一停頓之後還是抱住我。

「對不起，」當他的存在的溫暖與重量將我帶回現實，我埋在他肩頭低聲說道：「是我失常了。」

他的唇拂掠過我的唇，接著往後一站，給我一點空間。

柯恩身材高大，穿上西裝顯得精瘦。儘管從事這項工作，他經常放聲大笑，而且對於我和克萊德這種迷失的動物情有獨鍾。但今天早上，笑聲離得遠遠的，他的灰色眼眸深邃如井，深深的皺紋在他嘴邊畫出兩道弧線，看起來就像熬了大半個夜晚卻幾乎毫無收穫的人。

他皺起眉頭。「妳受傷了。」

「我沒事。」

「妳在流血。」他的頭朝我的額頭傾斜。「也許妳沒注意到。」

我把棒球帽往後推，用兩根手指摸摸頭皮，然後瞪著手上濕濕的痕跡，血從醫護人員幫我包紮的繃帶滲出來了。「我會處理。」

「有救護員看過妳了嗎？」

「都檢查過了。」

「他們說妳沒事？」

「我很好。」我把克萊德帶到柯恩車子的陰影中。「告訴我，現在查到了些什麼。」

柯恩打量著我，好奇炸彈爆炸時偏離我多遠，我說的話又有幾分可信。但是不一會兒，他從襯衫口袋拿出太陽眼鏡戴上。爭論結束。

「我知道聯邦幹員到了以後，妳會把所有事情從頭說一遍。」他說：「不過還是跟我說說今天早上的重點。」

我點了根菸，開始向他報告過去兩個小時的事，告訴他我們發現一個被射殺的男人，窯內還有兩具屍體，其中至少有一具有受虐的跡象。我把我拍的死者照片用簡訊傳給他，另外又傳了寫在窯內的字母數字碼。我最後告知雖然我和克萊德安好無恙，威爾遜卻受了重傷，而且情況看起來不樂觀。

柯恩默默聽著，我說完後，他借了我的香菸，只抽一口便還給我。「那個父親，班恩．戴文波，在DPC工作。」

我驚訝地猛抽了一下。查珊曼莎的車牌時，我沒有發現這個關聯。「班恩是海勒姆．戴文波的兒子？」

「獨子。」

我聽了感到心痛。「他聽到消息以後還好吧？」

柯恩往後靠著自己的車，聳聳肩。「死者的律師說他平靜地問了她幾個問題，然後就趕她出來。像他這樣的人，我想他會需要盡可能多一點朋友在身邊。」

我們看著防爆技術員將機器人移往下一個窯。機器人的雙軌履帶咯噔咯噔地駛過碎石瓦礫，操控臂也跟著蹦跳。蚱蜢紛紛彈跳閃避。

海勒姆是丹佛太平洋大陸的所有人兼總裁。出身俄亥俄州貧戶的他，胼手胝足地奮鬥進了哈佛、拿到MBA學位、娶了DPC老闆的千金，然後將岳父的鐵路公司從原本十九世紀採金的根基發展成全國前幾大貨運公司。在他的領導下，DPC的軌道總長成長到五萬六千多公里，員工也增加到四萬五千人。

海勒姆已經多年不管公司的日常營運。但六個月前，他提議打造高速列車從丹佛的一處轉運站駛往鄰近各州。這班黃金線快車將會是他登峰造極的成就。但這項計畫還不屬於他，目前他正與西部另一間大鐵路公司SFCO全面開戰，力爭聯邦政府的數十億資金。專家與企業監察組織都認為他的贏面較大。但不論最後贏家是海勒姆或SFCO的老闆（亞佛瑞．泰特與兒子藍辛），子彈列車都會讓科羅拉多成為現代化與環保的典範。

或是成為擁有全國最昂貴的贅物的一州。

我叉著手縮起下巴，思考著。「告訴我你是怎麼想的。」

「我可以看到四個不同角度。第一，有人不想要那輛子彈列車，就攻擊最可能打造的人。要是這樣，就表示藍辛・泰特也有危險。泰特提到一直有人在破壞他們的車，其中或許有關聯。所以有派人保護他了。」

「還有呢？」

「這是以鐵路基礎設施為目標的恐怖分子發出的第一擊。當然，這個論點也可能結合第一個可能性。或者」——他把手插進口袋——「是比較私人的原因。要不是牽扯情愛就是商業競爭。妳看過海勒姆和泰特互相攻擊的火力吧？」

我點點頭。在這場巨頭激戰中，每天都會有一方丟出一支短片或一則新聞。根本就像媒體的片庫；天神交戰，凡人付費觀看。

「班恩是在六個月前受聘撰寫他父親鐵路公司的歷史。」柯恩說：「他每隔幾星期就會發表一篇文章。」

「吹捧文？」

「可以這麼說。那些文章無疑是為了說服投資人和聯邦政府，能帶領美國鐵路運輸進入二十一世紀的人是海勒姆，不是藍辛・泰特。班恩是受勳的戰爭英雄，這個身分讓他的文章更有分量。」

「我敢打賭泰特父子一定愛死了。」

「只有子而已。我剛剛得知老泰特六個月前中風，人還活著，但連上廁所都不能自理。」

「那藍辛呢？他怎麼看班恩的文章？」

「很生氣啊，不過這個野蠻人有點……」柯恩愈說愈小聲。

「不是說在美國每五個總裁就有一個是精神變態？」

他粗啞地乾笑一聲。「所以我們既要找泰特談話又要保護他。不過他的不在場證明很確定，你們的列車有錄影機嗎？」

我點頭。「我已經拿出錄影設備的硬碟，但需要特殊軟體才能看。等這邊向聯邦人員做完報告，回到辦公室，我會把相關片段燒成光碟。」

帶著警犬的特勤小組出現在遠方，正要回指揮區。他們移動緩慢，狗垂著舌頭拖著尾巴，人員將頭盔拿在手上，滿是汗水的臉閃閃發亮。

「沒有炸彈了。」我說得很小聲，沒讓柯恩聽見。

柯恩看看手錶。「據聯邦幹員說，他們現在應該要到了。我們把白天的時間都耗掉了。」

我們沒再開口。我背靠著他的車，闔上眼睛。熱氣在我眼皮的另一邊舞動著黑點，我身子搖擺不定，上午的事件仍有如一條火線握在手上。

「薛妮，」柯恩清清喉嚨說：「妳不需要假裝，在我面前不需要。」

我兩眼倏地睜開。「你能不能閉嘴？我很好。」

「妳忘了我是聽妳說夢話的人。」

「你偷聽？」

「很厚臉皮地。妳多半都在嘴裡嘟噥，實在很難聽懂妳在說些什麼。炸彈和槍。致命的肉搏。正常的女友之類的。」

我本想開玩笑說所有的海陸都會提到炸彈和槍，但卻轉念想到如果我晚上需要戴嘴套，那我永遠無法保守祕密。

「你的任務，」我說：「是讓我覺得好過一點。但你搞砸了。」

「我只是做點現實查核。妳有不肯面對現實的問題。」

我正眼直視他。「你也會說夢話。」

「別轉移話題。」

我愛妳，他在天色仍暗的清晨時分這麼對我說，而且說的時候已完全清醒。但愛必須建立在互相了解之上，而柯恩和我仍在摸索前進中，我不太有信心能達到那個目標。我們成長的世界差太多，其中一人甚至可以說是狼養大的，而那個人當然是我。

另外還有個事實：我們之中至少有一人懷著可能讓人喪命的祕密。五個月前，有個自稱為中情局做事的男人前來殺我。我饒了他一命，叫他回去給上司傳話，說不管他們怎麼想，我在伊拉克的戀人死前除了幾樣隨身物品和他的狗之外，什麼也沒給我。沒有間諜名單、沒有祕密計畫、沒有海珊的藏金地圖。他們想要的東西我都沒有，我更不知道他們也在找的那個伊拉克小男孩的下落。我希望藉由放他們的人一條生路，來證明自己的可信度。他們現在大可以爬回各自的巢穴，讓我清靜清靜了。

但真要指望事情就此落幕，我還得比現在更瘋才行。因此我將戀人給我的幾樣東西藏到他處，這五個月來時時提高警覺，也時時為柯恩提高警覺，儘管他毫不知情。五個月了，一點動靜也沒有。若非我髮際線處的疤痕和廚房清水混凝土牆上的彈孔，我幾乎可以將一切歸咎於恐慌引發的妄想。

此時，在令人無精打采的暑熱中，我將腳踝交疊，讓車身承受我大部分的體重。熱氣從金屬散發出來。

「關於今天早上，」我說：「就是你跟我說你……」

「別多想，」他撇嘴笑笑，在今天這種日子要露出笑容實在太難，因而給人的感覺格外強烈。「我只是不希望明顯只是為了上床。」

「做愛感覺挺好的。」我坦承。

「是不賴。」柯恩附和道。

微微起了風，爆炸揚起的最後些許煙塵隨風飄散。頭頂上的天空開闊清明，猶如問心無愧的良知。我香菸的煙也隨著微風消逝。一隻紅翅黑鸝飛落在MoMA-D豎立的圍籬上，發出一聲寂寥的鳴囀。

「今天早上的事，我真的很抱歉。」我說。滿心想討罰。

「是我不該逼妳。」

「但我也不必那麼機車。」

「半機車。」

我用手肘撞他一下。

「好吧，」他說：「全機車。」

我忍不住，笑了起來。他微微一笑。就那麼短短一剎那，萬物各安其位。

身後傳來隆隆的引擎聲。我們轉過頭，看著兩輛福特皮卡穿梭繞過其他車輛，在大門附近停下。一名女子步下前一輛皮卡，她高大、年約五十出頭，身穿長褲與深藍色布雷澤外套，濃密的棕髮剪得短短的框住臉龐，頸間用掛繩掛著識別證。她戴了太陽眼鏡，表情從容不迫，好像在研究酒單一樣。

從後一輛皮卡下來了兩名男子。他們穿的海軍藍外套上印著亮黃色的縮寫字母：FBI與底下的JTTF。

「那個女的想必是我們的SAC，」柯恩說：「瑪德蓮．麥康納。她是CARD的組長。」

我像被轟炸過的大腦急急忙忙為柯恩這一串縮寫代號解碼。SAC：負責的特別探員。CARD：聯邦調查局兒童綁架快速部署小組。幸好另一串字母我本來就知道，JTTF是聯合反恐任務小組。

安格警督看見這三名探員，正往他們那邊去。他向我和柯恩招手，要我們也過去。

我丟下香菸，踩熄後拾起菸蒂，接著從口袋掏出耳機。「該走了。」

就近一看，負責探員麥康納的鎮定姿態更令人感到不可思議。我懷疑她恐怕從不曾喝醉或脾氣失控，從不曾說過後悔的話或起床前就一口氣抽掉一包菸。我敢用全部家當打賭，她從未拿傑克丹尼威士忌配早餐麥片。

我不禁納悶，一個五十多歲的人怎麼可能如此自持。今時今日，就連三十歲都覺得力有未逮。

兩名JTTF幹員有著退役軍人特有的挺拔體態與小平頭髮型。約翰・瑞藍，三十五、六歲，身高將近一米八，經常做重訓，鬢邊和下巴各有一道舊疤。他的肢體動作極其精簡，但炯炯目光顯示他已準備好在目標發現之前全力出擊。他的搭檔鮑勃・韋曼看起來大上十歲，高出大約十公分，但也有相同的眼神。我立刻便對他二人有好感。

我們幾人輪流握了手。

「我聽說過妳。」麥康納聽完我自我介紹後說道。她的眼睛被陰影遮住，看不清。「今年二月，妳打倒了那個白人至上幫派。調查過程令人激賞。報紙上都說妳是英雄。妳還在鐵路公司工作嗎？」

「就算是英雄也需要賺錢餬口。」

她多注視了我一會兒，我明顯感受到她對我的決定失望。

「有什麼問題嗎？」我問道。

她略一沉默之後，說道：「當然沒有。」

她的目光轉向我的夥伴，並蹲下來與克萊德平視。「這位想必就是退役上士克萊德了。」

我點點頭，對於她稱呼牠的軍階感到詫異。

「比利時瑪利諾，」她說：「最頂尖的犬種。忠誠，而且聰明得要命。」

克萊德得意洋洋，顯然被迷住了。輕易就上當。

麥康納直起身子。「妳是中士。」她說。

看來她知道軍中的傳統，軍犬通常比自己的指導手高一階，除了表示尊重也為了確保軍中紀律。

我搖搖頭。「我是更低階的下士。我是從克萊德的第二位指導手承接過來的。」

她似乎還想再問，但看懂了我眼中的警告。有一些界線誰也不許跨越。

安格輕咳一聲。「麥康納探員，很高興有你們前來幫忙。CARD由妳負責嗎？」

她站起來。「叫我小麥就好。是的，我是CARD的組長，至少目前是。如果沒能在二十四小時內找到露西，他們會從洛杉磯派人來。」見到我們的表情，她又補充道：「這是程序問題，無關經驗。我在阿拉巴馬和德州帶領CARD小組已有六年時間，破案率有九成五，所以我不是不熟悉這項作業。你們想要什麼協助，就直說吧，我的團隊任憑差遣。」

「感謝。」柯恩說：「眼下我想要有挨家挨戶搜查的人力，查對有無登記在案的性罪犯、看看有無其他可能的嫌犯、確認背景。我們正在建立專案熱線，也可能需要一些人手。至於如何進行搜查，你們團隊有任何明確的建議我們都會接納。」

「我們很樂意追查有前科的性罪犯，不過我相信你也知道，這通常是條死胡同。舉報專線方面我們可以提供協助，我們會處理所有來自安珀熱線的線索，只要不是明顯的惡作劇電話，都會讓你們知道。」這時她的電話響了，她瞄上一眼，隨即將電話放進口袋。「我們也可以撰寫媒體聲明稿，反正這通常被視為吃力不討好的工作，警方會很樂意交出。」

安格忍住笑意。「好。」

「手機呢？露西有手機嗎？」

柯恩搖頭。「我們還在調通話紀錄，不過根據與他們家熟識的友人說，她並沒有自己的電話。」

麥康納轉向我。「請簡述一下今天早上的情形好嗎？」

我將方才跟柯恩說的話再說一遍。三名探員都問了很多問題；瑞藍和韋曼特別感興趣的是我在炸彈爆炸前看見的東西。他們問了關於絲線以及我是否見到任何計時器。我便將袋子和其他絲線的事告訴他們。

「引爆線外加遙控？」瑞藍對韋曼說。

「也可能是某種延遲裝置。」韋曼說。

「這麼說露西不可能在那座窯裡嘍？」麥康納問。

「否則克萊德會讓我知道。」

她點點頭，目光移向佔地遼闊的水泥工廠。「那麼除非鑑識人員有不同看法，我們就先假設露西已被帶離現場。」

瑞藍看著防爆技術人員。「我們帶了數位指紋掃描器。只要屍體沒有被炸得粉碎，應該可以採到足夠的指紋，立刻進行比對。」

「我們去跟現場調查人員談談吧。」安格說：「看看有什麼斬獲。」

雜訊在我耳內爆發。是調度員。我道了個歉，走到一旁稍遠處。

「我是帕奈爾，請說。」我說。

「警方差不多準備好要將出事的列車解鉤了。作業人員已經在待命，就等妳發令。」

「收到，」我說：「告訴他們我二十分鐘後到。」

我走回原處，其他人還在交談。「我得回第一現場去。」

「我會叫某個小組的人載妳回去。」安格說。

「既然案情和火車有關，我想妳應該會是跨部門的特別組員之一。」麥康納對我說。

我頓時遲疑了一下。那顆炸彈爆炸時，我失去了某樣重要的東西，一走了之也許不能將它找回來。但再想想，一走了之或許是我所能做的最聰明的事。對我還有調查工作都好。優秀的海陸戰士知道，一個人的軟弱可能會在何時拖累整個團隊。

「妳應該找我的上司，」我說：「約翰．莫爾副局長。他現在正在蒐集情報。」

麥康納點點頭，彷彿正如她所預料。我好像看見瑞藍眼中閃過一絲失望。無論如何，基地人有個足以稱道的特點——我們的存活率並不差。和他們再次握手後，我走向整排的巡邏車以便搭便車回第一現場。這時，我忽然心念一動，又轉身走回去。

「麥康納探員，」我說：「妳認為我們找到她的機會有多高？」

麥康納摘下太陽眼鏡。她的左眼嚴重瘀傷，一圈青紫將眼睛團團圍起，使得眼窩有如一池深潭。看見她的傷就像在一片完美的玻璃上發現裂痕。但我想每個人都有不為人知的故事。

「這次會很難。」她說：「凶手很有條理，一絲不苟。」

西方天空已轉為帶有威脅性的黑色，較零散的雲快速流竄過灰色蒼穹。空氣劈啪作響，散發濃濃的臭氧味，雨滴嘩嘩地拍打地面。一陣驟風吹過草地，我及時抓住帽子才沒讓風吹走。

我說：「但不管怎麼樣，可能有九成五，對吧？就像妳說的？」

她的目光在我身上停留稍久了些。「對。」她隨即轉開頭，好像要和瑞藍說話。

我心裡響起一個冰冷驚恐的聲音，讓我不得不把她叫回來，儘管明知道最好別問。「那九成五的小孩當中，還活著的有幾個？」

她眼中游移過一抹陰暗——我認得那種眼神，因為照鏡子時也會在自己眼中看見。瑪德蓮・麥康納被鬼魂纏身。我敢打賭。

「有多少人還活著？」我再問一次。

她定定地看著我。「大部分，」她說：「都沒能活著。」

風吹起路上的塵土，凝聚成拳，揮向世界。

5

有些文化相信只有經歷過痛苦才能獲得真正的智慧——也就是說，痛苦能讓我們穿越生死之間的虛空，帶回知識。因此，退伍軍人才會獲得「具有特殊洞見」的讚美。但在其他時空中，剛從戰場上回來的戰士被認為不潔，直到舉行儀式讓他們能重獲純潔之前，必須與社會隔離。

在美國，我想我們並未確定我們所持的是這兩者當中的哪個觀點。我們往往將受創傷的人單純視為弱者。當我們的退伍軍人掙扎時，就會受到同情。或是被忽視。

——薛妮．帕奈爾，英文系2008，戰鬥心理學

我步下巡邏車進入傾盆大雨中，替克萊德打開後車門，然後重新探身進車內，一併帶入大片雨水。

「抱歉弄得這麼泥濘。」我對警員說。

「在那邊還更糟。」他透過金屬網格板與我四目相交。「盡量別被暴風雨淹沒了。」

我關上車門，將棒球帽戴牢。先讓克萊德上了我的「探險者」避雨，然後轉身尋找為列車解鉤的操作人員。

一如水泥廠那邊，到處都是執法人員。犯罪現場調查探員（如今又多了醫檢員和幾位鑑識小組成員）幾乎整個人蹲在火車底下，仍在珊曼莎的屍體旁忙得不可開交。儘管下著大雨，制服警員與警犬還是在道路兩旁的區域展開地毯式搜索，他們像在玩牽手衝撞遊戲一樣往前走，每人相隔一隻手臂的距離，以免有任何漏失。另一組鑑識探員在Lexus四周放置了行動燈，以便搜尋微量跡證。附近有一輛平板拖吊車閃著黃燈待命，等指令一下達就將車拖回警局車庫。

暴風雨把一切搞得一團亂。鑑識人員為了保護現場搭起的防水布被風吹得鼓脹起來，將繩子綁得緊緊的。聲音在強風中變得微弱，大夥兒只得扯開嗓門大吼，好讓對方聽見。警察與探員們穿著長雨衣、戴起雨帽，鑑識人員穿著吸飽了水的泰維克防護衣，一個個看起來又笨重又不成人形。現場在臨時倉促放置的燈光照射下，魅影幢幢，宛如靈異世界。

通常總會有人站在一旁抽菸或喝咖啡，但今天沒有。一部分是因為天氣，主要則是因為罪行太過可怕。

我看到操作人員站在一輛DPC的卡車旁，衣服上滿是水和油汙，工作手套則塞在短雨衣的口袋裡。他們在等候命令要解開煤車的掛鉤，等候之際並未多此一舉地拉上外套拉鍊或是坐進卡車躲雨，這股悍勁強過警察。

距離法醫與鑑識人員工作地點不遠處，葛雷希諾警探與一名手拿板夾的女子並肩站在雨中。警探的頭髮被雨打濕平貼著頭皮，衣服也濕透，但他似乎全未注意到。此刻小隊長想必已經將他搭檔的遭遇告訴他，即使離這麼遠，我也看得出他眼神中少了些什麼。那名被雨帽半掩住臉的女子，很可能是鐵路公司派來的理賠代表。由於天氣惡劣無法使用筆電，她便背著風翻起板夾的塑膠保護膜來寫字。當她傾身向葛雷希諾提問，雨帽往後掉落，我立即認出她是維若妮卡．史登，DPC的訴訟律師之一。

火車撞上車輛與人類血肉之軀的頻繁程度令人沮喪，而且有九成以上的機會要打官司。訴訟結果所左右的金額有時高達數百萬，因此這是一項高壓職業，而年僅三十五、六歲的史登卻被視為該領域的佼佼者。進DPC這段時間，史登贏得了「沒血沒淚的稱職鬥牛犬」的封號。操作人員恨死她了，因為在他們受傷的案件中，由她代表公司方，如果這些案子告上法庭，她摧毀原告的手段眾所周知。

我從公司刊物得知，海勒姆．戴文波從亞佛瑞．泰特的SFCO將她挖角過來，才短短六個月。這兩個男人之間結的梁子更深了。

我的耳機響起。是莫爾隊長。

「我一直有在留意報告，」莫爾說道，也沒多花力氣斥責我沒有早點打電話。「不過我想聽聽妳的說詞。」

我走離開工作人員，將早上的事情重述一遍。說到屍體與炸彈的部分時，莫爾問了一堆問題。最後我告訴他警方與聯邦幹員需要一個聯絡窗口。

「星期一以前就找費雪吧。」他說：「如果我不想被老婆女兒派人暗殺的話。明天一早我就要去埃斯特斯公園市。」

我的心往下沉。我都忘了。「你女兒的婚禮。」

「我要是沒出席會傷小琴的心，桃樂絲也會覺得我死有餘辜。我會把費雪叫進來，明天開始，不管他們需要什麼，都讓他們去找他。明天早上，妳可以跟他說一下最新進度。」

我的臉開始發熱，雖然這是我想要的，至少也是我需要的。

「費雪，」我說：「好的，隊長。」

「噢，回答得還真讓人放心。告訴我，這樣的安排妳沒意見，帕奈爾。」

「我沒意見，隊長。」

「妳沒在想什麼急難救星之類的瘋狂念頭，對吧？」

「沒有，隊長。」

「那就好。人資的黛安正在調那班危險物品列車，我們公司這邊的員工紀錄。CP艾德和法斯頓水處理公司也在蒐集他們那邊的資料。我會催他們加把勁，同時也會繼續努力調出路線圖和周遭的地圖，並向管制單位取得相關人士的資料。光是這部分就要花好幾個小時。警方還需要什麼嗎？」

「我再告訴你。」

「好，那就先這樣。妳那邊一結束就來辦公室找我。」

我向在封鎖線內執勤的警員打個手勢致意後，便走下山坡。史登現在正在拍照，對於我的到來視若無睹。但我一接近並鑽進防水布底下加入他們，葛雷希諾立刻轉向我。

「告訴我法蘭克的情況有多糟。」他說話時兩眼轉得飛快，活像個彈珠台。「別廢話，有話直說，多糟？誰都不肯跟我說。」

我遣詞用字十分小心。我能給葛雷希諾的，也只有小心措辭的真相與同情的一面。同情不會在早上起床跟他一起工作。

「爆炸後他還有意識。」我說：「人很清醒，能說話。」

「他們把他送到刀槍俱樂部去，對吧？」

「那還用說。」

他的頭猛然往前。「妳有事瞞著我。」

「他受的傷不輕，葛雷希諾。但他是個鬥士。」

「剩三年就要退休了。」他的目光飄向中遠方。「然後他就不用再鬥了。他想做點園藝，種鬱金香和玫瑰，管他還有什麼。妳能想像一個刑事警察開心地過這種生活嗎？」

「當然。」我小聲地回答。

葛雷希諾的目光移回到我身上，狠狠盯著我看。「為什麼他受傷那麼重，而妳……看看妳，幾乎毫髮無傷。」

原本忙著拍照的史登抬起頭來。我感覺得到她的目光牢牢注視著我——人體測謊機史登，正在觀察留意謊言的蛛絲馬跡。

但我仍然看著葛雷希諾眼中的瘋狂。「當時我們三個待在一起。克萊德警覺到有炸彈，我們全都跑開。我和克萊德跑到一座窯後面，威爾遜人在荒野中，也許他……」我的聲音逐漸變小——我一直在問自己為什麼我和克萊德往這邊跑，而威爾遜往那邊。「我不知道他怎麼沒跟我們一起。」

「他膝蓋不好。妳知道嗎？也許他需要幫助。」

我回想了一下，搖搖頭。「不，他還好。」

「可是妳，妳逃過了。」

我聽得出他誤植的怒氣，便始終保持語氣平靜。「葛雷希諾，那不是看到熊在逃命。我沒有打算跑得比他快，他也沒有擋在我和炸彈之間。有時候就是運氣太差。」

「但卻不是妳。」

「我建議，」史登打岔的聲音給人一種冰塊滑下背脊的感覺。「你們兩個晚一點再去鬥嘴吵架，我們還有工作要做。」

葛雷希諾嘟噥一聲，望向別處。

「你有其他發現嗎？」我問他。

他動動下巴。「Lexus的車鑰匙，不知是掉落還是被丟到離車子上百公尺的地方。我想是她和露西逃跑了，然後她把鑰匙丟開，好讓綁架者無法把她們帶到其他地方。」

「那她為什麼不設法繞回來開車？」

「也許是沒辦法。也許露西在犯人手上。」他再次與我目光交會。「也許她膝蓋不好。」

「葛雷希諾……」

「我得和我的小隊長說一下。」他大步離開，走向山坡頂上的停車處。

史登讓相機垂掛在繩帶末端，那雙冰河藍的眼眸轉向我。她原本用鬆緊帶髮圈將亮麗秀髮綁在脖子高度，卻被強風吹散了，披散的金髮使得她如雪花石膏般美麗又冰冷的五官變得柔和。

「謀殺還是自殺？」她問道。

「我還沒有看到全貌。」我說。

「只是問問妳的看法，帕奈爾特別探員。案子一開始達成共識的話會有所幫助。謀殺還是自殺？」

「謀殺。」

她點點頭，似乎感到滿意。「很好。」

我瞇起眼睛。「妳是說能達成共識很好？」

她的表情在暗示我有點遲鈍。「很好是因為如果是謀殺，聯邦鐵路總署就不會標記為擅闖，自殺就不一樣了。也就是說這將不會影響我們的安全數字。」

我倒抽一口氣。「妳重視的是這個？」

「這是我的職責。列車錄影器呢？」

我嚥下原本想說的話。「硬碟在我車上，我會給妳一個備份。」

「妳看過了嗎？」

「還沒。供妳參考，駕駛說他沒有超速，也按規定鳴笛了。錄影器裡會看得到。」

「妳一送來我就看看。萬一有原告律師出現，別給他們。工作人員呢？迪克・魏斯比和」——她翻找著文件——「約翰・賽斯邁爾。」

「他們和醫護隊的人在一起。妳可以去總部樓上找他們面談。」

「我比較喜歡在我的辦公室面談。他們得在今天結束前過來一趟。務必要轉告他們。」她抽出一疊紙插入一個塑膠封套內。「我還需要妳填這些表格。數位或紙本，隨妳高興。明天下班以前給我。」

法醫愛瑪・貝爾始終全神貫注於自己的工作，對其他一切都不加理會。此時，她走過來加入站在防水布下的我們。我在幾起跳軌事件中與她合作過，她待人和善但會保持距離，也許是長期與死者相處之故。

「帕奈爾特別探員。」她脫去手套，把濺滿泥巴的泰維克防護衣的頭罩往後拉，儘管天氣凜寒，她那張開闊的臉卻紅通通。「要是可以不要再像這樣碰面就好了。」

這明顯是關於死亡關係的雙關語，我忍住未作回應，只是點點頭。

「我準備要將屍體移出來了。」她說：「然後你們就可以移動火車，工作也就告一段落了。」

我看著史登。「妳沒問題吧？」

「我暫時沒事了。」她敲敲剛才交給我的紙。「明天五點以前。」隨後轉身朝斜坡走去。

「妳今天早上在她麥片裡撒尿啦？」貝爾問我。

我望著史登步下滑溜的山坡。「我想是她自己撒的尿。」

十五分鐘後，雨勢已減弱成毛毛細雨。愛瑪．貝爾與她的手下趁火車停在原地不動，將屍體能移走的部分都移走了。他們將珊曼莎的屍塊裝入黑色屍袋，搬上山坡。觀看這景象實在太像又回到軍墓勤務組，我不知不覺眨著眼睛仰望天空。西邊的烏雲逐漸散開，縫隙間有斑駁的藍天閃現。

「帕奈爾特別探員？」

我將目光轉回地面。

「可以分解車廂了嗎？」問話的是我稍早看見的其中一位列車長。

「動手吧。」

那兩人踩過凝結的血漬，開始進行解鉤作業，我則負責清空軌道。他們完成後往後退，其中一人開始以對講機通話。我聽著他告知列車兩端的駕駛可以啟動了。

當列車震顫著發動後，也開始發出嗡嗡聲。兩端相隔遙遠的機車一開始移動，剎車軟管內的空氣嘶嘶作響，並有宏亮的空隆匡啷聲回響起來。車廂間隙的游移消失，隨著一聲彷彿來自地底深處的呻吟，列車解離了。

我閉上眼睛，想像珊曼莎在駕照照片上的模樣。亮澤的深色頭髮垂落肩後，眉毛高高拱起，聰穎眼神所傳達的與其說是豐富的經驗，更像是與生俱來的智慧。

我一手按在心口，暗自恢復她的完整面貌。我收集起被火車撞散的一切，洗去血汗，撫順她的頭髮，讓她的雙眼恢復生氣，並讓她肌膚底下的脈搏重新跳動。

我的這個習慣——是病態或是勵志，我也不確定——是在伊拉克養成的。當時送來一具年輕大兵的屍體，是上等兵哈特。一名自殺炸彈客引爆時，哈特就在爆炸點。在他的私人物品中，我找到一張他和女友的合照，就把它貼在我們工作的掩體的牆上。之後我便再也放不下——曾經的他，現在的他。

我睜開眼睛，雨已經停了，在暴風雨沖洗過後，雷聲在遠方隆隆回響。不一會兒，太陽露臉，潮濕的地面冒出蒸氣。遠遠地在草原上，有隻鳥鳴囀啼唱著。風從猛烈轉為涼爽，萬物閃著清新的光。

我拖著腳步爬回山坡上，不理會葛雷希諾盯著我看，不理會每一個人。到了我的車旁，我讓克萊德下車，但不讓牠遠離。我們一起站在坡頂，在此同時，愛瑪．貝爾與手下又回到軌道去收尾。

在伊拉克我們常說一句話。擁抱火坑。我心愛的道格每當遇到艱難的狀況都會說這句話。帕奈爾，妳得要擁抱火坑，他會眨眨眼這麼對我說。妳得學會讓自己難受，那麼妳就能克服一切。

最後幾片雲四散開來，露出燦爛的藍天。黃花在濕氣中搖頭晃腦，蜜蜂也重現蹤影，滿足地嗡嗡飛鳴。但克萊德眼裡只看到屍袋與凝結的血塊，牠看起來就和我感覺的一樣不快樂。我將一隻手搭放在牠頭上。

「擁抱火坑，老弟。」我說：「你知道訣竅的。」

我搓搓牠的頭、胡亂撥弄牠的耳朵，並掏出放在口袋的零食賞牠吃。我們爬上我的車後，我發動引擎，緩緩駛過眾多的人群與車輛。我一心只想逃跑，將這一切拋到腦後，假裝這是在軌道上正常運作的一天。自從我返家至今，我唯一想要的就只是如此而已。

就在轉上公路以前，我看了一眼後照鏡。只見珊曼莎沿著鐵軌走，兩側各有一個小孩，是十一歲的男孩，有著小麥色的金髮、綠色眼睛和骨節突出的手腕。是她兒子。她兩手各摟著一個男孩的肩膀，並朝其中一個低下頭去，那男孩爆出斷斷續續的一串話，而他兄弟則把一塊石頭當成足球踢。

他們從警察群中走過，經過驗屍官與其助手，朝著水泥廠的方向去，在那兒，愛迪生筒倉黯然地倒映在漸漸放晴的天空中。

死者是你放不下的負擔。

他們輕如鴻毛，也重如泰山。

6

今天，在哈巴尼亞，我們發現一個小男孩。是個八、九歲的孤兒。他在母親的屍體旁哭泣——那位母親是我們的一位翻譯員。

她被暴徒毆打致死，因為幫助了美國人，也因為愛上一位美國人。

——薛妮・帕奈爾，私人書信

到了柯恩家，我給自己十五分鐘從閃回與炸彈中平復過來。我在大門前階梯的一半處坐下，取下勤務腰帶，脫去血跡斑斑的上衣，讓太陽烘曬疼痛的肌肉。我脫下靴子，用我坐的階梯刮除泥土，然後將手指伸進運動胸罩的肩帶底下，揉平肩帶嵌進肩膀烙下的凹痕。當我轉動頭，試圖舒緩筋骨，骨頭竟像老婦人一樣劈劈啪啪響。

克萊德在屋前的樹叢裡東嗅西聞，在找兔子。朵朵白雲無聲無息地飄過頭頂上被雨水沖洗後的天空。遠處，有台割草機噗噗幾聲後又熄火。柯恩住的這個豪華社區安靜得有如墳墓。

當克萊德放棄追兔子，砰一聲趴坐在我旁邊，我便將牠的裝備移除，放到階梯上曬乾，然後用力搔抓牠全身，把牠被背心壓平的毛全部撥亂。牠身上有土味、毛味和腳爪與毛囊發出的汗味。我將這味道深深吸入，然後闔上雙眼，讓牠的貼近與太陽熱度將我融化。

過了一會兒，我坐直身子，從警督給我的菸包搖出一根菸來。我整整注視了五秒鐘，才把菸塞進嘴裡點燃。墮落何其容易。

「這個案子我們該怎麼辦，克萊德？」我問道。

克萊德輕輕哼了一聲。

國土安全部、運輸安全管理局和我老闆會處理危險物品運輸列車。丹佛與桑頓警局負責屍體。麥康納的CARD小組會去追露西。但如今有時間思考了，我的心思卻不斷回到寫在窯內的那串字母數字碼。那對兇手有何重要意義？又為什麼看起來似曾相識？

我朝晴朗的天空吐了口煙。聯邦幹員或丹佛警察無疑會找出答案，他們畢竟有密碼破解專家和分析師。他們最不需要的就是我這個鐵路警察，不但腦子被炸成像漿糊、瘋瘋癲癲，還有創傷後壓力症候群、信任問題和嚴重的威士忌酒癮。

但我就是無法放手。

每個海陸都會問自己一個問題：你有資格嗎？警察和緊急救護員和社工也一樣。拜託，我們全都一樣。這地球上的每一個人。我母親死後，奶奶教我說上帝只會看我們能承受多少就給我們多少。當時十二歲的我想像上帝拿著筆記本和一個秤，衡量每顆心的強度，來決定事情發生時，我們是否應付得來。

我們每個人自問的是：我處理得了嗎？

我從背後褲袋掏出我像護身符一樣隨身攜帶的照片，用拇指輕撫它因老舊而柔軟如絲的表面。馬利克。兩年前我遺留在伊拉克的孤兒。我們發現他時，旁邊就是他遇害的母親海法的屍體；海法不該愛上一個海陸戰士，而那名海陸也回報她的情意。激進分子對他們倆的懲罰來得又快又狠。

當我們發現他們的屍體與海法飽受驚嚇、不停哭泣的兒子，我不忍丟下他一人等著暴徒回來做最後了結，便用毛毯裹住他，帶他和我一起前往前線行動基地。

照片中的馬利克站在我的基地營房附近，手裡抱著一名海陸送他的足球，咧嘴笑著。我兩手弓起圍住照片，為它遮陽，看到馬利克那雙年幼眼中的深度，覺得不可思議，上帝想必認為馬利克能承受很多很多。

調防時，我曾設法透過國務院替他申請，試著帶他一起回國。但後來他卻在伊拉克的基地失蹤了。當時，我希望他是因為找到家人，但事後才得知他被一些人帶到美國來，目的是想訓練他之後再派他回伊拉克當間諜——那些人正是我擔心會再找上門來的人。

馬利克逃走了。我只知道這麼多。

我把照片重新放回口袋，手肘拄在大腿上抽著菸。我凝視著從鞋子刮下來的土，發現就連這麼卑微的物質都能在陽光下閃耀生輝。暗喻著每個人都可能有良善本性吧，如果真要這麼想的話。

幾分鐘過後，我拿出手機按了一個朋友的號碼，一個名叫大衛・富勒的男人。大衛經營一個組織叫「希望計畫」，目的是為了讓伊拉克難民與家人團圓，不管他們的家人是在美國當地，或是生活在歐洲，又或是仍在中東。這些男女當中有許多人曾經為美國政府工作，後來受到死亡威脅而不得不逃離家鄉。

三個月前，我說服大衛幫忙找馬利克。他有廣大人脈遍布美國、墨西哥、加拿大與海外，其中有些人生活在流亡的穆斯林社群中，也有些人密切留意他們的動向。他答應把馬利克的照片傳遞出去，但會小心，因為也有不友善的人在找他。

大衛沒有接電話。我便發了一則簡訊。

有消息嗎？

沒多久他便回覆了。**沒有。薛，沒法再耗資源在這上頭，太吃緊了。**

我們已有過同樣的對話。上一次，我求他再一個月。

再一個月，我鍵入。

你說過的

拜託

過了好久，這段時間內我將成千上萬的孩童想像成閃爍的光，一個個湮滅在淡漠、戰爭、敷衍、貪婪的黑海上。

手機叮了一聲。**一個月**。

我鬆了口氣閉上眼睛，接著睜眼鍵入**謝謝**。

我是爛人

我敲了**聖人**，便將手機收回口袋。

「露西這整件事啊，」我對克萊德說：「我們必須幫忙。老闆會不高興，因為他覺得我應付不來。可是我們沒得選擇，對吧？她只是個孩子。」

克萊德睜開一眼。

「對，我知道。那顆炸彈也有點讓我嚇得屁滾尿流。好啦，是徹徹底底屁滾尿流。治療師會叫我卯起來看Netflix，一個月後再歸隊。」我往褲子上擦手，因為手心突然冒汗。「不過我們可以鎮定面對，直到找到她為止。」

克萊德露出一副「要保持鎮定，完全沒問題」的樣子。

「沒錯，」我說：「軟弱的是我。多謝提醒。」

我捻熄香菸，起身，進屋去沖澡。

一小時上工後，我把圓筒袋丟到辦公桌上，便去找上司。

我和克萊德爬上一層樓後找到莫爾隊長，只見他眼神淒涼地盯著咖啡自動販賣機。頭上的日光燈讓他的花白頭髮變黃，並在他的臉頰鑿出深谷。曾有一度，他的肚子大到可以放一個盤子在上面，但最近他的制服幾乎像布袋，寬鬆地套在他一米九的骨架外，只能靠腰帶和禱告固定。

我問過他怎麼瘦了，他說上一次看過醫生後，老婆就強迫他減肥。不能吃加工食品，不能吃甜食，三餐都只能吞蔬菜。他說這樣應該是最好，不必拖著那麼多肥肉跑來跑去。可是吃了那麼多要命的蔬菜，他真的很懷疑兔子哪來的精力蹦蹦跳跳。

我看著的時候，他伸出一隻拳頭往販賣機側面砸下去。機器一陣晃動，乖乖地掉下一個紙杯。他的右勾拳完全沒問題。

他聽見我們到來，抬眼往上看，表情隨即變得柔和。我是莫爾最年輕的手下，也是唯一的女性，他對我展現的父愛分量只比對其他所有部下多那麼一點點。在我參與上一次死傷慘重的命案調查後，莫爾便毫不保留地接受我的看法。在科羅拉多調查局與檢察官的後續調查中，他始終支持我，從無一刻對我或我的說詞失去信心。

此刻我一面向他走去，一面努力地透過表情傳達兩件事，一是我對發生的事情有合理的關心，二是我冷靜且自信能應付得來，希望他能讓我繼續應付。抬頭，挺胸。

他瞇起眼睛看著我走近。「妳又來了。」

「什麼又來了？」

「露出妳的海陸臉。」

「恰恰相反。這是我冷靜幹練的臉。」

「哼，看起來一點用也沒有。還有妳沒告訴我妳受傷了。」

我不在意地揮揮手。「我刮腿毛的時候受的傷更重。」

咖啡機噗噗響了幾聲後安靜下來。他瞪著空杯子，接著抓住機器用力搖晃。

「有人這麼做以後死掉了。」我提醒他。

「他們不夠專業。」突然間咖啡噴發注入杯中。他滿意地點點頭，衝著我揚起一邊眉毛。

「妳好像踩到馬蜂窩，整個人氣呼呼的。」

「生活中難免的，對吧？」

「生氣很正常。」

深呼吸。鎮定的表情。「我也許有點生氣。」

「嗯。」

「那傢伙的確企圖炸死我們。」

「妳不太對勁。妳那海陸門面後面還藏了什麼？」

說謊最好的方式就是盡可能貼近事實。「今天發生的事完全就是伊拉克的日常。我都經歷過，還拿了勳章。對我來說不是問題。我想繼續這個案子。」

莫爾叉起手來。「帕奈爾……」

「我是說，過了這個週末。如果到時還沒有找到她的話。」

「妳開始覺得巡邏有點無聊了？妳聽著，薛妮，妳得明白我的立場。我首先要對DPC負責，其次才是對妳。讓妳繼續留在這個案子裡，恐怕對公司或對妳都沒好處。」

「我已經插手了。就讓我幫忙把案子弄清楚，把她弄回家。」

他抓抓臉頰。「妳對國家的貢獻已經比我們九成五的人都多了。妳可以休息沒關係，剩下的就交給其他人吧。」

「基地人。」我喃喃說道。

「什麼？」

「沒什麼。」

「諮商師不是叫妳要避免有壓力的情況，專心治療嗎？」

我抱起雙臂。「在這場戰鬥中，我會是條好狗。」

「是啊，因為聯邦幹員和丹佛警察和桑頓警察和亞當斯郡保安官和科羅拉多調查局，何況還有運安局和國土安全部——這麼多人，還是不夠。他們什麼不需要，偏偏需要一個鐵路警察。」

「只要幾天就好。而且如果你阻撓我，結果情況變糟，我會發瘋的。」

他閉上眼睛重重嘆了口氣。「妳已經發瘋了。」

我等著。

他重新轉向機器。「咖啡？黑咖啡，對吧？」

我強將肩膀往下壓。「對。」

他把剛裝滿的紙杯交給我，又往機器裡丟了幾個硬幣。

「我的希望是，」他說：「妳能給自己一點休息的時間。看是度假還是什麼。給妳自己一個痊癒的機會。妳跟我說過，妳做這份工作是為了和事情保持一點距離。」

「我已經痊癒了。而且我不喜歡度假。我不知道要做什麼。」

「妳有沒有想過找個嗜好。」

「我有啊。射擊。」

他對著我翻白眼。有個杯子落到定位，機器開始轟轟響。看來它已學乖，不再和約翰．莫爾唱反調。

「治療很有效。」我很想在背後暗暗交叉手指，好不容易才忍住衝動。「我的意思不是說一切都很輕鬆愜意。不過治療師的確跟我說過我需要留在崗位上，不應該逃避讓我感到煩亂的事。」這次我真的交叉手指了。「你要是不讓我參與這個案子，其實反而可能不是好事。」

他將咖啡遞給我。「聽起來廢話連篇。」

「很多心理治療聽起來都像廢話，卻不見得是錯的。而且如果你不讓我聽從他們的建議，又何必堅持要我接受諮商？」

「因為我可能比妳的諮商師還清楚，萬一事情搞砸了，妳會付出什麼代價。」

「這話是什麼意思？」

「我調查過馬德里的鐵路爆炸案。」他說：「二〇〇四年的時候。死了一百九十二個人，將近兩千人受傷。」

「這裡不會發生那種事。」

「但願不會。」他說：「但我想強調的是我抵達現場時，他們還在清理屍體，還在拼湊哪個頭屬於哪個身體。前幾天我太過驚嚇，沒法睡覺。每次吃東西都會吐出來。」

「約翰，」我輕喊一聲。他看著我，眼神既謹慎又溫柔。「這具屍體不是我的第一次，炸彈也不是。」

「我知道。」他閉上眼，隨後再次張開。「這我知道，這我知道啊。所以我不斷地問自己這樣對妳是比較好還是比較不好。」

「該是怎麼樣就是怎麼樣。」

「唉，算了。」他皺起眉頭，有點像隻表情不悅的泰迪熊。「妳就做吧，但要依我的條件。所有事情妳都得一五一十地告訴治療師。妳待會兒有約，對吧？」

我瞇起眼睛。「你怎麼會知道？」

「我有在注意。所以妳要把每個小細節都告訴他。而且只要我發現妳有任何一點錯亂的跡象，就會馬上把妳拉出來，速度還會快到讓妳覺得胃就要從眼睛蹦出來。」

我強忍住向他敬禮，或是擁抱他的衝動。「感謝你，隊長。」

「該死，帕奈爾。妳還真能說。」

我牽起克萊德的皮繩，和隊長一起下樓到我們的部門，在調車場控制塔台底下兩層樓，位於北端的一群辦公室。我們的區域空無一人。除了隊長，只有我一人值班，這是常態。DPC的警察都是獨自作業。我迫不及待想馬上開始追蹤窯內那組字母數字碼，但當下列車錄影器的錄影畫面更重要。

我在自己的隔間停留了一會兒，除了拿袋子裡的錄影器硬碟，順便將克萊德安置在窗邊，讓牠可以舒服地趴下來打個盹。接著我匆匆尾隨莫爾前往他位於最盡頭的密閉辦公室。

「妳看過影帶了嗎？」他引領我進門時問道。

「還沒。」

他放下咖啡，插入硬碟，用電腦叫出影像。我利用軟體搜尋斷電的轉變——也就是迪克緊急剎車的時刻。我往前倒轉三分鐘，夜間軌道隨即在我們眼前延展開來。

畫面出奇清晰，完全不像閉路電視攝影機顆粒粗大的影像，聲音也很鮮明。引擎持續地隆隆低響，迪克則輕聲吹著口哨自娛，對即將發生的事懵然不覺。沒有聽到賽斯邁爾發出的聲音，看來我猜他睡著了八成沒猜錯。在那最後的寧靜時刻，影像本身並無特別之處。火車行經之處多半是鄉野地區，在黑暗中除了鐵軌幾乎什麼也看不見——頂多就是偶爾出現的電話線、幾棵樹，有時則是一棟儲藏倉庫或是某樣鐵路設備。里程標平靜安詳地飛掠。

「那裡！」莫爾說道，就在迪克鳴笛時。

火車轉過彎後，一個人影出現在鐵軌上。從這個距離無法判別任何細節——深夜的漆黑加上車頭燈與警示照明燈強達二十萬燭光的突然照射，將身分與性別都隱沒了。但可以清楚看見有人站在軌道上。迪克開始反覆喊道：「走開！走開！走開！」像在禱告似的，同時一面鳴笛準備緊急停車，幾秒鐘過後，賽斯邁爾開始叫嚷。當列車接近那人，細節浮現，我也明白了迪克的意思——珊曼莎看起來像在掙扎。不一會兒，燈光照在她驚恐的臉上，然後珊曼莎便消失在車輪下。

「王八蛋。」莫爾說。

我將影像暫停。觀看時，我心跳加速到三倍快。我不是第一次看事故的錄影畫面，但從來沒有覺得輕鬆些。

我想到史登稍早的無情提問，喃喃地說：「謀殺。」

我們又重看了十次畫面，一格一格地播放關鍵時刻，試圖在車頭燈的白色強光中看出更多關於珊曼莎的細節。她的衣服布滿深色斑點，所以迪克說的或許沒錯，她受了傷。至於她是否受困，這點毫無疑問。她發了瘋似的想掙脫一個看似木框的東西，直到一切都太遲為止。

就在火車頭撞上她之後的幾秒鐘，我發現畫面右側有動靜——灌木叢裡有東西在動。在最後一剎那，那不知是什麼的東西快速、奮力地跳離軌道，消失在畫面外。

「你看到那個了嗎？」我問道。

「看到了，天曉得那是什麼。也許是頭狼？」

「在科羅拉多不可能。還離行進中的火車那麼近？」不管是什麼，我想到露西在黑暗中逃命，不由得打了個寒噤。

莫爾複製了影帶，剪到只剩意外發生前的十五分鐘，直到火車停下，迪克和調度員通話的時候。接著他從辦公桌拿出一疊空白光碟，開始為所有相關人士做拷貝。

「也印出一些定格畫面。」我說：「我還要那隻動物。如果你可以把光碟和定格畫面分發給這裡的團隊，包括維若妮卡．史登，那我就負責送去給警察和那些聯邦幹員。」

「遵命。」

「柯恩警探要的資訊，我們掌握多少了？」

莫爾不停地移除、插入光碟，在桌上疊了高高一堆。

「黛安已經替每個和危險物品列車有關的人調出了員工檔案，」他說：「被指派的員工、調度人員、排程人員，還有在德州麥克多納負責組裝列車的人員。就是妳看到的在那張椅子上那疊。維克．馬奇已經抓出路線地圖。我會全部複印給警察和聯邦幹員，也包括我們所掌握關於供應商的資料。同一時間，國土安全部的人會設法追蹤數位指紋，看是不是有人駭入我們的資料庫，取得那班危險物品列車的時程表。」

我點點頭。「警方正在針對個人資料申請傳票。複本準備好以後我會全部交給柯恩。」

「說到柯恩，你們兩個怎麼樣了？」

我紅了臉。「有沒有人跟你說過你很八卦？」

「我女兒。一天到晚說。這是最後一片CD。需要更多的話，就告訴我。」他指向辦公桌右側的一疊資料夾。「我已經開始看員工檔案，從中調出資料，看看有沒有誰和班恩・戴文波或他父親有關聯，或是有沒有跡象顯示哪個員工心懷不滿。」他將一張紙推過桌面。「這是所有和那班列車有關的DPC員工名單。到目前為止，他們每個人和海勒姆之間的唯一關聯就是他們在他的鐵路公司工作。」

「那不滿的方面呢？」

「就算他們不高興，也沒有引起人資部門的注意。我會找他們一個一個談，看看有沒有人資沒記錄在檔案中的事情。」莫爾將兩手手指搭成尖塔狀，指尖反覆輕碰牙齒。「我也會找工會的頭兒談談。」

「很好。你在看員工資料的時候，要記住一件事。」

「什麼事？」

「有個推測是班恩和珊曼莎當中有一人出軌。既然扯上了火車，出軌對象有可能是這裡的員工。」

「漂亮。」莫爾說：「好了，趁我還沒改變心意，妳滾出去找那個小女孩吧。」

回到自己的辦公桌後，我給克萊德一個啃咬玩具，然後坐下來。我從抽屜拿出一本拍紙簿，將爆炸前一刻我在那座窯內看見，並深深烙印在腦海的字母數字碼寫下來。

02XX56XX15XP

我皺起眉頭。這會不會是某種特別的作業程序編號？以字母代替其中幾個數字的電話號碼？或是暗指聖杯所在地與露西下落的密碼？

我十分確定以前見過，否則至少也是類似的東西。我邊喝咖啡邊瞪著紙頁直到眼花。

那麼多的X。

我腦中聽見「長官」的聲音：把它塗黑。

在軍墓勤務組的用語中，這表示把殘缺的部位補上。但假如這裡有缺漏，我無從知道那是什麼。無論如何，這組數字還是有點眼熟，我心口的糾結顯示這不只是一廂情願的想法。有時候你得清除碎片殘骸，才能看清重點。我移除了X，重寫數字，瞪著重寫的結果看時，一股寒意從背脊急竄直下。

025615P

竟然這麼久才看出來，令我感到羞愧。也許可以怪炸彈把我的腦子炸成漿糊。可是當我終於明白自己看見了什麼，這組數字發出了充滿意義的光輝。

根據機構不同，統計數據不一，但在美國，大約每九十分鐘就會有車輛與火車相撞。為了追蹤這項資料，以決定哪些地方需要做改變，美國交通部為美國境內的每個平面鐵路平交道都編了號。總共超過二十萬組號碼，全部都是六個數字後面加一個字母。該編號可與全國資料庫交叉比對，涵蓋的資料包括地點、附近道路的描述、所有鐵公路交通資料，以及該平交道使用的任何交通管制設施。

我打電腦調出DPC在科羅拉多的平交道資料時，手指感到刺痛發麻。我輸入025615P，沒有結果。於是擴大搜尋範圍到公司所有的平交道，又失敗之後，便點入聯邦鐵路總署的安全資料網站。總署的資料庫包含了每家鐵路公司所有已知的平交道，但還是找不到。我又回到DPC的網站，搜尋我們的鐵路總署意外事故報告的資料庫，接著又查詢一個輔助系統，裡面列有我們自己的意外事故文件與死殘報告。仍然沒有結果，我於是改換策略，轉而搜尋珊曼莎死亡地點以北和以南的平交道編號。沒有符合的結果。

希望化為烏有。我皺眉瞪著電腦螢幕。如果那串號碼不是平交道編號，那便再也無從查起，因為沒有其他字母數字串與火車或火車編組有關，作業程序方面就差得更遠了。或許警方或聯邦幹員運氣會好一點。

不過現在還不到舉白旗投降的時候。

我拿起電話，打給我在鐵路總署的聯絡窗口。瑪格麗特．阿克曼的辦公室在華盛頓特區，但戴文波一案的新聞已經傳過去。

「那個小女孩有消息了嗎？」我告訴她我在幫忙查這個案子後，她問道。

「我就是為了這個給妳的。」我說：「妳先別說出去。我有一組和命案相關的號碼，看起來像是鐵路平交道編號。可是完全搜尋不到。」

「有可能是失效了，如果那個交叉路口已經不是平面的話。」

「我也這麼希望。妳能不能查一下妳的資料庫？」

「當然。等一下。」我聽見她敲鍵盤的聲音。「是什麼號碼？」

「025615P。」

「嗯，沒有。我再查查停用的號碼。」

又是一陣敲打聲。我從桌子拿出一顆網球，開始往上拋再以單手接球。克萊德晃了過來，兩眼直盯著球看。

「沒，」瑪格麗特說：「那個資料庫裡也沒有。這如果是平交道編號，那它不只失效，還很久遠了。也就是老早就淘汰掉了。」

這有可能是關於凶手的線索。「多久了？」

她忽然嗆咳起來，我便等著。

「妳還抽菸嗎，瑪格？」

「是啊，感謝老天。妳呢？」

「戒了。」我說。

「妳真是個大騙子。」

「妳說久遠是五年嗎？」

她噗哧一聲。「我知道妳才剛剛擺脫尿布。」

「十年？」

「還是讓我這個老女人教妳一兩招吧。」

她想必是聽見我翻白眼的聲音，忽然放聲大笑，結果又是一陣劇烈咳嗽。「好吧，」等到能說話的時候她說道：「鐵路總署早在七〇年代初就建立了全國平交道編號目錄，可是一直到八〇年代中晚期，系統都沒有自動化。也就是說妳那個號碼應該就落在那十五年的黑洞裡。雖然我很確定那麼久以前的紙本紀錄還保留著，但可能得找好幾個檔案。」

「妳是說那可能是將近四十年前的號碼？」

「妳說得好像多古早一樣，當時才正值我的黃金歲月呢。」

「全部找完需要多久時間？」

「說真的嗎？可能要幾天。」

「如果和所有的6180事故報告表交叉比對呢？」

「除非有日期和地點，否則想追查意外事故是行不通的。」

「瑪格，給我一點答案。」

「我是說真的，薛妮。我知道妳時間有限，但就連說幾天都可能太樂觀。我也許可以在微縮片上找到一些表單，但其他的目錄表單恐怕都還是用碳帶打字機打的。我說的是放在地下室那些紙箱，很可能是一些搞不清楚數字的小老頭歸檔的。6180那些也一樣。」

「我有沒有提到有個小孩失蹤了？」

「交給我吧。」她說完又再次咳得撕心裂肺。

炸彈鑿入我額頭的傷鑽透了我的頭顱。我帶著克萊德到外面丟接網球，順便思考凶手為何在乎一處舊平交道。我猜，是意外。關於平面路口，最重要的就是在那裡傷殘或死亡的人。

我對克萊德吹了聲口哨，然後一起進入室內。空調的冷氣吹得我流汗的皮膚起雞皮疙瘩。克萊德砰地趴倒在牠自己的角落。我打電話到國家運輸安全委員會的丹佛辦公室，找一位名叫馬克．賴普頓的調查員。我和賴普頓曾經合作過少數幾宗案子。

「我在調查一個舊平交道，」我說：「需要確認地點，還要確認運安會有沒有相關的意外事故。編號已經失效，所以我這邊查不到。」

「是戴文波那個案子嗎？」

「是。但訊息還沒公開。」

「那我只會告訴親近友人。編號有多久了？」

「二十年。」我說：「說不定甚至有四十年。」

「那我幫不上忙，至少暫時幫不上。那項資訊不會存在任何資料庫。」

「我知道。在地下室的紙箱。」

「很可能是資料櫃，但沒錯。」

我緊閉起雙眼，又猛地睜開。「這很重要，我非得盡可能找到所有關於那個平交道的資料。告訴我該怎麼做。」

「妳試過鐵路總署了嗎？他們有……」

「他們正在找那個編號的最初申請和有無意外事故報告。不過會花一點時間。」

「我這邊也沒比較好。我們的舊表單全放在華盛頓的總部。再說，這整件事可能只是做白工。妳也知道我們只處理大規模的事故，像是死亡人數眾多，或是火車對撞之類的全國性新聞。如果妳那個平交道沒發生過這種事，我們這裡什麼都不會有。」

「能不能至少試試看？有個小女孩失蹤了。」

賴普頓嘆了口氣。「編號多少？」

我跟他說了。

「我會打電話到華盛頓，」他說：「叫那邊的人找找看。不過別抱太大期望，我們的表單不是依照平交道編號歸檔，而是照我們自己的編號系統。說不定在什麼地方會有個列車長日誌交叉引用我們的編號和平交道編號，但那也不會是數位化資料。如果妳能給我一個地點或者和任何意外事故有關的人名，會有幫助。」

我雙手握拳。「我就是希望從你們那裡得到這些訊息。」

「我盡量，」賴普頓說：「再聯絡。」

死寂無聲。我對空舉起兩隻中指，然後打開一個抽屜，只為了用力將它關上。克萊德嚇了一跳，瞇著眼睛看我。「抱歉，老弟。」我要牠待著，然後自己去了莫爾的辦公室，探頭進去。

「死殘。」

他瞠目以對。

「那些舊表單在哪？」我問道：「還有6180那些。就是開始數位化以前的所有表單。」

他驚詫地看著我。「那些……狀況可不好。」

我跨進他的辦公室。「我幾乎可以肯定，寫在窯裡的那個字母數字碼是個舊的平交道編號。但如果是這樣，那個編號已經停用，而且資料庫裡找不到。鐵路總署的瑪格麗特·阿克曼說她會查，但目前什麼都沒找到。如果我能找到和那個編號有關的任何死殘表單，也許就會找到和案情相關的線索。」

「譬如說？」

「我還說不準。可能是在那個平交道或那附近發生的某件事。那個編號對凶手有某種意義。」

「讓我看看妳查到什麼。」

我走入後，在他遞出的紙上寫下那個號碼，包括那幾個X。寫完將拍紙簿還給他。

他戴上老花眼鏡仔細端詳。搔搔下巴。「妳刪去了X。」

我點點頭。

「好，也許妳是對的。但如果妳覺得凶手的動機是為了以前的某件事，那就表示他懷恨了二十多年。」

「怒火會燃燒很久。」

「妳遇見我第一任老婆啦。那麼如果這真的是平交道編號，他幹嘛加那麼多個X？」

「不知道。我們面對的人思考方式和我們不一樣。」我斜靠在門框上。「所以表單的事呢？」

「妳聽說過地窖嗎？」

「什麼？」

他將手肘撐在桌上，雙手握成拳頭。「很多年前，有個人突發奇想說要掃描輸入所有的舊表單，而且不只是科羅拉多的，而是DPC名下的每一條線。那些坐辦公室的想要集中作業，就把表單送到這裡來。6180那些也是。數不完的紙箱。後來預算被刪，主管們把整個計畫全部喊停。現在我們這裡有數以百計、數以千計的表單，全都存放在一個跟紐澤西一樣大的櫃子裡。除非妳有日期，不然就算想把搜尋範圍縮小到一箱都不可能。」

我的右腳跟像活塞一樣上下跳動。「一定會有辦法的。」

「等等看鐵路總署會不會發現什麼。還有別忘了聯邦幹員會試著去查那個號碼，說不定根本不是這麼回事。在這段時間內，我也看了員工檔案，還找人資談過。」

「結果呢？」

他讓椅子往後傾斜，交抱雙手，並將拳頭插在腋下。「我們的人一個都沒問題。九個男的，一個女的。沒有被註記、工作表現沒問題、沒有和其他員工不和的紀錄，沒有異常高的缺席率或是性騷擾指控或是抱怨不受重視。他們都有自己所屬的工會，而且是正式會員。快活似神仙。工會也是這麼說。」

「這並不代表就沒有人非常不快樂。」

「對。警察會訊問他們。」他轉一下手腕上的手錶。「老實說，我不覺得他們有任何一個人像是班恩或他老婆可能外遇的對象，因為那些男人都跟我一樣年紀。現在，我仁慈的老婆看到我把馬桶座放下來，會說我是難得的寶貝，但妳能想像一個年紀小我一半的女生來搭理我嗎？」

我克制住自己沒有伸手過去拍拍他的手。「那女的呢？」

「她已經是被五十歲追在屁股後面跑的奶奶了。妳應該……」

「請別說我應該看看她的屁股。」

「天啊，帕奈爾，妳真是得到我寶貴的真傳。」

「這叫寶貴？」

他似乎兩眼泛淚。「所以我才會放棄走單口喜劇那一行。好啦，那個號碼。如果照妳說的它是平交道編號，而且又是本地的，那妳應該找佛瑞德．左納談談。他在這一區待了好幾十年，就我所知，他把那些資料都存在腦袋的一個檔案裡。」

「你是說公牛左納？」

「就是他。那混蛋已經退休，但應該會很樂意和妳談。他沒有家人，恐怕也沒有朋友，脾氣有點古怪。」

我知道公牛左納。「說古怪太寬容了。」

「好吧，他是個有種族歧視、性別歧視的人渣。聽說曾經有人傷了他的心，後來就一直這樣了。不過妳要是能讓他從酒瓶堆裡爬出來和妳談一談，他應該是個知識寶庫。」

我見過公牛一次，是我小時候的事。他曾是公司裡老派的鐵路條子之一，體型魁梧壯碩，態度則像是嗑了藥、被逼到無路可逃的獾。他喝酒喝到好像不想見到第二天的太陽，巡邏車場時卻又帶著近乎病態的熱忱——與其看著塗鴉或私闖者，他寧可打他們一頓。他養了幾隻比特犬，值勤時會帶上一兩隻嚇嚇私闖者。

此時坐在莫爾的辦公室裡，我想起兩件關於公牛的事。一是他的口音，軟軟的南方腔。二是他的眼睛，有一隻瞎了（意外造成的），另一隻則是一片灰，任何人性的光輝都早已打包走人。

「你能聯絡到他嗎？」我問。

「我們現在就打給他。」莫爾敲了幾下電腦，找到一個號碼，然後用桌上的室內電話撥打。他把聽筒交給我。「祝好運。」

「你真是大好人。」

電話響了六聲後跳到自動語音，請我在嗶聲後留言。「左納特別探員，我是DPC的帕奈爾特別探員。我在追查一個號碼可能是平交道編號，025615P。我需要知道它的地點，不知道你記不記得什麼重要的事。請回電給我。很緊急。」我留了手機號碼後掛斷。

「聽說他常去一間酒吧。」莫爾說。

我一手摀住胸口。「不會吧。」

「愛作怪。他喜歡去一個叫皇家，也可能是皇冠的地方。據我聽說，是鐵路老員工愛去的酒吧。我猜應該是在他可以踉踉蹌蹌走回家的距離範圍內。要是沒有其他方法打聽，可以試著去那裡堵他。這是他的住址。」莫爾草草寫在拍紙簿上，然後將紙遞給我。「妳去的話，帶上克萊德。可能還需要一部坦克。」

我站起身。

莫爾翻找著桌上的資料夾，抽出其中一份交給我。「妳出發前，最好也先看看這個。」

回到辦公桌後，我打開資料夾。那是關於班恩．戴文波的公司存檔。

班恩是在二〇〇九年進公司擔任歷史記錄與檔案管理員，辦公室在市中心的科羅拉多歷史學會大樓，直屬於他父親。

資料夾上別了一張照片，裡頭是個深色頭髮、外表健美的男人，面對相機連拉起嘴角笑一下都嫌麻煩。他臉上顯而易見的謹慎表情我認得——我每天早上都會在鏡子裡看見。打過仗的人都這樣。

班恩在二〇〇一年畢業於科羅拉多大學波德分校哲學系，後來進入科羅拉多大學法學院。但不知什麼原因（可能是九一一事件），他休學從軍。他進了預備軍官學校與海軍陸戰隊基礎學校，隨後被派往伊拉克。他的服役時間從二〇〇二年到二〇〇八年，分三次派駐，從少尉一路升到上尉，獲頒無數動章獎狀。有這樣的輝煌紀錄，他本可找到許多高薪工作。但也許他喜歡管理檔案，喜歡悠遊於歷史中、隱沒在書架間。也許他熱愛火車。

又或者他可能和我一樣，需要沉潛一段時間。

我又翻回到照片。

不是每個上過戰場的人都會得創傷後壓力症候群，絕對不是。大部分的人其實都沒事，或是看起來沒事。但在所有軍種當中，參與伊拉克戰爭的退役軍人有百分之二十患有創傷後壓力症候群，另外百分之十一是從阿富汗回來的退役軍人。每一天，有二十名退役軍人自殺——他們參與的戰爭從現今的衝突一路回溯到越戰。

班恩．戴文波的眼睛在說，閃回與噩夢他都知道。

我無法忽視一個可能性：也許班恩崩潰了，突然變得暴戾，我知道有一半的退伍軍人都擔心自己會這樣。也許他的妻子出軌，被他知道了，她的不忠成了最後一根稻草。報仇雪恨前，殺戮不會停止。可不可能是他殺死兩個兒子、把妻子綁在鐵軌上，然後回家自盡？

若是如此，他是怎麼處置露西的？

我闔上檔案夾。關於班恩，暫時無法得知更多了，我便在網路上追蹤珊曼莎，並找到她的公司。「聖母人像攝影」。

「聖母人像攝影」的主要業務似乎是拍幼兒照片。網站上除了微笑孩童的照片，還有來自家長的盛讚。珊曼莎的奇想（許多大大的花盆和小狗）加上能讓拍照對象展現最好一面的天賦，創造出一個可能充滿無盡歡愉嬉鬧的世界。每一個人——小孩、小狗，甚至連花盆——都顯得很快樂。她的簡介頁面列出她個人以及她的助理傑克．賀利的一長串得獎紀錄與資歷。賀利與珊曼莎年紀相仿，英俊得像個海灘男孩，面帶隨和的笑容，留著燦爛金黃的長髮。應該很懂得跟小孩相處，和母親們相處得也不錯，我想。

或許他的存在是珊曼莎生命中的陽光面，恰恰與班恩的陰沉憂鬱形成對比。他的開朗足以誘惑她上他的床嗎？

在幼兒攝影集旁邊有一個標著「黑色攝影集」的頁籤。我點了一下，進到一個不同的世界。在這裡，珊曼莎的作品美麗，甚至於令人驚奇，但卻詭異。荒涼的景致。人的屍體，我猜地點應該是某個屍體農場，就是法醫科學家在各種不同環境中研究人類屍體腐化情形的場所。有小孩出現在某些照片中，但全然不像另一個攝影集裡笑容可掬的幼兒。我很快就發現總是相同的三個孩子，發覺他們就是班恩與珊曼莎的三個小孩，不由得內心一陣刺痛。是兩個頭髮淺黃的男孩和一個年紀較輕的女孩。

我打了個哆嗦，因為認出男孩和我在軌道邊看見的鬼魂影像一模一樣。

我找到一張露西的獨照。她坐在輪胎鞦韆上，拉長了身子，偏著頭以便正視鏡頭。她柔細的棕髮幾乎掃過地面。

我將照片放大，只見她眼中閃著活潑聰明的光芒，下巴自信地偏斜的神態中帶有一定的大膽。從她微開並翹起的嘴唇看起來，在按下快門之前，她還在大笑。

看著她讓我覺得好像有人把手伸入我的肋骨間，攫住我的心臟。

「露西，」我輕聲地說：「妳在哪裡？」

我列印出她的照片，然後繼續看。下一組風景照是黑白的，我一眼就認出那個地點：愛迪生水泥廠。照片是在暴風雪的昏暗光線中拍攝，日期顯示今年三月。珊曼莎的孩子也出現在其中幾張照片中，多半是用他們的小小身影來對照巨大筒倉。其中一張，他們站在水泥窯前面，高傲的表情（母親想必費盡心思才讓他們露出這樣的表情）和水泥窯的陰鬱氣氛很搭。火窯、白雪、孩子的冷傲，在在讓我想起以前看過的奧斯威辛集中營的照片。這樣的比較令人不安，而我懷疑珊曼莎絕對心知肚明。

珊曼莎和孩子在這裡的時候，凶手就在那窯內忙著準備了嗎？他是否看見他們，也許還跟蹤他們，然後選定他們下手？珊曼莎對水泥廠的熟悉，可以解釋她為何會跑那條路。也許她已經知道凶手要帶他們去哪裡。

我傳簡訊告訴柯恩，窯內的號碼有可能是平交道編號，而且錄影畫面顯示珊曼莎的死毫無疑問是遭人謀殺。他馬上回覆，問說為什麼是我告訴他而不是莫爾。我跟他說莫爾要出城，我會進這個案子，這也是我想要的。過了幾分鐘，他才傳了豎起大拇指的圖示給我。

聰明。他不會想睡在自家沙發上。

接著，我打到丹佛醫療中心，打出警察牌，表明自己的身分，要求和照顧法蘭克・威爾遜警探的護士說話。等候時，我走到俯臨停車場的窗邊。陽光閃耀穿過窗玻璃，一道冷冷的白光，好像一下子從七月跳到了一月。

一名護士接起電話。「他在手術中，才剛剛開始。手術預計要五個小時。之後才會知道情況。」

「他狀況怎麼樣？」

「很嚴重。」她背後有警鈴聲響個不停。「晚一點情況才會比較明朗。」

我向她道謝後掛上電話，凝視著窗外的白光，想著「長官」所說的美德與接受。一股與心痛同樣熟悉的舊日怒氣，將我團團包圍。威爾遜的受苦既沒有美德，也沒有接受。那種痛苦不會把你鍛鍊成更好的人，而是不必要的折磨。

我抓起袋子，叫上克萊德時，莫爾正好走出辦公室，抱了一個紙箱裝著CD、錄影定格畫面和他為柯恩蒐集的資訊。我又往箱子裡丟進班恩的個人檔案。

「多謝你的情報，」我對他說：「我現在要去追左納這條線索。也許找到人的時候他已經醉死了。」

「還是小心點。」看到我的表情，他又接著說：「我知道，一日海陸，終身海陸。走吧，我陪妳去開車。」

外頭的天空像個粉灰色的圓頂，氣溫約莫二十一度上下，溫和得不正常。西邊的大片烏雲間有電光躍動。

莫爾皺起眉來。「氣象報告說會下豪雨。沒見過這麼爛的夏天。」

到了我的停車處，我打開車門鎖，莫爾便將箱子放到後座地板上。我從手套箱找出備用的太陽眼鏡，然後打手勢要克萊德跳上副駕駛座，我再從另一邊上車。我搖下車窗，莫爾探頭進來。

「那班危險物品運送列車無限期延期，樓上都快鬧翻了。」

我點點頭。「速度速度速度速度，老是這樣。」

「運安局、國土安全部，到時候這裡的紅、白、藍會比國旗上還要多。萬一這傢伙真的打算炸掉那班車呢？」

「現在辦不到了。」

「列車遲早要開的。而我現在要去參加婚禮。我應該留下來才對，那個小女孩……」

「你在這裡也做不了什麼，約翰。事情真的有輕重緩急，先好好照顧你女兒兩三天吧。」

他將一根手指伸進領口，像個害怕被吊死的人。「我知道。但並不表示我心裡好受。妳要是在死殘表單裡發現什麼日期，要讓我知道。我會從地窖拖出幾個箱子，帶到埃斯特斯公園去。其實小琴和桃樂絲不會需要我，新娘的父親最主要的作用就是開支票。」

「你還有婚禮，和舞會。」

「是啊。」他雙眼變得迷濛，失了一會兒魂，我也由著他。最後他深深吸了口氣。「有任何需要就打電話，我趕過來還不到兩個小時。妳有費雪，需要的話，還可以找其他人支援。」他用銳利的眼神看我。「答應我，妳如果覺得遇到瓶頸或是感覺不對，就打給我。」

「我會的，」我瞄一眼儀表板的時鐘。「好了，讓我去忙吧。」

他拍拍我的車。到此結束。

我倒車出停車格，駛向柵門。我轉上街道時，他還站在原地，隨後他與DPC總部便落到視線之外。

7

思考的周全程度是我們的最大優勢。

——薛妮．帕奈爾，英文系2008，戰鬥心理學

公牛左納住的城區讓南北韓非軍事區看起來像個全家出遊野餐的好地方。多年前，越南幫派分子在附近三個街區爭地盤，送上驗屍台的屍體數比大多數人手指加腳趾的數目還多。自那時起，丹佛大都會掃黑特勤小組入駐，一網打盡。如今每個月大約只會發生一起殺人事件。有進步。

我自問，像公牛這種有種族歧視的人怎會選擇住在那裡？公牛討厭所有的人，但據我聽說，他尤其討厭亞洲人。或許他在酒瓶堆裡埋得太深，如今只能住得起幫派的地盤。也或許他屬於那種寧可住在戰區的火爆分子，尤其是他自己找的戰區。再也沒有什麼比得上標竿人生。

我轉進他住的那條街，開到半路，立刻便認出他家，就是唯一掛國旗的那戶，車道上還停了一輛紅色巨無霸F650超級卡車。我再次確認地址後，將車停到路邊細細審視四下情況。

公牛的退休金花到哪去，從那輛皮卡連同它的纖維玻璃葉子板和訂製的輪圈蓋，大概可看出端倪。我猜，那樣的車要價應該不下十萬。雖然最近下不少雨，車子卻很乾淨，而且最近才打蠟

拋光過。顯然，公牛還是有在意的東西。

房子就另一回事了。兩層樓，魚鱗板捲曲、簷槽破損，整棟建築向左傾斜，彷彿準備躺下休息。外牆還留著的油漆早已看不出是什麼顏色。後院地面是夯實的土地——事實上，唯一可見的綠意是從龜裂車道冒出來的雜草和屋邊的垃圾桶。厚窗簾拉起、沒開燈，加上風雨欲來的氣息，這個地方散發一種灰白黯淡，有如埋在土下六呎的某樣東西。

「好地方。」下車時我對克萊德說。

但克萊德還是豎直耳朵，似乎準備要發出低吠。

我來到前門階梯按下電鈴，發現它壞了，便改敲鋁製紗門。

這房子好像縮在自己的角落，默默沉思著。

我往後退到門廊邊緣。頭頂上，太陽穿破雲層射出一道炫目的光；搖搖欲墜的窗框和護牆板的每個縫隙破洞，都忽然鬆了口氣似的劈啪作響。我懷抱著一線希望，也許公牛昏死在屋後的躺椅上，便和克萊德繞過屋側，從鐵絲網圍籬中間開的一道門進入後院。夯土地面的後院空蕩蕩，只有一截鐵鍊拴在打入地裡的鐵樁上，四周全是一堆堆狗糞。克萊德嗅了嗅最近的一堆，面露鄙夷。所有狗糞看起來都很久了——公牛不管上哪去，都會帶著狗。每扇窗的窗簾全都閉合，連玻璃滑門也拉起窗簾，我敲了玻璃門仍然無人回應。

我和克萊德不禁面面相覷。

開車過來的途中，我的心開始在胸腔裡劇烈跳動，彷彿有個時鐘在計數著露西失蹤後的每一秒鐘。此刻，在公牛家雜草遍地的髒亂院子裡，心則開始焦慮狂跳，幾乎就要跳到三倍快。我用嘴吸了口氣。

「鄰居。」我對克萊德說。

我挑了東邊那家，因為至少上個月有人割過草。窗簾抖動了一下，片刻過後，一個婦人拽開前門。她身高一米五左右，灰黑交雜的頭髮齊齊地剪到下巴高度，瞇起的眼睛透著警戒。魚和薑的味道飄了出來。她沒開紗門，抬頭怒視我，帶著狐疑的眼神細細端詳我的警徽與制服。接著她看見克萊德，眼睛一亮。

「哇，好可愛的狗！」

前海陸隊員不會希望自己可愛，但克萊德倒是欣然接受。牠打開嘴巴垂出舌頭，看起來很開心。婦人也露出燦爛笑容。

「牠太美了！我兒子有隻狗跟牠一模一樣。是透過某個退伍軍人計畫領養的。」她抬起雙眼看我，又重現怒容。我的地位顯然遠遠不及克萊德。「羅斯可是一隻軍犬。」

「太太，我是來找妳的鄰居佛瑞德．左納。妳今天有看到他嗎？」

「那個討厭的老頭啊。」紗門將她的冷笑分割成許多小像素。「昨天晚上走了。我看見他把行李放上車，我就去問他要不要我替他看家。想展現一點鄰居的友愛。」

「他的車還在車道上。」

她推開紗門跨到門外，一手遮在眼睛上方。「不是那輛，他開的是那輛舊的黑色道奇。看起來像破銅爛鐵，但應該還能跑吧。」

「他有沒有跟妳說他要去哪裡？」

「說要去夏安他女兒家待幾天，下禮拜就回來。我可以摸摸妳的狗嗎？」

「抱歉，牠在值勤。」我想起莫爾說的，左納沒有家人。「女兒？妳確定嗎？」

她皺眉怒視。「妳以為我在說謊？那個老頭刻薄得要命，我才不敢相信會有女人要跟他上床，再說他醜得跟什麼一樣。不過有些人就是完全不挑，而且他還有退休金，會讓某些特定的女人追著他跑。」

恐怕說的就是她。我掏出一張名片。「他要是回來，能告訴我一聲嗎？跟他說我需要和他談談。很緊急。」

她接過名片。我步下門廊樓梯走到一半，她開口說：「妳想不想知道還有一個男的來找他？他也說很緊急。」

我停下腳步，感覺到胸口斷續的跳動節拍，回頭問道：「是誰？」

「營業員，他告訴我的。他說佛瑞德打電話去請他們報壁板的價。可是」——她側身鬼祟地走到階梯頂端——「我看過那部電影。演黑道的那部，妳知道吧？有馬頭的那部。」

「《教父》？」

她得意地點點頭。「就是那部。他讓我想到那個。」

「他讓妳想到義大利黑幫？」

又瞪起眼來了。「殺手。不是義大利人。就是惡……你們年輕人怎麼說來著？惡霸。壞蛋惡霸。他不斷地微笑，我也一直告訴自己那微笑沒有一點意義。我不想讓佛瑞德惹上麻煩，但又覺得說謊不好。所以我把剛才跟妳說的話跟他說了。住在夏安的女兒。要我說啊，老佛瑞德有個大問題。我覺得」──她忽然壓低聲音──「是賭博。八成是找錯人借錢了。要是不還錢，不是會被他們剁手指嗎？」

「他們有沒有威脅妳？」

哼了一聲。「妳聽說過亞洲驕傲幫嗎？我有兩個姪子和一個表兄弟在裡面。誰都最好別來威脅我。」

回到車上後，我皺起眉頭從擋風玻璃望出去。也許，很可能，左納的失蹤還有他語帶威脅的訪客，和戴文波家無關。也許那人是賣壁板的，雖然我敢用我的退休金打賭不是。但我不太喜歡巧合。我打給莫爾，確認了左納的檔案紀錄裡沒有家人，然後決定在放棄之前再用另一個方法試著找到左納。

我往北開了半哩路前往科爾法克斯路上的一整排酒吧。去的路上穿過了幫派地盤，進到一個生活型態較偏向賣春與廉價啤酒的地方。酒吧很多，但沒有一間名字裡帶有「皇家」或「皇冠」，我又往回繞一圈，仍然毫無所獲。我於是停車打電話給丹・奧伯。

「現在是下班時間，帕奈爾。」他劈頭就說。

「就當作加班吧。」奧伯是我們的司機員，脾氣暴躁，有時候在員工烤肉聚會上我還得約束他一下。對奧伯來說，啤酒和太閒是致命的組合。不過他在工作上很傑出，而且上工非常準時又可靠。「我需要一點東西。」

「那又怎樣？」

「我要找科爾法克斯東路附近，一間鐵路人經常光顧的酒吧，叫『皇家』或『皇冠』什麼的。」

「現在還沒五點，帕奈爾。不過我加入。」

「你出局。這是公事。你知道那個地方嗎？」

「妳要找的是皇家小酒館。但妳如果是要去打架，下手輕一點。那裡全是一些老傢伙，醉茫茫地在等死。」他劈哩啪啦地唸出地址。「好了，妳說的要喝一杯呢？」

「我也很想，但恐怕沒辦法。」

他哼了一聲。「我就是這個命。算了，只是開玩笑。我現在在堪薩斯的托皮卡。妳聽著，帕奈爾。我重新上工以前要再打給我，那我們就兩清了。」

「就這樣？」

他格格一笑，掛了電話。

我瞄克萊德一眼，一面打檔。「你有懷疑我嗎？」

皇家小酒館看起來是個無人收留時的好去處。

一棟矮矮寬寬的灰磚建築，窗戶不透光，坐落處離馬路有一段距離，三面環繞著一群快要枯死的白楊木，掛在枝頭的樹葉稀疏得有如禿子頭上的最後幾根髮絲。我將車停進一個泥土地停車場，到處滿是碎玻璃和被雨浸濕的垃圾。另外只有兩輛車，都不是道奇皮卡。

「皇家」不是典型的勞工階級酒吧，不是友善的社區酒吧，甚至不是回家向老婆報到前，可以順便進去喝個啤酒、吃點花生的地方。這家酒吧完全就像奧伯所說——窮途末路。是那種「讓人進去喝到爛醉，等酒吧關門後，只好回家面對一切等在那裡的東西」的地方。等著你的也許是化為一瓶劣質威士忌的內心惡魔。也可能只是空房間的回音和你自己幽暗的倒影。

要再更墮落也不容易。

我下車後等著克萊德跳下來。

「早點進去也能早點離開。」我對牠說。

裡面是個陰陰暗暗的洞穴，散發啤酒外溢與爆米花烤焦的臭味。香菸的煙霧繚繞——這並不合法，因為丹佛禁止在公共場合抽菸——使得空氣迷濛，主要的光線來自架設在吧檯後方角落的電視螢幕，電視機持續發出棒球場上的吶喊聲與風琴樂聲。剩下唯一能聽到的就是撞球桌上的球互相撞擊與撞球者偶爾發出的模糊叫聲。

我站在門口等到眼睛適應了光線。有五個中年與老年男子坐在離門最遠的吧檯邊，拱著肩膀，兩手包覆著酒杯。這些飲酒遊戲的好手露出滄桑神色，因為許久前駛下人生的高速公路時，順著交流道來到這裡，從此就被困住了。其中兩人在看電視，另外三人似乎只是呆呆看著死神接近。誰都沒有瞧我一眼。

酒吧深處，有兩個二十幾歲、身穿皮背心的混混在打撞球，他們的臉因為埋在油膩長髮底下，又穿了一堆亂七八糟的洞，都潰爛了。他們和這裡很不搭嘎，但也許只是隨便找個避風港。俯身趴在桌面上那人背對著我，他的骷髏頭四角褲讓我看得一清二楚。在旁等候那個目光閃爍地瞥向我，那眼神讓我想到電流不穩、隨時就要熄滅的燈泡。他對另一人說了句話，後者轉頭過來看我，接著兩人像驢叫一樣大笑起來，直到看見克萊德才又繼續撞球。

我摸摸克萊德的頭。這比擁有自己的特勤小組還有用。

店裡只有一個女人確實在動，她看起來六十好幾，綁著髒兮兮的金髮馬尾，畫了粗粗的眼線，穿著牛仔襯衫外面套了一件黑T恤。T恤上有個綠色外星人的圖樣和「第三類接觸」幾個字。她在店內緩緩移動，一面擦桌子、收空杯。她將一組空杯端到吧檯後面，抓起一條乾淨毛巾，朝我走來，同時順手擦拭吧檯。我鑽進兩張高腳椅間，對她微微一笑——在一個瀰漫著即將消失殆盡的罣酮臭味的地方，只有我們兩個女人。克萊德留意著顧客。

「不是我想趕客人，」那女人說：「不過妳真的沒跑錯地方嗎，寶貝？」

「我在找一個名叫佛瑞德．左納的人。聽說他常上這兒來。」

她吹了一口氣把落在眼前的長瀏海吹開。「我不認識什麼佛瑞德，但如果妳在找公牛，他昨晚就離開了。去夏安找女兒，會住個幾天。害我人手不夠，這個混蛋。」

「他在這裡工作？」

「來抵他的啤酒和大部分威士忌的帳。他今晚本來應該上工的，因為的確會有點忙。」她打了個呵欠。「抱歉。每天晚上都很漫長，我也每天問自己幹嘛做這個。現在要不找人來頂替公牛，我就得自己替他代班。」

「我有很重要的事要找他談。妳有他女兒的電話嗎？」

她搖頭。但我瞥見她露出些許警戒眼神。我將手臂撐在吧檯上，說道：「如果他不是真的要去找女兒，妳知道他可能會上哪去嗎？」

「他幹嘛撒謊說要去找女兒？」

「他沒有女兒。」

「嗯。」她忙著擦我前面的吧檯，讓我不得不抬起手臂。我注意到她的T恤上有一塊殘留的透明塑膠標籤標示著L size。「其實公牛說謊，我也不是太驚訝。有時候他和事實會意見不合。」

「他騙過妳？」

「親愛的，」她的聲音帶著數百年的重量。「他是男人。」

「我懂。」我伸出一隻手。「對了，我叫薛妮。」

她和我握了手。「我是蒂莉亞，幸會。」

「蒂莉亞，妳知道他不在這裡的時候，通常會去哪裡嗎？」

「酒瓶堆裡吧，我猜。就我所知，那個男人會做三件事：喝酒、睡覺醒酒，然後撒尿排出剩下的酒。」她指著我制服上的DPC標誌。「那個標誌我認得，在這裡經常看到。妳也跟公牛一樣是鐵路警察？」

「帕奈爾特別探員。很多年前，公牛和我爸爸是同事。」

「是嗎？女警啊，也差不多該有了。」她噘起嘴唇，思索著。「帕奈爾。妳是杰科．帕奈爾的女兒？」

酒吧的牆壁彷彿吸了口氣開始往內縮。對父親的記憶以及他在我小時候離家出走的事實，是一扇我沒預料到會被任何人開啟的門。我花了好多年的時間，拚命將對他的記憶推入一道裂縫中，深到他爬不出來。而此刻，他啪的一下就這麼冒出來了。

我摸著克萊德，勉強點點頭。

「一句話都別說，寶貝。」蒂莉亞說：「從妳的臉就看得出來。在我看來，杰科人還不錯，比起喝酒他更愛說話。到這裡來通常只是為了確認朋友有安全回家。但我知道他離家出走，丟下妳和他那個漂亮老婆。當時妳應該多大，六、七歲吧？」

「八歲。」八歲、瘦巴巴、膝蓋老是擦傷、大致都開開心心，然後忽然間就心碎了，那種受傷的感覺就像世界迸裂開來。

這時我才發覺，當時的我就跟露西一樣大。

蒂莉亞拍拍我的手臂。「妳媽媽叫什麼名字？」

我沒有多作解釋。「伊莎貝。」

「對了，伊莎貝。她有種電影明星的光環，老是讓我們其他人好忌妒。妳跟她長得很像。」

她無力地笑笑。「不過妳自己應該知道。她還好嗎？」

「她去世了。」

「噢，我……」

「沒關係，已經很多年了。」我用力一推，退開吧檯。「我得走了。」

「等一下。如果妳要找公牛，也許朗尼知道些什麼。」她轉向吧檯末端那群彎腰駝背的男人。「喂，朗尼。朗尼！這邊又來一個鐵路警察了。」

與死神瞠目對視的男人當中，有一人眨眨眼動了起來，好像被人打開開關後開始活動的機器人。他的頭喀喀地轉向我，流眼油的雙眼凝視著我，隨後轉向我的胸部，接著就定住不再移動。

「女警？」他說。

蒂莉亞往他的方向彈一下抹布。「住嘴，你這個老色鬼。人家是個淑女。但你要是招惹她，她可不會對你客氣。你知道公牛在哪嗎？」

那顆頭喀喀左轉，接著又右轉。「他不在這裡嗎？」

蒂莉亞翻了個白眼。「算了，朗尼。繼續喝你的酒吧。」

但我和克萊德沿著吧檯走向老人。

「你以前在哪裡工作？」我問他時，手伸進口袋拿那個編號。

「在CWP做了四十七年。」他說：「現在卻坐在這裡，退休金都拿來喝酒了，就跟我以前驅趕的那些流浪漢一樣。這叫什麼來著？」

諷刺，我想這麼說。

「我要是有個領退休金的男人，」蒂莉亞說：「還真希望我有呢，我肯定不會讓他把錢都浪費在這裡。」

我將紙張放到朗尼面前的吧檯上。025615P。「看到這個號碼你有想到什麼嗎？」

他瞇起眼睛。「我中樂透了？」他開始輕拍口袋。

「不，先生，這是個平交道編號。我想知道它的位置。」

「我把彩券弄丟了。」此時他兩手用力拍打口袋。「我找不到那張該死的彩券。」

蒂莉亞剛剛也跟著我過來，這時她抓住他亂揮的一隻手緊緊按住。「朗尼，朗尼，沒關係。這禮拜沒人中獎，下禮拜再試試。」

他安靜下來，像個迷了路、剛剛找到母親的小孩。「我沒弄丟？」

「沒有，寶貝。我們明天再買一張。不過你看看這個。」她拿起寫著號碼的紙，舉到朗尼面前。「這是一個……」她瞄我一眼。「妳說叫什麼？」

「平交道編號，平面的鐵路平交道。」

「就她說的，朗尼，你認得這個號碼嗎？」

「哪，我不記得號碼。」他對我說，或者應該是對我的胸部說。「去問公牛。」

朗尼又繼續沉溺於啤酒中。我收回那張紙。

「抱歉了，親愛的。」蒂莉亞說。

不過朗尼讓我有了靈感。除了鐵路警察，其他人不太可能記得平交道編號，但假如瑪格或賴普頓沒能查出什麼，這至少是另一條可以嘗試的途徑。「這裡有其他鐵路警察嗎？」

「今天沒有。通常也沒有。現在不像以前那麼多了。」她折起抹布。「我想幫忙，結果卻只是讓妳覺得難受。我請妳喝一杯怎麼樣？」

她的話所引發的渴望攻得我措手不及。自從先後發生閃回與爆炸後，我就一直焦慮不已，喝個一杯或六杯應該可以平靜下來。我很快地瞥向她身後的酒瓶。蒂莉亞露出會意的哀傷微笑，她以前就見過我這種人。她拿來一只杯子，我卻搖搖頭。

我將名片放在吧檯上，翻面寫上那個平交道編號，然後遞給蒂莉亞。「要是公牛來了，叫他打給我。跟他說我要問這個號碼，事情很緊急。告訴他這可以說是生死攸關。」

「這麼嚴重？」

「跟心臟病一樣。」

她將名片放進褲袋。「好的，我要是有他的消息，就會轉告他。不過妳別抱太大期望。既然他對女兒的事情說謊，我猜他是帶著魚竿和一箱老湯普森威士忌，跑到什麼地方去了。別問我，我不知道是哪裡。」

「有沒有其他人來找過他？」

「像是英國女王嗎？」她笑著說：「自從我認識他以來，妳是第一個來找他的人。已經十五年了。」

「謝謝妳幫忙。」我對她說完，退離吧檯，帶著克萊德走向門口。

頭頂上方，棒球賽變成播報新聞。有兩名酒客發出訕笑聲，但酒保噓了一聲要他們安靜。我和她看著螢幕上一個男人出現在發言台後面。

「那是誰啊？」酒保問我。

「海勒姆．戴文波。」

「誰？等一下，被殺的那家人不就姓戴文波嗎？」

「對，轉大聲一點。」

她拿出遙控器，調高音量。

海勒姆自信滿滿地站上發言台，身子往前傾，一雙大手抓住桌台邊緣，滿臉笑容。我簡直不敢置信，直到螢幕底下出現跑馬燈，原來是前一天的記者會。是在他多數家人慘遭殺害的幾個小時前。

在公司布告欄上我看過很多海勒姆的照片，看起來樂呵呵的又親切，是個會讓你想請到家裡吃飯的人。但這是我第一次看見會動的他，儘管他是我的雇主。

和站在他身後的那些男女比較起來，他並不高，不過挺拔的姿態與自信的神情讓他顯得高。他身材胖瘦適中，體格結實，有張古銅色的俊秀臉龐，看起來徹頭徹尾就是個專業生意人。但他最令人側目的是那雙眼睛，有如北極寒冰的淡藍色，淡到幾乎呈半透明。

螢幕上的他對著群眾露出燦爛笑容，等著掌聲漸歇後準備發言。

「各位，這只是開始而已。」只剩一些零星掌聲時，他說道：「從丹佛南到阿布奎基，北到夏安的子彈列車，那只是個開端。從此以後，就是海闊天空，沒有極限了。或者應該說極限是時速三百二十公里。你們將可以跳過機場排隊安檢的人龍，可以把汽油留在加油站。我的列車將能讓你和家人在舒適甚至於豪華的環境中，一眨眼就從一個城市到達另一個城市，而且價格遠低於一張單程機票。閱讀、看電視、上網——喔，不管你在瀏覽什麼，我們都有私人包廂。」他大大眨了個眼，群眾間發出一些笑聲。「那是未來，而丹佛太平洋大陸鐵路和我的聯合運輸公司將會把這個未來帶給各位。好了，讓大家提問一下吧。」

底下一位記者舉手，海勒姆點了他。

「那藍辛．泰特呢？」記者問道：「他也在爭取聯邦政府的補助款。您是不是知道什麼內幕？」

海勒姆的笑容綻得更開了。「泰特先生是個生意高手，費盡了心力在和我競爭。我很享受這個過程。這是兩大巨頭的激戰啊，各位，巨頭的激戰。但記住我說的，聯合運輸還有特別是丹佛太平洋大陸會贏得這場勝利。鋪設新軌道的將會是我們，打造車廂與機車的也會是我們。打造一個基礎建設，為科羅拉多提供數千職缺的更會是我們。我們將會讓西部再度偉大。」

海勒姆與記者會的畫面消失，換成一個新聞主播播報說將與一名記者連線，提供最新消息。畫面切換到一名迷人女子站在警察總局外面，背景也變成露西綁著辮子、穿著藍色洋裝的照片。

「小露西．戴文波的父親還在地方醫院與死神搏鬥，而她也依然下落不明。」記者說道：

「今天下午，警方將在這裡舉行記者會，據猜測到時將會有露西的父親班恩・戴文波的最新消息。他已經在手術室待了整個早上，希望能有好消息。」

「謝謝妳，麗莎。」主播說道：「我們都會一起為班恩祈禱，也祈禱露西安然歸來。」

畫面重新回到棒球賽，酒吧裡的男人高聲歡呼。蒂莉亞朝我聳了聳肩。我點頭道別後推開門，走入戶外的陽光下。電話響起時，我正和克萊德站在停車場，吸著被熱氣融得軟黏的柏油和汽車廢氣的臭味，聽著不知哪家的狗發出有氣無力的單調叫聲。

「妳有多喜歡妳的工作？」我接起後，柯恩問道。

「目前不太喜歡。」

「我就希望妳這麼說。」

我打開車門，讓克萊德坐上副駕駛座。「繼續說。」

「班恩的辦公室。DPC的律師拒絕我們進入。我的第一選擇倒也不一定要經過他們，只是如果發現了他們不喜歡的東西，那群王八蛋事後可能會嚷嚷說受到脅迫。不過情形還要更糟。法官是海勒姆的好友，發個搜索令拖拖拉拉的。」

「班恩的爸爸不想讓警察搜他的辦公室？為什麼？」

「現在，」柯恩說：「是時間的問題。」

「明白。」

我沒再多說什麼，默默坐上駕駛座，讓柯恩從我的沉默中讀取訊息。既然我是DPC的員工，依法而論，我去搜班恩的辦公室就跟翻遍我自己的臥室一樣合法。我只是不能把這個打算告訴柯恩，否則我就是以他的代理人身分行動，而不是鐵路公司的員工。這麼一來還是需要搜索令。他向我提起此事，已經是迴避法律界線了。

現在唯一的問題當然就是我若這麼做，等於違背我自己公司的法律部門，違背我自己的老闆。我腦中閃過關於退休金的念頭，隨即說道：「我們沒有過這段對話。」

柯恩吐了一口氣。「什麼對話？」

8

戰爭時，走出基地意味著冒生命危險。但回家後，會殺死我們的往往是我們帶進來給自己的東西。酒精、會施暴的配偶、香菸和處方藥、焦慮與墮落與疏忽與憤怒。這個世界上有許多危險，但最危險的卻是我們在鏡子裡看到的東西。

——薛妮．帕奈爾，私人日記

「告訴我，你其他還有哪些進展？」我上路後問柯恩。

「班多尼和海勒姆．戴文波在一起，主要是做筆錄，但也是盡量不想讓他去聚集高手或是礙我們的事。同一時間呢，我在訊問珊曼莎的助理傑克．賀利，享受一種曖昧的樂趣。那傢伙是個道地的人渣，在她手下工作只有幾個月。不在場證明普普，而且很明顯看上自己的老闆了。」

「你覺得他們倆上過床？」

「感覺不像。我猜珊曼莎雇用他是出於同情，餓肚子的藝術家等等原因。不過在我的逼問下，他承認複製了珊曼莎一些比較有文藝感的作品，在網路上販售，把錢拿去買大麻。也許是事跡敗露了。我們正準備再找他問一次話。妳呢？那個平交道編號有什麼發現嗎？」

「還沒有。」我簡述了我去左納家的經過——那個老人已經在前一晚火速離家，去向不明，也沒老實交代自己的去處。而且有個長得有點像黑幫分子的人上門找過他。「鄰居提到他有賭債。你能不能發個通緝令？」

「妳覺得他的失蹤可能和這個案子有關？」

「看不出來關聯。」我坦承。「我找他只是想看看他能不能證明窯裡的號碼就是平交道編號。不過時間上未免有點湊巧，對吧？」

「想抓住幾根稻草？」

「他是我現在能抓到最有用的稻草。」

「沒問題，交給我吧。」

「告訴他們左納開的是一輛舊道奇皮卡。他那輛福特還停在他家車道上。」

「我要的關於危險物品列車的資訊，妳拿到了嗎？」

「我大概一個小時後送到。」

「妳到了以後，把東西放到暴力室——我們在四樓的一間會議室成立的指揮中心。有兩個聯邦幹員會馬上開始查看。妳老闆看了員工資料，有沒有發現可疑之處？」

「完全沒有。」

一陣沉默。我可以想像他搓著額頭，很可能還看著時鐘。「給我一點什麼吧，帕奈爾。」

駛過城區時，我將克萊德那邊的窗戶搖下一些，然後從胸前口袋掏出安格的香菸點燃。克萊德覷我一眼，便將鼻子湊到窗外。

「抱歉，老弟。到露西回來就好。」

我心裡想著酒保蒂莉亞是怎麼說我父母的。她的問題與酒吧裡的陰暗氣氛，將我推回到兒時記憶，也讓我渴望那種從指甲縫拔刺的單純疼痛。將對父親的想法摒除在外，我已經驗老到，但媽媽伊莎貝……她總是比較靠近也比較難以克服。

我將我這側的窗子打開一條縫，吐出一縷煙。

伊莎貝出現酗酒問題時，我已經大到會覺得丟臉。她選擇在下午三點喝醉酒這件事成了我們之間的意志之爭，當時九歲的我根本沒有勝算。雖然媽媽極力保密——例如將伏特加倒進果汁杯、含口氣清新錠、把未開的酒藏在車庫並將空瓶藏到垃圾最底部——我還是放棄了請朋友到家裡來的念頭。後來，我放棄了這個媽媽。

不管再怎麼努力，伊莎貝都藏不住口齒不清、膚色泛紅，或是憤怒模糊的眼神。我三年級時，她偶爾會錯過學校的活動，上了四年級，她就完全不出席了；學校的戲劇表演、校內運動比賽、應該要來和老師見面並欣賞我的畫作的家長參觀日，她都沒出現。而我最恨的是節日聯歡會，其他同學的母親會做餅乾和焦糖爆米花，還會幫忙做交換禮物，而我的母親卻給我一盒沒吃完的香草威化餅，讓每個人都覺得我很可憐。

但這一切都比不上我滿十歲時所遭受的致命一擊：她因殺人被捕。這點很難超越。

班恩的辦公室位在國會山莊區的科羅拉多歷史學會大樓二樓。我一走進那棟建築就開始緊張冒汗，但即使櫃檯服務人員注意到了，也沒多說什麼，直接就替我打開班恩辦公室的門，把鑰匙給我，要我結束後記得鎖門。我等到她進了電梯，才和克萊德入內，並反手將門鎖上。

辦公室寬敞明亮，有三面牆被書架、地圖與裱框照片佔滿，第四面牆則是一大片窗戶，南方的光線透過外面緊鄰的一排楓樹灑了進來。有一張填充飽滿的扶手椅連同腳凳斜擺在窗邊，角度正好可以欣賞這番景致。室內正中央有一張巨大的書桌坐鎮。

這是一個乾淨、光線充足、再正常不過的空間。像殺人凶手這麼醜陋的東西，絕不該溜進這個世界。

我提醒自己清醒點。「動作快，帕奈爾。」

我讓克萊德趴在門邊，然後卸下圓筒袋，抽出乳膠手套並拿出相機。先從辦公桌開始。桌子寬闊樸實無華，桌面幾乎被紙張、書籍、資料夾、一疊拍紙簿和散落的筆完全掩蓋。桌面後側陳列著一排家庭照。我從網路上看過的照片，認出了班恩和珊曼莎和三個小孩。有個相框裡的照片是海勒姆和班恩的合照，兩人對著鏡頭露出大大的笑容——班恩大概九歲或十歲，手裡高舉了一串魚。另外有一張照片是露西穿著體育制服，抱著足球。我的心突了一下，因為想到馬利克。

還有一張班恩在伊拉克的照片，全副武裝站在一輛悍馬車前面，顯得意氣風發泰然自若，儼然對自己的任務瞭如指掌也知道該如何完成。看著這個，我會以為他安然無恙地回家了。只不過這張照片前面的桌上，放了一塊參差不齊的金屬。我拿起一看，是土製炸彈的碎片。勉強稱得上戰利品吧，我想，紀念當時的千鈞一髮。也或許是用來提醒自己事情一敗塗地的速度有多快。

我連忙將它放回原位。

我從辦公桌左側開始，快速地往右翻找書本與紙張。如果柯恩能找到較好說話的法官，他會帶著搜索令再來仔細搜尋，目前我要找的是名片、電話號碼、恐嚇信或是行事曆。希望能有一點關於那個平交道編號的線索。

或是公司可能想隱藏的任何東西。

桌上除了鐵路史的書還有貿易雜誌和商業報，其中有許多甚至可以回溯到一九六〇、七〇年代。有一張一九八〇年的美國鐵路地圖，上頭有複雜蔓延的鐵路網——綠色是輕便鐵路，紅色是短線，橫跨大陸的巨型鐵路則以鮮豔的橘色顯示。我很快地看了一下《財星》雜誌最近的一篇文章，標題是〈西部最快的人？〉文中討論了海勒姆為發展子彈列車所做的努力，他也已經為列車取名為「黃金線快車」。由於聯邦政府挹注的資金可能高達數十億，有些人便稱該計畫為「黃金礦快車」，至少對取得許可的人而言。信手翻閱之後，我發現其他雜誌也都紛紛效法《財星》。約有十來篇文章報導了海勒姆的帝國與他最大對手泰特企業之間的爭鬥。

我只見過亞佛瑞．泰特一次。那次是丹佛警局與鐵路警察的聯合訓練課程，DPC和泰特的公司SFCO都有派人參加，而他是應邀演說。最後我們剛好同時站在點心桌前。我伸手要去拿起司蛋糕，他卻建議巧克力慕斯。我實在不該聽他的建議，不過他和善的態度與略顯迷惘的眼神，立刻讓我心生好感。

班恩桌上剩下的就只有一疊黃色橫線拍紙簿。最上面三本寫滿密密麻麻的筆記，多半是標示著符號的日期和簡單的標題——DPC的歷史。其他本子都是空白。

沒有電腦，但桌子正下方的插座插著一條電線。

在桌子的中間抽屜裡，我找到一些拍紙簿、更多的筆、舊鐵路地圖，還有幾篇歷史文章，是關於科羅拉多鐵路起源與這些鐵路在淘金熱時期扮演的重要角色。

接下來三個抽屜裡放著文具、一包餅乾、一包塑膠袋裝牛肉乾、一個標著「報帳」並裝滿加油站與餐廳收據的資料夾，以及一張仔細捲起的兒童圖畫，上面畫著一棟房子，前面站了五個人：媽媽、爸爸、雙胞胎和露西。圖畫最下面用蠟筆寫著「我愛你，爸比。愛你的露西鵝」。班恩在上面貼了一張黃色便利貼，寫著當地一家裱框店的名稱與地址。

我眨眨眼，閉上眼睛。

外頭走廊的電梯叮了一聲。我倏地睜開眼睛。隨著腳步聲逐漸接近門口，克萊德抬起頭來。克萊德瞄我一眼，我示意牠保持安靜，一面等著敲門聲或鑰匙插入鎖孔的聲音。一分鐘過去了，接著兩分鐘。外面有一群椋鳥尖聲啼叫。片刻後，門外那人繼續沿著走廊走去。

我呼出一口氣。

快點，帕奈爾。

最後一個抽屜上了鎖。鐵路警察拿手的事不少，但由於某些任務需要，使我們成了近乎神級的撬鎖專家。我從圓筒袋中拿出一小套工具，幾乎立刻就打開了抽屜。

裡面有七樣東西。一個裝滿紙張的馬尼夾、兩個純白信封、一瓶威士忌、班恩的戰爭勳章、一張彩色照片，還有一把手槍。

我暫時不去理會手槍、威士忌和勳章，其他東西則都放到桌上。先從照片開始。

照片中是珊曼莎站在丹佛美術館前面。她的助理傑克．賀利站在她旁邊，兩手深深插在口袋裡，像個大男孩一樣咧著嘴笑。兩人都瞇眼面向太陽，珊曼莎一手遮在眼睛上緣。女的穿著無袖連身裙，男的穿著大口袋短褲和U2的T恤，兩人的姿勢或神態都無不當之處。他們所站立的陽光普照的人行道，完全無害，但這張照片卻讓我頸背的寒毛直豎，只因為班恩選擇把它鎖起來。

報仇雪恨前，殺戮不會停止。

我又端詳照片片刻，仍找不到答案，便轉向用粗的黑色麥克筆寫上MoMA的馬尼夾。

裡面多數文件都和愛迪生水泥廠的土地捐贈給新近成立的藝術博物館有關。另外還有一些資訊是關於成立董事會，以及雇用某家建築事務所將既有的工廠建築變身為一個獨特空間。資料夾後側放的是世界各地藝術家的請願書，希望美術館開幕後能展示他們的作品，還有丹佛MoMA的某人向可能的捐贈者募款的信函——募款對象從在地的藝術支持者到巴黎、倫敦、馬德里和法蘭克福的人，全部包含在內。MoMA真是野心勃勃。

資料夾最後面是一篇刊登在《丹佛商業時報》的文章。撰文者提到海勒姆．戴文波捐贈給博物館的土地價值不菲，而剩下的部分將會作為子彈列車的通道，假如列車計畫果真實現的話。文章的標題是〈藝術駛向未來〉。

資料夾內袋用迴紋針別了一張名片。是《丹佛郵報》的湯姆・奧哈拉。

我認識湯姆，他採訪過我，寫的是關於我在伊拉克的工作。我至今仍然後悔接受訪問，但那不是湯姆的錯。我們總是都很有後見之明。

我又回頭看那些詳載捐贈細節的文件。財務方面，我唯一懂的就是平衡自己的收支。不過有關土地的估價，很明顯有不同的數字換來換去。而且有人聘請一家名叫柯萊菲爾工程的公司進行現場勘查，我想這是契約轉讓時的正常程序。可是表格日期卻是在契約轉讓後。

也許當時有人提出質問。也許DPC試圖減免的稅額高於土地的價值。如果班恩的工作是寫文章和一本書讚揚父親與公司，我不禁好奇他對於可能發生的弊案有多大興趣。

我闔上檔案，打開第一個信封。

裡面是一九八二年八月一篇文章的影本。那是一篇專題報導，敘述兩大西部鐵路公司間正在進行中的戰爭，文中特別強調州際商務委員會近日做出決定，准許DPC接手原本屬於亞佛瑞・泰特的SFCO鐵路的一條路線，包括愛迪生水泥廠所在的土地。該文章質疑這項決定會不會是SFCO衰敗的開始。

「這兩個人從一九八二年就開始鬥了。」我對克萊德說。

牠豎起耳朵，但仍趴在我要牠待的地方。

州際商務委員會審這個合併案審了四年，因為泰特抗議這項提案違反反托拉斯法。委員會似乎已準備要否決提案，不料亞佛瑞．泰特忽然改變立場，表示支持接收案。他說服股東說拋棄短程路線，能讓財務更加健全。記者接著說新東家海勒姆．戴文波打算立刻將軌道與所有的平交道升級。「安全是當務之急。」海勒姆這麼說。對於海勒姆將安全置於利益之上，記者讚不絕口，同時也暗示泰特的鐵路公司SFCO不肯升級平交道也未能確實加以維護，等於是反其道而行。在邊欄的補充報導中提到，海勒姆首先要升級的平交道位於一大片荒涼的麥田中央，波特斯路上。當地人給它起了個外號叫「死人平交道」。那裡發生過多起致死意外，其中包括兩個青少年因為和火車爭搶通過平交道而死亡。海勒姆承諾，幾個月內就會進行升級。

記者的消息來源是DPC員工兼鐵路警察佛瑞德．左納，外號「公牛」。

我抬起頭來。克萊德的眼睛看著我，感覺到了我突然變得興奮。波特斯路。死人平交道。失蹤的左納。

「有點眉目了，克萊德。」我說。

列為升級標的的地點離珊曼莎死亡之處不遠。雖然波特斯路上已經沒有平交道，但在她被撞地點的四百米外有高架鐵道通過街道上方，聯邦幹員、警察和一群志願者搜尋過且仍在搜尋中的地區，也涵蓋那個地方。說不定那座高架橋曾經是平交道。說不定它就是025615P。

我再看一次日期，約莫三十年前。會不會真的有關呢？難道泰特家族與戴文波家族目前爭奪子彈列車的新仇喚醒了往日的舊恨？這樣就有充分的理由殺人？

有件事我是知道的——關於平交道的事，海勒姆對記者撒了謊。升級平交道的錢來自聯邦政府，因此哪些平交道能裝設主動警告系統或是能否改為非平面路口，決定權在州政府而非鐵路公司。海勒姆或許施加了一點壓力，讓那處平交道得以改變，他也無疑是有政治門路。但不管是他或泰特都無法做最後決定。

然而，他訴諸民意推動將死人平交道改為高架的計畫，確實是神來一筆。將平交道完全撤除的他，說服了民眾在DPC與SFCO的戰爭中向他靠攏。

我將文章重新折好，放回信封，加入我打算帶走的那堆書與雜誌當中。接著我打開第二個信封，裡面是一張被曬到褪色的年輕女子照片。我將照片取出置於桌面。

照片是在戶外拍攝，時間若非清晨就是傍晚——陽光從女子身旁斜照進密密的松林。女子看起來大約十幾二十歲，高挑苗條，深色長髮綁成一條鬆鬆的辮子，深藍色眼珠有如藍寶石。她穿了一件粉紅色花洋裝，看起來好像二十年前就已經過時了。她打著赤腳，懷裡抱著一隻黑白小貓，腳下的毯子上散布著野餐吃剩的東西：三明治、水果和一瓶葡萄酒。

似乎已是多年前的照片，但看著它有一種說不上來的不安。也許只是因為小貓顯得不太高興，就像不情願被抱的小貓那種神情。

我把照片塞回信封裡，看著威士忌和勳章。兩者放在一起暗示著一種我再了解不過的怒氣：幹得好，很遺憾搞砸了你的人生，領個勳章吧。

我喉嚨發出小小的聲音，克萊德隨即起身，對於我突然生氣，試探性地搖著尾巴。

「你是對的，」我對牠說：「得繼續幹活。」

我用戴著手套的手拿起槍來，是一把魯格P系列手槍，擦拭得很乾淨，沒有子彈。看到槍我並不驚訝。大多數退役軍人都喜歡在身邊放把槍。但同樣地，它和威士忌和勳章放在一起，暗示著一種令我不安的關係。我一開始覺得珊曼莎是自殺。她丈夫是否曾經凝視那個深淵呢？

我將魯格手槍和抽屜裡其他東西都收進證物袋，和書本雜誌一起放進我的袋子。到目前為止，我並未找到任何東西足以讓海勒姆禁止警察搜索。

我瞄一眼手錶，進這間辦公室已將近三十分鐘，DPC的律師隨時可能到達。我匆匆查看了室內其他地方，最後搜索書架時瑪格正好來電。

「我在喝香檳王。」我接起後她說道：「我想讓妳知道。」

「妳找到那個平交道了。」

「勉強可以說是找到了。大致上是什麼也沒找到。」

「瑪格。」我怒吼道。

「好啦，好啦。妳沒說錯，025615P是平交道編號。毫無疑問。我去了地窖，找到了原始的目錄表單。存檔是按照數字順序，至少大部分是這樣。有些人從一數到十的能力實在有點恐怖。」

「瑪格！」

「別跟我發火。妳要的那張表單不見了。我找了很多，幾乎是從妳那張往前往後各一百號，全部都在，除了妳那張以外。不過，妳先別發飆，我還真找到了點什麼。」

我發覺自己屏住氣息。

「箱子裡塞了一張筆記本的紙，上面寫著妳那個平交道編號。編號下面有人寫了『科羅拉多亞當斯郡波特斯路』。所以有啦，妳的平交道，噹噹！妳準備好要記下我的郵寄地址了嗎？一箱香檳應該就夠了。」

025615P。死人平交道。

我拋下書架走到窗邊。陽光從樹葉間篩落，在木頭地板上灑下楔角柔和的菱形圖案。可以隱約看見遠方山頂上有雲層聚集，又有暴風雨要上路了。

「妳知不知道那張表單為什麼會不見？」我問道。

「有上百個理由，首先可能一開始就沒有存檔。或是可能有人拿去核對什麼，忘了放回去。或是拿走的人把它弄丟了，就放了那張紙代替。我會問問其他的老員工。不過有個壞消息，也可能是好消息，就看妳怎麼想。」

我等著。

「我一確認那個編號和地點以後，」瑪格說：「就開始找6180。」

「結果呢？」

「結果什麼也沒有。那個平交道沒出過事。所以如果那是妳想找的東西，抱歉了，運氣不好。」

我搖搖頭。「瑪格，我剛剛發現一篇一九八二年寫的文章，就在那個平交道改建以前。文章寫說在波特斯路發生過很多起事故。」

「那就是有人不知道在哪出錯了。我再看看能不能找到一點什麼。香檳可以暫緩一下。」她掛了電話。

我不禁皺眉。波特斯路上只有一座平交道。難道意外事故發生在郡內的其他地方？也許是記者的消息錯誤。

我注視著窗外。在玻璃的另一邊，世界感覺又平又硬，好像在烤箱烤太久了。

透過枝葉縫隙，隱約可以看到班恩辦公室隔街正對面有一間托兒所，靜靜坐落在正午剛過的熱氣中，被太陽漂成一片毫無生氣的蒼白，讓我深思起來。托兒所的百葉窗拉起，大門關閉，遊戲場冷冷清清，我往前傾身，將額頭貼在玻璃上，就在此時看見了她——一個小女孩獨自在盪鞦韆，她背對著我，棕色長髮在微風中輕輕飄動。

我頸背的寒毛豎起。

「露西。」我輕輕喊道。

鞦韆晃蕩，捲起一縷塵土。小女孩低著頭，粉紅與白色相間的布鞋在泥土上來來回回畫線。

她是真人嗎？

我手按在口袋上，按著馬利克的照片。

孩子們別無選擇，只能應世界要求付出代價。但不要是這個孩子，求求祢上帝，不要是這個。

托兒所的門開啟，一個女人跑出來，表情驚慌。她看見了女孩，奔過遊戲場後將她舉起抱進懷裡。當她轉身走回大門，女孩抬起頭來，越過女子的肩膀與我四目相交。

不是露西。我雙掌緊貼玻璃。不是露西。

這時耳機忽然響了，嚇我一跳。是柯恩。

「有發現了，」他說：「一件小孩的血衣。」

9

當你的工作是為死者分類造冊，你會聚焦於傷口，看傷口如何造成，致命傷在哪裡。而傷口背後的人會變得抽象，只是攤在平台上的工作罷了。

在某一刻，當你察覺自己失去了什麼，你知道應該要退出，去傾聽活人的聲音，走到戶外仰望群星，聽聽音樂或讀點傷心的東西。

你無法承受死者，但你必須敬重他們。

——薛妮・帕奈爾，私人日記

「是專線舉報的線索。」柯恩說：「珊曼莎死後幾個小時，有人打電話說在里治公園看見一個女人和一個小女孩站在一輛紅色奧迪轎車旁邊。」

我鎖上班恩的辦公室，和克萊德走向電梯時，眼球後面的嗡嗡聲愈來愈響。里治公園距離珊曼莎遇害處十分鐘路程。

電梯門開啟，我們進入。

「來電者說發現她們的時候，他正在遛狗。」柯恩以他有條不紊的方式敘述著。「女人試圖要讓女孩上車，而女孩在哭。來電者以為只是小孩鬧脾氣。但後來他聽到露西的新聞。他告訴我們他看見的那個小女孩與露西・戴文波的特徵相符。」

「該死。」我說。

「是啊。」

到了大廳樓層，電梯門打開，有兩個板著臉、穿著昂貴西裝的男子正等著搭電梯，櫃檯人員也和他們一起。我對他們三人擠出笑容，並將鑰匙丟進櫃檯人員打開的手掌心。

「我很小心注意，」我對穿西裝的人說：「沒有人進來。」

我趁他們還驚訝得尚未回神，趕緊從旁邊溜開，帶著克萊德推開大門，進到雲影斑駁的熱氣中。

「怎麼回事？」柯恩問。

「沒什麼。打電話的人有沒有記下車牌號碼？」

「這就是我們現在通話的原因。」

我解了車鎖，替克萊德打開副駕駛座車門。「說吧。」

「那輛奧迪，」柯恩說：「車主是維若妮卡・史登。而來電者對那個女人的描述也和史登的駕照照片相符。」

頓時震驚的寒顫竄遍我全身。「今天早上史登還去了現場。」

「這是我們立刻採取行動的原因之一。」

我走到駕駛座這側時，雨滴開始打在我的皮膚上。「你什麼時候才要開始說那件血衣？」

「有個制服員警到史登家找到她，問說能不能看看她的車。一開始她拒絕，說這樣侵犯她的公民權。不過那名員警想必很有說服力，她最後還是同意了，而且答應讓他進屋裡查看。」

「然後呢？」

「家裡什麼都沒有。不過他在奧迪後車廂的一個箱子底下找到女孩的衣物。粉紅色短褲和一件T恤。」

他的聲音揉合了悲傷與興奮，讓我的脈搏加速。

「沾了血。」我說。

「血淋淋。他們現在在做沉降試驗，確認是人血以後還要等至少九個小時做DNA檢測。我們已經把史登帶到警局訊問，她堅稱完全不知道那些衣物怎麼會跑到她的後車廂，不過她非常鎮定。」

我打開車門。雨下得更大了。

「冰后。」我終於能開口後，說道：「那是她的外號。」

「既然妳和她一起工作過，讓妳旁觀訊問過程也許會有幫助。」

訴訟律師史登，六個月前才從SFCO跳槽到DPC，也正是子彈列車之戰轉趨激烈之際。我想到她當天早上的冷漠態度，似乎再也不覺得有些好笑或甚至氣惱。

現在是覺得不祥。

行駛間，雨勢轉為滂沱。車輛猛按喇叭，行人在車陣間奔竄忙著找地方躲雨。克萊德謹慎地望著窗外。東邊地平線上烏雲高聳，猶如一堆堆髒衣服，灰暗中交織著一種病態的黃。

和柯恩一起生活後我學會一兩招，現在我引用了他的區隔能力。我暫時不去想史登和孩子的衣物，而是打電話給湯姆·奧哈拉，就是名片用迴紋針夾在班恩辦公室的MoMA檔案夾那個記者。六個月前，湯姆已經從專題記者轉為刑案記者，但我們平常仍會保持聯繫。意思是每兩三個禮拜他就會來電，纏著我做先前那個採訪的後續報導。他說，尤其我現在已是調查高手，因為和丹佛警方合作偵破一樁殺人案。

「跟我說說丹佛的現代藝術博物館。」他接起電話後我說道。

「怎麼，沒有前戲？」

「我不是那種女生。」

「但我還是可以抱著希望。」

路口遇上紅燈，我踩了剎車，行人跟著湧入穿越道。我極力擱下今天所有的可怕感覺，保持輕快語氣。「希望加上四塊錢可以在星巴克買到一杯那堤。」

「哈！這是不是代表我可以請妳喝一杯咖啡？」

「我也不是那種女生。」

湯姆是在超過一年半以前訪問我的，當時剛好碰上我還滿心急迫地要告訴美國人在世界的另一頭發生了什麼事。當然，我沒有對他全盤托出。但對我來說，那算是相當多話了。結果湯姆大有斬獲，拿到全國新聞獎，我卻沒那麼幸運。奶奶讀了報導，說把自己心裡的東西變成新聞標題不是帕奈爾家的人會做的事。

最能讓你感到羞愧的就是家人了。

當然，當時那一切都不是重點。我需要湯姆。

「所以我們現在要談交易嗎，薛妮？」他問道：「等等，不要回答。我馬上回來。」

「等一下……」

但他已經離開了。乏味的罐頭音樂在我耳邊響著。

雨劈哩啪啦打在車頂，我便將擴音聲量調高。克萊德那邊的窗子整個霧濛濛，此時牠正扒抓著擋風玻璃。我對牠搖搖頭，並按下除霧按鍵。由於待過伊拉克，我這個夥伴比大多數的狗都更痛恨打雷，但牠愛極了雨。

變綠燈了，我讓車緩緩前行。

音樂停止，湯姆說道：「我回來了，說吧，怎麼交易？」

「不用搞得很複雜，」我說：「你把你知道的一切都告訴我，我就讓你活命。」

「妳總是這麼會甜言蜜語。」

「海陸唯一不必做的狗屁倒灶的事，就是甜言蜜語。好了，跟我說說MoMA。」

「妳為什麼覺得我會知道些什麼？」

「你是湯姆．奧哈拉。」

「說得好。不過拜託，薛妮，妳也太好笑了吧。我已經不做專題改寫刑事了，這妳是知道的，對吧？我知道這和戴文波案有關，我看到妳在那間舊水泥工廠的報導畫面了，在和聯邦幹員還有警察討論得很熱烈。趁我老闆還沒把我調到國際組，派駐到奈及利亞去以前，給我一點東西吧。」

我試著回想當時有沒有聽到頭頂上有直升機的聲音。「有報導畫面？」

「至少答應我一件事，等他們準備好向媒體透露的時候，給我一條獨家。丹佛警方這次很強硬，甚至不告訴我那張素描的事。」

我開始覺得自己像個最後被挑中的隊員。「什麼素描？」

「哈！妳也是。」

「告訴我。」

「看吧，妳現在就需要我了。他們在水泥廠發現的一個死人。他們想利用媒體查出他的身分。」

我滿意地點點頭——柯恩很快就用上我拍的照片了。媒體的力量。也許他們會抖落出些什麼。

「跟我說說班恩．戴文波。」我說：「他有跟你聯絡嗎？」

沉默無語。

「我有讓你失望過嗎，湯姆？」

「有一次我們上床的時候……不是，等一下，那是個夢。」我們倆都沒笑。「我真的還在等那個後續報導，薛妮。如今我們的女人從戰場上回來了，民眾想知道她們過得如何，想知道她們在目睹那麼多的死亡與毀滅之後，過著什麼樣的生活。妳還記得吧？」

「你記得今年春天我給了你我的故事吧？那個關於光頭黨和死了一堆人的故事？」

「所以我們現在扯平了。妳就說出我滿心期待的那四個小字，我們的旅程就能繼續。四個小字。交換條件。」

「我們在說一個小女孩啊。」

「交、換、條、件。」

我左轉上十三大道。一陣強風將雨水打到擋風玻璃上，玻璃上的雨水一度濃密到世界好像掉進海裡似的。「好吧，交換條件，你會拿到你的獨家，但你要搞清楚我只是個鐵路警察，必須遵守替私人公司工作的法規。而且我不知道丹佛警方高層會跟誰談。」

「我聽說妳對重案組的某人有一些影響力。」

「你現在在寫八卦專欄啊？竟然墮落到此地步。好了，你知道你會拿到的，你可以說是這裡唯一不那麼無知的人。所以幫幫我吧。這關係到」——我聲音一沉，端出別跟我耍花招的海陸口吻——「一個小女孩的性命。別讓我浪費時間追你追到天涯海角。」

「我有時候很怕妳，妳知道吧？」

「我想也是。」

「好吧。班恩．戴文波在兩個月前打電話給我，差不多五月中的時候。他問我知不知道在桑頓郡南普拉特河附近要成立一間新的博物館，想問我願不願意寫一篇吹捧文——有人要為蠻荒西部引進文化。我跟他說那已經不是我的領域。但兩個星期過後他又打來，問我說如果MoMA有什麼不法情事，我會不會比較感興趣。我當然說會嘍。」

「然後呢？」

「然後就這樣。他說他會有所行動，但後來就再沒有下文。子彈列車的議題吵得沸沸揚揚，還連帶提到土地的事，看來那片土地得到了通行權。於是我去查公開的資料——所有權狀和轉讓契約。丹佛太平洋將那塊地捐了很大一部分給博物館，可是當我想再更深入查繳稅紀錄和鑑價等資料，就被打回票了。我搬出資訊公開法，他們說公開那項訊息要由管理人作主，管理人卻說正在進行一些調查工作。由於我也完全找不到那方面的資訊，就回了幾次電話給戴文波，可是他一直沒接。妳覺得戴文波家的命案是為了一塊地？」他頓了一下。「會是關於子彈列車嗎？」

我在丹佛警局總部前面停車，擠進一個其他人避開的停車位——就在消防栓旁邊。我想我有更大的問題，顧不了這麼多。

「目前我沒有做任何連結。」我說：「如果你讓我們的談話內容上報，我會把你胯下那玩意烤熟。戴文波的辦公室裡有一份所有權狀影本，還別了一張你的名片。我只知道這麼多。就算他發現什麼不法情事，我也沒找到他留下的任何文件資料。」

有時候，特別是跟媒體記者談話時，說說謊沒關係。交換條件。

「所以說，」湯姆說：「現在該是我展現記者超能力的時候了。」我幾乎可以感覺到他在微笑——如今既然知道有值得戰鬥的理由，他應該會很享受這場戰役。而且儘管我們語帶戲謔，我知道他也和我們一樣擔心露西。

「說到要做到。」我說：「這是你欠我的。還有別告訴任何人你在做什麼。」

「妳以為我是什麼樣的記者？」

「好記者。有什麼發現就告訴我。」

「那麼我也許就會變成妳夢中的男人了？」

我關掉引擎。「你不會想成為我夢中男人的，湯姆。相信我。」

丹佛警察總局的大廳亂成一團。

我第一個注意到的是喧鬧聲，一打開外層玻璃門，立刻有一波聲浪往外湧進下雨的午後。我和克萊德被一陣強風推了一把，跨入門內。

「媒體簡直是瘋了。」有個聲音說。

我轉頭看見一個二十多歲、身穿牛仔褲和帽T的男子站在兩道門當中的空間，鬱鬱地凝視著雨。

「裡面就像他媽的動物園。」他搖著頭對我說：「我有些事情得處理，但今天是輪不到我了。」

我望過內層的門，只見偌大的空間擠滿了鑽來鑽去的男女。他們穿著西裝皮鞋，濕濕的雨衣披掛在肩上，其中很多人扛著攝影機或是高舉著智慧型手機。是記者。

我瞄一眼手錶。離記者會還有一個多小時，所以湯姆．奧哈拉才會還在辦公室。穿帽T的男子嘟噥一聲，半像詛咒半像禱告，然後便衝進風雨中。我在濕地毯上蹭蹭靴子，將克萊德的牽繩牢牢抓緊，並將莫爾的密封紙箱托在臀邊之後，拉開了第二層門。

原本的嘈雜聲變成吼叫聲。香水味、髮膠味和潮濕衣服的氣味迎面襲來，感覺好像站在購物中心的下風處，而那種躁動不安的氛圍則介於籃球賽和守靈夜之間。警察總局暫時成了悲劇核心——在戴文波家人生命中爆發的悲劇。除非非常樂觀，否則幾乎所有記者都會因為這場雨和警方設的路障，遠離珊曼莎遇害的鐵道與露西失蹤的水泥廠。無疑有少數幾位記者去了華園，遠遠地拍攝戴文波家，順便找願意開口的鄰居談談。還有一些可能在法醫辦公室，希望及早得知驗屍結果，否則就是在醫院試圖突襲護士或外科醫師，詢問班恩的情況。

不過看樣子大多數記者都跑到這裡來了。

我左手邊稍遠處，有位頭髮吹整得漂漂亮亮、身穿淡粉紅色套裝的女主播，站在攝影機前，對著麥克風說話。

「……這齣仍在發展中的悲劇。據警方發言人表示，八歲的露西．戴文波已經失蹤將近十二個小時，除此之外他幾乎沒有提供更多訊息。我們確實掌握到的是，警方整個上午都在和露西的祖父，也就是億萬富翁海勒姆．戴文波談話。」

我將托在臀邊的箱子挪了一下。克萊德的目光落在別處，牠和我身處於人群中都感到不自在。我們大半時間都是獨處，經常是在北科羅拉多與懷俄明的空曠荒野，唯一會出現人跡之處就是我們巡邏的鐵道。群眾便是有人藏匿槍枝與炸彈、意圖殺人之處。群眾便是伊拉克。

我強壓下不安，因為知道克萊德會透過牽繩感受到，而受我影響。

「別擔心。」我對牠說。

我看見麥康納特別探員在大廳另一頭，靠窗站著。她的神態從從容不迫升級為緊繃，或許是感覺到分秒流逝的壓力。她的眼神與我交會，便招手要我到她那兒去。我和克萊德擠過了人群。

「麥康納特別探員，」我說：「記者都會這麼早來等記者會嗎？」

「請叫我小麥就好。」她的臉在黯淡的午後陽光下顯得蒼白，受傷那隻眼睛則是煙燻青黑色。在她身後，大雨順著窗戶沖刷而下。「聽說海勒姆．戴文波已經給出可能涉案的嫌犯名單，現在正要下樓。」

我在圓筒袋中摸找一下，遞給她一片CD。「列車錄影器的影像。」

「喔，謝謝。」

我朝著她的臉努努嘴。「妳有沒有試過山桑子。」

「什麼？」

「妳的眼睛。山桑子萃取物。那有抗氧化物的成分可以強化微血管。可以化瘀。」

她揚起一邊眉毛。「眼睛瘀青，妳很有經驗嗎？」

「我以前常常跌倒。」

「啊。」

「妳呢？」

「我偶爾也會跌倒。」

儘管人聲鼎沸，仍可清楚聽見大廳另一端有一部電梯叮了一聲。

「說曹操曹操就到。」麥康納說。

那位女主播向攝影師打手勢。「他好像下來了。」

嘈雜聲安靜下來，只剩衣服摩擦的沙沙聲和偶爾一聲咳嗽，原本失序的群眾此時全神貫注，每個人都不停往前鑽。女主播對攝影師悄悄說了幾句話，他便往電梯的方向擠了幾呎。這群人，看他們眼睛發亮、滿臉渴望的神情，有一刻讓我聯想到準備撲向狐狸的獵犬。

當電梯門打開，那一刻隨即化為嘰嘰喳喳的說話聲。

「戴文波先生，關於您的孫女您有什麼話要說嗎？」

「令郎出手術室了嗎？」

「您現在有什麼感覺，戴文波先生？」

「不要提問。」一個男人說道。我聽出那是安格警督的低沉男中音。安格與三名制服員警以肩膀推擠，在記者群間開出路來，他們後面跟著丹佛警局的媒體專員。安格與員警還圍著第六個人，護送他前往大門。是海勒姆．戴文波。我只看得見他高高的額頭和波浪灰髮。

但我知道假如想讓海勒姆避開記者，廣場底下有一條地道，出口在犯罪實驗室，他們大可以從那裡偷渡他出來。看來他們是別有計畫。

走到大廳中途，眾人突然停下來。這時我可以看得清楚些。安格附在海勒姆的耳邊說悄悄話，但不管他說什麼，老人始終搖頭。最後安格點了點頭，示意警員退開。忽然間，海勒姆便獨自站在一個小空間正中央。頭頂上的燈光照射在他身上彷彿祝聖儀式般，廳裡再次安靜下來。

身穿灰色長褲、白色polo衫和深藍色尼龍短雨衣的海勒姆，給人的第一印象是正要從高爾夫球場走到俱樂部私人餐廳用餐的富翁。

但就近細看，這層表象便不復存在。昨天新聞播報中，他站在講台上所展現商業鉅子的氣場已然消失，如今看起來好像被暴風雨拋到海灘上的某樣東西，正在燠熱中逐漸萎縮。黝黑的表層底下呈現灰白，兩眼空洞無神，我認得那是當你經歷誰都不該經歷的事情時會流露的眼神。

他清了清喉嚨。「謝謝各位前來。」

就連他的聲音也變了，只是沙啞的呢喃。只有眾人都安靜無聲才可能聽得見。「我暫時不會接受提問。」

竊竊私語聲四起，海勒姆舉起雙手來，環顧大廳，彷彿在打量現場的每一位男女。眾人再度安靜，臉上表情認真且甘心樂意。儘管哀痛，海勒姆仍有掌控群眾的能力。

「我不能任意討論我家人的案子。我請各位來不是為了這個。」

我靠向小麥。「是他叫媒體來的？」

她搖搖頭。「也許有一些吧，但應該是警方先通知的。要呼籲民眾尋找露西、提供線索，媒體是最好的管道。」

海勒姆接著說：「我要當著各位的面，並透過各位將我衷心的懇求傳達給所有人，請讓我的孫女回家。」

此刻唯一的聲響只剩雨聲。

「我們丹佛有優秀的警力，」他說：「我們的警察不分男女都是最頂尖的。我知道他們正在盡一切力量尋找露西，要讓她平安回家。可是……」他說到最後兩個字時聲音分岔，眼泛淚光。他眨眨眼，鎂光燈閃了一下。「我的小露西才八歲，以她的年齡來說個子算是矮小。看到她，你會覺得她很脆弱，但是……露西很堅強，很勇敢。她就跟……就跟她爺爺一樣。她喜歡馬和書，她喜歡」──他又眨眨眼──「以前喜歡和哥哥們玩耍。現在我兒子班恩躺在醫院病床上與死神拔河，唯一能救活他的就是讓他女兒回來。唯一能救我的就是讓露西回來。」

他抬高下巴，選中一台攝影機，直視著鏡頭說：「求求你，不管是誰帶走我孫女，請把她送回我身邊。」

安格警督將手搭在海勒姆手臂上，但他不予理會。

「我相信丹佛不會令我失望。你們有些人應該知道，我一生都貢獻給這座城市，現在我要再次付出。為了讓露西平安回來，我要提供一千萬賞金。」

頓時間群情激動。克萊德立刻跳起來，一時不知該將注意力轉向何方。記者們高舉麥克風往前推擠，制服員警於是將海勒姆圍得更緊。安格再度站上第一線，奮力在群眾間開路。

媒體專員舉起雙手揮舞，吸引注意。「一個小時後，丹佛警局與FBI會在這裡召開聯合記者會，請各位在此稍候，好讓我們能將訊息傳達給民眾。」

小麥碰碰我的手肘。「我們走吧。」

我們向電梯移動，經過海勒姆那群人。靠近時，我和他正好眼神交會，接著他的目光往下落在我的制服上。

「妳。」他說。

每個人都停下腳步。制服員警貼靠著就定位，一旁的記者則轉頭看我。

「妳是我公司的人，」海勒姆說，北極寒冰般的雙眼閃著光。「妳是今天早上去找她的人，找我的露西。」

安格碰碰他的手肘，海勒姆卻聳肩擺脫。

「是的，總裁。」我回答。那位身分不明女子的照片與那篇關於平交道的文章，似乎在我的圓筒袋裡發燙。我想問他這個，也想問他關於他與泰特家族的關係，以及班恩對MoMA和土地的事知道多少。但不是在這裡，不是當著記者的面。

海勒姆看著我制服上的名牌。「帕奈爾特別探員，」他斜仰起頭。「我想今天稍早妳見到我的律師了。」

我抬起下巴。該來的來了。「是的，總裁。」

記者圍著我們靠攏，高舉麥克風。警督與小麥揮手要他們後退。

海勒姆眼中倏地射出狂野光芒，彷彿火柴碰到燭心，一道火焰在玻璃後面燃燒起來。

「來見我，」他說：「兩個小時後。我們需要談談。」

「妳踩到大便啦。」我和小麥和克萊德搭上電梯時，小麥說道。

我聳聳肩。

「我聽說，」她說：「鐵路公司不許警方搜班恩的辦公室。」

「沒錯。」

「但我猜妳還是去了。」

「傻瓜才會往前衝。」我說得雲淡風輕，但內心裡想著萬一海勒姆解雇我，該拿什麼付帳單。很多人都說要雇用退伍軍人，但是除了保全與警界，大多時候都只是說說而已。

小麥點點頭，好像知道我在想什麼。她又恢復沉穩的態度，全身靜定不動，只有右腳彷彿自發性地拍點地板。

「至少妳很有膽識。」她說。

「標準的海陸問題。」

她笑起來。「這樣吧，要是他因為妳的盡責想炒妳魷魚，我們會找個位子給妳。」

我終於迎向她的目光。「妳是說這次的調查工作？」

「當然。如果妳有興趣，其他的也行。我稍早之前說過了，我讀了妳二月處理的那個案子的卷宗。幹得很漂亮。妳應該考慮其他的選擇。」

「我還以為我已經沒有媽媽了。」

「這也是他們喊我麥老媽的原因之一，他們以為我沒聽見。他們還會喊我麥瘋子。因為我莽撞得像隻闖進瓷器店的公牛。」

「那謝啦，我想妳最好還是離我的瓷器遠一點。」

小麥的語氣轉為柔和。「妳讓我想到我女兒。脊梁骨硬得像鋼筋。還有一份焊接得非常牢固的榮譽感，在妳發現妳不是把它當成支撐而是當成盾牌之前，就已經粉身碎骨了。」

「這番話也許應該去對妳女兒說，不是對我。」

電梯停了，門打開來。

「要是可以就好了。」小麥按住電梯門，讓兩名制服員警進來。「但要說也只能去她的墳頭。榮譽是一面爛盾牌。」

踩個正著啊，帕奈爾。「真的很遺憾。」我喃喃說道。

「我也是。」

我們出了電梯進到群魔殿。主要通道上擠滿警探、制服員警、FBI幹員和運安局官員，所有人若非急著趕到某處或聚在一起商議，就是用一根手指塞住耳朵，盡可能地在喧鬧聲中講電話。牆上貼了一塊手寫告示牌，上面有個箭頭指向走廊盡頭，只寫著「露西2A室」。那應該就是指揮中心，從每個相關執法單位來的主要人物都會齊聚在那裡。

我和小麥默默走向暴力室，隨後我交出莫爾給的資料。她待在裡面與手下確認事情的進展，我和克萊德則退回走廊上。我攔下一位匆忙經過的警探。

「柯恩警探在哪？」

「應該在他的辦公桌那邊。在集會室。」他隨即快速離去。

我穿梭過迷宮般的辦公室，進入重案區。這個地方——桌子擺放凌亂、檔案夾和用過的咖啡杯堆得如山高，散發濕地毯、溢出的汽水、汗水、墨水味道，一大堆亂七八糟的電線，在嗡嗡然的談話聲與尖銳電話聲背後，還有電視機喋喋不休地播報新聞——是柯恩生活的脈搏。當他晚上回到家，依然帶著它震顫的能量。大可以靠家產度日的柯恩對工作如此盡心盡力，正是他能說服我讓他進入我的生命的部分原因。

我走進去後，發現柯恩站在辦公桌旁，邊講電話邊拿筆敲著一疊紙。他的昂貴西裝——這是一個希望兒子當辯護律師而非警察的母親，為他源源不絕提供的物事之一——發皺了但很乾淨，想必回家換過。當他看見我，仍繼續講電話，但招手叫我過去。

我從圓筒袋中取出證物袋，放到他桌上，有照片、報導文章、MoMA資料夾和手槍，另外再加上那片光碟和從列車錄影器擷取的定格畫面。

柯恩指著證物袋，用嘴型問：「班恩的？」我點點頭。他對電話另一頭的人說：「對，繼續追。我想知道我們掌握了什麼。」

他將電話丟進口袋，一屁股坐到椅子上，無力地對我笑笑。

「嘿。」他說。

「嘿，血液檢測有結果了嗎？」

「還沒。」

我重重往他桌旁的椅子坐下，給了克萊德警報解除的指令。我的夥伴再次欣喜若狂地迎向柯恩（通常是見到久別重逢的兄弟才會這樣），然後爬到柯恩的桌子下面，在那狹隘的空間裡盡可能地舒展四肢。

柯恩抬起雙腳不妨礙牠。「你這隻巨犬。」他拿起光碟插入電腦。「這裡面有什麼驚喜嗎？」

「不算有。就像迪克說的，她好像受傷了。而且不能動，也跟迪克說的一樣。」

柯恩默默地看完影片後，又看了一遍。看到那隻動物出現的部分，他按下暫停。

「那是什麼？」他問道。

「那就是我說『不算有』的部分。我還帶了一些定格畫面，也許你能找魚類暨野生動物管理局的人看一看。」

他點點頭，又繼續把影片看完。在看完第三遍後，他關掉影像，研究起定格畫面，然後拿起裝著那名女子的照片的透明證物袋。「知道她是誰嗎？」

我搖頭。「照片和我帶來的其他東西一起鎖在班恩的辦公桌裡，包括那張珊曼莎和賀利的合照。我會問問海勒姆知不知道她是誰——他叫我去他那裡一下。」我沒說我擔心他可能會炒我魷魚。

柯恩拿起珊曼莎與助理的合照。「兩個藝術家到美術館一日遊。何必要鎖起來？」

「就是說啊。除非你覺得他們有不尋常的關係。」

「我們剛剛放了賀利，也承諾會深入調查他那些非法買賣。就像我跟妳說的，他的不在場證明普普，他女朋友發誓他一直和她在一起，還拿出用過的保險套證明。不能說像訊問教宗一樣無懈可擊，但到目前為止，的確沒有跡象顯示他和任何犯罪現場有關聯。妳有找到DPC可能想隱藏的事證嗎？」

「不算有。」我告訴柯恩我在班恩辦公室裡找到些什麼，又沒找到些什麼。「沒有行事曆、沒有名片，完全看不出他最近可能見過誰或打算去見誰。」我敲敲裝著報導文章的袋子。「這篇文章顯示海勒姆和泰特家族的競爭至少可以回溯到三十年前，當時海勒姆買下亞佛瑞．泰特公司的一條路線，契約中還包括那間水泥廠。我猜那是惡意購併，我會再深入查一查。但比較近期的相關事件是海勒姆在六個月前，把泰特企業的首席訴訟律師挖角過來，給她安插了DPC的高位。」

柯恩的眉毛驀地聳起。「維若妮卡．史登？」

「正是她。史登有沒有說什麼？」

「不多，但她也還沒找好律師。」他拿起筆來，夾在拇指與食指間輕輕搖晃。「她的車已經拖過來，鑑識組正在作業，已經採了DNA，她也答應讓我們搜她的住家和車庫和工具間，到目前都零收穫。她對逮捕她的警員堅稱，她只知道露西的名字，至於那些衣物怎麼會在她車上，又會是誰來電告發假情報，她毫無概念。不過根據我的蜘蛛人直覺，她有所隱瞞。」

他用嘴吸一口氣又吐出來。「不知道。再過大約十分鐘，我和班多尼會開始訊問。凡是妳覺得奇怪或不對勁的地方，都讓我知道。」

「比方說？」

「當然。你們還查到些什麼？」

他把筆丟到桌上。「什麼都沒有。有一半的文明世界在找那個小女孩，還有另一半說是外星人幹的。聯邦幹員在從恐怖分子的角度調查，但循線追查到最後都是死胡同。鄰居什麼也沒看見。賀利說珊曼莎曾提到被人跟蹤，但他從來沒看到什麼人，珊曼莎的朋友們也從來沒聽說過這件事。我們正在追查她上個禮拜的行蹤，希望監視器有拍到些什麼。技術人員查了他們家人的社群媒體帳號和電子郵件，但是沒發現任何能成立的線索。有可能是賀利為了轉移焦點，才謊稱有跟蹤者。」

他拿起一個咖啡紙杯，瞪著看了一會兒之後將它揉成一團，一道咖啡汁液滴在他腿上，他咒罵一聲，從桌上抽出一張面紙。

「那麼在水泥窯外面中槍死亡那個人呢？」我問道：「公布畫像有什麼收穫嗎？」

柯恩擦拭著咖啡漬。「目前還沒有。我們有找到足夠的指紋可採，但是系統裡完全沒有相符的指紋。另外還發現一個彈殼，希望和案情有關。很難確定和炸彈爆炸有沒有關係，不過彈道顯示殺死他的大口徑槍和殺害班恩和雙胞胎兄弟的槍不吻合。所以要不是槍手擁有不止一把槍，就是槍手不止一人。」

他將面紙丟進垃圾桶，拿起裝著班恩手槍的透明證物袋。

「這個和照片還有報導文章一起鎖在他的辦公桌。」我說：「抽屜裡也有一瓶威士忌，和他的軍職勳章。也許那就是海勒姆不想讓我們發現的。」

柯恩皺起眉頭。「有點透露他的心理狀態吧，我想。我們會查這把槍。不過點四〇口徑？也不吻合。」

「在窯內的屍體呢？」

「都是男性，有找到其中一人的身分，他因為非法入侵與遊蕩，有留下指紋資料。法蘭克．凱伊。從摩西時代就是個遊民了。」

我不自覺地將手伸向克萊德尋求慰藉。「垃圾桶。」

「什麼？」

「法蘭克．凱伊在遊民營區的外號叫垃圾桶。他是個無害的老人，老是醉醺醺，從來沒有清醒到可以傷害一隻蒼蠅。在丹佛的時候，他經常在霍根巷晃蕩，看樣子是轉移陣地到水泥廠去了。」

「結果撞上了殺手。」柯恩說：「也許是看到不該看的才會被打死。」

我想起炸彈爆炸前，透過塑膠布看見的那張臉。「法醫能不能判斷出凱伊生前有沒有受虐？」

「看樣子是有，薛妮。很遺憾。貝爾說，就她從屍體的狀況看起來，凱伊和窯內另外那個人都受到凌虐。」

我十指交叉抱住受傷的膝蓋，將下巴抬高。區隔。這樣才能活下來。

柯恩把槍放回桌上。我敢說從昨天到今天他老了十歲。這我以前就見識過。他眼下的皮膚變成灰色，還睜著空洞無神的雙眼，顯示他知道麻煩就在門外，只等著他一鬆懈心防就會撲上來。他的肩膀會不斷下垂，直到我不知不覺間開始尋找看似被他扛在肩上那個世界的重量。

但是，每次他都會成功復原。一直到下一次案情觸礁為止。

他轉動脖子直到聽見啪的一聲。「我猜不透史登。她幾乎冷得像個冷凍櫃，可是她正常繳稅、從來沒請過一天病假，穿著打扮好像請了葛莉絲．凱莉當服裝助理。她還會為地方上的藝術團體奉獻時間和金錢，甚至沒吃過一張交通罰單。班多尼正在深入查她的紀錄，但如果把我們現在查到的資訊放到側寫師面前，他八成會笑掉大牙。而且我們也還在找她和班恩或珊曼莎之間的關聯。」

「也許她是在某個藝術場合中和他們偶遇。珊曼莎有作品掛在藝廊，那些地方不是會有開幕和募款活動嗎？」

「藝術的事情，妳問一個刑警？」

「總不可能只有子彈和小妞吧。」我說：「至於史登，她完全是照章辦事，根據和她一起工作的人的說法，是沒有心肝。但她會把事情做到最好。也許她這種特質會吸引某一類男人，比起消遣更熱衷於征服的那種人。假如班恩是這一類型的人，可能就會注意到她。」

「消遣？這是妳形容男女關係的字眼？」他舉起一手來。「別回答。所以妳認為班恩可能很享受這種挑戰？曾經帶兵打仗的退役軍人對日常工作感到厭倦了？」

那不是我想走的方向，但卻一再地繞回來。我在公司檔案照片中看見的班恩，是個日子過得不如意的人。也許多數日子都不如意。那感覺我懂，因此我並不想以此指控他。然而說服像維若妮卡．史登這種女人和他上床，或許有助於他從戰場過渡到公司生活。

「她長得不難看。」我試著說得含蓄些。「再配上孤傲、難以征服的角度，男人有可能上鉤。即使她不願意，也可能引起男方的佔有欲。史登結婚了嗎？」

「離婚了。我們正在查她前夫。假定她真的決定和班恩上床好了，後來，挑戰一過，班恩又繼續找下一個目標，也或許回到妻子身邊。史登遭受背叛，勃然大怒，就決定殺死那一家人。她帶走小女孩是因為——照她的想法——露西應該是她的。」

我注視著他辦公桌另一邊的窗外，他也順著我的目光看去。外頭烏雲滿天，高樓籠罩在灰暗光線中，一片陰鬱景象。隔著玻璃窗，車子的喇叭聲聽起來很遙遠。

「說不通。」我說。

「因為她身高一米六五，就算全身濕透也才四十五公斤。」

「因為戴文波一家死狀悽慘。凶手是實際動手，還搞得血肉模糊。我實在無法把史登和血肉模糊擺在同一個句子裡。」

「那麼就是她有同夥，另一個和她上床或是想和她上床的人。」

「會不會是打電話舉報的人？」我問。

「他沒留姓名，而且用的是拋棄式手機。」

我揚起一邊眉毛。「這還不是警訊？」

「它當然是，但不能直接證明他有惡意。很多人會在想匿名賣東西，或是信用不良，無法申請資費方案的時候，使用預付費手機。聯邦幹員正在追蹤這支電話，但如果那個人想陷害史登，他會只用一次就丟棄，到時就無解了。」

我用腳輕輕磨蹭克萊德伸出的腳爪。「我猜你們應該有考慮到一個可能性，凶手也許是被史登拋棄的人。班恩得到了他得不到的，他就把班恩當成目標，然後指稱史登犯罪。」

「這是我和班多尼第一個想到的。這和射殺男人、帶走女人的情況吻合，和引述的句子也相符。到時看看史登怎麼說，再判斷她的說詞可不可信。」他把兩腳蹺到一個半開的抽屜上，往後躺靠得遠遠的，我不得不放開原本抓著他椅子的手。他十指交叉抱著後腦勺，手肘張開，典型的「思考中的柯恩」的姿勢。若是不太了解他，會覺得他很放鬆，但他滿載的眼神洩露了端倪。

「跟我說說那個平交道編號。」他說。

我告訴他把X都拿掉的事，還有那個平交道早在八十年代就改建為高架，地點離珊曼莎遇害的地方很近。

「不會吧？」柯恩把腳放下，椅子的前輪砰一聲落在地毯上。克萊德立刻從柯恩的桌子底下衝出來，當牠發現沒有壞蛋需要去追，便忿忿地瞪著他。

「抱歉，毛球。」柯恩說完轉向我說：「說不定他把那個號碼寫在窯內，是在預告意圖。也許他打算在那班危險物品運送列車經過的時候殺死珊曼莎，但珊曼莎拚命抵抗，才讓他不得不改變計畫。那麼他怎麼會知道一個舊的平交道編號？」

「可能多年前在鐵路公司工作過。」

他拿起報導文章。「所以是一九八二。那麼這個人應該，多大年紀，五十幾歲？或者更老。那個年紀的人應該很難犯下這樣的罪行。」

克萊德剛才已在我腳邊趴下，與柯恩的椅子保持安全距離。但牠忽然很快站起來。有個東西遮住燈光，我坐在椅子上轉過頭去，看見了柯恩的搭檔連．班多尼。

「你們兩個眉來眼去夠久了吧，也許該上工了。」他說：「史登在三室。」

柯恩的搭檔不太喜歡我。關於五個月前的光頭黨槍擊事件，我想他從來沒有完全接受我的說法。其實柯恩也一樣。不過對於我所做的事是對是錯，他們卻持不同看法。班多尼幾乎毫無妥協餘地地認為我錯了，以至於即使到現在，他仍會設法徹底迴避我。這讓柯恩十分為難，也讓我更不喜歡班多尼。

「忌妒嗎？」我問他：「柯恩再也不跟你眉來眼去了？」

班多尼嗤之以鼻。「妳還沒射殺哪個目擊證人吧，帕奈爾？還是亮一下妳那個鐵路警察的小警徽，就打算逮捕丹佛大都會一半的人？」

「今天早上，」我說：「你還在吃第一個甜甜圈的時候。」

他把食指插進耳朵挖了挖。「什麼東西在製造噪音啊？大概是蚊子吧。」

柯恩翻了個白眼。「上工吧，夥伴。」接著對我說：「妳知道觀察室在哪吧？」

我點點頭。

他們走開時，班多尼在背後對我伸出中指。弱者的最後防禦。鐵路警察得一分。

10

發動戰爭有兩大原因：貪婪與報復。

你可以說獨裁者越線了，或是我們需要保護無助的人。你可以站到木箱上宣揚民主，說你有責任將民主帶給世人。

但最後總結起來都只有兩件事：有人想要什麼。或是有人拿走什麼。

而現在我們要來展現一點力量了。

——薛妮．帕奈爾，英文系2008，戰鬥心理學

我和克萊德抵達觀察室時，那個三米見方的空間已擠滿警探與聯邦幹員，並充斥著咖啡與汗水的臭味。噪音等級大約比一個F16飛行中隊起飛時的聲量再高一點。小麥在門口左側找到一個位置，緊靠著牆站。我勉強擠到她旁邊，而討厭人群的克萊德則鑽進我的腳和踢腳板之間的空隙。

房間前方有個安裝在牆上的螢幕，能直接看到偵訊室的情形，偵訊室裡的攝影機已經開始錄影並傳送畫面。我們所有人都能看見那個房間的牆壁灰泥剝落，放了兩張金屬塑膠椅，而且只有一面加了黑色鐵窗的窗戶，而維若妮卡．史登便獨自坐在一張金屬桌前。

她不太像當天稍早那個維若妮卡・史登。很明顯，在自己車上發現一個孩子的血衣（假設不是你放的），足以讓任何人受到驚嚇。不過維若妮卡看起來與其說是受驚嚇，倒更像只是……失了魂。就好像真正的維若妮卡・史登去了別的地方，試圖與魔鬼達成交易。她美麗的臉龐像一副靜態面具，呆滯的目光盯著桌子上方十五公分處一個隱形的點，右手緊抓項鍊彷彿抓著救生索似的。

她似乎連眼睛都沒眨一下。

聽到開門聲時，她有如大夢初醒一般，放開手中的項鍊（銀心的墜子嵌著鑽石與紅寶石）、挺起胸膛、抬高下巴。這才是我認得的模樣，才是那個冷傲能幹的訴訟律師。

柯恩和班多尼進入。班多尼啪地將一個檔案夾放到桌上，站到史登後面，抱起雙臂收緊下巴，凝視的目光直鑽她的後腦。柯恩則坐到史登對面，打開筆記本後向她點點頭，讓她安心。

「我是柯恩警探，妳背後的是班多尼警探。」

史登的眼神有如寒冰。「後車廂那些衣服不是我放的。」

「那麼我們會查明真相，」柯恩說：「妳也就可以走了。」

他打開班多尼放在桌上的檔案夾。「我們正在錄影。」他指向角落的攝影機。

「程序我很熟，警探。」史登說。

「因為妳以前被逮捕過嗎？」班多尼問。

史登的一邊眉毛高高聳起。「你連功課都懶得做嗎，班多尼警探？我身為DPC的首席律師，已經處理過數百次偵訊了。」

柯恩將椅子拉向桌子，為了錄影說道：「我們開始吧。柯恩警探與班多尼警探訊問維若妮卡．史登。史登女士，請說出今天的日期，然後說出並拼出妳的全名與住址與生日。」

史登照做。她說出地址時，我和小麥互看一眼。華園。戴文波家住的地方。

柯恩很快地說完一串話作為錄影紀錄，聲明史登是自願接受偵訊，未受酒精與藥物影響，她也知道自己並未被捕。例行公事結束後，他將檔案夾拉向自己，拿起筆來。

「妳一定覺得很震驚吧。」柯恩說。

「你這麼覺得？」她的聲音如雷射般鋒利，都能蝕刻鋼鐵了。

「妳看起來比較不像擔心，而是生氣。」

「那是因為我沒有殺害任何一個小孩，警探。我甚至沒有讓誰流過鼻血。這分明是有人故意惡作劇。」

「誰會想對妳開這種玩笑？」

她將一綹散落的頭髮塞到耳後。「我的職業會讓我和一些寧可我不盡責的人，處於對立面。他們就想要鐵路公司賠償，也不管自己有沒有資格。」

「妳是說被貴公司的火車撞到的人。妳能不能想到有誰特別憤怒？」

她搖搖頭。「如果鐵路公司有錯，我們通常會和解。如果沒有——這是大多數的情形——我們還是會盡量和解。但是我們國家的人很愛打官司。民眾往往會先拒絕，後來發現還不如一開始就接受我們的條件，結果惱羞成怒。所以我一直在回想我處理過的案子，但沒有立刻想到哪個人。」

「你們和解是為了避免鬧大嗎？」

「還有費用。但如果原告拒絕，我們就會奮戰到底，而且通常會贏。」

「直到六個月前，妳都還在為另一家鐵路公司奮戰，對吧？」

「是的，SFCO。」

「是什麼原因讓妳跳槽到DPC？」

「他們給的條件比較好。」

「薪水比較高？」

「福利也比較好。」

班多尼清清喉嚨。「跟老闆的兒子上床這種福利嗎？」

史登翻了白眼。「真是夠了。」

「就訴訟律師來說，」柯恩說：「妳的酬勞算是國內數一數二了，即使全部的律師都算進去也一樣。」

「你在暗示這樣有罪嗎？我做的工作非常困難，處理的案子可能關係到數百萬的金額，我很樂意接受DPC的提案。」

「妳有經濟上的煩惱嗎？」

在觀察室裡，電話鈴響。「轉成震動！」某人大喊。

「……只是拿應得的酬勞。」史登說。

「我們會去查妳的財務狀況。」

「請便。」

柯恩在筆記本上草草寫了點什麼。「我們來談談妳的車。妳上班的時候，其他人容易接近車嗎？」

「如果停在路邊的話。通常我會停在隔壁的停車場，那裡有門控。」

「但可以走進去。」

「當然。」

「那這個禮拜呢？」

「昨天停在停車場。前天在路邊。」

「那回家以後呢？」

「晚上會鎖在車庫裡。我從來不會把車停在外面。」

「今天凌晨四點，妳在綠丘公園做什麼？」

她瞠目以對。「我沒有。」

「鬼扯。」班多尼嘟噥道。

她沒有回頭瞥他。「今天早上我沒有去任何一個公園。當時我甚至還沒起床。」

「那昨晚呢？」柯恩問道：「妳昨晚人在哪裡？」

「六點下班以後，我照常去上海餐館外帶晚餐，然後就回家了。」

柯恩記下來。「妳未婚，對嗎？」

「離婚了。」

「妳丈夫有外遇嗎？」

她瞇起眼睛。「那不干你的事。」

靠牆而站的班多尼開口道：「那就是有了。我敢說妳很受傷——像妳這麼漂亮的女人。」

她眼中微光閃爍。

「有男朋友嗎？」柯恩問。

「沒有。」

「室友呢？」

「我一個人住。」

「也就是說沒有人能為妳昨晚的行蹤作證。」

「離開餐館以後，的確沒有。」

「妳有沒有打電話、登入網站之類的？」

「沒有。」

「那麼妳晚上是怎麼度過的？」

「我吃晚餐，配了一杯葡萄美酒，聽了幾首巴哈的賦格曲，然後在客廳裡舒舒服服地看雜誌。」

「傭兵啊？」班多尼說：「聽說他們有登廣告招募一些想功成名就的人。」

她沒反應，班多尼又繼續叨唸。「所以妳就坐在椅子上看雜誌，一個人孤孤單單的。」

她聳聳肩。「我不會用『孤單』這個字眼。」

「我聽起來覺得孤單啊。就只有妳和──妳說誰來著──巴哈和幾本雜誌。妳有沒有覺得無聊過？」

「沒有。」

「有沒有為了排遣無聊，和某人的丈夫在一起過？」

她臉頰上有塊肌肉抽動了一下。「這聽起來比較合你的脾胃吧，警探？」

「還是某人的老婆？妳的性傾向是什麼，史登女士？」

柯恩和緩地將對話導回來。「史登女士，請妳大致說一下妳昨天晚上做了些什麼。吃飯閱讀以後。」

「我看雜誌看到九點，之後上床又閱讀了三十分鐘，然後就睡到鬧鐘響。今天早上六點半，我在社區裡慢跑，沖完澡後，八點到達辦公室。半個小時後，我就接到戴文波一案的通知了。」

「妳開自己的車去鐵道現場？」

「是的。而且停在兩輛巡邏警車旁邊。也許你們應該向他們查證一下。」

「後來呢？」

「我回家沖了個澡，打算馬上再回去工作。可是你們的員警就出現在我家門口了。」

「妳和戴文波家人的關係如何？」

她臉上閃過一抹陰影，快得有如百葉窗啪一下關上。「我跟他們是點頭之交，或者應該說我和珊曼莎是點頭之交。她和我都是MoMA董事會的成員。」

「看到她慘死輪下想必很難受。」

「的確不舒服。」

班多尼哼了一聲。柯恩和史登都沒理他。

「MoMA，」柯恩接著說：「就是現代美術博物館，對吧？」

史登首度露出警戒神情。「這有可能和博物館有關嗎？」

「妳知不知道有誰反對MoMA？」

「那是個藝術博物館。背後有所有人的支持，包括藝術團體、贊助者、地方政府，所有的人。」

「有什麼可疑之處嗎？博物館本身，為它奔走的人？或是它所在的土地？」

史登搖頭。「沒有什麼不當或不合宜之處。那是一群好人為了一個好的理由努力。」

「不合宜，」班多尼說：「說得這麼文謅謅，我還得去查字典。」

她的頭微微偏轉向他，但動作幾乎細不可察。「我想也是，警探。你會發現它和『不入流』

並列。」

「聽起來妳對那間博物館十分投入。」柯恩說。

「我信仰藝術。」

柯恩站起身伸伸懶腰，然後走到窗邊往外看，動作刻意顯得若無其事。即使是透過攝影機，我也能聽見雨打在玻璃窗上的聲音。淹水是免不了了——下水道和排水溝都已經滿溢。

「再跟我說說妳和珊曼莎．戴文波的關係。」他說。

「我們是在一場藝術展認識的，她有作品展出。這個博物館是她的點子。她的公公海勒姆．戴文波十分富有，這你們當然知道。珊說動了他捐出土地，並提供一些資金。她認為我的法律背景會有幫助，就請我擔任董事。我自然是答應了。」

「妳自己有沒有捐過錢？」

「幾千塊。」

「幾千是多少？」

「五千。我自己捐了五千塊。」

「這是在妳進DPC之前還是之後？」

她皺起眉頭。「之前。不過你要是想找出我受雇於DPC和博物館之間的關聯，不會有任何發現的。」

「我會想找什麼樣的關聯？」

「不知道。你才是警探。」

柯恩回到桌邊，記了一筆。「海勒姆．戴文波怎麼會願意把這麼有價值的土地捐給博物館？位於丹佛大都會開發區的河濱土地，恐怕是最頂級的了。」

「我相信是因為珊。或許他也想減免課稅。我不能說我知道他在想什麼，或是關於DPC的財務……」

「連當上DPC的首席律師都不知道？」

「不知道。我相信他也很重視媒體。」

「尤其是和泰特家族的子彈列車之戰。」

「也許。這你得問他。」

「董事會裡面還有誰？除了妳和……珊曼莎吧，我想。」

「有錢的藝術愛好者和藝術家。這些是公開的資料。」

「那班恩．戴文波呢？他也是董事嗎？」

她脖子微微泛紅。「不是。」

「但妳認識他。」

她臉上表情似乎有些閃爍不定——像個站在糖果店櫃檯前，口袋卻空空如也的小孩。

我身旁的小麥「啊」了一聲。

史登低下頭。「不算認識。」

柯恩快速地輕敲桌面。「史登女士？妳能看著我嗎？」

她抬起頭，面無表情。「我只見過班恩一次。在一個募款活動上，是他父親逼他參加的。也或許是珊希望他來。無論如何，明顯可以看出班恩很不自在。」

「他告訴妳的？」

她點頭。「那時他應該已經喝了一兩杯酒。他說他很討厭閒聊，因為除了他的家人和戰爭，他什麼都不想聊。他說硬要和陌生人聊這兩件事又很不恰當。」

「可是他還是跟妳說了。」

「只說這麼多。我對他的認識更多是從珊那裡聽來的。」

「她說了什麼？」

「婚姻有時很辛苦。我想她指的可能是班恩發怒的事。」

「他脾氣不好？」

史登就連聳肩都很優雅。「她說班恩在戰後內心很掙扎。和許多退伍軍人一樣。有時候他會發怒。」

「她有沒有提起過他施暴？」

「從來沒有。班恩生氣的時候會自己躲開。讓珊比較困擾的是，有時候他好像後悔回家。珊覺得他想念戰場。」

「怎麼說？」

史登開始轉動手指上的戒指，是個樣式簡單的銀戒。「刺激吧，我猜。」

「是妳的猜測，還是珊的？」

「我的。」

柯恩在筆記本上又寫了幾行字。

在觀察室裡，我感覺到有兩個知道我過去經歷的警探在斜眼瞄我。我繼續盯著螢幕看。

「妳知不知道珊曼莎或班恩是否有過其他人？」

「你是說外遇？我從來沒聽說過。」

「那傑克．賀利呢？」

「誰？」

「珊曼莎的助理。妳應該見過他。」

她搖頭。「沒有。」

「也許在藝術展覽會上？」

「我不記得。」

「珊從來沒提起過他？」

「沒跟我說過。」

柯恩從資料檔案中抽出班恩辦公室裡那張女子照片，放到史登面前。

「妳認識這個女人嗎？」

她不再轉動戒指，俯身看著照片。「不認識。」

「從來沒看過她和班恩在一起？」

「沒有。」她抬起頭來。「她是誰？」

柯恩將照片放回資料夾。

班多尼搓搓鼻子。「妳朋友死了，妳好像沒有特別傷心。」

「我不是個感情外露的人。」

柯恩回到窗邊，由班多尼去探測史登的反應。「那海勒姆．戴文波呢？妳對他了解多少？」

「他雇用了我。除此之外，我和他幾乎沒有互動，只在募款活動上見過一兩次面。」

「妳跳槽到DPC的時候，沒有帶什麼可能對新老闆有用的情資嗎？」

「這種臆測太傷人了。」

柯恩與她四目相交。「那麼妳有嗎？」

「沒有。」

「妳對海勒姆印象如何？」

「我的印象？那有什麼關係嗎？」史登又再次玩弄起戒指。「難道在這個案子裡他有嫌疑？」

「妳會擔心。」柯恩說。

「我擔心的是那個小女孩還下落不明，我們卻在這裡浪費時間。」

「忍耐一下吧。關於海勒姆．戴文波，妳知道些什麼？」

她聳聳肩。「我知道他是個徹頭徹尾的鐵路人。我還知道他熱愛藝術，願意投資金錢與他人分享對藝術的愛。我從珊那裡知道，他身為祖父，送禮非常慷慨，但比較不熱衷家庭聚會。其他就都是從報紙上看到的。」

班多尼身子一挺脫離牆壁，繞過桌子，然後將兩手平放在桌面，向前傾身。「拜託，別再說這些屁話了。她在哪裡？」

「如果你問的是露西，我不知道。」

「妳和班恩．戴文波上床，妳殺害了他老婆兒子。」他已經湊到她面前，嚷嚷起來。「在妳車上找到他女兒的血衣。妳把她怎麼了？」

史登沒有退卻。她目光炯然，頓生的怒氣讓她脖子與臉頰出現紅斑。「我不在乎你怎麼想、你是誰，或者你想玩什麼把戲讓我承認我沒做的事。但那個小女孩還沒找到人，無疑正在受苦，而你們卻在這裡和我浪費時間。我沒有跟班恩．戴文波上床。我沒有——像你那麼赤裸裸地暗示那樣——和他老婆上床。我沒有傷害他們兩人或是他們的孩子。如果你們想救露西．戴文波，那就拜託，把精力放在有用的地方。」

兩個房間都安靜無聲。接著觀察室裡有個人說：「那是應當的。」

班多尼待在原位沒動，和史登兩人的臉依然只有幾吋的距離。「史登女士，我見識過這世上最高竿的騙子，而妳和他們比可差得遠了。」

柯恩瞄一眼手機後，遞給班多尼，班多尼直起身子看螢幕上的東西。兩名警探交換了個眼神，班多尼的表情活像吞了大頭針。

在觀察室裡有人說：「拿到沉降測試的結果了。是動物的血。」

眾人開始竊竊私語。我因為全身鬆懈下來而膝蓋發軟，兩手也緊握在一起。

「恭喜啦，」班多尼對史登說：「不是露西的血。」

「我不能假裝很震驚，」她在椅子上動了動，交叉起腳踝。「也許你們該問問自己，是誰想陷害我。你們還沒告訴我是誰把我扯進這個案子，也沒說你們正在用什麼辦法找到那個人，不論是男是女。」

「妳有想到哪些人嗎？」柯恩問：「可能會想傷害妳的人？我是說除了妳案子的關係人之外。」

「我……沒有。」

「有沒有人可能會忌妒妳太關心班恩．戴文波？」

「我一點也沒有關心班恩。」

「職場上的恩怨呢？不管是在SFCO或DPC。」

她又轉起戒指來。「受歡迎從來不是我的目標，但沒有人抱怨過我也是真的。」

「那自稱男友的人呢？有沒有人特別執著？」

「我都還應付得來。」

「札克．樊德。」班多尼說：「妳應付得了他？」

她直視著他，眼中閃著恨意。「你怎麼……」

「妳曾經針對他聲請保護令。妳以為我們不會發現？」

她搖搖頭。「他只是很煩人而已。一個越線的鐵道迷。」

「一個什麼？」

「火車迷。」史登說：「我是在賓州一場大會上認識他的，當時我受邀去談論平交道的意外事故。那是五個月前的事。接下來的三個月，他就一直纏著我。」

班多尼兩手往上一揮。「那二十分鐘前妳怎麼沒提到他？」

「因為我根本沒想到。他搬離開很久了，他已經離開我的生活。」

「他怎麼個煩人法？」柯恩問。

「他不斷地打電話到家裡和辦公室找我，還會傳email、照片。我從來沒接過他的電話也沒回信，不過他的訊息都很……粗鄙。」

「怎麼樣的粗鄙？」

「色情、影射。所以我才會報警。」

班多尼繼續逼問。「照片拍的是什麼？」

「我。」

「他有暴力傾向嗎？」

「如果反對性虐待的話，有。」

「妳報警以後結果如何？」

「有個警員答應找他談談關於他的糾纏和他對我造成的沮喪程度。兩天後，法院對樊德發出禁制令，禁止他和我聯繫，也必須遠離我或我的住處三十公尺。那名警員告訴我，樊德答應停止一切聯繫。」

「他做到了？」

「從那以後我就再也沒有他的消息。一個月前，我上網搜尋，他已經搬到佛羅里達。」

「性虐待。」班多尼說：「聽起來很偏激。」

「樊德稱之為『更衣室的私密談話』。他說我應該覺得榮幸，而不是生氣。」史登無力地靠著椅背坐，稍早發作的火氣已經消退，此時的她看似體力耗盡。

「問完了嗎？」她問道。

「最後一件事。」柯恩從資料夾抽出第二張照片放到桌上。那是我在爆炸前一刻，為那名男性死者拍的照片，已經放大。

史登將身子往前彎，隨即猛然後退。

「抱歉讓妳看這個，史登女士。」柯恩說：「只是我們想確認他的身分。妳見過他嗎？」

她搖頭，手摀著嘴。

「從妳的反應看來，妳認識他。」

她又搖頭，臉色變得很難看。

「妳覺得他這樣很難看？」班多尼仍不放鬆。「妳應該看看現在的他。屍塊四散。我們正試著用其中比較大的一塊確認他的身分。他的拇指。」

她用嘴吸氣。「我快要吐了。」

「沒關係，」班多尼說：「在這裡很常見。」

史登低低呻吟一聲。沒想到班多尼動作這麼快，倏地不知從哪抓來一個紙袋塞進她手裡。她果真如自己所說，吐了。

柯恩離開偵訊室，回來時拿著一張濕紙巾和一杯水。史登抹抹嘴，喝了水。

「所以妳認識他？」班多尼問。

她搖頭。

「妳以為我們會相信？看看妳臉色慘白還吐了。」

但史登已恢復鎮靜。「你們讓我看死人的照片，見我心情受到影響竟然大驚小怪？」她把椅子往後退，驟然起身。她的西裝外套以優雅的褶子旋繞著她。「我受夠了。你們還想再問什麼，就起訴我，然後找我的律師談。還有請把車還給我。」

「妳的車恐怕還要等一兩天。」柯恩說：「到時我們會通知妳取回。」

有一刻，史登看起來可憐兮兮，連我都覺得不忍。

「這段時間，」柯恩接著說：「我們會派一名員警護送妳回家，和妳待在一起，直到我們找到札克・樊德為止。」

史登雙手平貼在小腹上，忽然顯得好年輕。「你覺得會是他做的？」

「如果妳能在這裡多等幾分鐘，我馬上安排員警。」

偵訊結束後，小麥說了聲再見便倉促離去。現在她和手下有事情要忙了。我不清楚聯邦幹員與丹佛警察如何分工，但我猜所有人都會去追樊德。他們會發出通緝令，看看他是否還在佛羅里達，並找他在丹佛的家人或朋友問話。我不自覺地交叉手指暗暗祈禱。假如是樊德陷害史登，警方與聯邦幹員應該很快就能找到他。而假如他就是凶手，那麼也會同時找到露西。

其他人全部魚貫而出，只有我留在觀察室裡，為待會兒去見海勒姆加強心理準備，順便將想問的問題默想一遍，以便在他叫我打包走人以前塞給他。可是拿出手機一看，發現有個叫傑夫的人傳來一則簡訊，說海勒姆有輕微的舊疾復發，所以改到明天早上八點再和我見面。

我既感到鬆了口氣又有點失望，思考著接下來要做什麼，隨即查了亞當斯郡保安官辦公室的電話。一名女子接起電話後，我表明身分，說希望有人能回答我一些關於郡內二十八年前發生的平交道事故的問題。

「那要找雷克．沃朗斯基。」總機小姐說：「他五年前退休了，不過上個月又回來幫忙把我們舊的調查報告數位化。」

「好極了。可以請妳幫我轉接嗎？」

「要等明天。雷克跑到阿拉斯加的荒郊野外去釣魚，馬上就要收假，明天早上會飛回來。等他一回來，我可以請他回電給妳。」

「他有手機嗎？」

她笑起來。「雷克很怕科技的東西。我想保安官會叫他將那些資料數位化，只是因為他老是在這裡晃蕩，讓郡警都不專心。」

我咬牙強忍沮喪之情。「我能不能直接過去，親自看那些資料？」

「很抱歉，但資料不在這裡。雷克帶回家去做初步分類。」

「他家有人能讓我進去看資料嗎？」

「雷克是個老光棍。」她口氣有些不耐。「他明天一進來，我就叫他打給妳。」

我謝過她之後掛斷電話。有那麼一剎那，我考慮著要闖入沃朗斯基家，自行翻閱資料。但那無助於尋找露西，還會讓我找到的東西無法呈給法院。因此既然選擇不多、線索更少，我決定再試著找找左納。打電話到「皇家小酒館」，確認了他沒出現，而他也還是沒接電話。不過我的心思一再回到鄰居看見的那個男人。還有公牛的貨卡。除非別無選擇，否則你不會把一輛價值十萬的車留在車道上。

我不在乎公牛可能讓自己陷入什麼困境，我想要的只是他所知道關於那個平交道的任何資訊——或許能說明凶手為何對它感興趣的資訊。說不定一切都是溝通上的誤會，其實公牛正在他家監督工人裝設閃亮嶄新的外牆鋁板。

我和克萊德走出觀察室時，正好碰上柯恩。克萊德盡最大努力以比薩斜塔之姿靠著柯恩的腿，柯恩則將手指埋入克萊德的毛裡面。好個治療犬。

「妳覺得如何？」他問道。

「我認為她要不是認識那個人……」

一群人從我們身旁推擠而過，我們便後退靠著牆。

「怎麼樣？」柯恩說。

「就是她懷孕了。」

柯恩張開嘴，又闔上。我看著他默默將點連成線。又有一名警探從走廊另一頭走來。「五點開會。」他對柯恩說。

柯恩點頭表示聽到了。「西裝外套，有點往外凸，那不是流行嗎？」

「幾十年前就不流行了吧，我想，不過問我是問錯人了。其實主要是她看到照片的反應。那是史登的工作。她會看到更慘得多的模樣，而且是親眼目睹。一張死人的照片怎麼會讓她嘔吐？」

柯恩撫摸額頭。「那好吧。我們先讓她恢復，然後再找她問話。還有什麼嗎？」

「我覺得她很寂寞。」

「我也看出來了。」他用筆記本拍打大腿。「她說到班恩的時候臉上有個表情，只是一閃而過，但如果非要定名的話，我會說那是愛。」

11

奶奶帶回母親的消息那年我十二歲。說她被診斷出罹癌，當時她因為殺死一個喝醉酒攻擊她的惡棍華勒斯．古柏，被判二十年刑期，正在坐牢。還說醫生檢查出癌症時，她已經一腳進了棺材，另一腳也已準備要跨進去了。

當奶奶終於鼓起勇氣告訴我這個消息，我能做的也只剩去參加喪禮。奶奶這麼晚才告訴我，讓我前所未有地憤怒。但母親讓我更憤怒。因為她的入獄，然後死去。

——薛妮．帕奈爾，私人日記

左納家後側亮著一盞燈。

下午四點，一團全新的暴雨雲聚在遠方山頭，天光快速變得昏暗。路面仍因剛下過雨而閃亮。車頭燈掃射過人行道上的陰影，風一吹，樹葉與電話線上的雨滴紛落。

我將車停在公牛家對面的路邊。在將逝的天光下，這地方看起來更不吸引人。當天早上它疲憊認命，到了烏雲湧動的傍晚，卻搖身一變顯得惡毒。樓上窗戶盲目地突出籠罩於街道上方，紅色前門則發出濕潤光澤，宛如一張血盆大口。

到處都不見壁板推銷員的蹤影。

我舉起望遠鏡。前窗窗簾邊緣透出一絲光線。稍早來的時候，左納家裡好像沒有亮燈，不過當時天色比較亮。車道上仍停著早上看到的那輛紅色皮卡，擋住車庫門。也許當時我只是沒注意到燈光。

或者可能是公牛騙了鄰居，把道奇車藏在車庫裡，現在人其實在屋內，保持低調。在我從小到大生長的社區，居民的藏身方法都頗有創意，有時是躲避前來送交孩童撫養文件的郡警，有時則是來討債的保釋保證人。

又或者可能不是推銷員的壁板推銷員。

克萊德感覺到氣氛凝重，眼珠子在住屋與我之間來回轉動。我把勤務腰帶留在車上，但取出手電筒扣掛在腰帶環上。

「我們去釣大魚吧。」我說。

我一開門，克萊德頸背的毛立刻豎起。牠豎直耳朵跳出車外，鼻子抬得高高的以捕捉氣味。

我吃了一驚，問道：「老弟？」

克萊德看著我，等候我下令才敢跨出第一步。但牠處於高度警戒狀態，不是死亡的恐懼，是其他。

我皺起眉頭，手摸向槍托，然後靜靜地向克萊德打了手勢，和牠一起朝左納的房子移動。

和當天早上一樣，我們沿著長滿雜草的車道走到前門。我緊盯著房屋與後院，手放在槍旁。

克萊德全身緊繃小心翼翼地轉動頭與耳朵。但不管是什麼吸引牠的注意，牠都不認為有立即的危險。

我敲了門。敲門聲發出回音，然後漸漸消失，四下只聽見院子裡風吹過白楊樹的沙沙聲。我又敲一次，隨後便和克萊德轉身慢慢繞過屋側，來到早上利用過的那道柵門。我留意著克萊德是否發出不該這麼做的訊號，但牠並未從高度警戒升級到狂野，於是我推開門，悄悄進入後院。

有光線從落地窗窗簾的縫隙灑出，在鋪了水泥的地上刻劃出一條淡淡的白線。我和克萊德緩緩通過一堆堆狗屎，來到水泥板邊緣。我斜靠著屋子，側耳傾聽。街上遠處有條狗開始高聲狂吠，接著有個男人喊一個名叫喬伊的小孩馬上進來，聽到沒。狗短短地尖叫一聲，門砰地關上，然後狗和男人都安靜下來。

克萊德變得輕鬆了些。牠原本感受到的威脅似乎已融入漸濃的陰暗中。牠不會因為另一條狗便有如此緊張的反應。也許是郊狼或是熊——牠們偶爾會遊蕩進市區來。我希望費多的短聲尖叫只是因為被主人強拖進屋的關係。

我和克萊德悄聲而迅速地向前移動，最後來到落地窗旁站定。我從窗簾與窗框之間的空隙往裡看。

看見的是廚房，中央有一張破舊的餐桌和兩張椅子，桌上擺滿捏扁的啤酒罐和兩個堆得高高的菸灰缸。餐桌後面，隱約可見一個老舊的白色爐子，布滿汙漬，還有一部分流理台，同樣也是堆滿啤酒罐。

光線來自餐桌旁的一盞懸臂立燈。電線橫穿過地板，我把身子往後斜，頭一偏，正好可以看見插座接了一個白灰相間的定時器，電燈插頭就插在上面。

我喪氣地抽身。也許——在公牛被酒精攪混的腦袋裡——這就相當於小偷嚇阻器，而且很可能這樣就夠了。實在很難想像有哪個人會事先勘查這一帶，準備闖空門，除非他們想找鋁罐做回收。

我向克萊德打了手勢，一同回到屋子正面。我在只能放一輛車的車庫門口停下腳步。

「Achtung，」我小聲地說。小心注意。我抓住車庫門手把，用力往上提。門咿呀呻吟、吱嘎作響，離地二十公分後便再也文風不動。我鬆手將門放下，走向我事前在車道邊緣附近發現的一堆廢棄煤磚。也許公牛打算整修一下房屋。我挑了一塊磚，又回到車庫前。這回我用力將門拉高後，把磚塊塞進門縫，然後趴倒在水泥地上，拿手電筒往裡照。

燈光照見後側牆邊有一些看似生鏽的園藝工具、一只油罐和一台掃雪機，其餘空間空空蕩蕩。所以公牛真的開他的黑色道奇出門了，而我也明白了他為何沒把巨無霸皮卡停進車庫。因為放不下，就算把側面後照鏡收起來，人從後面爬出來也一樣。就這樣把車丟下，他想必千萬個不捨。他之所以這麼做，我唯一能想到的原因就是他在逃亡，這輛卡車太耀眼，不適合作為逃亡用車。

我站起來，將磚塊推開，讓門落下。克萊德抬頭看我，低低哼吟一聲，聽起來像是狗在說「我們翹頭走人吧」。

「再一件事就好。」我小聲說。我走向F650，踩上踏板，從駕駛座車窗照亮車內，原以為會聽到警鈴大作。不料世界依然安安靜靜。卡車內空無一物，裡外同樣乾淨。

我向克萊德打手勢，然後一起走回我停車處。過街走到一半時，克萊德忽然發出低吼——一個又低又輕的威脅預兆，彷彿往我背上倒下一大桶冰水。

我停下來，掏出手槍。克萊德的目光定定鎖住車的方向，我卻看不出絲毫異常。我後退幾公尺，然後引導克萊德通過剩下的街道。我們的腳一跨上路緣石，我立刻讓牠停下，並從另一側仔細觀察我的車。

眼前除了龜裂破損的人行道、鄰居空空的後院，和一個被駕車經過的破壞分子砸破的信箱之外，什麼也沒看見。

克萊德的臀部與後腿放鬆了一絲絲。牠仍然緊繃，但話說回來，我感覺得到幾秒鐘前還在的不知什麼東西已經離開了。牠和我繼續朝車子走去。

我從駕駛座側的門將克萊德推入車內，自己也隨後跳上車，用力把門關上。坐上駕駛座後，我做了幾次深呼吸。

「到底怎麼搞的，克萊德？」我說。

克萊德仍看著窗外。頸背上的毛已變得服貼，但牠並不開心。

我按下門窗鎖，等候著什麼東西現身。郊狼、熊、可怕的雪人。但午後依然寧靜。

這時電話輕輕一響。我看了螢幕，是老闆傳的簡訊。

別忘了一個小時後的諮商。工作需要，免得被炒魷魚。撐著點。

毫不拐彎抹角，果然是莫爾的作風。

我只是做自己份內的事，DPC竟對我如此苛刻，讓我氣憤得想爽約。這一週換了新的治療師，也許他（或她）不會通報我缺席——退務部稱不上是效率的典範。但反過來說，假設海勒姆沒有先解雇我，我也有可能被停職。那對露西又有多大幫助？

正在路上，我回傳道。

我重新將注意力轉回左納的房子。褪色的建物、枯萎的院子、在在展現出公牛心中優先順序的十萬皮卡。我想像著其他夜裡，那個老人坐在餐桌邊，彎著背抽菸喝啤酒，他養的狗趴在門邊哼哼唧唧地說夢話。或許公牛希望有個妻子或女兒，或是能和幾個朋友打一夜的保齡球或撲克牌。

也或許他什麼想法也沒有。

可能因為這樣才喝啤酒。

12

我們不都期望能當英雄嗎？一直到獲得機會並發現代價多大為止。

——薛妮・帕奈爾，私人日記

去過左納那個孤零零的家，加上接下來的諮商療程，使我的心情更加鬱悶。但在去退務部之前，我決定再做一件事。我快速駛越市區，轉上州際公路北行，朝水泥廠方向前進。我的目的地不是工廠，而是波特斯路的高架橋。那座橋也在警方與志願者搜尋的範圍內，但我想親眼看看。

我一面開車，一面凝視左窗外遠處的黑雲，一波一波湧過山巔，規律得有如保齡球一個個從回球機冒出來。幸運的話，我們會趕在下一場風雨前頭。

我下了交流道，轉往東行。高架橋就在廣闊的警方封鎖區外面。橋背後，有一輛巡邏警車的紅藍燈閃亮映照著近晚的天空。我把車停在一輛破破爛爛的橄欖綠色藍哥吉普車後面，熄火。除了吉普車和警車外，整片土地空空曠曠，高架橋以東的車流全都被引導往北繞行。我和克萊德下車時，鴿子輕柔的咕咕聲從田野另一頭飄傳過來。

有名女子坐在吉普車副駕駛座，聽見我們接近的腳步聲轉過頭來。她年輕、纖瘦，留著黑色短髮，顴骨高聳、眼窩深陷，像隻挨餓的流浪小動物，但稱得上漂亮。她穿了耳洞和鼻洞，兩隻手臂的蒼白肌膚上有藤蔓與玫瑰花刺青。

我們互相點點頭，我和克萊德繼續往前走。離橋還有一段距離，便隱約可以看到蠟燭在玻璃罩裡搖曳生輝，道路與混凝土橋座之間的橋下陰影中，還放了一堆花束與玩具。有個男人蹲在蠟燭旁邊，低著頭。我們靠近後，他起身面向我們。

男子約莫三十中段年紀，身高一般，身材細瘦。他的長相英俊得驚人，一雙綠眼睛，漂染的金髮紮成馬尾。我在珊曼莎的網站看過他──傑克．賀利，珊曼莎的助理。

他左手拿著一本小精裝書，對我伸出另一隻手。

「傑克．賀利。」他握手時說道：「我在電視上看過妳。妳是鐵路公司的員工。」

「薛妮．帕奈爾。這是我的工作夥伴，克萊德。」

「我是來致意的，」賀利說，接著聳聳肩。「或者應該說……我也不知道。我想我會來是覺得應該可以找到答案。不過這裡當然什麼也沒有。」

我指指那本書。「那是要放在祭壇的？」

他紅了臉。他的笑容完全不像我在珊曼莎網站上看到的那麼自信滿滿，而是帶著猶豫，而且沒有擴及眼神。

「是啊。」他把封面轉過來讓我看書名。是莎士比亞的十四行詩選集。

「你喜歡莎士比亞？」我問道。

他搖搖頭。「我比較偏愛亨特．湯普森。不過珊很喜歡詩。我想……」他聲音分岔，別過頭去。

趁他平復情緒之際，我仔細端詳這臨時的祭壇。有人送來泰迪熊和玩偶娃娃、野花花束、閃光風車。有人影印了露西的照片，加裝護貝，並寫上「我們愛妳，露西！回家吧！」另外還有懺悔節串珠和釘在紙板上的心形紙和一片迪士尼電影《花木蘭》的DVD。

賀利清清喉嚨。「我想她拿到這個應該會很高興。詩集。」

「你每天跟她一起工作，」我說道：「有發現任何出事前的跡象嗎？」

他淡淡的微笑變得謹慎。「我全都跟警方說過了。我是說真的警察。我到這裡來是想清靜一下。不過既然妳問了，答案是沒有。除了珊提起過被跟蹤之外，完全沒有其他不尋常的事。而且我從來沒看到跟蹤者。珊只告訴我她好像感覺到什麼。心電感應之類的吧。那麼我就先告辭了，我跟莉薇說只要一下子。」

「在吉普車上的女孩，是你女朋友嗎？她多大……十六歲？十七歲？」

他瞇起眼睛。「二十二。但她有個老靈魂。她是我的繆思。是她讓我踏入攝影這一行，讓我能跟在珊身旁工作。那是一份好工作。以前是。現在我不知道自己要做什麼。如果班恩希望我繼續經營工作室，我會的，不過……不知道，要是我是他的話，就不會想讓我待下來。」

「為什麼？」

「我只會提醒他而已，對吧？就跟工作室一樣。讓他想起他失去的一切。」

「你和班恩處得好嗎？」

「當然。」說完又搖搖頭。「大致上還好。班恩是個嚴肅的人。好像看一切都覺得有點無聊。我想他覺得我太浮誇、太……」

「輕佻？」

他笑了一聲，尖尖、短短的。「輕佻，沒錯。我能逗珊笑，有時候我覺得班恩很憎恨這一點。」

「他應該憎恨嗎？」

「不應該。拜託，警察也問了我這個。我和珊之間真的沒什麼，只是很好的商業夥伴關係。」

「喔。」我瞇起眼睛打量他。「也許現在開始，班恩會想要輕浮一點。」

「真的嗎？」賀利的微笑咧得更大，臉色從陰沉轉為純真。他看起來比我猜測的實際年齡要小上十歲。「妳知道嗎，薛妮？妳會是很好的題材。有沒有想過當模特兒？」

這是我在珊曼莎網站上看到的傑克——迷人、孩子氣、會打情罵俏。

「不可能。」我對他說。

他嘆了口氣。「那麼，要是妳改變心意再打給我。靠這個賺點外快也不錯。」

我們又握了握手，然後他與我擦肩而過，腳步沉重地沿著馬路走向吉普車。我目送他直到他坐上車，駛向公路，這時我才發覺他沒有把詩集和其他祭品一起留下。

我帶克萊德繞著橋座走，以便仔細觀察高架橋。這座橋毫無特殊之處。鋼筋混凝土結構，一塊黃色告示牌標註了橋高四點一七公尺。但即便是如此簡單的建物也可能要花掉好幾萬的經費。

我輕拍克萊德的牽繩，然後爬上山坡來到鐵軌處。從頂端望去，土地往四面八方微微起伏。雨水使一切變得青綠，田野中野花怒放。波特斯路消失在東邊山坡的彎曲處，水泥廠的筒倉也只是遙遠天邊的幾個驚嘆號。

從我們站立處，鐵軌分別往南北彎曲——波特斯路坐落在一道長長的彎弧正中央，那弧形有如單邊括號。迪克就是出了這個彎道後，看見鐵軌上的珊曼莎。三十年前，這個彎道應該就意味著波特斯路上的汽車駕駛在到達平交道以前，會有整整一分鐘看不見正在接近中的火車。

那麼瑪格竟然找不到任何意外事故的資料，簡直是不可思議。

我彈了一下手指。「泰特沒有通報。」

原本在檢視兔子足跡的克萊德停下來，覷我一眼。

「這應該是他會擔心的事。」我對夥伴解釋道：「聯邦政府應該會負擔升級的費用，但意外事故增加，監督與安全法規也會更嚴，對鐵路公司而言，花費也就更高了。」

誠如史登冷酷無情地指出，鐵路公司的安全紀錄是最最重要的。

聽完我的想法，克萊德絲毫不受影響，又回去嗅尋兔子。牠運氣不太好——我將牠的牽繩握得短短的，十分接近鐵軌。

但我的鬱悶當中逐漸滲入一絲興奮之情。假如亞佛瑞．泰特的公司真的沒有通報波特斯路發生的事故，也許海勒姆得知此事，便藉以勒索泰特讓他答應併購案。拆除平交道改建高架橋，應該是額外補上的一刀。

此時太陽溜進雲層後面，幾滴雨打在地上。我瞄一眼手錶。要趕上諮商時間，現在就得走。

我們沿著道路匆匆趕回停車處時，雨勢開始變大。一道又粗又銳利的閃電打中附近地面，整個世界瞬間發白。我瞠目以對，目眩神迷。

車子駛過橋下時，珊曼莎和凶手說話了嗎？她為自己和女兒的性命求饒了嗎？

凶手怎麼回答？

他有開口說一句話嗎？

13

你會覺得噁心。第一次的殺人。在我的第一次之後，一連幾個星期——不對，是幾個月——每天晚上都作噩夢。夢見我正要開槍，卻被一個纏頭巾的搶先一步。我醒來後，會覺得那些夢其實是我大腦的某個部分在告訴我，事情有可能會一發不可收拾，所以我先開槍是對的。

可是後來，我開始覺得那是上帝在告訴我我錯了。因為我始終不知道那個人到底有沒有槍，或者他會不會只是個扛著鋤頭的笨農夫。我射死了他，而我們繼續過日子。

現在噩夢是不會停止了。

——科威特，與一位海陸隊員的對話

「戰後的殘破。」我身後一個聲音說道。

我轉過身，靴子底下的亞麻地板發出吱嘎聲。退務部的走廊上站了一個男人，一顆禿頭被頂上的日光燈照得發亮。他朝我正在端詳的照片點了點頭。那是爆炸後，街上堆滿瓦礫碎片、電線倒地、建物粉碎的景象。

「二〇〇六年伊拉克。」他說。

「法魯加。」我瞅他一眼。「你在那裡嗎？」

「是啊。不過是在二〇〇四年那兩場戰役過了很久以後。」他走過來與我並肩而站，我們倆都回頭看著照片。「妳呢？」

我朝克萊德點點頭。「我們倆都在。幽靈怒火行動。」

「你們看到了很慘痛的畫面。」

「是的。」

男人穿著牛仔褲搭白色牛津襯衫，袖子捲到手肘處。他伸出手來。「彼得．海茲，陸軍少校，第二營隊第七騎兵團，蓋瑞歐文軍團。」

「薛妮．帕奈爾下士，海軍陸戰隊，軍墓勤務組。」

我們握了手，他向克萊德自我介紹，然後轉頭對我微微一笑。「我想妳就是我下一個患者。」

我從伊拉克回國後就開始接受治療。我當時的心靈導師是個名叫尼克．拉斯寇的人，他叫我不要談論戰爭或是我在那邊看見什麼、做了什麼。談論那些會讓你崩潰，會讓別人怕你。但我顧不了那麼多。噩夢、閃回、死人幻影——這一切先後將我導向酒精與藥物，因為我試圖麻痺自己，進入超然脫離狀態。

療程不像威士忌那麼有效，經過六週，我放棄了。在那之後，我藉由酒精、藥錠與一個寬闊無比的頑固特質，讓自己保持平穩鎮定。

後來，在前一個冬天的命案調查與槍擊事件後，DPC堅持要我重新接受治療。老闆們一想到保護一個價值數十億資產的人可能有點精神不正常，就會緊張兮兮。於是我憤慨之餘，還是志願參加了退務部的一個計畫，內容是結合抗憂鬱藥與一種名為「延長暴露」的心理治療，來研究其有效性。為了參加這項計畫，我答應每星期與治療師會談兩次，每次六十分鐘。

我填了一大堆表格（多半是問卷與同意書），然後與一位退務部雇員坐下來，進行CAPS（臨床診斷創傷後壓力症候群量表）的診斷會談。好個意外的驚喜：測驗證明我的確罹患創傷後壓力症候群。他們替我指定了一位治療師，從此展開我每週兩次的療程。

從此一切每況愈下。

延長暴露療法要我一再反覆地回顧不好的記憶，他們認為那些記憶終究會慢慢失去效力，我便不會再有閃現畫面，不會再夢見，記憶也不會再縈繞不去。但就我的案例看來，治療反而使情形惡化。過去幾週內，我不僅噩夢與閃回更為頻繁，還外加頭痛、肌肉震顫與憤怒管理的問題。不管定義多麼寬鬆，這都稱不上是進步。但我還是來了，回來繼續治療，因為我答應了。儘管我有諸多缺點，不守信用卻不是其中一個。何況這還牽涉到我能不能保住飯碗的這件小事——莫爾像老鷹一樣盯著我呢。

「妳不想來。」我們走向診間時，海茲說道。

有讀心術。「有誰想來嗎？」

「一開始沒有。」他打開診間門鎖請我進入。「我看到新聞了。妳這一天過得很辛苦。」

為露西的擔憂有如膽汁湧了上來。「你有在追蹤那則新聞？」

「盡量。很令人心碎的情況。我本以為妳會取消。很高興妳沒有。那個炸彈……」

「我沒事。」

他與我目光交會，我看出他的眼神中有相當於二十冊牛津字典的話想說，但他只說了句：「好。」

海茲續用我前一位治療師的診間，因此我坐到可以同時看見門和窗的老位子，克萊德則盡可能挨著我趴在地上。我環顧四周，海茲加了一點自己的東西：幾張照片、一面破損的國旗。最有趣的是掛滿整面牆的紙面具，顯然是有問題的人做出來的。那些面具要不是血淋淋，就是充滿焦慮折磨、被鐵絲團團包住或是用老虎鉗擰過。

「愉快。」我說。

「可不是嗎？」海茲笑著說：「那全是退伍軍人做的。有時候創作藝術比談論自己的感覺容易。這能讓人展現出看不見的傷口。」

他沒有坐到辦公桌後面去，而是拖出椅子與我面對面而坐。我往後靠向椅背。

「跟我說說治療到現在成果如何。」他說。

我比了一下他手上的板夾。「都在那上面。」

「我比較想聽妳說。」

「這是治療師表示『我還沒空看這些廢話』的說詞嗎？」

他又笑起來。「不是。」他伸手將板夾丟在桌上。「我全看過了，而且發現妳的症狀惡化。

有時候事情必須先惡化以後才會有進展，但我想試試不一樣的方法。」

鬆了口氣與戒慎的感覺參差交雜，傳遍我全身。「什麼方法？」

「我就老實說了。許多退伍軍人的問題在於延長暴露療法根本行不通。退務部會採用這種治療，是因為對於遭受性侵或傷害的人這是最佳方式。但我們漸漸發覺在戰場上受的創傷與一般百姓可能經歷的創傷截然不同，有時候延長暴露恰恰正是錯誤的方法，可能會讓不好的回憶影響力變大，而不是變小。」

好像有人突然替我解開手銬似的，我立刻從椅子半站起身來。「我要走了。」

「等一下，下士。」海茲將前臂擱在腿上。「如果妳決定要退出研究計畫，我們會如妳的願。但妳不能就這麼結束治療，我們只是想試試不同方法，不只是因為延長暴露對妳無效，還因為在看了妳的病歷後，我懷疑創傷後壓力症候群不是妳最糟的問題。妳有沒有聽說過所謂的道德傷害？」

我再度重重坐下，幾乎可以聽見手銬重新銬了回去。「所以說我現在成道德罪人了？」

海茲發出輕鬆笑聲。「跟我們其他人差不多而已。是這樣的。我們所了解的創傷後壓力症候群是對於某種威脅或是感知到的威脅，產生不由自主的生理反應。臨床上把它形容為恐懼迴路失調。就是一個人看見某件事威脅自己，體驗到極度的恐懼與無助，並對那份恐懼產生自發性反應。妳懂嗎？」

我抱起手臂，以便能看手錶。「我讀過手冊。」

「可是道德傷害是另一回事，那是詩人彼得．馬林所謂『可怕而嚴厲的戰爭智慧』。」我的視線從門跳到窗戶又跳回來。我讀過馬林的作品，他的理論是：純真其實並未失落在戰爭中，而是化為更高度的道德敏感性。

但我的罪惡感太深了。我斜靠著椅子扶手，手指插入克萊德的毛當中搓揉，希望感受牠的溫暖。「好。」

「它的症狀與創傷後壓力症候群類似，」海茲繼續說道：「失眠、閃回、記憶問題、驚嚇反射，但根本原因不同，治療方式也不同。」

我掏出香菸，想起自己身在何處，便又收起來。

海茲用拇指劃過下眼瞼。有一道淡淡的傷疤使得那裡的皮膚發皺。

「道德傷害比較無關乎恐懼，而是關於悲傷與愧疚。」他說：「也許在伊拉克的時期會讓妳感覺痛苦，因為在打一場家鄉同胞似乎再也不關心的仗。妳可能會因為自己所做或所見的某件事受良心譴責，甚至可能純粹因為妳能回到家鄉的富饒之地，卻還有許多人留在那裡。所以雖然創傷後壓力的重點在於危險──『我差點失去生命』──道德傷害呢，很多時候是關係到看似不道德的行為。尤其是殺人。」

殺人。「嗯哼。」我保持表情平淡，和氣到放空的地步。

海茲將手肘撐在腿上，雙手交叉。「這是個很新的概念。我不是個象牙塔理論學者，但我覺得非常合理。我派駐過伊拉克兩次，薛妮。我是軍中牧師，在那邊服役於步兵團，獲得了一枚銅星勳章。我也有我自己的道德傷害。」

我們互相注視對方，海茲有一張開闊討喜的臉，經常會面露微笑也會輕鬆大笑，看起來不像與惡魔角力的人，即使他是隨軍牧師。但如今就近細看，我發現他眼中閃爍著憂傷。而且除了眼睛下方，太陽穴也有一道同樣的疤痕。

我上一位諮商師態度誠懇、富同情心，但她從未見識過戰爭，從未開槍殺人，從未看著一個孩子死去或是處理過被炸得支離破碎的屍體。

「我看妳的病歷上說妳今年二月殺了六個人。」海茲說：「我去查看新聞報導，大家都說妳是英雄，妳有什麼感覺？」

我別開眼睛搖搖頭，開不了口。

「很不舒服吧，我猜。」海茲繼續說：「薛妮……妳能看著我嗎？」

我勉為其難迎向他的目光。

「身為牧師，我不能參與戰役，甚至不能拿武器。所以對我來說，殺人不是問題，我無須處理那個道德難題。但我有許多理由要去思考它，因為我周遭每個人都在打仗殺人。而且每次的小衝突、每次的戰役過後，他們會有很多人來找我，問說應該如何看待。」

「你怎麼告訴他們的？」

「說我認為戰爭和殺人都是罪，但我也認為有時候這是必要的。這些男女做了大多數人不能或不願做的事，我們欠他們一份感激之情，或許也欠他們一條命。所以我會聆聽他們傾訴，為他們祝禱，然後送他們離開。但每次事後我都會覺得悲哀，因為我所提供的多半毫無用處。」

我抬頭看著牆上的面具，一排接著一排無聲的痛苦。

「所以有鑑於此，」海茲說：「妳願意談談那六個人嗎？」

「很感謝你說這些。可是……」我搖頭說：「我還沒準備好。」

「好吧，合理。那今天呢？炸彈爆炸後發生了什麼事？我知道妳在伊拉克有兩個朋友被土製炸彈炸死。」

我闔起雙掌。「別把今天和伊拉克發生的事連結在一起。情況不一樣。」

「聽說當時和妳在一起的警探情況危急。」

我十指交叉。「他叫法蘭克．威爾遜。他沒來得及找到掩護。」

「妳對此有何感覺？」

「你說呢？我很生氣。」

「氣什麼？」

「那個情況。放炸彈的人。」我用嘴吸氣，好像透過吸管似的。「也氣威爾遜跟我在一起，雖然我知道這麼想不公平。」

「妳氣妳自己嗎？」

「當然。」

「因為……？」

「因為我沒能保護他。」
「妳能保護得了他嗎？」
我看著自己像狗咬的指甲，與手臂上的輕微曬傷。「我應該叫他待在原地。他是想要待在原地，他說感覺情況不太對，還說他年紀大了經不起這種折騰。我應該要聽進去的。」
「是他自己做的決定。」
「可能有受到我的鼓動。」
「那在伊拉克呢？」
「在伊拉克怎麼樣？我說過了，情況不同。」
「妳也因為朋友的死感到內疚嗎？」
我很想爬到海茲的桌子下面縮成一團，很小很小的一團，讓誰都找不到。「沒有。」
「因為很多和妳有同樣遭遇的海陸與陸軍會有。倖存者的罪惡感。」
我怒目直視。「我不是他們。」
海茲和我互相對望，猶如待在各自角落的拳手。克萊德坐起身子，將下巴擱在我腿上。
「我想知道的是，」我說：「既然你這麼聰明，能知道道德傷害這回事，那你有聰明到能治好嗎？」
海茲摸摸自己的禿頂，重新拿起板夾，那一疊一吋厚的紙張負載著我的故事。「這個，很不幸地，是個壞消息。這一切都還太新，我們其實還不知道該如何治療。但我會說有兩種做法看起來效果應該不錯。團體治療，還有從事某種服務，例如去收容所當志工，或是幫助弱勢孩童，諸如此類的事。」

我想到我每個星期六早上送去給遊民的早餐，想到我在婦女收容所當志工的時數，想到我關心自己的工作搭檔和照顧奶奶的毅力，想到我開始找尋的馬利克。

但相較於我欠的債，做這些就像試圖用湯匙舀乾海水。

「贖罪。」我沉著嗓子說：「你的意思是這個。」

「可以這麼說。這是過程的一部分，似乎會有幫助，而且過程會很漫長，薛妮。治療不可能一蹴可幾。」

「你是說我真的做了什麼錯事。」

「不，當然不是。但我怎麼想並不重要。身為牧師，我可以告訴妳妳所有的罪都被赦免了，或者妳也可以去找神父告解妳所謂的罪並獲得原諒。但別人怎麼說都不重要，唯一重要的是妳怎麼想。決定必須發自妳的內心，妳最重要的一步就是原諒自己。」

「你不知道我做了什麼。」

「我知道戰場上沒有什麼乾淨的事。我知道在戰爭熔爐裡，我們會做出在家鄉絕對不會做的事。我也知道我們大多數的人都太苛求自己了。」他又摸了摸眼下的疤痕。「即使跑馬拉松也需要從第一步開始。原諒可能就是妳的第一步。」

我聳聳肩，彷彿他要說的話並無重大意義。但我想起了奶奶對我說過，有時候妳最好的部分是妳最糟的部分，有時候這兩者是分不開的。我的中尉長官告訴過我，海陸隊員經常被要求做一些逾越道德的事，但無所謂，因為到最後結果會合理化我們的行為。

可是，真該死。日復一日活在那些行為當中……

海茲湊向前來，兩手按著膝蓋。「妳的海陸兄弟沒有人會說妳做了什麼錯事。」他接著說：「妳的家人也是。但這是一部分問題所在。他們的理解或原諒對妳而言毫無意義，因為妳已經打定主意相信如果他們知道事實真相，如果他們知道妳做的一切，也會認同妳自己內心的判決。他們會說妳不值得原諒。」

我撫摸克萊德的耳朵，不發一語。

「在戰場上，」海茲說：「我們做了一堆自己覺得可怕的事，然後回到家鄉，大家都說我們是英雄。於是我們會在半夜醒來，試圖讓這兩件事並列。但我們做不到。我們不知道自己到底是罪人還是英雄。我們會試著讓心目中的自己和我們做過的事達成一致，一旦做不到，就會覺得自己不配被原諒。但是原諒自己並不代表粉飾自己的過去，它只是意味著我們決定讓自己繼續往前走，不再生活在愧疚與憤怒與噩夢中，重新融入社會，讓過去就只是……過去。」

海茲手錶的鬧鈴響起。

「不必管這個。」他說。

但我站了起來，極力保持穩固，因為感覺自己像個被解開繫繩的氣球。克萊德也起身甩動一下。

「不，時間到了。」我說：「再說我也得走了。」

海茲顯得很失望，像個差點終於要釣到魚的人。不過他還是站起來，伸出雙手掌心向上作投降狀。「妳就想想我說的話吧，下次再多聊一點。我的團體療程下禮拜開始，妳何不來參加？」

「也許吧。」我勉強微微一笑。「謝謝你說的這些，我會想一想。」

「這算是個開端了。」他遞上名片給我。「如果在下次見面前妳想談談，純粹面對面喝個啤酒之類的，打給我。隨時歡迎。」

下樓進了醫院洗手間後，我把自己和克萊德鎖在無障礙廁間裡。我雙手緊緊交握，直到指節和指甲都發白，眼睛則直瞪著馬桶看。忽然胃裡一陣扭絞，我隨即俯身吐了出來。我低著頭待了一會兒，鼻腔內滿是自己刺鼻的嘔吐味。接著我用衛生紙抹抹嘴，將馬桶裡的東西全部沖掉。

「讓我找到露西吧。」我說道，不確定自己是想和上帝或魔鬼談交易。「讓我找到她，然後我就原諒自己。」

我走出廁間時，那六人排排站在洗手台邊。六個死去的人，皮膚蒼白有刺青，剃了光頭，凝視的眼中閃著刀刃的鋒芒。我走向其中一個洗手台，他們便退到一旁，等我洗手時，又在我身後聚攏。

「你們死有餘辜，」我小聲地說：「全部都是。」

他們看著鏡中的我，眼睛眨也不眨。然後一個個咧開嘴笑著點頭，血跡斑斑的瘦削臉龐露出滿意神色，充滿渴望的幽暗眼眸彷彿終於發現獵物的狼。

我怒瞪著他們。

「去他媽的愧疚感，」我說：「我還是會這麼做。」

14

假如我不再作噩夢，假如我不再活在過去，那我要怎麼為那些被我們拋下的人發聲？

——薛妮．帕奈爾，私人日記

退務部大樓外，清爽的晚風帶著紫藍色。街燈在柏油路面投射出暖暖的光圈。四下只有少數一些人，而且全是活生生的人。我在一個小樹叢裡找到一張長椅，一屁股坐下，我需要一點時間理清海茲對我說的話，重新恢復平靜。克萊德貼靠在我身邊，頭擱在我腿上，雙眼牢牢盯著我。我撥撥牠的耳朵。狗不相信人的愧疚，只相信愛。比起告解和說十幾句「萬福瑪利亞」，跟牠在一起更有用。

什麼戰爭的智慧，去死吧。怎麼不說狗的智慧？

我從褲子側袋掏出一塊狗食香腸，克萊德立刻站起來，興奮地搖尾巴。

「現在誰是海陸戰士啊？」我用牠喜歡的尖嗓音輕聲細語地說：「誰是媽媽的乖狗狗啊？」這時牠全身都在顫動。我將香腸往空中拋，克萊德一躍而上，嘴巴大張。牠騰空咬住香腸，敏捷地落地，準備下一輪。

我又拋出一些零食給牠，然後跪下來，輕輕將牠拉向我，進到樹下相對較乾的地面。我搔抓牠背心周圍的腹部，直到我們倆心情都好些為止。

「回家以前還有一件事要做。」我對牠說。

牠耳朵豎了起來。

「是海陸該做的事。」

班恩的病房是位在九樓的術後加護病房，離護理站最遠的那端。左右兩邊的房間都空著，班恩的門外有一名警察站崗，以便看見每個靠近的人。我向病房區行政人員登記後，走向警員並出示警徽。他點點頭讓我直接進去，但行政人員在背後喊我。

「狗不行。」她說：「病房禁止動物進入。可能會有感染風險。」

我看著警察。「牠跟你待在這裡可以嗎？」

警員的臉咧出大大的笑容。「當然可以。」

「克萊德，」我說：「bleib。」

克萊德一副遭人背叛的樣子。牠也是海陸戰士。我答應會盡快。

班恩的房間是標準加護病房。可調整式病床、床桌與床位拉簾，此時簾子是拉開的，好讓護士能清楚看見病患。牆上架了一台電視，房裡只有一張椅子。因為是加護病房，還有各式各樣的監測器、袋子和管線，外加各種儀器穩定、細微的嗶嗶聲和喀嗒聲。在這一切事物正中央，班恩無意識地躺著，頭上纏著繃帶，臉頰凹陷灰白。有個呼吸器從他嘴巴插入，幾條管子順著胸部而下。

這個班恩和我早上端詳過的照片裡的男人，和短短二十四小時前的他，幾乎毫無相似之處，我內心彷彿有個地方碎裂了。他在戰場上歷經千驚萬險保住了命，結果回家後卻幾乎失去了一切，這怎麼說得通呢？老天怎能要求一個人承受這麼多？

我抬眼望向窗戶。窗外，丹佛的燈火閃耀。烏雲已離開山區，如今籠罩在市區上空，被城市燈光照成橘紅色。陰沉的西方天空掛著火紅的太陽。我側身從床邊走過，頭靠著玻璃。遠遠的下方車水馬龍，但人行道上空無一人。我閉目片刻，想像著我此時站立的街區成千上萬地複製，遍布丹佛。數以萬計、百萬計的車庫與倉庫與公寓、公園與田野與下水道、排水溝與涵洞與地下室。

有上千萬個地方可以藏一個小孩。

有上千萬個地方可以埋她。

一陣風從通風口吹進來，房間頓時降溫，珊曼莎也忽然出現在我旁邊。她的長髮貼在背上低聲呢喃，裙襬在那陣罅隙風中飄動。她將幽靈手指貼在玻璃上，就著窗上倒映的影像，勾劃出丈夫的輪廓。我踉蹌倒退幾步，直到撞到椅子，心裡既憐憫又害怕，我暗自納悶承載死者是不是我永遠逃避不了的命運，但也很確定自己沒有這份力量。

我暗想，伊拉克發生的事，班恩對妻子吐露了多少？大部分退伍軍人什麼也沒告訴家人，為的正是牧師說的那些理由。但也有些人找到了不僅願意傾聽，而且還能理解與接受的人。珊曼莎拍的照片——淒涼蕭瑟的那些——讓我覺得她夠堅強，不管班恩說什麼她應該都承受得了，並能給予安慰。

風扇停了，房裡變得安靜，只剩維持班恩生命的機器聲響。珊曼莎看了丈夫最後一眼，跨出窗子，和玻璃一同閃著微光，宛如水上的粼粼波光，然後消失無蹤。

「對不起。」我喃喃說道，不確定是在對她或對班恩或對我自己說。

班恩房外有電話鈴響起，護理站那邊有輪床喀啦喀啦響。我背轉向窗子與玻璃外一切不可思議的東西，看著班恩。

他動也沒動。開車過來的路上我聽到新聞了——手術成功地減輕了腦壓，但是大腦本身已受損，醫生們也不知道班恩醒來後還能維持幾分健全。

我的目光被房裡唯一一樣非醫療物品所吸引——是班恩與珊曼莎與三個孩子的一張裱框合照。也許是班恩的父親拿來的。照片中戴文波家五人仰躺著，孩子們向上微笑看著鏡頭。兩個男孩露出傻笑，躺在兩個哥哥中間的露西笑容燦爛。他們的父母肩並肩躺著，珊曼莎的頭髮披散在班恩胸口，他的手緊握著妻子的手，就在按下快門的前一刻，他們倆正深情對望，臉上帶著會意喜悅的表情。不管珊曼莎曾向史登抱怨過丈夫什麼，在這照片裡了無痕跡。

我的視線從床桌上的照片移向床上的人。班恩知道自己家人發生了什麼事嗎？在兒子死前，在珊曼莎與露西被擄走前，他應該已經倒下且失去意識。在人為誘發的睡眠中，他有夢見他們嗎？而在他夢中，他們都還活著嗎？

我伸出一隻手，準備將照片翻倒蓋住，以免班恩一睜開眼就看到它。以防他知道，以防它又再次傷他的心。但就在指尖碰到相框時，我住了手，無法奪走這最後一樣東西。

「我們會找到她的，」我對他說：「她還活著，我們會找到她。當你醒來，她會在你身邊。」

我沒動照片便走出病房，前往克萊德等候的地方。

15

希望，就是在一片炸毀景象最遠端的地平線上那條細細的金線。

——薛妮．帕奈爾，私人日記

到柯恩家時，這一天已經像潮濕沙土般附著在我的骨頭上。

我停好車，取出圓筒袋，克萊德則去做牠的例行公事。牠正嗅著尋找松鼠時，我吹了聲口哨要牠跟來，然後走向別屋的階梯。

附近的主屋原本在柯恩奶奶名下，後來由他繼承。這地方超過兩百八十坪，由一支隱形的女傭、園丁與雜工大軍負責維護。但柯恩說住在那裡會讓他覺得像是地球上最後一個人，所以他才撤離到別屋。只有當他想拿奶奶書房裡的東西，或是洗劫酒窖時才會回去。

我和克萊德一到階梯口，自動感應燈隨即亮起。我實在太疲倦，一度覺得那道階梯有如瑞士的阿爾卑斯山。我看見當天稍早從我靴子刮下的土閃閃發亮，便瞄準那個目標。到了那裡，又繼續走。

來到前門後，我摸索著找鑰匙，並注意到另一處刮土的痕跡。

我遲疑了。

保全警報器仍未解除。克萊德的悠哉態度顯示附近沒人。牠嗅嗅泥土，然後便不再去在意，可是不安之情重重攫住我的頸子。那些土在門廊燈光下微微發亮，就跟我從靴子刮下的土一樣。有個去過水泥廠的人也來了這裡。

是柯恩，我想起來了。他回家換過衣服。

然而，就算是妳疑神疑鬼，並不代表他們就沒有虎視眈眈地在某處等著妳。我按了密碼關閉警報，一進屋後又立刻重新設定。我把袋子丟在客廳，撥電話給莫爾，接著開始巡查屋內各個角落，拉開百葉窗，到處查看有沒有人在哪兒藏了屍體。

「我正在從最近的事故資料往回看。」莫爾說：「還沒什麼發現。有兩三份死殘表單要不是弄丟就是歸錯檔了，所以我們有可能永遠找不到頭緒。」

我正檢查到主臥室，暫停了下來。「聯邦鐵路總署的檔案裡少了025615P的平交道表單。」

「有可能是巧合。」

「我不相信巧合。不過好消息是有人放了一張紙代替。這個平交道就是在波特斯路上，珊曼莎死亡地點附近。現在變成高架橋了。鐵路總署的瑪格麗特．阿克曼沒能找到那裡發生過意外事故的紀錄。可是一九八二年的一篇文章說有好幾起，當地人還叫那裡是死人平交道。」

「妳認為那個平交道之所以對凶手有重要意義，是因為交通事故？」

「你想得出更好的原因嗎？」

「我會繼續挖。」

掛電話後，我繼續完成屋子的巡查工作。最令人感到不祥的也就是那堆髒衣服和厚厚的灰塵了。

在廚房裡，我替克萊德脫下裝備，餵牠新鮮的食物和水。我搜了一下冰箱，找到昨晚剩的奶油蒜香檸檬蝦，這是柯恩的最愛之一，每兩三個星期就會煮一次。我挖了一半到盤子上，放進微波爐。看到我這麼隨便地對待他的蝦子，柯恩可能會把我殺了。至少應該放到爐子上加熱吧，但我實在提不起力氣，而且以我的手藝，蝦子恐怕會燒焦。

我給自己倒了一指麥卡倫威士忌，放在隔離客廳與廚房的吧檯上，然後端著蝦子進臥室，邊走邊吃。有點軟爛，是我的錯。

進到臥室，我吞下兩顆安舒疼為膝蓋止痛，用力脫去工作靴，然後脫掉制服沖澡。我在額頭的傷口上抹了一點抗生素藥膏，貼上OK繃，暫時就先這樣。最後穿上乾淨舒適的運動褲和破爛的軍墓勤務組T恤，又回到廚房，坐到吧檯邊。我拿起遙控器打開電視。

「……佛朗特嶺到處的雨量都創下歷史新高。」氣象播報員說著：「河水溪流暴漲，還有幾處水壩……」

我關掉電視。克萊德晃過來看看我。

「我們情況還好。」我對牠說。

但這是謊言。調查工作眼看就要從露西失蹤的第一天推向第二天，進展卻微乎其微。每過一小時，露西的機會就隨之減少，同樣地我體內的恐懼感也隨之升高，猶如額外的心跳。

克萊德繼續看著我。

「好吧，」我告訴牠：「情況不是太好。我做了承諾，但是到目前為止完全沒有收穫。」牠的耳朵直立起來。「那就繼續努力啊。」牠在說。

「對，來看看我們手上有些什麼。從鐵路公司的角度。」

我打開筆電開始打起字來，一面整理思緒。

首先，一班永遠不會真正存在的危險物品運送列車。警察與聯邦幹員會去追查列車的所有相關人員，從鐵路公司員工到供應商與其員工，還有政府管制單位裡每一個牽涉到的人。工程浩大到亂七八糟（奶奶會這麼說），而且可能無疾而終。凶手在戴文波家寫下那個號碼時一定知道這一點，是他確保了這輛列車永遠不會存在。那麼他的用意何在？

我暫停打字。也許他唯一的目的就是製造混亂，尤其如果他想推動某個理念的話——比方說他不贊成鑽油井。

但細究他的罪行加上此罪行涉及私人，顯示他應該另有目的。

我打出：一班危險物品運送列車與私人會有何關？

我注視著閃動的游標。基本上你會討厭這種列車，因為它危險，容易遭受恐怖攻擊。或者更私人的話，你曾經被這樣的列車傷害過。我記下來，稍後要查一查丹佛附近的化學物品外洩事件。

其次，我們有平交道編號。之所以沒有任何意外事故紀錄，也許是因為泰特的鐵路公司從來沒有通報。但那為何找上戴文波家？海勒姆確實消除了那個平交道發生意外的可能性啊。

我需要找退休郡警沃朗斯基談談，他應該能確切告訴我那裡究竟有沒有發生過意外。我打出：危險物品運送列車與波特斯路的平交道？有關聯？需要意外事故報告。

最後，我們有一些關於遭戀人背叛的引述句。又回到私人角度。我打出：危險物品運送列車與戀人有何關係？

我起身去翻廚房用品抽屜，找到一盒圖釘後，端起威士忌走進客廳。在挑高空間的另一端有一面空牆，有時間想一些正常事情的正常人會在那裡掛畫。我凝視那片空白，想著一個孩子失蹤後留下的洞，想著一個空間裡出現的虛空，那裡曾有一個孩子在一個有如日常奇蹟的世界裡呼吸歡笑——假設他有個正常童年的話。

我想著露西現在可能在哪個洞裡。是在土裡或地下室或某個床墊上。接著我甩開恐懼，打開圓筒袋，拿出照片、書和我一整天下來蒐集到的東西。

我暫時先讓牆壁中央留白，在其他地方用圖釘釘上我在辦公室列印出的戴文波家人照片，包括露西和雙胞胎哥哥在愛迪生水泥廠拍的那些，他們三人站在紛落的雪中活像三隻鬼。我在其中一張照片的角落貼上便利貼：凶手最初在這裡見到戴文波家人？

接著我釘上宣布DPC接手亞佛瑞．泰特的T&W短程路線的報導文章，並加上兩張紙條：海勒姆在一九八二從泰特手中取得愛迪生，在二〇一〇捐出一部分土地給MoMA。有問題嗎？儘管沒有通報過意外事故，海勒姆還是把025615P改建為高架？

還有第三張：泰特不再反抗併購案。為什麼？

接下來是火車錄影器的定格畫面、班恩辦公桌抽屜裡那個女人的照片（我在總局影印了一份），以及愛迪生水泥廠將部分土地轉讓給MoMA的契約影本。文章、照片和MoMA的資料都鎖在同一個抽屜，讓我暗暗希望班恩已找到三者之間的關聯。那麼我也可以查得出來。

我加上了珊曼莎和助理賀利的合照。回到戀人角度。他們有沒有搞外遇不重要，重要的是班恩怎麼想。

在拼貼牆面的最上方，我放了露西盪鞦韆的照片。而正中央則釘上一張紙，寫著02XX56XX15XP的字母數字碼與危險物品運送列車的編號UNMACWAT21。

在兩個字母數字串底下，我用紅筆寫道：找到凶手，找到露西。

我端起麥卡倫，退離牆邊，心想有沒有什麼把這一切全串在一起。我透過想像從土地畫一條線到女子照片再到戴文波家的孩子，最後再畫回原點。幻影般的連接線自動在我腦中成形，但每當再一細看便又瓦解了。

班恩發現了什麼？

我沮喪地喝乾剩下的一半威士忌，然後瞪著號碼看。凶手為何加上那些X？

在鐵路用語中，X可能代表兩個意思：那是平交道的通用代號，也是十字叉標誌。十字叉標誌是最基本的平交道警示類型，可能是兩塊木板或金屬板交叉於中央部位，設置於所有所謂的被動式平交路口，也就是沒有柵欄、警鈴或閃光燈的地方。這種標誌設計成類似一個骷髏頭和兩隻大腿骨交叉的樣子，是為了讓民眾一看到就立刻聯想到危險。

「你在跟我們玩是吧？」我大聲對凶手說：「不管你是誰，不管你為什麼這麼做，都是想看看我們夠不夠聰明，能不能猜得出來。」

說不定……我靈光乍現。說不定他也在其他地方和警察玩。像他這樣的殺人凶手通常不會從零直接跳到九十，一路走來會有跡象的。

我坐在地板上，重新打開筆電。克萊德晃過來加入我，牠靠在我腿上的重量有種安撫作用。我知道柯恩和FBI應該已經在刑案資料庫找過類似案件，不過我有不同的管道。

我登入DPC伺服器，拉出恐怖攻擊簡報與我們接獲的意外事故報告的檔案夾，以及每日新聞公告。公告內容包括全國各地的一般火車新聞，涵蓋所有鐵路線，客貨列車都有。另外還有一份由鐵路警察蒐集或是為他們蒐集的清單，列出了在鐵路公司產業上或是針對其產業所犯下的所有罪行。

我從最新的資料開始回溯到二〇〇一年，網路上的資料頂多只能找到這裡。我搜尋「凶殺」、「謀殺」、「死因不明」等關鍵字與「X」字母，找到一條涉及非法入侵與死亡的恐怖線索。我瀏覽了無數關於鐵軌上出現異物、車輛在鐵軌上熄火與火車出軌的報告。有人在軌道上摔倒死亡，或是被卡在篷車間或被列車側風吸入。有大學生煽動彼此去跳車，冒險的結果失去了一隻手或一條腿。最可怕的是殺人，有很多沒破案，但可能是美國貨運列車幫或其他幫派成員出手傷害其他跳火車的人。

忽然間冒出一份報告，詳細記述今年三月，也就是四個月前，發生在鐵路公司產業上的一起凶殺案。我愈讀愈覺得有隻冰冷的手按在我的頸背上，好像凶手走進房間裡來了。

事故發生在俄亥俄州的哥倫布市。一名四十歲男子被發現遭人殺害於一節篷車內，篷車門上還用黑色噴漆噴了一個大大的X。公告中沒有提供更多細節，於是我點入地方報紙《哥倫布電訊報》的電子檔。那人被毆打凌虐了好幾天，死後屍體用厚厚的塑膠布包起來丟在車廂內。發現屍體的人是IPC鐵路公司探員吉姆．諾頓。

那隻鬼魅之手把我的脖子掐得更緊了。海勒姆是俄亥俄州人，這其中會有關聯嗎？我站起來看時鐘，俄亥俄現在是半夜。沒有其他選擇。我打到IPC調度台，說明自己的身分後，詢問諾頓的電話號碼，假設他還在這家公司。

「他今晚待命值班。」調度員說：「要不要我幫妳轉給他？」

真的有上帝。「麻煩妳。」

不一會兒，一個男人接起電話，聲音帶著濃濃睡意。「特別探員諾頓。」

「諾頓探員，我是丹佛太平洋大陸的帕奈爾探員，抱歉吵醒你了。我是想請問關於今年三月在IPC產業上發生的一起事故。當時你在一節篷車內發現一具男屍，那起命案可能和我現在在丹佛調查的案子有關。我手裡有事故報告，但我希望能多知道一點細節。」

「等我一下。」這一下久到我以為他放下電話又跑回去睡覺了。過後他說道：「我已經在電腦上叫出報告，給我一點時間讓我找找。」

我等著，腦海裡有個時鐘，秒針滴答滴答響。

接著，「好，找到我那份報告了。妳想知道什麼？」

「知道那個人的身分嗎？」

「知道，威廉・金恩。以前曾經是會計師，但成為遊民已經有兩三年。我在附近看過他，也驅趕過他幾次。很悲慘啊，落到這種下場。他媽媽以前是你們公司DPC的員工。」

我跳起來，走到吧檯拿紙筆，克萊德被我嚇著了。「你有她的名字和電話嗎？」

「好像在這附近。」停頓片刻。「有了，她叫貝琪・金恩。」他很快地唸了一個電話號碼，我記下了。

「有破案嗎？」

「沒有。」他拖長音調說，然後打了個呵欠。「警察調查了，可是沒有目擊者，鑑識小組也沒有在屍體或犯罪現場找到什麼有用的跡證。最後他們斷定和幫派有關。我總覺得還會再出現類似的事情。妳說妳在丹佛？」

「是。關於那個案子，有沒有什麼報紙上沒報的？」

「有啊。」又一個呵欠。「有一件事，警察沒說出去，我也一直想不通那是什麼意思。」

「什麼事？」

「凶手在屍體上方的車廂側面寫了一個號碼。我可以跟妳說那個號碼，妳等一下，我現在找報告。」

我突然間能量暴衝，在屋裡踱起步來。我嘴裡有金屬味，而寒意已經從脖子擴散到肩膀。

「找到了。」諾頓說：「02XX56XX15XP。你們那邊有類似的東西嗎？」

腎上腺素在我全身洶湧奔流，好像剛剛吊了點滴似的。

「有，」我說：「我們有一模一樣的東西。」

16

科學家說當我們回想起某件往事，並不像從相簿拿出一張照片那麼簡單。因為我們喚醒的不是原始記憶，而是與那份記憶略有不同的版本，是記憶的記憶。每回想一次，記憶就會改變。我們的過去是由許多無心的欺騙構成的。

——薛妮・帕奈爾，私人日記

我打電話去時，小麥還十分清醒。她聽我說完後，承諾會知會俄亥俄的CARD小組，並派出自己三名手下搭下一班飛機前往哥倫布。我把我和諾頓的對話打成文字，附在意外事故報告，一併用email寄給她和柯恩。我還考慮要打電話給貝琪・金恩，可是在大半夜打去問她死去的兒子的事，未免太殘忍。只好等天亮。

我繼續瀏覽事故報告，但沒有發現任何與我們的案子或俄亥俄命案有關的線索。接著我假定鐵路總署出了錯，波特斯路的平交道其實出過事，便上網搜尋七〇年代與八〇年代初關於死人平交道的新聞報導，尤其希望有死者的照片，也許會和班恩抽屜裡那張照片裡的女人相吻合。

結果毫無收穫。那個年代的文章都沒有數位化。我決定明天見過海勒姆後去一趟桑頓。倘若那個退休郡警沃朗斯基沒有消息，就去《桑頓紀事報》問問看，也許他們有舊剪報檔案室。

二十分鐘後，當樓下車庫門匡啷匡啷開啟，地板隨之震動，挫敗的我才開心起來。過了一會兒仍不見柯恩出現，我和克萊德便出去找他，發現他雙手抱頭，頹喪地坐在階梯頂端。

我們走近時，他抬起頭來。他的衣服和臉和姿態都皺得像床單，皺起的眉心好像被刀割過一樣。每當他在思考問題總會像這樣瞇起眼睛，就好像打開一個藏有陷阱的房間的門，正忖度著該如何踏出第一步。

他勉強微微一笑。「嘿。」

「嘿。」我在他身旁坐下，階梯濕濕的。

克萊德用頭撞一下柯恩的背，然後在我們後面的平台上趴下。我把威士忌遞給柯恩，他一口氣乾了，我便進屋去拿酒瓶。

「我剛剛要走之前看見妳的報告了。」我回來後他說道：「小麥說她已經跟妳談過。這有可能是我們的第一個突破，幹得好。」

我告訴他海勒姆是俄亥俄的人，而死者的母親曾經在DPC工作。

柯恩沉默片刻。「妳和那位母親談過了嗎？」

「我明天早上會打給她，到時就會知道她和海勒姆有沒有什麼關係。」我揉著克萊德的背，牠發出滿足的嘆息聲。「史登的跟蹤者有什麼最新消息？」

柯恩將杯子拿在手裡轉動，卻沒喝酒。

「我們知道樊德回到城裡來了。他住在他母親家的地下室，過去兩個月，都在這裡和佛羅里達之間來來去去。我們現在在查他有沒有中途繞到俄亥俄。」

「我來猜猜。他昨晚沒回家。」

「前兩晚都沒回去。他在奧羅拉工作的那家漫畫店的老闆已經兩天沒見到他。他母親提供了一份朋友的名單，我們正在逐一清查。不過她也不是有多配合。」

「為什麼跟蹤狂老是住在自己媽媽家的地下室？」

「因為爸爸受夠了他們那些屁話。」柯恩啜了一口酒，然後將杯子放到一旁。「卡洛・樊德不讓我們進去，所以我們去申請了搜索票。媽媽不讓進是對的。樊德的確是個鐵道迷，但不是喜歡拍攝亮晶晶的新火車頭或是在加州和風號列車上替小孩錄影留念那種。」

「我來猜猜。火車事故？」

「他牆上貼滿撞得稀巴爛的火車、汽車和屍體的照片，大部分都是彩色的，至少屍體是。」

「聽起來是個了不起的人物啊。」

「到目前和戴文波家無關。」柯恩繼續說道：「但是在樊德的床頭櫃找到一些史登的照片。我都能想像得到他每天晚上睡覺前打手槍的時候在想什麼。」

「什麼樣的照片？」

「跟蹤狂拍的那種。史登上下車、史登買菜、史登進出辦公室大樓……」

「等一下。樊德接近過DPC總部？」

「用望遠鏡頭。我們正在回推角度，看他是從哪裡拍的。我們也在查史登購物商店的監視器。」

「沒有拍臥室？」

「算史登幸運，她沒拉開百葉窗。電腦組的人正在追蹤樊德的社群網站，試著進入他的電腦。」

我把腿伸直，輕揉疼痛的膝蓋。「但沒有戴文波家人的照片？」

「目前為止沒有。這只是代表他那顆醜陋的腦袋裡還有一點腦細胞在晃悠。不過……」柯恩脫下西裝外套橫放到腿上。「我並沒有完全把希望放在這傢伙身上。除非可以把他和俄亥俄連在一起，不然現在唯一能指控他的理由就只有史登的禁制令。而且通常這些人在決定要幹一票大的之前都會先搞一堆小花招。」

「那個『山姆之子』在殺死六個人以前沒有前科，」我說：「還有那個『綁虐殺』殺人魔殺死十個人以前也沒有。」

柯恩用奇怪的眼神看了看我，然後喝光他的威士忌，將杯子遞過來。我又替他倒一杯。

「問題是，」柯恩說：「他要是凶手，何必冒險打電話栽贓史登？就算用拋棄式手機，他也不能確定我們不會找到他。陷害史登對他有什麼好處？」

「因為她瞧不起他，所以遭報應？」但我知道不是這樣。這個凶手是心理變態，不是愚蠢。

「他想藉此讓史登知道他回來了？」

「對，有可能。」柯恩搖著杯子好像裡頭有冰塊似的。「做壞事要是沒人知道就不好玩了。」

「那個『綁虐殺』就是因為向媒體吹噓才會被抓。」

「妳知道嗎，帕奈爾？妳那顆腦袋裡真的裝了一大堆垃圾。」

「像下水道一樣。」我認同。「你跟史登談過懷孕的可能性了嗎？」

柯恩點頭。「她發誓說她沒有，還說如果可以讓我們別再煩她，她願意在驗孕棒上尿尿。」

我把腳收回來，抱起膝蓋。「你相信她？」

「我誰都不相信。在座這位例外。」

我掏出香菸，向柯恩道了歉，一如稍早對克萊德那樣，然後將煙往兩個夥伴的反方向吹吐。

黑暗從四面壓擠得令人喘不過氣。

「關於那個編號，妳還有什麼發現嗎？」柯恩問。

「不算有。不過我在查一九八二年的併購案。泰特拚命抗爭了五年，後來卻突然放棄了。」

「妳對這件事有想法。」

我嘟出下唇吐了口煙。「如果那個平交道出過事，泰特並沒有通報。也許被海勒姆知道了，拿這個要脅他。敵意可能悶燒多年，直到史登跳船才爆發。早上去找海勒姆的時候，再看看能打聽到什麼。」如果他沒有（像小麥說的）叫我捲鋪蓋走路的話。

「併購案需要有某個機關同意，對吧？那不是會有紀錄嗎？」

「是州際商務委員會批准的。但現在已經不存在，九〇年代中被地面交通委員會取代了，我懷疑在移轉時恐怕連個紙杯都沒留下。那不是個開心的過程。」我把菸灰彈在階梯上。「現在還討厭我腦袋裡的垃圾嗎？」

柯恩向我靠過來直到我們的肩膀相碰。「妳好像很生氣。」

「我老是在生氣啊。」

「是這樣沒錯，但我是說關於這個案子。」

我用力吸到香菸劈啪響，然後把煙憋在肺裡面一邊思考著，過了好一會兒才吐出煙來。「我是生氣。有人用我的火車、我的軌道殺人，還擄走一個小孩。那是我的地盤，受我監管。不該發生這種事的。」

「因為妳的鐵路警察超人能力能讓妳同一時間無所不在。」

我狠狠瞪他。

「薛妮。」他的頭貼靠著我的頭。「做這種事的人，不管男女，都跟我們不一樣。他們是一種自然力量，就像……」他思索著該怎麼說。「就像天災。我們無法阻止，甚至無法預防。我們無法知道他們可能會去找誰或是會找上誰。我們唯一能做的就是別讓他們佔據我們的大腦。」

「還有一件事可以做，就是追蹤到人以後殺了他們。」

「總有得選擇。」

「她有可能已經死了，麥可。」

我喊他的名字，不知他是否覺得驚訝，總之沒表現出來，只是挨靠得我更緊。「有可能。」

我靜靜地抽了會兒菸，評估著假如沒找到被偷走的小孩，需要承受多大的道德傷害。對馬利克的記憶順著我的背脊延燒而下。

柯恩往後躺，用手肘撐起身子，仰望天空。然後忽然湊過來親我。

但我推開他。「今晚我們一定能為露西做點什麼。」

「我們能做的就是盡量放輕鬆，讓下意識去運作。」

「胡說八道。」

「這是科學。試試看。」

我將香菸拿遠，回親他一下。「你有多長時間？」

「三個小時，然後就得回去。」

我捻熄香菸，再次親吻他。片刻過後，他拉開身子，臉上帶著似笑非笑的表情。

「奶油蒜香檸檬蝦如何？」

「有點……軟爛。」

「妳放微波爐了？」

「我很餓。」

「好。」他將我拉近。「妳要知道，這麼做不可饒恕。」

「你要以虐待甲殼類動物的罪名逮捕我嗎？」

「甲殼類？誰會說甲殼類啊？」

「腦袋像下水道的人。」我對他說。

「帕奈爾，我只知道我愛妳。不要……」他伸出食指抵在我的唇上。「一個字都不要回嘴。」於是我沒有回嘴，反正也不確定該跟他說什麼。

一段時間後，我驚醒過來，心已經跳到喉頭。

柯恩在我身旁輕輕打呼，但床邊的克萊德已經站起來。

我悄悄下床，穿上稍早穿的運動褲與T恤，然後拿起床頭櫃上的手機和槍。我和克萊德溜出臥室進入起居活動區。從百葉窗滲入的乳白月光中，我用圖釘釘在牆上的照片冷冷注視著我們。我站在客廳中央，側耳傾聽。

克萊德望向我身後低哼一聲，我轉過身去。

那六人站在另一頭的牆邊，看著我的眼神深邃幽黯，宛如墳墓。我和克萊德退離開他們，直到來到窗邊。

我口袋裡的手機震動起來。拿出一看，是醫院。

「不，」我開始搖頭。「拜託，不要。」

我背轉向那六人，半憤怒半懼怕地將手機舉到耳邊。

「帕奈爾特別探員，我是丹佛醫療中心的艾美．狄蘿絲。我這裡有張紙條說要打電話給妳。很抱歉要告訴妳一個遺憾的消息，法蘭克．威爾遜在半個小時前去世了。」

我套上外套，拎起麥卡倫酒瓶，走到屋外的第二層木板平台。克萊德也跟來了，我們一起坐在遮篷下，背靠著牆，不受毛毛細雨和遠方忽隱忽現的閃電所擾。我喝下一大口威士忌，然後將涼涼的夜風吸入似乎已忘了如何呼吸的肺部。

櫻桃山的空氣很稀有。這屬於富人的空氣中有剛割過的草地、打過蠟的賓利車和一絲絲腐敗的氣息。我點了最後五根菸的其中一根，象徵性地對乾淨的空氣比中指，雙眼凝視著黑暗。接著我從外套口袋拿出馬利克的照片，夾在指間。

照片一如鬼魂，是滯留不去的記憶。隨著時間過去，人會從我們的回憶中逐漸消失，或是改變。他們的臉會變得較友善或是較殘酷，他們的白髮會變少或是變多。

但照片會留住真相，哪怕只是一小部分。

也許珊曼莎拍那些照片，是她阻擋這波無可避免會席捲我們所有人的消失浪潮的方式。同樣地，我也依附著我所擁有少數幾張馬利克的照片，擔心他已漸漸從我的腦海消失。此刻，我努力回想我最喜愛的他的影像之一——那是他過生日時我替他拍的照片，就在他母親遇害的兩個月後。照片中的他似乎驚呆了，蛋糕的蠟燭照亮他迷惑的臉。我討厭那種痛苦，討厭他失落的眼神。但我愛的是他環抱我的腰的樣子。從來沒有人像他那樣倚賴我照顧，我也確實照顧了他，一直到我被調派回國，不得不留下他為止。然後我就徹底拋棄他了。

道德傷害。這就是我的處境。我心中暗想，一個人崩潰前所能承受的道德傷害有沒有極限？

我重新將照片收回口袋。

一陣微風吹來，樹枝前後擺動呢喃低語，樹梢上鑲著星星。

他們在哪呢？馬利克和露西。和我一樣醒著嗎？希望是。這個希望帶著一份廣闊洞開的需求，感覺就要把我吞沒殆盡，最後只剩一個被憤怒與憂傷填充到眼看就要爆破的外殼。

門滑開時我嚇了一跳。是柯恩，抱著睡袋。

「有消息嗎？」他出來以後我問道。

「還沒有。」

他在我身邊坐下，用睡袋蓋住我們兩人，然後將我拉近。我把臉埋進他的肩頭，很慶幸能感受到他臂膀靠在我背上的重量。

「法蘭克・威爾遜死了。」我說。

他把我拉得更近，雙唇掠過我的髮絲。「真遺憾。」

他與我手指交纏，我緊捏作為回應。

最後我不知不覺睡著了，夢見露西掉進一個很深的裂縫裡。我跪在深淵旁，緊抓她的手，手指因為冒汗而濕滑。但不管我怎麼努力，都無法拉她上來。我力道變弱，結果她滑脫我的掌握，一邊叫喊一邊消失在黑暗中。

海勒姆站在我旁邊，不停搖頭。

「妳成不了事。」他說：「妳無法勝任這個任務。妳被解雇了。」

我猛然驚醒，臉上汗水閃亮。

五個月前，在我殺死那六人以前，在謹慎行事與冒一切風險之間我是有得選擇的。當時我認定中尉長官說得對，有時候結果能合理化行為。

如果海勒姆解雇我，我還是會繼續查這個案子並找到露西。必要的話，違法也無所謂。現在不是計較對錯的時候，也不是擔心道德傷害或查此案會不會讓我的創傷後壓力症候群惡化的時候。

現在是武裝成怪獸的時候。

第二天

17

倘若擔心失去什麼，那麼最痛苦的就是你——無可避免地——會失去它。

——薛妮．帕奈爾，私人日記

當我再次醒來，平台上只剩我和克萊德。

清晨下過一場雨，被沖刷清洗後的世界變得迷濛慵懶。東方地平線上，被太陽暈染出一條珍珠色細線。空氣中充斥著鳥語聲與潮濕草地的清甜香味。

我看看手錶，清晨五點四十分。露西已經失蹤超過二十四小時。我撥了貝琪．金恩的電話，就是俄亥俄那名死者的母親。自動語音應答請我留下姓名，並祝我有美好的一天。我說明自己的身分後，告訴她事情緊急並留下我的電話。

進廚房後，我餵了克萊德，倒了一杯咖啡——是柯恩出門前煮的——斜靠在吧檯邊，打開電視，看看有什麼關於露西和戴文波案的新聞。

轉到第九台時，有位記者正在訪問藍辛．泰特。泰特年約五十出頭，英俊的外表顯示他經常泡三溫暖、打高爾夫球，面對鏡頭非常輕鬆自在。他的暗色頭髮側分得十分嚴謹，加上三件式西裝與蝴蝶領結的風格，讓他很像十九世紀中范德比爾特年代的鐵路人。根據螢幕下方的跑馬燈，電視台是在重播前一天在攝影棚的錄影訪問。

「這真是很可怕、很可怕的悲劇。」泰特說：「這種程度的復仇實在讓人難以理解。」

我放下馬克杯。復仇？

記者立刻反問。「您的措辭倒是有趣，泰特先生。您認為命案和露西的綁架案是為了報復戴文波家？」

泰特撫弄一下領結。他覺得不安嗎？或者只是想讓觀眾有這種感覺？

他勉強將手放下，手掌貼著大腿。「我們當然無從得知做這件事的人心裡在想什麼。我只知道像鐵路業競爭這麼激烈的產業，難免會得罪人。海勒姆．戴文波是個野心勃勃的商人，我猜想他得罪的人應該比大多數人來得多。有人說他的生意買賣……有可疑之處。」

「您正在和海勒姆．戴文波直接競爭子彈列車，是嗎？」

泰特的手又摸回領結，拉了拉。「是的。鐵路公司之間的競爭向來惡名昭彰。」

「據我了解，他提議要讓列車行經之處，曾經是貴公司泰特企業名下的土地。」

「很多年前，海勒姆．戴文波試圖說服我父親將通過那塊地的短程路線賣給他，沒錯，還連同周圍的土地。」

「試圖說服？」

「成功說服了。」泰特在椅子上動動身子。「那已經是很久以前的事。」

「海勒姆．戴文波得罪令尊了嗎，泰特先生？」

我往電視靠近，暗暗為這個記者喝采。

泰特露在扣領襯衫衣領外的脖子整個漲紅。「那樁併購案已經事過境遷了，朱麗。近年來，泰特企業和戴文波的公司共享軌道與資源，我們是競爭對手沒錯，但我們同時也是盟友。我們都希望把最好的獻給丹佛。眼下這只意味著一件事：就是讓露西．戴文波安全無恙地回家。」

螢幕畫面切回到晨間新聞，主播又繼續播報其他新聞。

我又倒了一些咖啡。我不太相信藍辛．泰特會自己挖坑還自己跳進去，他應該沒有這麼笨。他開啟了一個可能性：海勒姆的生意手段卑鄙，因而導致命案與露西綁架案的發生。無論是真是假，這都在兩大鉅子正在持續的戰爭中開出了另一槍。

很快地沖澡後，我勉強吃了點吐司，順便打到調度台詢問情況。除了戴文波一案，DPC並未發生其他不尋常的事。沒有人跳軌。牆壁沒有火車編號的噴漆。那班危險物品運送列車已無限期延期。我打給費雪，他告訴我即使還這麼早，總公司已經塞滿了所有的字母——JTTF（聯合反恐小組）、TSA（運安局）、DHS（國土安全部）、DPD（丹佛市警局），很可能還有其他任何我想得到的東西。他說他會代為坐鎮，只要我需要什麼，他都會辦到。

我再次試著打給左納，沒有接，打給瑪格，只是確定了她還在找我們的平交道的相關意外事故。

我替克萊德穿上背心，把咖啡倒進隨身杯，走出前門後確認保全系統已設定妥當。我和克萊德步下階梯時，接到《丹佛郵報》的湯姆．奧哈拉來電。

「妳把我害成鬥雞眼了。」我一接起電話，湯姆就說。

「真可憐，要不要給你來個小提琴配樂？」

「用大提琴怎麼樣？妳準備好要接收我打聽到的消息了嗎？」

我把圓筒袋丟到後座，給克萊德下指令，允許牠在我講電話時溜達一下。「說吧。」

「昨天我去了市立圖書館的西部歷史區，」湯姆說道：「晚上又去翻《丹佛郵報》的舊檔案。」

克萊德消失在屋子轉角。我隨後跟去看看牠被什麼給吸引。

「繼續。」我對湯姆說。

「海勒姆．戴文波和MoMA現在擁有的那塊土地原本是阿拉帕霍郡的郡有地。一八六七年，有一個叫恩尼斯．帕克的人在河床附近發現一點點黃金，就去申請所有權。」

克萊德在柯恩家庭院的一處矮樹叢不知發現了什麼，拚命地嗅。我穿過濕草地走向牠。

湯姆接著說：「就我所能找到的資料，他根本連土都沒鏟過一次，只是在河上淘洗金沙，後來在丹佛一間酒館的槍戰中喪命。」

不管克萊德發現什麼，看來牠並不喜歡，頸背的毛豎了起來。我打手勢要牠走開，然後探身去看牠找到什麼。在松樹下的泥濘土地裡，有單一個爪印，犬類動物的，但十分巨大。我從未見過這麼大的爪印。

湯姆的聲音在我耳邊隆隆作響。「薛妮？妳還在嗎？」

「在。槍戰。」

我拍下那個印子，然後四下掃視。柯恩鄰居的屋宅都隱藏在樹叢背後——隱約回響著正要出門上班的人的聲音。但較靠近「步行者」庭院之處，沒有任何動靜。就連綠地步道都不見晨跑的人。我想到克萊德在左納家的躁動不安，又想到左納後院的鍊子。

「有六個槍手，」湯姆還在說：「那真是個瘋狂年代。」

「你自己編的吧。」

「妳傷害了我的記者魂。」

我回頭望向別屋。若有人站在樹叢裡，可以看見廚房和臥室窗戶。不過柯恩晚上都會拉上百葉窗。這裡不是理想的監視地點。

那足印純粹是某人的超大型寵物留下來的。如此而已。

我對克萊德打手勢，便一起走回我的車。

「帕克死後，」湯姆繼續說著：「有個叫瓦雷斯．華鄧的農夫依公地放領法取得那塊土地的主權，在那裡耕作了幾年以後，也不得善終——被困在一場暴風雪中凍死了。拓荒生活，哦？他的家人拔起木樁返回東部，土地便又重歸聯邦政府。幾年後，政府把地賣給T&W鐵路公司。」

我讓克萊德從駕駛座側上車，自己也隨後坐上駕駛座。「亞佛瑞．泰特的鐵路公司。」

「嗯，當時不是亞佛瑞的，而是他曾曾祖父的。T&W把地租給愛迪生兄弟，讓他們利用當地的黏土和石灰石嘗試水泥生意。可是經營了幾年後，工廠倒閉了，租約始終沒有再續——因為土地太過偏遠，只能耕作。後來一直沒有什麼新聞，直到海勒姆．戴文波買下T&W，土地才轉移給他。那時候，那塊地應該沒什麼價值，現在就不可同日而語了。」

「關於土地價值，有沒有什麼造假之處？」

「我找不到證據。DPC申報的價值灌了水，但並沒有太誇張。桑頓的房地產漲價了，就跟丹佛大都會區其他地方一樣。」

「你還查到什麼？」

「妳為什麼覺得我有查到什麼？」

「憑我的海陸超能力，還有你說話的興奮口氣。」

「這就是為什麼記者的牌技都很爛。我問了我在泰特企業裡的一個線人。是亞佛瑞．泰特雇用柯萊菲爾工程公司到水泥工廠做現場勘查，這完全不合法，因為他不是地主。」

「亞佛瑞．泰特六個月前中風了，行動不便。」

「也可能沒有。他幾個星期前才提出要求，反正是他辦公室的人提出的。」

「你知道為什麼嗎？」

「還不知道。說不定只是中風以後腦袋不清楚。今年四月，DPC請了一家名叫地球科技的工程公司進行勘驗，沒有發現任何異常之處，而DPC就用他們的探勘報告來申報地價。」

「柯萊菲爾確實到現場勘查了嗎？」

「我也想知道。昨天打了幾通電話過去，卻都只叫我留言。到現在還沒有人回電給我。不過時間還早。」他背後響起尖銳的電話鈴聲。「唉，糟糕。我得走了。」

「等等……」

「下次請我喝咖啡。」

他掛斷了。我打給柯恩，在語音信箱留言。這條線索希望不大，但值得一追。「如果你還沒找到死者的身分，試試柯萊菲爾工程。幾個禮拜前，亞佛瑞．泰特請他們去做土地勘查——申請書在班恩辦公桌拿到的那個檔案夾裡。也許他們直到現在才排定時間，而那名死者是他們的工程師。」

海勒姆在許多地方都有房子，以他的財富其實不難想像。有的在島上，有的在山上，還有一間別墅在義大利。但在自己家鄉，他卻選擇簡單就好——他住在自己開發的社區之一。戴文波摩天城位在靠近丹佛市區的鐵道旁，從前是個工業區，如今摩天大樓如野草般冒出。在聯合運輸接手前，這個地方混雜著小中型生意店家和低收入戶住宅區，河邊還有一個遊民營。海勒姆的公司無疑是承諾要整頓一個毀於二〇〇八年金融海嘯的地區，並藉此以賤價奪取土地。他推動通過土地變更，說服市政府施行一條法令：晚上十點到早上八點之間，無論是他或其他任何公司的火車都不能在這一區鳴笛。

他一動土後，高樓大廈便有如樂高積木快速堆疊起來，取代了失去的夢想與辛苦貧困的生活。一樓全是咖啡館和精品店，其他樓層則是百萬公寓，停車場閃耀著BMW與荒原路華等晶亮新車的光芒。管他什麼缺水或拆除的屋子或流離失所的遊民。管他以人均所得計，丹佛已經有夠多億萬富翁，足以名列美國「最貪婪」城市清單，無須再引誘更多人前來。海勒姆斷定鄰近市區與高速公路的便利性與簇新的吸引力，甚至還有鐵道的砂礫美感，一定會讓人潮前仆後繼地湧來。而他猜對了。民眾爭搶租約就像在搶黑色星期五購物節的免費贈品一樣。

「用錢滾錢。」奶奶總是這麼說。海勒姆一加入此行列，做得有聲有色，我相信景象必然壯觀。

此時我轉下州際公路，二十層以上的大樓宛如一座座玻璃石砌高塔，在晨光中透紅。大樓的窗戶捕捉到太陽燁燁然的倒影，反射回到空中變成一個微光閃爍的光環。

我暗忖，班恩在經歷伊拉克的貧窮之後，對自己父親出眾的財富作何感想？他父親的美國是個兩面刃，為美好生活提供了一個醜陋對比：罪惡感。但或許像海勒姆這種人不會太在乎道德傷害。

我駛過雨水滿溢的排水溝濺起一片水花，隨後將車開進停滿媒體SNG車的停車場。只有一個警察在站崗，任務應該是要將記者暴民阻擋在海勒姆的門外。我知道，屋裡還有其他警察——是便衣，以提防有人想謀害這個家族的大家長，為一開始的行動做個了結。

我找到一個二十分鐘的停車位，是一樓咖啡館專用。我和克萊德下車後，看見一個穿灰色西裝的男人從大樓出來，走向怠速停在附近的一輛黑色BMW。

是藍辛・泰特。無疑是來向海勒姆致意的，因為一天前他才暗指家人遇害是海勒姆的錯。

我對克萊德打了手勢，便直接穿過停車場朝泰特走去，在他離座車六米處攔下他。

「泰特先生，」我說道：「我有話想跟您談談。」

他沒有看我。「要採訪的話，聯絡我的辦公室。」

他試著繞過去，但我也跟著跨步。

「先生，」我出示警徽。「我們需要談談。」

我身後有輛車的車門打開來。是泰特的駕駛，很可能也身兼保鑣。

泰特注意到警徽，接著是我的制服，最後才正視我的臉。他瞥了克萊德一眼。「我跟妳沒什麼好說的，讓開。」

有個顯然是健身房產物的男人巍然出現在我的視線中。克萊德低下頭，準備隨時聽令撲上前去。

「退開。」保鑣對我說。這時，原本在擋記者的制服警員朝我們這邊走來。

我不理會肌肉男，而是對泰特說：「是關於T&W和戴文波鐵路公司的舊併購案。與其找媒體，我寧可和您談。」

「那不是併購。那是套利。」

制服警察到了。「有需要幫忙嗎？」

保鑣和我都說不用，警察便即離去。

「我知道那個併購案有點不太對，」我對泰特說：「所以我才想問問。」

「妳是DPC的員工。」

「我關心的不只這個。」

他又垂眼看了一下克萊德，皺起眉頭。

保鑣鼓脹起胸肌，好像以為這樣能嚇退我。「老闆？」

「五分鐘。」我說。

泰特看我的眼神簡直可以削肉。但他仍點頭說：「就兩分鐘吧。可以在妳的車旁談，但要把妳的狗綁起來。」

「我小時候被流浪狗咬過，」我將克萊德安頓在副駕駛座後，泰特解釋道：「還去了醫院縫傷口、打狂犬病疫苗。我成長過程中家裡一直有養狗，但現在我盡量離牠們遠一點。」

「可以理解。」

我靠著被太陽曬熱的車身。八點都還不到，已經覺得熱了，葉子懶洋洋地掛在樹上，附近的水溝蓋也冒出蒸氣。泰特站在人行道上，海勒姆那棟高樓投射的陰影中。就算他穿著三件式西裝熱得要命，外表也看不出來。

「我知道海勒姆是個難纏的對手。」我說：「失去T&W，令尊想必十分難受。我只是好奇他有沒有談過這件事。」

「妳和那個電視記者，」他說：「如果妳們是設法想把那件舊併購案和子彈列車之爭連結在一起，那妳們就搞錯方向了。」

「那次的收購，令尊有何感想？」

泰特抱起雙臂。「傷透他的心了，至少有一段時間是這樣。事情發生的時候我在外地念書，但母親告訴我他有多難過。」他聳聳肩。「不過他是生意人，而這是我們做的生意。鐵路史可以說就是併購的歷史，從一開始就是。」

「您知不知道就在幾個禮拜前，令尊請柯萊菲爾工程公司對那個併購案中的一部分土地進行現場勘查？」

「不可能。我父親幾乎連自己的名字都不記得。妳消息是從哪來的？」

「會不會是貴公司其他人提出的？」

「為什麼要這麼做？我們和那塊地已經將近三十年毫無瓜葛。」他放下手臂，左手手指敲彈著大腿。「妳到底想說什麼？」

「您能不能和公司裡的人確認一下，然後告訴我，泰特先生？」

「如果妳覺得重要，我可以問問土地部門。」他聳聳肩。「不過如果真是我父親要求勘查，或是找人替他提出申請，八成是因為他以為現在是一九八二年。」

「謝謝您。」我拿出名片，在背面寫下02XX56XX15XP，拿給泰特看。「這個號碼對您有任何意義嗎？」

「昨天警察也拿給我看過。抱歉，一點意義都沒有。這是什麼？」

「如果把X都拿掉呢？」

他又看一次號碼，還是搖頭。「沒有。」

「當地人喊它是死人平交道。」

他臉色一亮。「等等。這是在波特斯路的平交道，對不對？很多年前我爸爸提過這個名字：死人。這是海勒姆在併購後，大張旗鼓說要升級的平交道。」他睜大雙眼與我的目光交會。「珊曼莎．戴文波是在那個平交道附近遇害的。妳認為這幾起命案和那個平交道有關。」

「我們每條線索都會查。」

「可是戴文波命案和露西的綁架案怎麼可能和那個平交道有關？」

「我們還是繼續談過去吧。如果併購和收購是生意常態，為什麼一九八二年的收購會讓令尊那麼難過？」

泰特嫌惡地搖頭。「妳是海勒姆．戴文波的員工。妳覺得呢？」

「他的辦公室和我的離了好多層，我恐怕不會明白。」

「海勒姆．戴文波是我所認識最貪得無厭的人。他用盡各種合法手段打我父親鐵路的主意，我剛才也說了，這是生意，我至少可以理解。但我懷疑他也用了一些非法手段。」

「譬如說？」

泰特望向停車場另一邊，我順著他的目光看向停在街道上的SNG車，然後目光又移回他身上。我發現他耳朵旁有一道小傷口，一定是早上刮鬍子時不小心割傷。真奇怪，一個看似做事一絲不苟的男人竟會……當他回眼後，表情也變得強硬。他將手插進口袋，兩腳打開，姿勢看起來好像一個看了太多《大亨小傳》電影的人。

「我知道的，」他說：「全都是那年從學校回家以後，父親告訴我的。那已經是好幾個月後的事了。爸爸罵了海勒姆很多臭名，『騙子』和『流氓』算是其中比較溫和的。然後昨天警探來找我問話以後，我去見了我父親，試著向他解釋海勒姆的遭遇，並問他知不知道是怎麼回事。爸爸還住在我從小長大的房子，但現在比起家，更像是醫院。他自從中風以後就臥病在床。」

我點點頭表示同情。

「我一提到海勒姆的名字，」泰特說：「爸爸就開始說起併購案。」

「他怎麼說？」

「就說那是錯了，說當時發生的一切都錯了。但我覺得他指的不只是併購案。」

「您覺得他指的是什麼？」

他搖頭。「不知道。他變得很激動，我就改變話題了。」

「令堂會不會比較明白他的意思？他們一定談論過吧。」

「我母親幾年前過世了。」

我又點頭表達哀悼。「您有沒有聽說過一個名叫威廉．金恩的人？他住在俄亥俄州哥倫布市。」

泰特搔搔下巴，想了想。「抱歉，沒聽過。」

「那他母親貝琪呢？她曾經在DPC工作。」

「好像也沒有。這個重要嗎？」

我決定大膽一試。「警方推測，如果海勒姆因為家人的悲劇分了心，也許會放棄子彈列車的夢想。你們也就成了唯一擁有資源和基礎建設，可以繼續推動的公司。」

泰特紅了臉。「妳是在暗示戴文波家發生的事和我有關？太過分了。」

「有關嗎？」

泰特挺直背脊。「且不說妳這個暗示有多卑劣，妳要是對海勒姆．戴文波稍有了解，就會知道這種策略根本行不通。」

「怎麼說？」

「對海勒姆來說，人際關係就像遊戲。他喜歡去了解一個人的弱點和野心，然後用來對付他。我不知道他有沒有能力關心其他人類，包括他自己的家人在內。他唯一在乎的只有他的帝國，而那個帝國的核心就是他的鐵路。他絕不會允許任何事情讓自己分心。」

「連孫女也不例外？」

他鄙視地看我一眼。「這要看她在開放市場上的價值。我聽說賞金的事了。一千萬對他根本是九牛一毛，只是讓他顯得風光。」他抽出手來瞄一眼手錶。「我得走了。」

「最後一個問題，泰特先生。」我想到MoMA以及珊曼莎和維若妮卡．史登兩人都與藝術界有關，還想到史登離開藍辛的公司轉而投效海勒姆。「您喜歡藝術嗎？」

「我不……我不懂。」

「就是雕塑、繪畫、攝影之類的。」

「當然喜歡吧。」

「您會自稱是提倡藝術的人嗎？」

「不會。妳想說什麼，帕奈爾探員？」

「算了，別在意。謝謝您撥出時間，泰特先生。這是我的名片，關於現場勘查若是有什麼消息，您會告訴我吧？」

「如果有助於找到露西的話。不過我希望妳別去打擾我父親。他這一生除了奮鬥還是奮鬥，現在既然已經快要離世，我希望他能獲得一點安寧。」

18

我還很小的時候，母親帶我去一座養魚場。她覺得帶我去看看人工魚塘和魚苗，我應該會開心。你可以用兩毛半的硬幣去機器買飼料，當你把飼料顆粒丟進池子裡，魚群會爭搶食物，一隻隻嘴巴張得大大的，攪得水面沸騰。那個景象一直留在我腦海中。翻騰的水和張大嘴巴的魚，還有爭鬥。

——薛妮．帕奈爾，私人日記

泰特離開後，我和克萊德穿梭過一樓的商店迷宮，上到二樓，從這層樓以上都是住宅。電梯門開向一座大廳，鋪在地上的豪華地毯吸納了所有聲響。大理石柱、金框鏡、一幅幅分別打燈的抽象畫作，最後還有巨大的棕櫚盆栽，使得整個裝潢格調有如五星級飯店大廳，而不像丹佛的大樓。這裡和一樓不同，沒有巡邏警員或媒體人士，對主顧來說太難看吧，我想。只有一名警衛和一名警探，我從廉價西裝認出了警探。

我和克萊德走到警衛櫃檯處，拿出我的警徽。「我是丹佛太平洋大陸的特別探員帕奈爾，和戴文波先生有約。」

警衛端詳警徽後，打電話去確認，然後打到海勒姆的頂樓住處，獲准讓我上樓。他送我們到電梯前按了呼叫按鈕。當電梯門開啟，他揮手請我們進入，接著從我身旁伸手鍵入密碼。

「可以上去了。」他說。

上升二十二層樓後，電梯門打開，面對一個中庭，明亮的光線從兩排窗戶射入。拋光的木地板在朝陽照射下祥和地閃耀著，正中央一張玻璃桌上擺著一只巨大花瓶，在空氣中散發花香。花瓶四周與地板上堆滿填充玩具、卡片和更多的花。為海勒姆迸發的同情。

正前方一扇門打開來，出現一名中年男子來查驗我的身分，他理著小平頭，手臂粗如樹幹，眼睛則有如破損的玻璃。他仔細看了我的警徽，打量克萊德，並問我有沒有槍。

我拿給他看。

「清空子彈。」他說。

這些人是認真的。我聳聳肩，退出彈匣然後倒出子彈。作戰也要看情形。

「近身保護戴文波這樣的人是什麼感覺？」我試著製造話題。

肌肉男沒回應。他打開他剛剛出來那道門，示意我隨他進入。「這邊請，帕奈爾探員。」

他帶引我通過寬敞的起居活動區，進入一條走廊，兩邊掛滿海勒姆與各式各樣要人的合照。主要是總統與國會議員，但也有零星幾位好萊塢名人。我尾隨肌肉男來到接近走廊盡頭處一扇關閉的門前，他停下來輕輕敲門。裡面有個聲音叫我們進去。

和克萊德通過門口後，我第一個看見的是三面環繞的窗子。我想得沒錯，的確很壯觀。

海勒姆站在東面的窗牆邊，窗外可俯視鐵道與丹佛市中心。他穿著輕便的卡其褲和polo衫，手插在口袋裡，肩膀往後挺，凝視著窗外猶如縱覽天下的君王。這麼形容應該也算貼切吧。

只不過，有一條綠色長管從掛在他耳朵上的塑膠管套，連接到沙發旁一台輕輕鳴響的氧氣機，還有兩個小塊塞在他的鼻孔，有點破壞畫面。這是新狀況，也是昨晚取消會面的原因吧，我想。

和克萊德朝他走去時，我將房中的其他景象納入眼底——白色混合黃褐色的家具、品味高雅的藝術品、五彩繽紛的原住民圖案地毯、掛在白色皮沙發上方的一幅畫——畫中一名男子正俯身看著泳池裡另一名男子游泳，背景處青山聳立。我很確定這是獨一無二的昂貴畫作。

我實在忍不住，第一個念頭就想到這不是你會帶孫子來玩的地方。珊曼莎對史登是怎麼說的？她說海勒姆送禮非常慷慨，比較不熱衷家庭聚會。

我接近後，海勒姆轉過身來。他拔掉氧氣管，關了機器，請我到他站的窗邊去。我和克萊德走向他，然後我命令夥伴坐下。海勒姆冷冷地看克萊德一眼，但才一瞬間便決定接受我這個夥伴的存在。他轉向我。

我原以為會面對前一天在警局看到的那個男人——一個傷心的父親兼祖父，一個被家人遭遇的慘痛悲劇擊垮的男人。不料海勒姆一臉鎮定，就好像當天聽到最糟的消息是菜單上沒有他最愛的那道菜。我試著尋找他服用抗憂鬱劑或借酒澆愁的跡象，但與我四目相交時，他的淺藍眼睛透著銳利。

只有氧氣洩露了他的掙扎。

我們握了手，海勒姆力道強勁，全神貫注看著我。普通身高的海勒姆稱不上相貌堂堂，卻能引人注目。

我比了一下氧氣機。「您還好嗎，總裁？您好像十分……」我隨即打住。

「沉穩？」他的微笑中並無笑意。「多年來的訓練。妳在我兒子的辦公室找到什麼了？」

我抬高下巴，做好準備。「也沒什麼。」

「輕鬆點，帕奈爾探員。我不會解雇妳。我本來的確考慮過，但我相信妳闖進班恩的辦公室是為了幫忙找到我孫女。既然妳的意圖光明磊落，我還懲罰妳就太不近人情了。」

我鬆了一口氣。「您為什麼不讓警察進去？」

「我來猜猜妳找到什麼。鎖在他辦公桌，也可能是櫃子裡的，有一瓶蘇格蘭威士忌，或者是便宜的威士忌。班恩的話，兩種都有可能。有時候他的品味不太容易分辨。」

我沒有作聲。

「還有一把槍。還有……」他轉而望向中遠方。「他的勳章。因為他無法確定勳章讓他覺得驕傲還是羞恥。」他的目光轉回到我身上。「差不多是這樣對吧？妳是不是找到這些東西？」

「警方已經拿到搜索票了，總裁。您可以問他們。」

「這個答案已經足夠。我應該叫妳把東西清掉。那正是我不希望世人知道的事，知道班恩可能是軟弱的，知道他曾經打算結束自己的生命。妳也有過這種感覺嗎？因為在戰場上受的苦，而讓妳想結束自己的生命？」

我強壓下心裡想給的答案，約莫像是「干你屁事」，又或是「戰爭是什麼樣子，你知道個屁」之類的。

我說：「我有幾個問題想問您。」

「當然，待會兒就會聊到這部分。昨晚妳去見我兒子了。」

「是的。」

「聽說妳去醫院的時候，我問自己為什麼。是因為妳在辦這個案子，想親眼看看被害者之一嗎？或是因為妳是海陸退伍軍人，想去向他致意？妳派駐過伊拉克兩次，對吧？軍墓勤務組。」

「您怎麼……」

「我覺得我至少要對員工有一點了解，重要的員工。既然我的產業靠妳保護，當然也包括妳在內。所以說，軍墓勤務組，那不可能是愉快的工作。可是看看妳，完全沒有什麼創傷後壓力這些鬼東西。妳盡了妳的責任，現在回到社會，還是個健健康康、貢獻己力的一員。」

我全身僵硬地說：「班恩在調查一九八二年，您收購T&W短程路線的案子。」這麼說也許並未偏離事實太遠。「您有什麼能告訴我的嗎？」

「什麼？」海勒姆大笑一聲。「我以為妳來是想問我家人的事。我孫女的事。」

「請忍耐一下，總裁。我是想了解讓班恩感興趣的是什麼，還有那件併購案的細節。亞佛瑞・泰特和您對抗多年，看起來他的贏面較大，州際商務委員會都已經準備要否決併購案了，結果他卻突然投降。」

「妳覺得我知道原因。」

「您知道嗎？」

他淺淡的眼中有陰影微動，彷彿紙張被墨水渲染。「妳認為這可能和我家人的遭遇有關？」

「有可能，總裁。」我從外套口袋拿出那篇文章。「這個也鎖在班恩的抽屜裡。」

海勒姆接過文章，稍加瀏覽後遞還給我。他的目光落到遠方，可能是回溯到二十八年前，一路回到他向世人宣布他會盡全力不再讓任何一個人死於T&W軌道的時候。他的眼神揉雜著滿意與憂鬱的懷舊情感。

驀地，一股憤怒之情排擠掉其他情緒，他冷不防地回到現實，速度快到就像鐵夾陷阱啪一下閉合起來。

有意思。這是防衛性的怒氣嗎？是否被藍辛說中了，海勒姆的確用了非法手段說服泰特？

海勒姆望著窗外說：「我不能說我知道泰特為什麼忽然選擇認同我的看法，或者他當時在想什麼。」他憤怒的火花迸射，猶如磨刀石上的刀刃。「也許他發覺到這樣做最好。」

「怎麼說？」

「如果我沒有接手他的T&W，他整個公司都會倒閉。他已經瀕臨生死關頭。他在大眾面前哭訴——可憐的SFCO，被隔壁的大壞蛋打到快沒命了。其實他暗地裡高興得很。因為我救了他，讓他免於破產。他一直處在深不見底的洞裡，我是他唯一的一線光明。」

「這麼說他之所以改變心意，完全沒有什麼……可疑之處？」

「妳是想問我有沒有對他施加不法的壓力？」

「有人這麼說過。」

他誇張地嘆一口氣。「一般人都會臆測最糟的情況。但不管泰特是感受到什麼壓力才將T&W脫手，那壓力都來自他，不是我。」

「您和泰特熟識嗎？」我問道。

他哼了一聲。「熟到我知道他是個懦夫。就算給他一個大好機會，他也會說他要回家想想。」他的目光回到我身上。「告訴我妳在想什麼。如果妳懷疑泰特家的人和我家人發生的事有關……那真的太荒唐了。他們能有什麼理由這樣傷害我？」

「根據這篇文章所寫，波特斯路上有個平交道——在T&W名下——發生過幾起嚴重的意外事故，您承諾只要通過併購案，您就會將那個平交道升級。」

「我記得。」

「您還說那是因為泰特的鐵路公司重視利益勝過安全。」

「我有可能說過類似的話。當時是在作戰啊。妳懷疑他因為那件事殺人？」

「事實真是那樣嗎？」

「以我對泰特的了解，很有可能。他不只是懦夫還是個吝嗇鬼。我當然有所懷疑，不過我承認我也想安撫民眾的恐懼。有幾個青少年死在那裡。所以我發誓絕不再讓任何人在那個平交道喪命，我還決定不只是裝設柵欄而已，其實柵欄看起來不像障礙，反而更像誘惑。我想讓那個平交道消失。」

「但那不是您能做的決定，是州政府。」

「妳顯然是太天真了，帕奈爾探員。」他走向沙發旁的飲料小推車，拿起醒酒瓶往平底杯倒入幾公分高的琥珀色液體。「要不要來點波本威士忌？」

早上八點喝這這麼烈的酒，太早了些，即使對我也一樣。我拿出顯而易見的藉口。「我在值勤。」

「當然了。」他回到窗邊，啜飲一口酒，含在嘴裡一會兒才嚥下。「雖然升級那個平交道不是我一個人能做到的事，並不代表我沒有影響力。」

「政治。」

「世界就是這麼運轉的。」

「根據鐵路總署的資料，那個平交道完全沒出過事。」

海勒姆揚起眉毛。「這可有意思了。那裡肯定出過事。看來亞佛瑞・泰特比我所了解的他還要卑鄙。」

「當時您不知道那些事故沒有通報嗎？」

他那雙北極寒冰的眼眸裡閃著興味的光芒。「不知道。」

我將文章收回口袋，拿出照片。「我還在班恩上鎖的抽屜裡找到這個。和文章放在一起。」

海勒姆取過照片，注視片刻，不為所動，然後將酒杯放到旁邊的桌子上，走上前靠在窗牆邊，將照片對著光線斜放。

「您知道她是誰嗎？」我問道。

又過了一會兒他才轉身，此時的他神情柔和。

「孩子們會和火車賽跑。」他說：「細節我恐怕記不得了，畢竟都已經二十八年。不過我記得這個女生，她很漂亮對吧？」

我瞬間暗暗鬆了口氣，並夾雜著勝利的感覺。「這麼說您認得她？」

「在我──以妳直白的說法──玩弄政治，避免那個平交道再有其他人喪命之前，我想她可能是最後一個死在那裡的人。」

「您記得她叫什麼名字嗎？」我問。

他將照片還給我。「二十八年，」他說：「不記得了。」

「那麼她是哪裡人？或者她有沒有家人？」

他臉上的溫柔消失了，此時他眼中的鋒芒如鷹。「妳問我這些是因為我兒子的抽屜裡有她的照片。妳真覺得她的死和我媳婦的死有關嗎？和我兩個孫子的死有關？也許班恩打算把併購案寫進有關DPC的書裡，而這女孩是其中的一小部分，這個可能性不是比較大嗎？」他的聲音變得和眼神一樣銳利。「這會不會是大大地浪費時間啊？天曉得那個人現在正在怎麼凌虐我的孫女。」

我按捺住沒有退縮。「請再忍耐一下吧，總裁。誠如我剛才所說，我們在從許多不同角度查證。關於這個女生，您記得任何事情嗎？」

他怒瞪著我。「我去了她的葬禮。我記得有傳言說她的死根本不是意外，是自殺。不記得為什麼了。也許是泰特傳出的謠言，想降低那個平交道的危險性。我就記得這麼多。」他猛地喝下一半的酒。「還有什麼要問的嗎？」

「再兩個問題就好。您認識一個叫貝琪．金恩的女人嗎？」

海勒姆將空著的手橫搭在胸前，低頭看著杯中的波本。「抱歉，印象中不認識。」

「那威廉．金恩呢？」

「不認得。他們是嫌犯嗎？」

「不是的，總裁。那麼一個名叫佛瑞德．左納的鐵路警察呢？您記得他嗎？」

「除了剛才在文章裡看到他的名字之外嗎？好像不記得。」

「他在DPC工作了幾十年。我一直在找他，想問他記不記得意外事故的事。可是他失蹤了。」

海勒姆一口氣喝光剩下的酒，眼裡生出一抹陰暗殘酷。在那一剎那，我瞥見了這個道地的生意人面具背後的欲望，就像是在晚宴的賓客群中發現一匹狼。我發覺到，海勒姆會是個危險的敵人，而你與他的關係將視你能為他提供些什麼而定，絕無例外。貪得無厭，藍辛．泰特這麼形容。我似乎也同意。

接著海勒姆的表情再次轉為溫和，變得和藹親切，方才那一刻過去了。我振作起精神，驚詫地看著流瀉過拋光木地板的陽光、看著精巧擺放的地毯、看著這個連著氧氣機、家庭破碎的老人。有一度不禁懷疑剛才真的看見了嗎？而那個眼神是針對我還是左納？

海勒姆說：「抱歉，我不記得他。也許以前跟他說過話，不過我這個年紀的人，記憶的累積就跟石堆地標一樣，沒法看到全部。」

「我明白。」我說：「謝謝您撥空見我。」

我對克萊德打手勢，一起走向大門。快到的時候，海勒姆又開口道：「覺得自己犯下最大錯誤的人是最清白的。」

我轉過身。他邊點著頭，彷彿在自言自語地說：「而真正犯罪的人會俐落地一走了之。」

「這裡頭有我需要了解的訊息嗎？」我問道。

「這只是忠告，帕奈爾探員。如果妳沒找到我孫女，不必感到愧疚。那只會拖住妳而已。」

「您打算這麼做嗎？」

「事關露西……我也不知道。」

我不敢相信自己聽到的。「她的失蹤讓您感到愧疚嗎？」

「家人總是會這樣。」

「如果有什麼您應該告訴我的……」

「就是我應該多花點時間和她相處。」他忽然咧開嘴笑，一個大大的、陰森的訕笑。狼回來了。「至於其他一切？對，沒錯，我會頭也不回地一走了之。愧疚是沒用的情緒。它會砍斷妳的膝蓋讓妳動彈不得，卻不會有任何回饋。」

「有時候愧疚感會幫助我們成長，」我輕聲說：「也許這種生活方式會更好。」

「床是我們自己鋪的，墳墓也是我們自己挑的。」我們倆同時瞥向氧氣機。隨後他優雅地彎身低頭。「找到我的孫女，帕奈爾探員，拯救我們倆吧。」

19

戰爭不只是你會遇到的最糟的事。也會是最好的事。

——薛妮・帕奈爾，私人日記

與克萊德搭電梯下樓時，我感覺骯髒，好像跌了一跤滾進馬糞堆裡。

「他知道些什麼，」我對克萊德說，克萊德則憂心地抬頭看我。「不管是關於過去還是關於露西。要是最後發現他隱瞞了什麼可以幫助他孫女的線索，我會親手殺了他。」

我和克萊德穿過住宅大廳，走向另一組電梯，正要進入時，耳機響了。我接起後說「帕奈爾特別探員」。

「帕奈爾探員，我是雷克・沃朗斯基。我今天早上收到留言說要我打電話給妳。」

「太好了！謝謝你回電，沃朗斯基郡警。接到你的電話，真是太高興了。」

「哇，自從我邀班上的書呆子去參加高中畢業舞會以後，就沒遇過這麼熱情的反應了。希望我們的關係發展會比上一次好。而且我現在只是先生而已。」

「沃朗斯基先生，我在丹佛太平洋大陸公司服務，目前正在查幾起意外事故，是你當郡警時期發生在你轄區內的某個平交道。就是位於桑頓郡波特斯路的平交道。」

「妳說的是很久以前的事了。應該是七〇年代。」

「和八〇年代初。保安官辦公室的人說你正在將舊檔案數位化，我想你可能有那些事故的紀錄。如果有的話，我想看一看。」

「應該有吧，雖然我還沒有把全部的資料都整理完。我答應保安官做這件事，但我的閒暇時間沒有我自己想的那麼多。我剛剛去阿拉斯加釣魚度假回來，那鮭魚真不是蓋的，還有駝鹿，還有麋鹿！早知道就去申請狩獵許可證。」他停頓下來。「我剛才說到哪了？」

「平交道。民眾喊它死人平交道。」

「噢，死人平交道，沒錯。我確實記得那些事故，總共有四起，很可怕，太可怕了。肉身金屬對撞，從來不會有好下場。而生命還沒能好好開始就破滅，這種案例總是最悲慘的。」

我清清喉嚨。「沃朗斯基先生。」

「叫我雷克吧。抱歉，我還真是喋喋不休。沒錯，總共有四起意外事故，我處理了其中三件。這樣吧，趁我現在記憶猶新，我馬上去找那些檔案，那麼看妳什麼時候有空過來一趟，就能隨時準備好。」

我和克萊德經過一樓那些閃亮亮的店面和一臉假惺惺的顧客，經過那些低調的便衣警察，來到赤炎炎的戶外。

「謝謝你，雷克。」我轉身用身體遮住陽光看看手錶。「一個半小時後可以嗎，先生？」

「有幹勁，我喜歡。」他格格一笑。「我會煮好咖啡。」

我謝過他之後掛斷電話，然後打給柯恩。

「我也正要打給妳。」他說：「找到左納的貨卡了。」

我挺直腰桿。局勢開始有所突破。但興奮之情被柯恩接下來的話澆熄了。

「只有他的車，沒找到人。有個巡警發現車子停在懷俄明州吉列特的一間旅館前面，離這裡往北五小時車程。左納沒有入住旅館，而他車上除了一包空的口香糖之外什麼都沒有，也沒有任何犯罪跡象。不過他鄰居說得沒錯，他愛賭博，曾經四度瀕臨破產。聯邦幹員發現他的帳戶有大筆金額匯入，和他的退休金不符。最近匯款金額還增加。我們已經派人到跛腳溪鎮和黑鷹鎮的賭場找他，還有吉列特的賭場。」

「錢是從哪來的？」

「那正是眼下的問題。聯邦幹員正在追查。」

「為什麼是吉列特？」我心想難道他真有個女兒。

「這裡最有名的是一塊名叫『魔鬼塔』的巨岩，之所以出名是因為七〇年代的那部科幻電影《第三類接觸》。就是外星人降落的地方之類的。Google一下就知道了。」

「誰在做貨卡的後續追蹤？」

「地方警局，有消息就會通知我們。奧羅拉的警察去訪視了左納家，結果只找到蟑螂，數量比獵犬身上的跳蚤還多。這是原話轉述。在科羅拉多這麼乾燥的地方，這還真是了不起的成就。也許他在躲賭債，所以鄰居說到訪客的時候才會提起黑幫。」

殺手，她是這麼說的，不是義大利人。就是惡……

「還有什麼嗎？」我問道。

「聯邦幹員正在追妳發現的那條俄亥俄線索。還沒有結果。除此之外，我們還是繼續做單調的例行工作，重新找鄰居和朋友和家人談。樊德那邊沒有什麼新斬獲，只不過哥倫布警方沒能找到過去六個月內他去過那裡的證據。這也可能只是代表他沒有做什麼引起警方注意的事罷了。」

柯恩口氣平靜，但我知道每個小時都讓他很難熬。

「妳有什麼消息要告訴我嗎？」他問道。

「我還在試著追查與那個平交道有關的意外事故。不過海勒姆認得班恩抽屜裡那張照片中的女子。他說不出名字，但他說那女孩是平交道改建成高架橋以前，最後一個在那裡喪命的人。我現在要去格里利，找處理那起事故和另外兩起事故的郡警談談，順便看第四起事故的資料。」

「妳知道嗎？妳實在不算太差。」柯恩說：「我是說就鐵路警察來說。」

「少來這套。海勒姆說他對威廉．金恩這個名字毫無印象。然後我問他記不記得我們那位失蹤的鐵路警察左納。」

「結果呢？」

「他說不記得，可是他臉色變得……陰沉，簡直嚇人。」

「妳覺得海勒姆和左納的失蹤有關？」

「只是分享一下。麥康納和她的團隊怎麼樣了？」

「CARD的負責人從洛杉磯過來了。他們正在和我們一起加緊搜索。妳要不要問問麥康納能不能和妳一起去找那個郡警？有聯邦人員支援或許有點幫助。」

我心想沃朗斯基可能不需要特別激勵。不過反正沒有壞處。「我會打給她。」

「那邊有什麼發現就告訴我。」

掛電話後，我撥了小麥的手機，將目前得知的消息告訴她。

「我現在就要去格里利找雷克．沃朗斯基。」

「妳可以到FBI總部接我嗎？」小麥問道。

「二十分鐘後到。」

我停進訪客停車場時，小麥已等在那裡。即使天氣燠熱，她依然冷靜自持，我為車上的狗毛道歉時，她只是揮揮手便上車了。

我一邊開車，一邊將我和海勒姆的對話告訴她。

「我猜海勒姆知道泰特沒有通報那些事故。」我說道：「他得知以後，就用來逼迫泰特不只是同意併購案，還要公開支持。」

「不完全合法，」小麥說：「但我不能說我不同意他的做法。」

我們又談了關於案子的其他觀點，直到上高速公路後，沉默了一段時間。克萊德的鼾聲從後座飄過來。

片刻後，小麥略微打開車窗。因為克萊德分享的不只有牠的鼾聲。

「對不起。」我說。

「沒關係。我有一隻拉布拉多。這種事常有。」她把頭髮往後撥，頭左右扭動，好像脖子很不舒服。「妳昨晚有睡嗎？」

「睡了一下，妳呢？」

「一下子。我有案子的時候總是睡不好。」

「三十六小時，」我說：「她已經不見這麼久了。」

「我知道。」小麥看我的眼神充滿同情。「每次辦案總是時間飛逝，可是卻又度時如年。想想看露西又是什麼感覺。」

「妳覺得她還活著嗎？說真格的。」

「我相信妳知道統計數據。但我從不放棄希望，除非再也沒有其他選擇。」

我超越一輛休旅車，從車窗看見幾個小孩圍著桌子玩牌，一面笑著。

「他們為什麼喊妳麥瘋子？妳真的就像闖進瓷器店的公牛嗎？」

「有時候。」小麥的目光飄向車窗。窗外，玉米田在熱氣中閃晃。兩輛摩托車從旁疾馳而過，引擎聲轟隆隆揚起又逐漸遠去。

「妳想說一說嗎？」

她繼續看著窗外。她的身體新生出一股張力——她肩膀聳起，一手緊貼在後頸。

「嘿，」我說：「只是找話題聊罷了。我們也可以聊棒球。」

「不，沒關係。」她放下手來。「有三個原因。總之我知道的是三個。人都喜歡說故事。」

「我們有四十分鐘。而且景色不會變好。」

她發出輕笑。「好吧，如果妳真有興趣聽的話。第一個原因是失去女兒以後我變得很瘋狂。她是警察。」

我記得她說過榮譽是一面爛盾牌，我不禁納悶發生了什麼事。但那不關我的事。「真遺憾。」

「已經四年了。我一直在等著事過境遷。」

「妳去看過心理諮商師吧，我想。」

「找過五個。」她乾笑一聲。「我只是一直在等待奇蹟，可是當然沒等到。」

「我懂。」

她瞥了我一眼，點點頭。「妳八成是懂的。」

「那第二個原因呢？」

「擊劍。」

「什麼？」

「我喜歡中世紀和文藝復興時代的武器。我每個禮拜都會和一個名為創意復古協會的團體一起練劍，眼睛的瘀青就是被一把現代版的雙手闊劍打中。」

我打了方向燈，繞過一輛載著大批木材的皮卡。「那對手怎麼樣？」

「妳看過肝醬嗎？」

「記得提醒我別惹妳生氣。」

她又笑了，這次是發自真心。「別惹我生氣。」

格里利是個人口九萬的小鎮，以兩件事著稱：一是北科羅拉多大學，以培養出一些科羅拉多頂尖教師而聞名，另一個較為不幸，是從JBS USA的飼養場飄出的臭味，這是一家肉品包裝公司，也是鎮上規模最大的公司。

退休郡警雷克．沃朗斯基住在鎮上西北區一個較老的社區。我來到一間磚砌灰泥外牆的獨棟小平房前面，把車靠邊停，屋前有個環保的石頭院子，還有一輛半噸重的皮卡停在碎石車道上。我們走上車道時，有個男人站到門前的小台階上，說自己就是雷克．沃朗斯基。他年紀六十好幾，體格高大壯碩，一身科羅拉多鄉下常見的穿著：燙過的牛仔褲、扣領襯衫加牛仔靴。他留著濃密的小鬍子，剩餘的頭髮在曬黑的禿頂周圍環繞成一個灰白的馬蹄形。

我介紹了自己和小麥，然後兩人輪流和他握手。

「一個鐵路警察，帶著警犬夥伴，外加一個聯邦幹員。」沃朗斯基說：「妳們想必在追查很重要的東西。進來吧。我已經在煮咖啡了。」

他領我們進前廳，要我們當自己家別客氣，然後便暫時離開。我和小麥坐在背窗的格紋雙人沙發上，沃朗斯基只能從兩張活動躺椅中挑一張坐。我讓克萊德趴坐在雙人沙發旁。我們的右手邊有個老爺鐘輕輕地滴答響，對面牆邊立著書架，架上滿是漁獵方面的書籍、打獵用品購物型錄、成堆的地圖和零星幾張裱框照片，其中大多是沃朗斯基與戰利魚的合照。躺椅上方，有個羚羊頭目不能視地盯著我們看，還有兩隻標本鴨子飛翔在瓦斯壁爐上方。

每樣東西都有著老舊、修補過的外表，但乾淨整潔，一如主人。陽光從南面窗照進來，灑在我們背上，另外有幾縷偏斜落在一塊編織小地毯上。

可以聽到沃朗斯基在廚房裡，開關櫥櫃、拿取餐具的聲音。

一疊厚厚的檔案夾放在矮几上，我手癢得恨不得馬上翻看。

時間一分一秒過去。

「沃朗斯基先生？」我喊道：「我們真的需要看這些檔案了。」

「馬上來！」

沃朗斯基匆匆回來，一手端著咖啡壺，另一手的手指上勾著三只杯子。「要奶精嗎？糖呢？」我們婉謝了，他便將咖啡和杯子放到橡木矮几上，接著又走開，回來時手上拿著一盤熱的丹麥酥皮點心、幾張紙巾還有三個盤子和叉子。他用馬克杯給每個人各倒一杯咖啡，然後才坐下來，邊喝咖啡邊露出親切微笑。他的杯子上寫著：「我寧可釣魚。」

「點心是在黛拉糕點店買的，就在這條街上。」他說：「妳們真的應該嚐嚐。」

「你太客氣了。」我看出他內心的寂寞，一個安靜的空間有如憋著一口氣。他沒有戴婚戒，屋裡也沒有家人照片。一個老光棍，女子在電話上是這麼說的。不知道他是否也有自己的鬼魂負擔，如果有的話，又會訴說著怎樣的故事呢？

我喝了點咖啡，微笑看著他。我的杯子上寫著：「我寧可打獵。」

小麥說：「我們是為了目前正在調查的一個案子來的。」我們事先說好了由她帶頭，估計這樣可以讓沃朗斯基更加感受到我們搜索行動的嚴重性——假如有此必要的話。「我們希望你能提供關於在那個平交道發生的事故的細節，愈多愈好。」

「能問一下為什麼嗎？」

「和目前的一個案子有關。」小麥說：「我們現在只能透露這麼多。」

沃朗斯基遺憾地搖搖頭。「你們聯邦的人老是這麼神祕。不過沒問題，我會盡可能幫忙。」

「謝謝。」小麥說：「我們就一個一個地看這些報告好嗎？」

沃朗斯基將咖啡杯挪到一旁，伸手去拿那疊資料夾。檔案很厚，有四個綠色吊掛式資料夾，每個資料夾內都裝了很多個馬尼夾。「妳們想聽的話，我可以替妳們簡單說明案情，然後妳們再看細節。」

「麻煩了。」小麥說。

他清清喉嚨。「第一起事故有兩個死者，發生在一九七三年十月。提姆．達格連，十七歲，和他妹妹克莉絲汀，十四歲。死因是達格連的六五年雪佛蘭被北行列車撞上。」

他拿起最上面的綠色資料夾遞給小麥，小麥將資料夾放在矮几上打開來和我一起看。

「解剖報告也在裡面，」沃朗斯基說：「還有我的報告、驗屍報告和所有的目擊者供詞。」

我和小麥一起瀏覽文件與照片。據目擊者供稱，駕駛提姆・達格連一向有和火車搶快的習慣。在鄉下小鎮，每逢沒有足球賽看的禮拜五晚上，年輕人都會以此為消遣。瘋狂，除非你自以為所向無敵，一如大多數的青少年。

「我記得那家人。」沃朗斯基說：「都是好人，提姆是有點野，就跟大多數的年輕男孩一樣。不過他妹妹很文靜，很熱衷四健會，還養了兔子。」他搖著頭說：「我們接獲通知的時候，我自己好像也還是個年輕小夥子。」

我翻到兩名死者的學生照時停了下來，心裡試著想像神職人員或牧師會在他們的葬禮上說什麼。提早蒙主寵召，去了一個更好的地方，如今快樂地俯看著家人，等候全家團圓的一天。我不知道這裡面有沒有哪一句是真的，當我看著照片，唯一能想到的是他們的死會讓雙親多麼悲痛欲絕。

「事故發生後父母親崩潰了，」沃朗斯基彷彿聽見我的心聲似的，說道：「我常常碰到這種情形。大家嘴裡說著『不管有多糟』，其實誰也沒想到真的會這麼糟。」

「你記不記得關於這起事故有沒有什麼不尋常的地方？」小麥問道：「或是有什麼餘波？」

沃朗斯基又摩搓起鬍子來。「事後鐵路公司沒有增設柵欄，我想我是有點訝異。和我談話的鐵路警察說他會去查一查，但也說柵欄恐怕用處不大。民眾會不耐煩，不想等，尤其是年輕人。我猜，鐵路公司應該常常要更換壞掉的柵欄吧。他說裝了警示燈，至少就不像很多鄉下平交道一樣只有基本的十字叉。」

「十字叉？」小麥問道。

「就是被動式平交道號誌的鐵路用語。」他說：「在每個平交道都會看見的那個大大的X。在車輛不多的鄉間平交道，這是標準設施。所以從這方面看來，那個警察說得也許沒錯。我們有警示燈算是幸運的。」

我闔上資料夾放到旁邊。「那下一起事故呢？」

沃朗斯基遞給我們另一個資料夾。

「一九七五年十二月，」他說：「羅伯．史賓斯，四十三歲，和巴比．史賓斯，十一歲。史賓斯開車撞上火車，兩人當場死亡。當時是晚上，起了大霧，史賓斯又耳聾。」沃朗斯基搖頭道：「那天晚上的霧像豌豆湯似的，他們就不應該開車。我都懷疑他們可能連路口的警示燈也看不到。」

我放在檔案夾上的手指冰冷。我沒有打開來看，這兩年做這份工作已經看夠了。我將資料夾交還給沃朗斯基。

小麥說：「鐵路公司怎麼說？」

「他們派了一個維修人員去檢查信號控制系統，我當時就跟他在一起。那是，我想想，事故發生後兩三天吧。他說一切正常。」

「史賓斯太太有沒有提告？」

沃朗斯基聳聳肩。「我不知道。我沒處理的事故就是那一件。」

「那第一起事故呢？」我問道：「你知不知道達格連家有沒有提告？」

「抱歉，我不曉得。」他來回看了看我們倆，說道：「妳們準備好看第三起了嗎？」

我們點點頭。

沃朗斯基拿起下一個資料夾。我和小麥都沒有去接。

「第三起事故過後三個月，又是青少年，十七歲的梅莉莎・韋伯。她出門去替爸爸跑腿。出事後，她爸媽拒絕SFCO提出的和解金，他們說警示燈沒亮，就請律師提告，結果卻敗訴。聽說他們的律師和一個獨立專業技師去檢查了信號控制系統，發現一切運作正常。」

「之後就沒再發生什麼事了嗎？」小麥問。

「不，這次民眾被激怒了。通常這種案子會佔據一天的版面，然後其他人就從此不再關心。可是這次有一些人開始遊說地方政府向州政府陳情，要求設置柵欄。」

「州政府反應如何？」

「大同小異。」沃朗斯基說：「也就是說沒有改變。州政府交通局官員已經注意那個地點好幾年，但他們說沒有經費可以裝設柵欄，還在等聯邦政府。要看資料嗎？」

「等一下。」我說。我一心急著想抓起第四起也是最後一起事故的資料夾，好一睹死者的照片。看看是不是或者其中有沒有哪個人就是班恩抽屜裡那張照片中的女子。我很確定這樁事故多少掌握著關鍵之鑰，能幫我們破這個案子並找到露西。但我希望沃朗斯基能為我們解說過程，以免遺漏些什麼。「跟我們說說第四起事件。那是平交道改建為高架橋以前最後一個事故，對不對？」

沃朗斯基將第三起事故的資料夾擱置一旁。「沒錯。蕾雅．昆恩。只有她這起事故，我是第一個趕到現場的郡警。我接到電話時，正在巡邏。就某方面說起來，這也是最悲慘的一起。」他拿起最後一個檔案夾，放在腿上。「當時是七月，史上最熱的一個月，每個人全是一出口就沒好氣。保安官辦公室的冷氣壞了，所以我們所有人都不停地到外面拿水管往頭上澆水，試著降降火氣。當時要是能下現在這種雨，什麼條件我們都會答應。」

「七月？」我問道：「哪一天？」

他看看手錶。「咦，明天耶，剛剛好滿二十八年。這可真巧了。」

這也是凶手指明的那輛危險物品運送列車預定駛經丹佛的日子。我耳中嗡嗚聲大作，有如閃電的劈啪響聲。這世上沒有巧合。

「是誰報案的？」我問道，半以為會聽到公牛左納的名字。

「第一通電話是鐵路公司調度員在接到火車司機員通報後打的，後來又接到亞佛瑞．泰特的來電，他是SFCO的老闆兼高階主管。T&W短程路線，也就是那個平交道所在之處，是他的鐵路公司所有。」

小麥說：「你確定嗎？亞佛瑞．泰特向保安官辦公室通報了那起事件？」

沃朗斯基點點頭。「對他來說那個晚上很難熬。他不斷自責，說不該讓蕾雅工作到那麼晚，還說他應該要注意到她離開的時候心情不好。」

我的心思同時射向六、七個不同方向。「蕾雅．昆恩在SFCO工作？」

「是的，一兩年的時間吧，我想。」

「那麼泰特說當晚發生了什麼事？」

沃朗斯基打開檔案夾，看著一份打字的報告。「他在一間分公司剛處理完文書工作，正要回家。他離開時剛過十點。他的鐵路公司在一個叫葛蘭特的小社區的一棟大樓裡有兩間辦公室，社區位在東邊，距離挺遠的。泰特在那裡投資種甜菜。他告訴我，在那個辦公室他可以兩者兼顧。他真的是那種事必躬親的人，不喜歡授權給別人。總之，那天晚上蕾雅也在那裡工作，但比老闆早一個小時左右離開。」

「平交道離辦公室多遠？」我問道。

「大概二十分鐘，有另一條路會快一點，我猜那晚蕾雅就是開這條路，所以有一段時間無法清楚交代。等一下我再來說明這點。」

我點點頭請他繼續。

「泰特開車回家時經過現場，火車已經完全停止，擋住了路口，汽車則被撞離了鐵軌。他說他看到車子的狀況又那麼多血，就知道車上的人一定死了。看樣子好像剛剛才發生，現場都還沒看到其他人。他猜想火車駕駛還在從火車頭走過來的路上。妳想必很清楚」──他朝我點了個頭──「火車可能要多跑個一哩路以上才會整個停下。總之無論如何，泰特回到辦公室去打電話報案。那時候還沒有手機。他知道援手正要趕來之後，便又回到現場。我則是在十分鐘後趕到。」

他情況很糟，根本完全崩潰了。」

「泰特知道那是她？」

沃朗斯基點頭。「沒錯，他從車子認出來的。我是說，人其實已經難以辨認。我查了車牌確認。即使如此，我們還是得等第二天驗屍確認。現場血肉模糊什麼也看不出來，何況天色又暗，車子也被撞成一團像捏扁的汽水罐。」

「你到的時候，還有其他人在場嗎？」我問道。

「火車駕駛和列車長已經到了。還有DPC的警察也在，連他都很震驚。」他與我目光交會。「我敢說妳也看過不少。」

我說：「那個警察叫什麼名字？」

「佛瑞德・左納，大家都叫他公牛，他是DPC的鐵路警察。當時鐵道屬T&W所有，但被DPC租用了。撞人的是DPC一輛運送危險物品的列車。」

我的腦細胞有如碰碰車撞來撞去，這樁案子的碎片也似乎隨之慢慢歸位。日期、列車種類、平交道。我原本不明白這一切和戴文波家、和露西有何關聯，但這下有了。我覺得自己就像個獵人，而獵犬已定住指向獵物。有東西在樹叢裡。

我和小麥交換眼神，看見她眼中倒映著我逐漸高漲的興奮之情。

「蕾雅・昆恩是被危險物品運送列車撞到的？」我問。

「對。農業化學品。我以為聯邦的人會出現，這是大事，對吧？有外洩的風險。可是公牛和司機員巡視了火車，他跟我說只有火車頭受損。第二天，SFCO的團隊也證實他的說法。沒有洩漏也沒有外溢。大概是這樣所以交給地方處理，就算有聯邦的人來過，我也沒聽說。」

「你說公牛左納心情低落？」

「噢，盪到谷底了。我還是第一次看到公牛被私闖者和政治以外的事情搞得這麼煩。好吧，還有宗教。公牛是個頑固得要命的人。」

「你知道為什麼這起事故讓他特別在意嗎？」

沃朗斯基雙手一攤。「不知道這件事到底有什麼特別。我想也許每一次的事故都會讓他心煩，只不過那天晚上是我唯一一次在事件發生後馬上就和他一起工作。他的反應讓我認定他也不是個十足的王八蛋。」他紅著臉說：「請原諒我的用詞。」

「那另外還有誰在？」小麥問道：「有路人嗎？」

「蕾雅的朋友季兒．馬丁。她在保安官辦公室的一個朋友通知她的。季兒和蕾雅是SFCO的同事。我想想看，海勒姆．戴文波也在。」

我訝異地說：「海勒姆在現場？」

「是的。我不確定他出現的確切時間。他跟我說他會在場是因為那是他的火車，而且是運送危險物品的車。」

怪了，海勒姆竟然沒提。

「跟我們說說你對死者了解多少。」我說：「蕾雅．昆恩。」

沃朗斯基翻著檔案夾裡的紙張，但似乎沒在看，兩眼望著中遠距離的某處。「蕾雅．昆恩，年紀很輕，我想是二十一歲吧。是個大美人。」

「你和她認識嗎？」

「不認識。我只是覺得事故發生後好像有點了解她，就像其他受害者一樣。不過蕾雅總讓我有點放不下，也許因為她可以說是孤兒。她在布萊頓外圍，維爾德郡那邊長大，媽媽精神不正常。我聽說，很聰明，但是有──不敢離開家門那種人叫什麼來著？」

「懼曠症。」小麥回答。

「對了。而且有毒癮，鴉片類藥物。朋友說她濫用藥物的情形，大約是在蕾雅已經大到可以幫忙的時候開始惡化。或者也可能老媽媽就在那時候變得更依賴她。蕾雅一到可以開車的年紀，就老是替伊絲塔買東買西。等到滿十八歲，她離家去追尋更大更好的世界，誰也不能怪她。她去好萊塢試試演戲的身手，她的確有點天分。」

沃朗斯基翻了一下檔案，抽出一張紙來，遞給我們。

「那是她在高中主演的音樂劇《卡美洛》。」

那張紙是一篇報紙文章的影本，標題寫著「**本地女孩，才華洋溢**」。記者對學校的製作給了友善的評語──充滿熱忱的學生、用心的舞台設計、在配樂方面做了坦率的嘗試。但他真心的讚美保留給了飾演關妮薇的蕾雅．昆恩：昆恩充分捕捉到亞瑟王的王后夾在心愛男子與夫婿間，進退維谷的心碎神韻。昆恩飾演的角色讓人相信關妮薇雙肩扛著整個王國的重擔。幸運的話，我們有朝一日將會目睹昆恩躍上大銀幕。

文章還附了一張照片，是蕾雅穿著一襲中世紀長衫，兩眼裝載著滿滿的憂傷，若有所思地望向觀眾席。毫無疑問，她正是班恩抽屜裡那張照片中的女子。我將照片拿到從窗子灑入的光線下，凝視她的雙眼，才十七歲的她便能以極具說服力的演技扮演一個較年長且較有智慧的人了。

我把照片遞給小麥，然後拿出班恩抽屜裡的照片，讓她做個比較。

「不會吧，」小麥喃喃說道：「是她。」

沃朗斯基說：「蕾雅．昆恩是妳們正在查的案子的一部分？」

我點點頭。「看樣子是。」

他把咖啡喝完，杯子重新放到矮几上。「那很抱歉，我無法提供太多訊息。就只有在她死後拼湊出來的一點點。」

「你還打聽到什麼？」

「她在洛杉磯住了三年，從來沒看她演過什麼，不管是電視劇還是電影。她回來以後就去SFCO工作，因為高中時，她曾經在那裡打工。六個月後她就死了。」他遺憾地搖搖頭。「據她的朋友說，她生活已經安定下來，很喜歡自己的工作，也想要去念大學。她死後再一個星期就是她二十二歲生日。」

我輕敲檔案。「解剖結果呢？有什麼異常嗎？」

「沒有解剖。以當時的情形和屍體的狀況，驗屍官覺得做個外部檢驗就夠了。」沃朗斯基偏著頭，輕撫小鬍子。「但妳們倆如果想找什麼謎團，應該是找不到。那份報告頂多就是個悲傷的故事。她有些酒醉，車子被火車撞到的時候停在軌道上，司機員說車子沒動。」

「顯示那有可能不是意外。」我說。

「驗屍官跟我說，在他看來是自殺。但因為她喝醉酒又沒有留遺書，所以才判定為意外。這是為她好，也為她母親好。」

沃朗斯基拿出一疊釘在一起的紙。「要我說說重點嗎？」

「麻煩你。」小麥說。

「昆恩獨自在車內，車子被撞以後她立刻死亡。死因是多處鈍傷。機械師傅從車輛殘骸判斷，車輛運作正常，沒有剎車痕。我已經說過血液酒精濃度是0.04。副駕駛座地板上有個Rebel Yell波本威士忌的空瓶。我猜是她最後對抗世界之舉吧，也或許是為了能更輕易考慮死亡。我在軌道附近的路上發現一塊新鮮的油漬，我想是她坐在那裡喝酒，想著自己的人生，然後才駛上鐵軌。這樣就能說明少掉的時間了。」他聳聳肩，一個悲傷無助的動作。「也許她並沒有完全顯露她在好萊塢感受到的失望。」

「我現在想看看報告。」我說。

沃朗斯基將那疊紙交給我，我把照片遞給小麥，然後開始瀏覽報告。

「關於她那天晚上加班到很晚，泰特怎麼說？」小麥問。

「只說她在替當天的工作收尾。她是祕書——我想是薪資部門。當天早上她去看醫生，所以想補足工作時數。泰特說，她工作結束後去了一趟洗手間，換上外出服，跟他道別後離開。下一次見到她的時候，她……」沃朗斯基搖了搖頭。

我翻閱報告，直到找到蕾雅的衣物清單。她穿著黑裙搭配軛圈領露背裝、尼龍絲襪和黑色時尚鞋，好像打算到鎮上去。她還戴了銀耳環和單一鑽石的心形墜子項鍊。她旁邊的座位上有找到一件亮片毛衣，毛衣上散布著些許動物的毛。我想到她在照片裡抱的那隻黑白小貓。

「她有寵物嗎？」我問道：「譬如像貓？」

他點頭。「她媽媽有養貓。」

「解剖的識別照片品質好差。」小麥說。

我靠過去，一看就明白她的意思。照片不是正面拍攝蕾雅毀壞的臉，而是偏斜著拍，以至於她的左半邊臉上籠罩著淡淡的陰影。影像略微模糊，顯示拍照者的手不太穩。我在軍墓勤務組拍過夠多照片，我可不會接受這種等級的作業。

「這不太尋常吧？」我問沃朗斯基。

「我也想這麼說，但那只是傑洛・羅培的問題，就是當時的驗屍官。他的野心比職業道德大得多。後來就沒再被選上。」

小麥看到其中一張照片停了下來。「這挺驚心動魄的。」

她把照片拿給我，我看到的是一顆心烙在蕾雅脖子上。羅培在報告中註記為「個別的印痕狀擦傷」。

「妳在說項鍊嗎？」沃朗斯基問：「羅培說那是被衝擊力道壓進皮膚組織。」

那項鍊的印記看了令人不安。但我暫時擱下首飾轉而端詳蕾雅的頸子，發現下巴底下有瘀傷——範圍較廣的瘀傷之外，可以明顯看到出血造成的紫斑。

我又回去翻報告，看羅培有沒有註記這些。他只提到遍布頸部的泛紅瘀傷。

「還有其他臉部和脖子的照片嗎？」我問小麥。

小麥遞過來更多照片。

我迅速翻看，尋找某個特定傷痕。找到了。

她的眼結膜有血管爆裂的小紅點。我再看一次羅培的報告，他記錄了鞏膜有點狀出血，另外還記錄蕾雅的嘴唇與嘴巴內側也有同樣現象。但他認定這些傷都是車禍造成的。

關於死因與死亡方式的判斷，我在軍墓勤務組學到許多。但蕾雅的照片讓我回想起以前上過的一堂家庭暴力課。當時莫爾把手下所有鐵路警察都送去上那堂為期兩天的課程，好讓我們在巡視遊民營時能辨認一些跡象。

「點狀出血。」我說著將照片遞回給小麥。「妳再看看她下巴的瘀傷。」

沃朗斯基坐直起身子。「她是被勒死的？」

「不會吧。」小麥邊說邊細看相片。「羅培沒有發現嗎？」

「他把出血歸因於車禍。」我說：「但有那樣的瘀傷……當時應該要展開調查的。」

沃朗斯基漲紅了臉。「都過這麼久了，妳現在跟我說這是謀殺？」

20

我們與生俱來就會害怕。很沒用。但可以救命。

——薛妮・帕奈爾，英文系2008，戰鬥心理學

我問沃朗斯基有沒有傳真機，他說有一台很先進的多功能印表機，應該派得上用場。他帶引我和克萊德到他的書房，然後便又去煮咖啡，小麥則和手下確認進度。我打給法醫愛瑪・貝爾，請她看一下我傳真到她辦公室的一份報告，還有我用手機傳送的幾張照片。

「如果和戴文波案有關，當然沒問題。」她說：「等東西傳過來，我看過以後馬上回電給妳。」

傳送相關文件花了十五分鐘。又過了幾分鐘，貝爾來電了。

「妳現在手邊有那張心形印記的照片嗎？」她問道。

「有。」

「妳有看到她下巴底下的瘀斑嗎？」

「有。」

「那看起來像是車禍發生前，頸部受到外力壓迫的傷。妳再看看妳傳來的眼睛的照片。點狀

出血。又一個被勒殺的跡象。更要命的是口腔黏膜的照片。不光是妳看到的那些出血，還有下巴底下和沿著下巴輪廓的下頷瘀傷。」

「這些傷不可能是車禍造成的嗎？」

「當時的驗屍官是這麼判斷的。由於損傷太嚴重，我也無法堅決說不是。但我覺得很不可能，尤其看到瘀傷的部位。另外還有一點。妳看看她手臂的照片。」

我抽出照片。蕾雅的前臂內側有瘀傷和擦傷。「防禦性傷痕？」

「正是。依我之見，那位驗屍官的檢驗工作潦草又不完整，他應該要求醫師做內部檢查。」

「所以妳的意思是說她有可能在被火車撞上以前就死了？」

「如果這是我的案子，我會朝這個方向看。還有什麼我能幫得上忙的嗎？」

我看著蕾雅衣服的照片。藍辛．泰特提起過他是和狗一起長大的。蕾雅的上衣和裙子上都有白毛，似乎經常與動物相處。這景象我很熟悉。

「死者衣服上有動物的毛。」我說：「妳從照片看得出是狗毛還是貓毛嗎？」

「不用顯微鏡看採樣的話，我無法給妳確切的答案。不過一般而言，狗毛比貓毛粗，如果是外層毛的話。貓毛則甚至比人的毛髮還細。妳自己有狗，照片和妳自己的衣服比較起來如何？」

我再次凝視照片。照片的品質很差，但我覺得看起來像狗毛。「我不能確定。我還是把照片傳給妳，妳如果能看出什麼端倪再告訴我。」

「好的。」

「謝了，愛瑪，妳真是幫了大忙。」

「趁妳還沒掛電話，我還有其他消息。我正打算打電話給柯恩。我們查出水泥窯內第二具屍體的身分了。是名叫札克．樊德的男人。」

這下可好了。柯恩的頭號嫌犯，由於死亡而洗清了罪嫌。我想這就代表我們也可以正式排除樊德企圖陷害史登的可能性。

我傳簡訊將樊德的事告訴小麥，她人就在隔壁房間，但我不想當著沃朗斯基的面說。

她回傳道：**那我們現在到底什麼情況？**

沃朗斯基同意讓我們暫時保留檔案，並送我們到門口。

「我還是不敢相信她遭人殺害。」他說。

「蕾雅死後，她母親怎麼樣了？」我問道。

沃朗斯基聳聳肩。「不知道，我從來沒再去追蹤過，我甚至不知道她是不是還活著。」

「沒有其他家人了嗎？」

「蕾雅是獨生女。有幾年的時間，伊絲塔有個外甥偶爾會到她們家住。我聽說伊絲塔有個姊妹住在東部。抱歉，沒法再告訴妳們更多。」

「那蕾雅的朋友呢？」小麥問道：「季兒．馬丁。你知不知道她是不是還住在這一帶？」

「她是。她離開鐵路公司以後，接手了丈夫製作標本的生意。叫『永永遠遠標本工作室』，在桑頓。我有個朋友把獵到的麋鹿送到那裡去。」

小麥向沃朗斯基伸出手。「謝謝你做的一切，幫了我們很大的忙。」

我們輪流握手後，沃朗斯基隨我們來到外面。天氣暖和但陰陰的，雲有如高空的一片薄紗，地面籠罩著淺淺的陰影。見克萊德利用自家前院的一叢灌木方便，沃朗斯基揮揮手並不介意。他在車子旁邊與我們道別後，拖著腳步走回家門，那步伐比我們剛到時沉重了許多。

我讓克萊德進入後座，接著要去開駕駛座的車門時停下了動作。

「我們剛剛失去了頭號嫌犯。」我對小麥說。

她的神態依然鎮定自若，只有瘀青的那隻眼睛洩露了些許弱點。「弱點」只是相對來說，因為她看起來不像肝醬。

「我們沒有失去他，」她說：「他只是替我們指點另一個方向。」

「死者會說話。」我喃喃地說。有時甚至出乎我們期望。

「沒錯。看看蕾雅剛剛和我們分享了多少。」她拍了一下車頂。「走吧，我們去瞧瞧能從季兒·馬丁那裡打聽到什麼。然後可以追查伊絲塔·昆恩，看她還在不在附近。我覺得答案就近在咫尺了。找到答案就會找到露西。」

我們上車後，我駛離路邊，加入南行車流，朝桑頓而去。但願那裡會有一些答案。

21

戰爭的智慧，在經過一段時間後，會有如人生的智慧。保持冷靜、看準目標、不要依戀任何事物。

而且隨時要知道敵人是誰。

——薛妮．帕奈爾，私人日記

「我當然記得蕾雅。」季兒．馬丁說：「從三年級開始我們就是最好的朋友，一直到她死去那天晚上。」

我們在「永永遠遠標本工作室」的後間，圍站在工作檯旁邊，檯子上趴著一隻大山貓。我們三人都看著山貓，好像在等牠重新起身。這頭死去的野獸四隻腳張得開開的，頭側偏到一邊，看起來好像酒後衝突被人用上勾拳打昏過去似的。

季兒抬起眼睛，皺眉看著我們。「可是我不要談那天晚上的事。」

我把克萊德留在有空調的籠內，因為猜想這個地方會讓牠心驚膽顫。我就覺得心驚膽顫。房間裡每個角落都有死去的東西盯著我們看。有鹿、有叉角羚、有郊狼，甚至有一頭永遠維持在咆哮狀態的熊。另外有個大型冷凍室，顯示還有更多更多動物等著加入牠們。

我的目光一再回到前窗旁邊一隻巨大的灰狼，心裡想到火車記錄器拍到的動物。柯恩把影帶送去給一名野生動物專家看，專家說他認為那是一隻混種動物——狼狗。他無法大膽猜測是哪一種或是哪個亞種的狗或狼的混合，但以他的專業判斷，那頭動物「巨大無比」。

「很抱歉重提這段不愉快的回憶。」小麥說：「我相信妳很痛苦。只是蕾雅的死可能和我們現在在查的另一個案子有關。」

「怎麼可能？地點不對，時間不對。到此為止。」

「我們只是需要問問妳關於那天晚上的幾個問題。」我接著說道：「之後就不會再打擾妳。」

季兒發出一個聽似嘲弄的噴息聲或甚至抽噎聲，接著從桌上的刀架選了一把細薄如鞭的刀子。她年約五十，有一頭花白短髮，滿是雀斑的臉顯得生氣勃勃又聰明。捲起的袖子底下露出粗壯的前臂與肌腱發達的雙手，手指不僅指節粗大還長了繭。她動作俐落，傳達出一種「別來惹我」的訊息，我猜有很多人因此與她保持距離。

我們剛走進店裡時，她愉快地招呼我們，但一聽到蕾雅的名字，立刻雙眼圓瞪、兩手飛快地抓住櫃檯，目不轉睛看著收銀機，彷彿在穩定心神。當她重新抬頭，上唇邊緣冒出淡淡的汗水在閃著光，冷靜有效率的眼神底下透著些許憂慮。她要求看我們的證件，並打電話去確認，然後才終於招手讓我們進入店面後側她工作的地方。

「都快三十年了。」她說著放下刀子，啪一聲從旁邊工作檯上的盒子抽出乳膠手套。「蕾雅的死怎麼可能和現在的任何事情有關？」

「只是另一個案子的背景。」小麥安撫著說。

季兒的目光掃過我的制服。「跟鐵路有關？」

「我們恐怕不能談論案情。」

「嗯哼。」

我和小麥等著。

季兒嘆了口氣。「老實說，有一段時間我很怕妳們這種人。但現在不怕了。所以這如果只是鐵路公司和聯邦的人還有」——她倒吸了口氣——「想替自己擦屁股的手段，如果妳們以為蕾雅的死能幫妳們達到那個目的，那麼妳們兩個馬上給我滾蛋離開。」

她的口氣沮喪至極，我好不容易才壓下伸手擁抱她的衝動。「不是這樣的。」

季兒再次拿起刀子。這是把小刀，但她的手在顫抖，好像此刻就連那麼輕的重量都難以負荷。「要不然是怎樣？」

「很抱歉，我們不能隨便討論案情。」小麥說：「但我們確實需要妳的幫忙。而且」——她與我隔著桌子對看——「或許也能幫到蕾雅。」

不料，季兒的眼中淚光閃爍，她用前臂抹去淚水，在皮膚上留下一道濕痕。「妳們了解蕾雅多少？」

「不夠多，」我輕聲說：「所以才會到這裡來。」

她眯著眼睛注視我們倆，彷彿在判斷我們是否符合某個隱形的標準。但她隨即搖頭。我們沒有及格。「我已經告訴妳們，我沒什麼好說的。也許妳們應該去找處理那個案子的郡警，雷克・沃朗斯基。」

「我們已經和他談過。他告訴我們蕾雅的死被判定為意外。」我決定試著刺激她讓她為朋友辯護，讓她生氣到願意開口。「但他也說她很可能是自殺。」

奏效了。季兒似乎恢復了精力。她將刀子插入山貓的尾巴根部，開始順著脊椎劃過。我目視著，感到不可思議又驚惶。我已不再擅長處理屍體了，不管是什麼物種。

「根本是典型的男人屁話。」她說：「死了一個女人，結果所有人都怪她。」

「她的車停在鐵軌上。」我指出。

季兒沒有作聲。

「而且她喝了酒。」小麥補上一句。

季兒鋸得更加凶狠。「來了吧。怪罪遊戲的第一步。蕾雅沒有喝酒，從來沒有，她看到了她媽媽吸毒的下場，在洛杉磯也看夠了酒和毒品。她發過誓說她除了自己，絕對不會依賴任何東西。」

「妳是說驗屍官的報告造假？」小麥問道。

季兒臉頰的一塊肌肉抽動了一下。「妳們就是為了這個來的？為了重提那些可怕的事？還說這樣可以幫到蕾雅？」

「妳是不是知道什麼我們應該知道的事？」我問道。

淚水再度湧現，這回流了下來。她氣憤地把臉靠在肩膀上擦拭。「我只知道蕾雅……」她說到一半住口，但仍繼續鋸著山貓。我感覺得到她在對抗著什麼，而且不是眼前這隻死去的猛獸。

「蕾雅不會自殺嗎？」小麥柔聲問道。

但季兒搖頭。「我沒什麼好說的。」

我下意識地把手伸進口袋，那裡有我事先偷偷放入的露西的照片。我用大拇指撫摩著紙張。

「馬丁太太，」我說道：「此事關係到另一條人命。」

「那可不。就是我。」

「什麼？」

季兒默默地沿著山貓的脊椎完成切割作業，然後放下刀子，用戴著手套的雙手抓住一邊的皮，開始拉扯。皮肉黏得很牢，要分開不容易，好像在剝一顆特別頑固的橘子。

我乾嚥了一口，喉嚨底嚐到伊拉克的沙石。待在這裡，我告訴自己。

小麥繞行過來，以便更清楚看到山貓。我慶幸地往後退。

「我父親也做過一些標本。」小麥說。

「喔。」季兒用漠不關心的斷然口吻說。她開始剝臀部的皮，樣子好像在幫一個女人扭腰擺臀地褪下小了兩號的褲子。

「他想要教我，」小麥繼續說：「但我太不受教。我雖然是個好獵人，剝製技術卻很差。」

「當作嗜好比當作本業更有趣。」季兒勉強和她對話。「我這該死的關節炎。肯定有更好的剝皮方法吧。抱歉，這不是雙關語。」

「妳是怎麼開始做這一行的？」

小麥用親暱、哄誘的口氣說話。我沒看過她這一面。

季兒很快地瞥了小麥一眼，才又繼續幹活。「我先生。三年前的夏天他死於一場車禍。當時我還在鐵路公司，但後來決定提早退休，全心全力照顧生意。這間店對他太重要了，妳知道嗎？我不能讓它垮掉。但這不是個好決定。從那時候起，我就拚死拚活地工作，又要幫忙女兒照顧孩子，還不能讓銀行搶走我的房子。」她抬了抬下巴。「既然妳熟悉這些，把剝尾器拿給我。當時要是繼續待在SFCO，只要再短短幾年就能享受退休金了。」

小麥拿起一個看似粗鉗子的東西遞了過去。「以前我爸常說：『你自己花錢就自己承受後果，誰也不知道事情最後會怎樣。』」

「而我媽也常說：『你自己鋪的床，就去睡吧。』」

小麥環顧四周，聲音依然輕柔。「看起來妳和妳先生把這裡弄得挺不錯的。」

季兒停下手來，順著小麥的目光看去，呼了一口氣。「是嗎？也許吧。」

小麥準備使出殺手鐧。「馬丁太太，妳好像知道些什麼。也許蕾雅的死不只是一場意外或自殺悲劇。我和帕奈爾特別探員並不打算維護鐵路公司，我們是想找出真相。這可能是妳讓世人知道事情原委的機會。」

季兒皺起眉頭。「妳以為我這麼多年來保持沉默，是我自己想要的？」

「有人威脅妳嗎？」小麥問道。

「告訴我，我為什麼要相信妳。」她怒瞪著我。「妳在替鐵路公司工作，我知道妳的老闆是誰。」

「我是警察，季兒，也是海陸軍人。我唯一感興趣的就是找出真相並加以保護。」

「不管有什麼後果？」

她又繼續處理尾巴。赤裸的肉在耀眼的工作燈下閃閃發亮。山貓的兩側有陰影跳動移轉，製造出一種詭異動感。我把頭轉開，卻剛好直接對上一隻站在架上的貛的黑眼珠。牠好像對這一團混亂感到悲傷。我閉上眼睛，但腦中卻浮現錄影帶中珊曼莎在死前幾秒鐘直視著火車錄影器的模樣。還有面帶笑容，邋著鞦韆的露西。

我睜開眼。「馬丁太太……」

季兒說：「那天晚上她打電話給我，我是說蕾雅。就在她下班前。她很害怕。」

「怕什麼？」小麥問：「她在害怕什麼？」

「這二十八年來我也很害怕。我來告訴妳們恐懼是怎麼回事，它會一直磨損妳，直到妳什麼也不剩為止。」

山貓赤裸的尾巴倏地與毛皮徹底分離。

「好手法。」小麥說。

我充滿同情的眼神鎖定那隻獾。

季兒將鉗子放到血淋淋的桌檯上，說道：「蕾雅是因為我而死的。」

應季兒的要求，我們轉移陣地到隔著兩間店的一家親子餐廳，我也鬆了口氣。她說，食物有助於安定她的神經。帶位的女服務生讓我們坐在角落的位子，遠離店裡的其他三個客人。一名女侍者替季兒端來一碗綠辣椒肉醬、一份玉米麵包和一罐汽水。之後再回來時，端來了小麥點的烤起司三明治和冰紅茶，我則點了黑咖啡和火腿三明治。她還在徵求我的同意後，給克萊德準備了一小塊牛排，立刻贏得牠至死不渝的忠誠之心。人和狗——都受食物主宰。

季兒攪動碗裡的肉醬攪了好一會兒，只吃一口便將碗放到一旁。她深吸一口氣。「這件事我已經放在心裡將近三十年，現在也不知該從何說起。」

「妳想從哪兒說起都行。」小麥說。

季兒摩搓著上臂，好像覺得冷。她的表情變得若有所思，眼神飄向遠處，不管她在看什麼，總之都不在這間餐廳裡。

「我和蕾雅當了大半輩子的朋友。」她說：「小時候她一天到晚都待在我家，她的家庭生活很可怕。她爸爸走了，媽媽又瘋瘋癲癲。從某些方面來說，我覺得發生那種事都要怪蕾雅的媽媽，因為伊絲塔從來沒盡到媽媽的本分。蕾雅不得不提早長大。」

小麥說：「怎麼說呢？」

季兒拿起一片玉米麵包撕碎。「本來應該是蕾雅倚賴伊絲塔才對，情況卻剛好相反。一直都是這樣。蕾雅很小的時候就有一個賣檸檬汁的攤子，後來開始送報紙。中學的暑假，她會去甜菜園打工。而伊絲塔大部分時間都躺在家裡的沙發上，吸毒吸到人都茫了。沒有吸毒的時候，她就……很可怕。沒有其他字眼可以形容了。蕾雅一滿十六歲，就在SFCO找到一份正職，也把我引薦進去，不過對我來說，那只是多出來的零用錢。後來畢業以後，她去了好萊塢。我們都希望下一次再見到她時，她已經成名了。」

小麥心有所感地點點頭。「她在SFCO做什麼？」

「去洛杉磯以前，只是做行政，接電話、打字、歸檔。回來以後就轉做薪資。」

「那妳呢？」

季兒眼神黯淡。「我待會兒會說。」

小麥點頭。「好，繼續吧。」

「蕾雅從洛杉磯回來以後，變得安靜很多。放棄夢想總是很難受，對吧？不過蕾雅不是那種會為無法挽回的事懊悔哭泣的人。她很快便又邁向下一個夢想。」季兒的笑容帶著哀傷。「蕾雅一向都有計畫，而這次的計畫是比較瘋狂的一個。」

「什麼計畫？」

「她說她再也不要當窮人，而且她斷定如果要確保隨時都有足夠的錢，最好的辦法就是嫁人，要是嫁不成，上床也可以。蕾雅想找一個乾爹。」

小麥和我互看一眼。「她有對象嗎？」

季兒點頭。「一個丹佛人，是她去洛杉磯以前就認識的。她其實也沒其他選擇了。我是說，符合條件的選項很有限，對吧？在亞當斯和維爾德郡的有錢人不多，尤其是那個時候。當然了，很多男人都非常喜歡蕾雅。有一個討厭鬼，我們都喊他『獨眼鬼』，他就一天到晚寫情書給蕾雅。但我們知道的有錢人全都是鐵路公司的高階主管。」

「像是亞佛瑞．泰特？」小麥問道。

季兒笑起來，聲音像個小女孩，幾乎是快活的笑聲，就好像回到多年前，和蕾雅在臥室裡格格竊笑地談論著計畫。「亞佛瑞．泰特很—醜耶。不是，她看中的是我們還在念高中時，她在丹佛一場鐵路會議上認識的男人。當時她才十七歲，卻求著要去，泰特終於還是答應了。她負責做會議記錄。那個人也去了。他很英俊，很世故，也很有錢。他們在會議場上調情，然後他帶蕾雅上餐廳，而且我想……我想不只是這樣而已。蕾雅絕口不提的事情少之又少，但他們的關係就是其中之一。當她跟那個男的說她要去好萊塢演戲，他笑著叫她回來以後再去找他。她真的這麼做了。那個人仍然有錢也仍然英俊，而且覺得蕾雅漂亮又有趣。所以事情就是這樣。她決定要讓海勒姆．戴文波愛上她。」

22

愛情有如墜落懸崖，一度美好，卻從無善終。

——薛妮．帕奈爾，私人日記

女服務生又拿來咖啡。克萊德在我腳邊打呼。遠方，雷擊聲響，牠抬起頭來，隨即又趴下。又有暴風雨要上路了。世界即將遭水澇。

「妳是說海勒姆．戴文波和蕾雅是戀人？」我把糖丟進杯子裡。「他那時候不是結婚了嗎？」

「所以才叫乾爹啊。」季兒回答：「蕾雅說反正她也不想嫁給那麼老的人。所以一開始，我以為她只是玩玩，引誘一下，像電影演的那樣。她會收到一些小禮物，會受到幾個月或幾年的照顧，然後再接著找下一個男人。可是過了一段時間，我發覺蕾雅對海勒姆是認真的，儘管她假裝不是。不是因為錢，她是真的愛他，她想要他離開他老婆。」

「少女的天真。」小麥說。

季兒難過地點點頭。

我皺眉道：「報紙上好像暗示過海勒姆的婚姻不幸福，不過他的財富有一部分是拜他妻子所賜，因為她繼承了絕大部分的鐵路公司。蕾雅憑什麼認為她能讓海勒姆離開他妻子？」

「這時就該我上場了。」季兒的聲音好輕好輕，我得傾身靠近才聽得見。「她有個計畫。」

蕾雅打算讓海勒姆愛上她的時候，海勒姆正在為收購T&W加最後一把勁，季兒解釋道。一旦海勒姆買下這條短程路線併入DPC，他的成功將不容置疑，他也就不再需要他老婆了。

「所以我和蕾雅斷定，只要能幫助海勒姆的併購案成功，他就會明白蕾雅有多愛他，也會明白對他來說，蕾雅比他老婆更珍貴。」

「妳們打算怎麼做？」小麥問道。

我登時想通後，把空咖啡杯推到一邊。「妳們知道亞佛瑞．泰特沒有通報平交道的意外事故。」

「沒錯，但不只這樣。亞佛瑞的管理政策有個通則：不要花錢維護平交道。只要發生事故，員工就要去收拾善後，掩蓋鐵路公司要負的一切責任。我在工務處的信號部門，負責打出備忘錄，指示員工去修剪長得太茂盛的草木或修理故障的平交道設施。可是在一場意外發生之後，那些備忘錄流出去了。」

我和小麥交換了一個眼神，我們倆現在都像嗡嗡鳴響的鋼琴弦。我想到那些始終沒有存檔的報告。假如鐵路總署收到過，就可能拯救人命的報告。能迫使亞佛瑞．泰特維護平交道的報告。

死人平交道奪走六條人命。天曉得其他地方還有多少。

女服務生又來續杯。她走後，我說道：「所以妳就開始蒐集這些證據，好讓蕾雅交給海勒姆？」

「是的。我把這件事告訴蕾雅，問她我該怎麼做。明明知道卻不做點什麼，這是不對的。可是我如果拿著證據去找記者，就會丟掉飯碗，我承受不起。我先生剛剛被裁員，我又懷了老大。」

「妳們猜想要是海勒姆知道這個弊端，就會用來威脅泰特，逼他答應併購案。」

「沒錯。海勒姆已經答應，收購公司以後不會裁掉任何員工。所以我能保住工作，平交道的問題也能得到解決，還有……」

「還有蕾雅也能得到她的男人。」小麥替她把話說完。

「可是事情卻沒有照計畫走。」我說。

外面，雨滴劈哩啪啦打在玻璃上，又長又低的雷聲滾滾，晃動了窗戶。克萊德抬頭看我，我垂下一隻手摸牠的頭。

季兒說：「海勒姆拿到蕾雅給的可以用來對付亞佛瑞的東西，高興得不得了。他陸續蒐集到不少證據，但有一份他想要的關鍵資料我卻拿不到。就是死人平交道號誌燈零件序號的鬼清單。」

「零件清單有什麼重要的？」小麥問。

季兒開始哭起來，痛苦的輕聲哭泣讓她雙肩不停顫動。小麥從桌上的紙巾盒抽出幾張紙巾塞進她手裡。季兒粗啞地短哭一聲，雙手掩面。

「沒關係，」小麥說：「我們等一下再來談零件清單。妳先說說那天晚上，好嗎？蕾雅死的那天晚上。告訴我們發生了什麼事。」

過了幾分鐘，季兒將手放下，只見她眼睛又濕又紅，眼皮浮腫。

「本來我們幾個女生約好要出去玩。我們是打算在丹佛一間名叫『備馬』的酒吧碰面，總共五個人，都是高中同學。那天是禮拜一，是『備馬』的女士之夜。我們很期待能暫時拋開煩惱幾個小時。

「我負責開車載其中兩個人過去，卡洛・梅奇和艾倫・葉格。我是指定駕駛，因為我有孕在身不能喝酒。蕾雅和另外一個朋友愛琳・納森則直接到那裡和我們會合。我們約的時間很晚，因為蕾雅要加班，愛琳也要等保姆過去。反正樂隊十點才開始演奏，所以我們覺得無所謂。」

我們又點了派和咖啡，藉此幫助季兒穩定情緒。外頭已經開始風雨大作，一片黑漆漆，雨打在人行道和馬路上，聲音響得像在打鼓。餐廳的窗戶蒙上霧氣，用餐區空蕩蕩。廚房裡，有個西語電台正在播放墨西哥街頭音樂。雷聲隆隆而過，克萊德已經又低下頭，打起盹來。

「蕾雅是因為去看醫生，所以補班嗎？」小麥問道：「沃朗斯基是這麼跟我們說的。」

季兒嗤之以鼻。「老實說，沃朗斯基應該要查得深入一點。約診是假的。蕾雅只是拿這個當藉口，以便那天晚上待晚一點。到了晚上，整個辦公室可以說全部關閉。當然，操作人員不算，我是說行政人員。辦公室幾乎空無一人，她猜想這樣就有機會替海勒姆偷取零件清單。」

季兒兩手包覆著咖啡杯，好像需要取暖。杯子冒出熱氣，她吸了進去。

「在那幾天前，我發現廠商曾發出一份備忘錄向SFCO提出警告，說死人平交道和其他幾處平交道的號誌燈可能有瑕疵，會造成所謂的『短訊號』，也就是燈號啟動得太晚，使得車輛駕駛來不及停車。廠商說必須馬上更換。」季兒啜一口咖啡。「那份備忘錄已經有五年之久，所以我又繼續挖。」

我自己的咖啡冷掉了。「妳找到了沒有更換零件的證據？」

「不，零件更換了，至少死人平交道的更換了。不過那是在一個名叫梅莉莎·韋伯的少女死了以後。梅莉莎死後，她家人請了律師，律師陪同一個專家檢查信號燈，列出信號燈零件的序號清單。我們的檔案裡有一份資料。一切看起來都沒問題。但我發現有另一份清單，也是那個信號燈的零件序號清單，可是號碼對不上。這些是瑕疵零件，就是廠商提出警告的那批。清單附在一份維修報告裡，報告指出有一個名叫羅伯·萊里的鐵路公司員工，在意外發生後去了現場，拆除瑕疵零件換上正常的。」

「這就是海勒姆想要的，」我說：「如果他有這兩份清單和那份備忘錄，就等於拿到SFCO有罪的鐵證。」

「沒錯。我設法偷出了第一份序號清單，可是另一份清單和維修報告我只是看過。文件放在我經理的辦公室，我始終找不到機會去拿。這就是蕾雅在那個星期一晚上要做的事，替海勒姆拿到那些報告。」

「她被抓到了嗎？」小麥猜道。

「那晚八點半，她從公司打給我，說她取得情報了。她就是這麼說的，情報，好像間諜似的。她說她會在辦公室換好衣服，十分鐘後就離開。然後她忽然壓低聲音說泰特也在，她得先掛電話了。她的口氣很驚慌，但馬上又說一切都辦妥了。那是我最後一次和她說話。沒想到很快就接到我一個在保安官辦公室工作的朋友來電，說蕾雅死了。」

廚房裡，摔碎了一個盤子。季兒嚇了一跳。

小麥問道：「妳覺得她被泰特逮到以後發生了什麼事？」

季兒又抽出幾張紙巾。「我實在太無知了。我並不覺得她會有危險，就算最糟的情況，應該也頂多就是丟掉工作。所以我以為那只是個可怕的意外，以為蕾雅在趕時間，想搶在火車前頭。其實我們老是做這種事，跟火車賽跑。我知道那天晚上她要把文件交給海勒姆，所以猜想她滿腦子都在想這個，想著他會說什麼。我是直到後來才懷疑她可能是被殺的。」

我想起沃朗斯基所說，便說道：「妳去了事故現場。」

她打了個哆嗦。「都這麼多年了，我還是會夢見那個情景。而且直到今天，我每次過平交道前都一定會停下來，不管有沒有設柵欄。我也對孩子們說，要是被我逮到他們跟火車搶快，我會把他們打到只剩半條命。」

「妳去的時候看到什麼？」小麥問。

「她的車，被撞飛到田野裡。當然還有火車。泰特也在，還有海勒姆．戴文波也到了。」

「看到泰特和海勒姆，妳覺得驚訝嗎？」

她搖搖頭。「我知道是泰特報的案。也知道海勒姆就在附近，因為他和蕾雅約好了要見面。但無論如何他都會去，因為出事的是一輛危險物品運送列車。他和泰特待在一旁的路邊，不知道在說什麼。戴文波冷靜得跟什麼似的，那個王八蛋。泰特則是歇斯底里。我猜他們已經在討論購併的事。最後這起事故等於是給了泰特致命的一擊。」

女侍又回來續杯，並問我要不要打包三明治。我搖搖頭。她離開後，我重新轉向季兒。「後來怎麼樣了？」

「就這樣。我先生來接我，我心情太糟沒法開車。」

「那麼，」小麥推開吃到一半的派。「妳是什麼時候開始懷疑蕾雅的死不是意外？也不是自殺？」

「參加葬禮的時候。所有人都去了，全鎮上的人。我聽到傳聞說雖然她的死被判定為意外，但有些人覺得她是自殺，覺得她因為當不了大明星，太過沮喪。我氣炸了。接著過了一會兒，我發現亞佛瑞．泰特沒來。他是蕾雅的老闆，應該要來的。於是我第一次心生懷疑，那天晚上蕾雅真的以為一切都辦妥了嗎？會不會是泰特逮到她偷那些文件，並且明白了萬一文件落到海勒姆手裡，他要付出多大代價？我心裡揣測，泰特會不會開車跟蹤她，殺了她，然後把她的車放到軌道上故佈疑陣？」

我和小麥雙雙點頭。但我的心思跑得更前面，試圖釐清這一切和班恩一家，尤其是他女兒有何關聯。

「葬禮還沒開始，」季兒說：「所以我自己一個人走開，只是需要獨處一下。」她的目光轉往自己內心。「那天下著雨，就跟今天一樣。那陣子暴風雨頻繁，到處都濕答答的。我穿了一雙高級的黑色高跟鞋，我還記得鞋跟一直戳破草地。我站在一棵樹下，抬頭看著樹葉，不想看她的棺材被抬出來。忽然間就看見他了。」

「泰特嗎？」小麥問。

「海勒姆。他跟我說蕾雅的事他很難過，說他在事故現場有看到我，說他和蕾雅還算熟識，發生這種事實在令人傷心。」季兒把一團紙巾丟在桌上，又抽了幾張。

小麥點頭，示意她繼續說。

「他又繼續說了一會兒，問我和蕾雅有多熟，是不是很親近的朋友。他在探口風，想看看我知道多少。也許蕾雅從來沒提過我的名字，可能只是說她有個『來源』。可是到最後我再也受不了，就告訴他蕾雅是我最好的朋友，而那些資料多半都是我偷的，還說我們這麼做都是為了他。」

「他感到驚訝嗎？」

季兒點點頭。「嚇壞了。接著我說我知道他們的關係，說蕾雅這麼做是為了愛，她會死都是他害的。」

小麥說：「這太……」

「愚蠢。真是愚蠢。我已經很害怕泰特可能知道我的事，很害怕真的是他殺了蕾雅，也怕蕾雅死前告訴他說是我幫的忙。結果現在又自己告訴海勒姆說我知道一些我不該知道的、關於他的事。不只是我們偷的東西，還有他們的戀情。」

「海勒姆有什麼反應？」小麥問。

「他非常鎮定，在那裡站了好一會兒，好像我們只是在一起度過愉快的時光。我正打算離開時，他才對我說我們應該與朋友親近，但與敵人要更親近。我沒法告訴妳們我那時候的感覺，就好像他拿刀放在我的喉嚨上。」

燈閃了一下後熄滅，廚房裡的音樂也停了。餐廳陷入一片陰暗。在我旁邊的季兒倒抽一口冷氣。

隨後燈光重新亮起。季兒顫顫巍巍地啜飲一口咖啡，繼續往下說。

「他說他很感謝我所做的，等他接手T&W以後，我還是能繼續原來的工作。然後他湊上前來說：『禍從口出啊，馬丁太太。而當災禍產生，所有人都會跟著倒楣。』他用那雙淺淡的眼睛瞪著我看，感覺好像魔鬼的眼睛。他說：『我說所有人，這可不是開玩笑，馬丁太太。不管有罪無罪都一樣。』他就是這麼說的。然後他問說能不能相信我會守口如瓶。我當然說可以，他就走開了。我嚇到兩腿發軟，直接就坐到濕草地上。我從來沒有跟任何人說過這件事，包括我先生在內。」

「竟然要保守這麼可怕的祕密。」小麥說。

季兒看看小麥又看看我。「我還是不知道那天晚上究竟發生了什麼事。但我很確定蕾雅是被殺害的，我只是不知道殺人的是海勒姆或是亞佛瑞．泰特。」

「案子結束前，我們可以為妳提供保護。」小麥說。

但季兒搖搖頭。「反正我今晚就要離開，去墨西哥的坎昆找一個女性朋友，會在那兒待兩個禮拜。也許是知道自己要出國了，才有勇氣開口。」

她像夢遊似的起身，說要去一下洗手間。

她一離開，我便轉向小麥。

「勒索，」我說：「是併購案。班恩發現的就是這個。」

「說明白點。」

「有兩個可能的情節。第一個正如同季兒說的，泰特發覺蕾雅偷了什麼，就殺死她，卻被海勒姆知道。二十八年後，海勒姆威脅藍辛，假如泰特不放棄爭奪子彈列車，他就要把那件事公諸於世。」

小麥搖頭。「公開的話會讓海勒姆成為殺人的事後幫凶。」

「說不定海勒姆願意冒這個風險。藍辛不可能讓海勒姆公開——那等於是任由他父親被冠上殺人罪。再者，海勒姆大可以匿名方式把消息洩漏給記者就好，不需要自己出面。」我想到被班恩鎖在抽屜裡的湯姆．奧哈拉的名片。

「好。」小麥推開空咖啡杯。「藍辛被他的威脅激怒，一時衝動，找上了海勒姆的家人。有可能，但機率不高。」

「或者，」我接著說：「是海勒姆殺害蕾雅，以確保她不會洩漏偷竊文件與他企圖勒索泰特的事。也可能是因為他們的戀情。」

「又或許兩者都是。」

「結果多年以後，有人把罪行複製到珊曼莎．戴文波身上，藉以向海勒姆傳達訊息。也許是私人恩怨，是敵人——我相信他有不少敵人。或者是為了錢。有人想拿他很久以前犯的罪來勒索他。」

「而這個人，他也是為了錢擄走露西？」

「如果動機是金錢的話。否則，就是想用她當人質，迫使海勒姆公開承認自己是殺人凶手。」

「那會是誰？誰會有這樣的動機？」

我搖頭說：「不知道。」

我抬起頭，看見季兒正慢慢穿過餐廳走回來，一綹綹濕髮黏在額頭和鬢邊，臉頰泛紅到發疼的感覺，好像用力搓過。她踢到地毯邊緣踉蹌了一下，及時穩住。

「現在還沒湊齊拼圖，」我說：「但這裡邊一定有什麼，我感覺得到。我們只是沒能看到全貌。真要命啊，小麥，快沒時間了。」

她往桌上丟了幾張鈔票後站起來。「我們去看看伊絲塔．昆恩還在不在，說不定她能提供一點線索。」

23

過往就像水蛭，一頭鑽進你體內吸你的血，直到你全身枯竭。

——尼克．拉斯寇，私人對話

半小時後，剛出了城，在一個被雨水沖洗得乾乾淨淨的世界裡，我把車停在一輛巡邏警車後面，開車的是維爾德郡郡警比爾．菲利浦。

季兒告訴我們，就她所知，伊絲塔．昆恩還活著。但她說蕾雅童年的家在很東邊，隱藏在一個泥土路和大片田野縱橫交錯的地方，想憑我們自己的力量找到幾乎不可能。她得要關店，準備出發去坎昆了，因此我打給保安官請求協助。菲利浦郡警答應帶我們去伊絲塔家。

我和小麥下了車。

這位郡警二十多歲，有張娃娃臉，一雙綠眼睛，面貌乾淨清新。握手時，他用雙手緊緊抓著我的手。

「真的很榮幸。」他說。

在我身邊的小麥輕輕哼了一聲。我猛地抽手。菲利浦紅了臉。

「我調出了我們手上所有關於伊絲塔．昆恩的資料。」他說：「單身白人女性，七十一歲，住址是位在這裡以東六十五公里的一棟農舍，在農場倒閉以前，農舍四周是一大片的甜菜園。不騙妳們，我還記得小時候開車經過那些路，真是偏僻得不能再偏僻。伊絲塔是唯一登記的屋主，她名下還有一輛二〇〇三年的吉普大切諾基。目前我們知道的大概就這麼多。已知的家人只有一個外甥，大約二十五年前在維爾德郡念過一個月的公立學校。能不能告訴我妳們為什麼想找她談話？」

「我們在調查她女兒的死因。」我說。

他頭一偏。「資料上，她唯一的女兒二十八年前就死了。」

「沒錯。」

菲利浦郡警終於還是忍不住，笑出聲來。「妳們一定是積了一大堆案子吧。」

「是戴文波的案子。」我對他說：「他們的死可能和昆恩女士女兒的死有關。」

他眼睛亮了起來。「妳在開玩笑，對吧？」他往西邊的下一排雷雨雲瞄上一眼。「那我們趕快出發吧，趁下一波大雨來之前。有幾條地勢較低的道路已經淹水了，還有一些小溪自從我爺爺出生到現在第一次有水在流。」

我和小麥上車準備跟隨郡警前去時，柯恩打來了。我把和沃朗斯基、和季兒的對話告訴他，並提出我們暫時的推測：蕾雅的死可能和戴文波家的命案有關。

「殺人的鐵路大亨？」柯恩說：「案情可真是愈來愈精采了。我們會再試著查查海勒姆和藍辛。妳這次真的超強，帕奈爾，也許妳應該進重案組。」

「班多尼會樂壞了吧。聽說你們失去了頭號嫌犯。」

「消息傳得真快。我們正在拼湊他上個禮拜的行蹤，看看他和兇手的路線在哪裡交叉。現在班多尼和另一個警探正在調閱樊德工作的那家漫畫店的監視器，可是到目前為止那傢伙都還是個幽靈。」

「我和小麥現在要去見蕾雅的母親。」我說：「也許她能告訴我們多一點關於她女兒和海勒姆以及亞佛瑞．泰特的關係。還有關於她死去的那一晚。」

「保持聯絡。」他說完隨即掛斷。

隨著菲利浦上路後，我撥了史登的電話，想問一問她在SFCO時期，公司的意外事故報告政策。也順便問問她能不能找到八〇年代初，季兒可能處理過的任何文件。

她沒接電話，我便留言請她回電。

季兒說得沒錯，倘若沒人帶路，尋找伊絲塔的家便有如在暴風雪中找白貓。GPS在這裡毫無用處。遼闊的田野間阡陌縱橫，宛如迷宮，有些地方的作物甚至比貨車車窗還高。土地幾乎是一片平坦毫無起伏，只能爬到樹上才能認清方位，如果有樹的話。

一路上太陽在雲裡進進出出，像個反覆善變的同伴，讓光影在擋風玻璃上交織穿梭。我想著一個年輕的蕾雅．昆恩，只有一個瘋狂母親陪伴的她，生活在此想必十分孤獨。難怪她會嚮往好萊塢，會渴望有個男人帶她離開這一切。

四十五分鐘後，菲利浦轉進一條單線道，再過一公里半後，道路窄成一條留有車轍的泥濘小徑。接著又開兩百公尺，小徑逐漸沒入一大片黏膩濃稠的土和泥巴，那以前可能是廣闊的青綠草地。菲利浦駛入圓形車道前，我向他閃燈，他便停下車來。我把車停在他後面，熄火，然後我們三人都下了車。我走到車子後面替克萊德開門，車尾門一打開，克萊德立刻跳下來，抬起鼻子嗅聞空氣。牠搖著尾巴看我，等候我允許牠去查看牠聞到的氣味。但我猛扯一下牽繩，讓牠知道我們是來辦正事的。

「抱歉，夥伴。」我對牠說。

菲利浦咧嘴一笑。「肯定有什麼東西讓牠很興奮。我們這裡有很多郊狼和兔子，也有獾和地松鼠。可惜不能讓牠自由活動。」

我多看了克萊德幾秒鐘，但牠沒有發出警訊，我便轉身去察看房屋。

這是一棟兩層樓建築，四周門廊環繞，陰暗的窗戶掛著蕾絲窗簾。屋子顯得老邁孱弱，南面日曬嚴重，亟需重新油漆。屋頂磚翹起，彷彿一個個小問號，通往門廊的階梯也全都凹陷。

菲利浦提到的那輛切諾基吉普車就停在屋子南面。

「這地方看起來真的死氣沉沉。」郡警說。

「有人來過。」我指向圓形車道上繞了一圈的輪胎痕。有人開車進來，很快地轉一圈又開出去。

「可能是昆恩的車。」菲利浦說。

「有可能。」小麥說：「不過看起來她通常會把車停在旁邊。」

我們朝屋子走去時，我聽到一個細微的金屬碰撞聲。屋子北面，有幾條褪色床單和幾件印花洋裝掛在晾衣繩上，隨著一陣慵懶無力的風輕輕翻飛。衣物又皺又濕，風中飄來淡淡的霉臭味。風轉了向，我聞到另一個味道，是我在軍墓勤務組期間聞到熟得不能再熟的臭味。隨著風轉向，克萊德也聞到了，牠垂下了尾巴。

菲利浦皺著鼻子說：「妳們聞到了嗎？妳們說上一次有人看到伊絲塔是什麼時候的事？」

「不知。」小麥說。

屋子正面一樓有三扇窗子，二樓也有兩扇，全部都拉起窗簾，沒有一扇透出光來。門廊被龐大的懸垂籠罩在陰影中。微風再起，我看見門邊暗處有個東西飄動了一下又重新躺平。

我們慢慢接近階梯時，克萊德的神態起了變化。牠豎起耳朵，並再度嗅聞空氣。這回牠顯得較為焦躁而不是興奮——不只是對死亡的恐懼感。我舉起一隻手攔下小麥和菲利浦。

泥巴地上有幾個赤足印明顯可見，腳印很大，對一個七十一歲老婦人來說可能太大了。腳印延伸入雜草中消失不見。

「可能是開車的人。」菲利浦說。

不過有另一樣東西吸引了克萊德注意。有一些動物足跡與腳印並排，較靠近屋子一米左右，每個印子都比我的手還大。就跟克萊德在柯恩家外面樹下發現的足印一模一樣。

我指給小麥和菲利浦看。

菲利浦輕輕吹了聲口哨。「是犬類動物吧。」他繞過人的腳印，在動物足跡旁蹲下，伸手比較了一下。「而且很大，非常大。不可能是郊狼。也許是獒犬，或是大丹狗。」

「戴文波命案的某個現場附近也出現過狼犬。」我說：「這些腳印有多新？」

菲利浦站起來。「已經有積水，邊緣也模糊了，我想至少有一天的時間，也可能更久。」他搔搔頭。「鄉下這裡有很多這類的狼犬混種，民眾會用牠們來驅趕郊狼，不過我總覺得膽戰心驚。你永遠無法判斷那些動物有沒有被馴服，我就看過被馴養的狼犬野性大發，兩年前有一隻咬死自己的主人，我從來沒處理過那麼恐怖的現場。」

克萊德仍豎著耳朵，但並未因這些腳印情緒激動，因此我相信附近並沒有掠食動物在監看。

菲利浦盯著門廊。「那是什麼？」

我和小麥瞇眼凝視那片陰影。由於現在距離較近，可以看見就在階梯頂端後方的陰暗中，有個東西縮成一團，黃褐色的毛在風中微微顫動。我心裡想到季兒工作檯上的山貓。

「什麼玩意？」小麥說。

菲利浦也在同一時間說：「兔子。」

菲利浦說對了。門廊上堆了許多死兔子，屍體一一堆疊有點類似火葬柴堆。最底層的屍骸早已開始腐化，最上面的兔子看起來還相當新鮮。而兔子當中還混雜著地松鼠、土撥鼠和幾隻林鼠。裡頭沒有一隻看起來是好死的。

菲利浦拉高腰帶。「這就好像……要命的獻禮。」

一點都沒錯，我暗想。就像貓在大門階梯上留下一隻鳥或一隻老鼠，作為給主人的禮物。只不過這些動物預定的主人始終沒將牠們收下。

菲利浦按下無線電對講機。「派遣台，這裡是十二小組。我現在人在現場，請求支援，這附近有誰在嗎？」

「收到，」派遣台說：「阿姆斯壯警員距離你的位置三十分鐘車程。我會請他過去。」

我們爬上階梯，由於最近下過雨，木頭踩在腳下鬆鬆軟軟。我們繞過那堆死兔子和牠們的不速之客──靠近底層的兔子有蛆在蠕動，頂端則有蒼蠅飛舞。菲利浦經過時，艱難地嚥了一口口水。

克萊德緊跟著我。

伊絲塔家的前門老舊且傷痕累累，門框也因為多年的日曬雨打與天寒而破裂。門鈴垂吊在一條電線末端。門廊的燈好像被人用球棒敲碎了。

門板正中央畫了一個小小的X。

「凶手來過這裡。」我輕聲說。

「什麼凶手？」菲利浦問道：「妳是說殺死戴文波家人的傢伙？」

「你可以應付得來，對吧，菲利浦？」小麥問。

他後退一步。「也許應該等阿姆斯壯來。」

但我搖搖頭。「露西可能在裡面。」

菲利浦又嚥了口口水。「該死。」

他又後退一步，我們三人看了看左右邊的門廊，目光掃過窗戶。我手按著槍托，但房子看似不具威脅，沒有窗簾晃動，窗口也沒有影子經過。

我和小麥默默地達成共識，她往門的一邊走去，我和克萊德往另一邊，而郡警（依他的職務）上前敲門，就好像是再正常不過的訪查。敲門聲在門廊上回響後淡去。

在外面的院子裡，風窸窣吹過一排三角葉楊樹，田野遠處有隻鳥高聲啼叫。晾衣繩繼續發出金屬的匡噹聲。

「昆恩女士！」菲利浦往門內喊道：「我是維爾德郡保安官辦公室的菲利浦郡警。我來看看妳需不需要什麼。」

克萊德豎起耳朵，才過一秒我也聽見了，從房子深處傳來尖尖細細的嚎叫聲——聽起來像是老婦人的虛弱尖叫。

「我們進去。」我對菲利浦說。

他試試門把，門上了鎖。

嚎叫聲突然中斷變成咳嗽，接著慢慢沒了聲音。

菲利浦往後退，抬起穿著靴子的腳，往門把正下方踢撞過去。門呻吟了一聲，門的木框出現幾處裂縫。他又踢兩下，門框破裂，門板猛然往內打開。

房子好像本來憋著氣似的，頓時一股不祥的氣味湧出，混合著尿、糞與另一個我在伊拉克聞過的氣味——腐爛傷口發出的噁心、甜甜的腥臭。我眼眶泛淚。

「該死。」菲利浦說。

菲利浦正要跨過門口，我碰碰他的肩膀。「我和克萊德先進去，你們緊跟在後面做支援，一旦確認入口沒有危險，我們就分路清查每個房間，直到找到伊絲塔為止。要注意找那個小女孩。」

如果FBI幹員和郡警難以聽令於鐵路警察，他們倆並未表露出來。菲利浦移到一旁，小麥向我點點頭。也許是因為我有狗。

我重新轉向屋內，只見一條陰暗的走廊消失於幽冥深處。我把手彎進門框裡，沿著內牆摸索，最後摸到電燈開關。在走廊一半的地方亮起一盞昏暗不明的燈泡。

我和克萊德穿過受損的門，走廊長約四米半，盡頭處有單一扇門，關著。緊鄰那扇門的左手邊，有一道階梯通往二樓。左邊一個小壁凹裡有掛鉤，掛滿了外套，下方亂糟糟地放著一堆女鞋。從我們右邊一扇拱門看過去，客廳一直延伸向燈光照不到的暗處，裡面全是覆蓋在髒床單底下、奇形怪狀的家具。我往那邊跨出一步，找到另一個電燈開關。陰影匆匆退去。一落落的雜誌和報紙佔滿地板，一張茶几上放滿髒盤子，牆壁背後傳來刺耳的嘎啦嘎啦聲——是蟑螂或白蟻吧。

這時，從正上方又響起一聲細細的長嚎。

我和克萊德快速前進，穿梭過家具與高高堆疊的雜誌，確認過客廳後，又回到小麥和菲利浦等候的大門口內側。

「我和克萊德負責清查一樓其他部分。」我很快地說：「你們倆到樓上去。聽起來她應該在客廳正上方的房間。」

我只花幾分鐘就將樓下確認完畢：廚房、脫放髒鞋和濕衣的房間、小隔間，到處都是灰塵、老鼠屎和放很久的食物，髒兮兮的。我聽到樓上小麥和菲利浦走路時地板的吱嘎響聲，他們每確認過一處便會高喊「沒有發現」。

接著小麥喊道：「找到了！是伊絲塔。」

從她的口氣聽得出來情況不妙。

伊絲塔呈大字形躺在汙穢的床上，手腳被綁在床柱。她全身赤裸、骨瘦如柴，幾乎意識不清，以四肢大張的痛苦姿勢被束縛著，只有右手能自由活動，床頭櫃上疊放著髒盤與水杯，看來她可以進食。

我暗想，她活得愈久，受折磨的時間就愈長。

我讓克萊德在走廊趴下，自己跨入房中站到菲利浦身邊。在那狹隘的空間裡，臭味襲來有如球棒揮擊膝蓋。

小麥站在床的另一邊，手指搭在婦人手腕上量脈搏。小麥臉色蒼白，那雙黑眼珠在突然發白的臉上有如新傷口。

「我去叫救護車。」菲利浦說著回到走廊上。

我強迫自己走到床邊，俯視如今幾乎不成人形的殘敗身軀。伊絲塔已經受虐數日，也可能數週，她身體所遭受的對待同時展現了這名婦人驚人的求生意志與凌虐者的邪惡能耐。骨折、刀傷、燙傷。儘管外頭是炎熱的七月天，房間裡卻冷颼颼，我於是取來隨意扔在旁邊椅子上的毛毯。小麥幫我將毯子拉開，輕輕蓋在伊絲塔動也不動的身體上。伊絲塔發出痛苦呻吟。

我查看將她固定在床上的束縛物。是鐵鍊和掛鎖。這簡單。

「我去拿工具。」我對小麥說。

當我回到房裡，伊絲塔已睜開眼。那雙眼睛亮得過頭、布滿血絲，分明是個喪失心智太久、早已和健全二字沾不上邊的女人。沃朗斯基說她精神不正常，這個隨口而出的字眼根本不足以形容她，她其實是遊蕩在一個遙遠的、充滿絕望與痛苦的發燒噩夢中。

我繞著床移動，快速地用尖鑿與拉伸器一一打開掛鎖，她的目光一直跟隨著我，並開始低聲哀號，小麥於是握住老婦人的雙手。

「噓，噓。」她小聲地說：「妳很安全，現在沒事了。」

伊絲塔打開嘴巴，好像生鏽的鉸鍊一樣喀喀作響，裡面的牙齒又長又黃。她舌頭伸出來，試圖舔濕乾裂流血的嘴唇，小麥便走進浴室，端一杯水回來。她將伊絲塔的頭靠在她懷裡，手扶著那顆脆弱腦袋，以便將水滴入老婦的喉嚨。伊絲塔貪婪地喝起來，隨即嗆到咳嗽。小麥等她緩下來之後，才把她的頭放回枕頭上。

翻騰的雲遮住了太陽，這樣的光線有也幾乎等於沒有。老婦人彷彿隱沒在床上，最後根本只像一條皺巴巴的毯子。菲利浦回到房間，打開電燈。

伊絲塔張開嘴。「他……他……」

我們湊上前去。她的聲音來自胸腔深處，有一種病態的嘎嗒聲。

「誰？」小麥又問一遍：「妳在說誰？」

老婦開始出現劇烈動作，身體扭來扭去、背和脖子弓起，頭也前後晃動。

「他瘋了！」她尖叫道：「我的野蠻孩子。瘋了，瘋了，瘋了！」

她倏地伸出一隻手牢牢抓住我的手腕，驚人的力道深刻入骨。克萊德吠叫起來，直到我命令牠安靜。

「我的孫子，」伊絲塔尖聲嘶叫，手指握得更加用力。「羅馬。他永遠不會放過我。你們要帶我離開這裡！」

「蕾雅有孩子？」我問道。零散的線索開始交織出畫面了。

「蕾雅的孩子，羅馬。」伊絲塔的目光鎖定我的雙眼。她看起來就跟門廊上的兔子一樣充滿野性與無助。「他是她生的，可是是我……是我這頭母狼餵哺這個殺人凶手。」

小麥皺眉。「她說的會不會是沃朗斯基口中那個外甥？」

伊絲塔哈哈一笑。「外甥。大家都這麼以為。蕾雅的祕密。」

「妳知道他人在哪裡嗎？」我問道：「蕾雅的兒子，他在哪？」

她眼中射出瘋狂光芒，又哈哈一笑。「他現在在地底下，那是他該去的地方。很深的地下。上帝保佑他的靈魂爛掉。」

24

過得自私的人生是個沉重負擔。

——薛妮．帕奈爾，私人日記

「妳們覺得他自殺了嗎？」菲利浦問道：「而且帶著那個小女孩一起？妳們覺得伊絲塔是這個意思嗎？」

「我們會先假設不是。」小麥說。

我們站在走廊上低聲交談，房裡傳出伊絲塔的呻吟和呢喃。

「她真的很不正常。」菲利浦繼續說道：「說什麼他在地底下。妳們覺得是真的嗎？她真的有個孫子，而且還這樣傷害她？」

我沒理會他。「露西可能在這裡。」

小麥揉揉太陽穴。「薛妮，妳和克萊德去搜查房子和庭院。菲利浦，你拉起封鎖線保全現場，我留下來陪伊絲塔，順便打電話，看能不能問到關於她孫子的事。」她垂下雙手看著我。「要用盡一切方法。」

當小麥回到房裡，菲利浦走出屋子後，我和克萊德也走向階梯。我打給柯恩，在語音信箱留言，很快地簡述我們的發現並請他盡快回電。接下來，我和克萊德又巡視一次房子，這回每個可能藏匿孩子的小空間都看得仔仔細細。每當打開櫥櫃或衣櫥門，或是探查家具背後或淋浴間時，我的心總會一陣狂跳。

我發現廚房掛了一串鑰匙，便到外面搜索伊絲塔的車，但只有一件毛衣和一個空塑膠袋。我在屋後找到一個蔬果儲藏窖，便讓克萊德留在原地，我自行步下腐壞的階梯進入黑暗地窖，充滿霉味的濕冷空氣撲鼻而來。我的手電筒只照見一些空瓶與蜘蛛網。但伊絲塔與她飽受蹂躪的身軀的影像縈繞在我腦海，我發覺自己竟低聲喊著露西的名字，像在禱告。

菲利浦和新來的郡警阿姆斯壯在前門與我們碰頭。菲利浦說救護車已經出發十五分鐘。他們對一樓進行更徹底的搜查，看看能不能找到關於羅馬的身分或他現在人在何處的一點眉目，與此同時我和克萊德又回到二樓。我們往房裡看，但伊絲塔似乎睡著了。

小麥到走廊上加入我。

「我們正在搜尋所有能找得到羅馬．昆恩的資料庫。」她說道：「到目前毫無收穫。說不定這混蛋從來沒申請過水電瓦斯電話，資料庫裡根本找不到。也說不定伊絲塔就是瘋了。我們會繼續挖，一旦鑑識組採到指紋，但願就能有所突破。」

我捏捏鼻梁，頭似乎開始隱隱作痛。「如果海勒姆是孩子的父親，也許正因為如此蕾雅才那麼堅決要贏得他的愛。她想讓兒子有父親。」

「這也給了海勒姆殺她的理由。」小麥說：「妻子原諒外遇是一回事，有了小孩就比較麻煩。而羅馬如果知情，這也給了他毀滅海勒姆家人的理由。」

外面，風吹得樹枝嘩嘩響，屋子也在我們周遭發出咿咿呀呀聲。我搓揉雙臂。「也許答案就在這裡。」

我在樓上展開搜索，首先從我認為是蕾雅兒子小時候的房間搜起。

小小空間裡有一張雙層床和一張兒童用書桌，角落擺了一個斗櫃，對面是一個書架，架上放滿科羅拉多地圖、採集岩石的書，還有以科羅拉多為主題、在任何山區旅遊紀念品店都能買到的那種商品。有一塊塊的黃鐵礦和天河石和金礦石，有小玻璃瓶裝著更小的黃金薄片，有一個以響尾蛇皮包覆的腰帶扣，有迷你的印第安人獸皮帳篷和塑膠馬，而書架最頂端還放了一頂兒童的牛仔草帽。

有個架子上放著書，包括《奧德賽》和尤里皮底斯的戲劇選集——這可能就是羅馬留下的引述句的來源。最底層的架子展示著一些小動物，標本的製作手法並不純熟。有一條盤起的響尾蛇、一隻直立站起的野兔，還有一隻松鼠困在與蠍子的殊死戰當中——這不太可能是真實情況。我想到門廊上的死兔子，不禁試圖想像羅馬．昆恩那種人的心裡在想些什麼。

我的野蠻孩子，伊絲塔這麼喊他。狼犬是他的嗎？他昨晚去了左納家嗎？也許他就是那個去找左納，自稱是推銷員的人。他也許試圖要找出這兩家鐵路公司裡，曾出現在他母親死亡現場的每一個員工。他可能還在努力拼湊事情的全貌。

我看看手錶。這個時候，季兒應該已經在機場，安全脫離了羅馬的魔掌。我打到她給我的號碼，她接起來，十分驚訝，並證實她已通過安檢到達登機門。我祝她一路順風後掛斷電話。

我的心思反覆繞回同一個問題：為什麼是現在？都已經過了這麼久，是什麼原因讓羅馬決定毀滅海勒姆的家人？

我倉促地繼續巡視房間，克萊德守在門口，眼眸中映出我的焦慮。

斗櫃抽屜裡放的全是男童的衣服，衣櫥裡有一雙兒童曲棍球冰鞋。牆壁上從地板直到天花板貼滿了科羅拉多地圖和當地旅遊景點的明信片，如埃斯特斯公園和因為史蒂芬・金的小說《鬼店》而出名的史丹利飯店。地圖包括有街道圖、地形圖，以及科羅拉多著名山峰的照片連同礦坑與砂石場與熱門步道的地圖。

桌上有張蕾雅和一個小男孩的合照，應該就是羅馬。他看起來大概三、四歲，穿著牛仔短褲和格紋襯衫，露出燦爛微笑。頭上戴著如今放在書架上的那頂牛仔帽。照片很可能是在他母親去世前不久拍的。

我暗自納悶，他遠離世人，和一個像伊絲塔這樣吸毒吸到腦筋混沌的外婆生活在這裡，心裡有何感覺？

克萊德抬起頭來，不久菲利浦便出現在門口。

「到目前為止，沒有找到任何關於羅馬的有用資訊。」他說：「但我又查了一遍伊絲塔・昆恩，這次挖得比較深。水電、電話、房地產稅和另外一些帳單，都是透過一個住在芝加哥的律師繳納的，每個月還額外給她一筆費用。我打給律師，他說很多年前成立了一個法人信託來支付伊絲塔・昆恩的開銷。他不知道最初是誰成立的，但既然是透過第三方律師，我懷疑這是鐵路公司為了她女兒的死開出的和解條件。看不出她還有其他什麼生活依靠。她已經二十多年沒有報稅。」

「依我猜，信託是羅馬的父親成立的。」我說。

也或許是用命換來的血腥錢。又或許兩者都是。

屋外傳來逐漸接近的警笛聲。「救兵到了。」菲利浦說著又消失在走廊上。

我和克萊德進入的第二個房間必定是蕾雅的房間。裡面放了簡單的松木家具：一張單人床、斗櫃、化妝台和一張兒童用書桌。牆上用圖釘釘了電影海報，還有梅莉・史翠普、傑克・尼克遜和茱蒂・佛斯特等明星肖像。此外還有一張裱框照片，是蕾雅在《卡美洛》中扮演關妮薇的劇照。書桌上放著一張原本皺巴巴，但現在已撫平的紙，紙張中央有一塊看似黃金的黃鐵礦閃閃發亮。

還有一張羅馬・昆恩在加州的出生證明。

他在一九七九年二月出生於洛杉磯市，母親是十八歲的蕾雅・昆恩。父親一欄空白。但有人用黑色墨水筆使勁地寫下一個名字，力道大到把紙戳破了幾個洞。

海勒姆・戴文波。

我本該感到驚訝，但到了此時此刻，我只急著想找到露西，因此鬆了好大一口氣。拼圖開始拼湊起來了。

私生子，我暗想。假裝對蕾雅一無所知。這時有個景象慢慢成形：一個迷惘的孩子察覺到自己失去了些什麼。那是個充滿悲傷與忌妒與憤怒的畫面。一個不想和自己兒子有任何瓜葛的父親。一個獲得全部的愛、一份工作與一間豪華辦公室的同父異母兄長。也許這便是羅馬想毀掉班恩的原因——為了他擁有羅馬渴望的一切而懲罰他。

我拿出剛抵達時從車上隨手一抓的手套戴上。在出生證明下面，有一疊8×10的照片，我一一攤開在桌上。

照片看起來都是最近拍的，影中人的姿態自然隨性。除了其中兩張，其他照片中的主角似乎都不知道有人在拍自己。

第一張是海勒姆穿著西裝，正要走進一間銀行或是辦公大樓。第二張是海勒姆和班恩一起在一家奢華的餐廳用餐，鋪著白色桌巾的餐桌上有銀器與水晶玻璃熠熠生輝，背後則是一面暗色鑲木牆壁。第三張拍的是班恩站在科羅拉多歷史學會大門外，正閒散地伸展著高大身軀，瞇著眼面向太陽，似乎是剛到外面來透透氣。

每張照片中的人，眼睛部位都被用剃刀割開。

第四張照片是珊曼莎在工作室，盤腿坐在地上，身旁圍繞著我在她網站上看過的巨大花盆。她身穿藍色牛仔褲和白色無袖上衣，眼睛看著某個鏡頭外的人。鏡頭捕捉到她的笑顏，嘴巴張得開開的，頭往後仰，露出喉嚨部位。這是個既自信又脆弱的姿勢。她舉著右手，在向某人示意。一個小孩吧——珊曼莎的姿態讓我覺得她是在向拍攝對象示範她想要他擺的姿勢。

她的喉嚨處被刀劃了一個X。

我將照片翻到背面。最上方有人寫道：**給傑克，你是最棒的，XO，珊**。

下面有不同的筆跡寫著：**倘若不能激發愛意，那就毀滅它**。

最後一張是一名男子站在愛迪生水泥廠的窯前面。他有深色頭髮和北極寒冰般的冰冷淺藍眼眸。三十歲的海勒姆・戴文波。但不是。如果漂染了頭髮、戴上綠色隱形眼鏡，那麼我昨天才見過此人，拿著一本詩集站在波特斯路的高架橋附近。

「傑克・賀利，」我大聲說出來：「珊曼莎的助理。」

克萊德聽出我聲音中的急迫，連忙站起來。

「傑克・賀利是我們的凶手。」

25

我們每個人在外人看不見的地方都有傷痕。

——薛妮・帕奈爾，私人日記

我奔過走廊前往伊絲塔的房間。醫護人員正在照料伊絲塔，小麥則退到走廊上不妨礙他們。從屋子另一側的窗戶看去，救護車的燈映在玻璃上閃爍著。

我碰碰小麥的手臂，一面和克萊德匆匆而過。

「我們走！」我對她說：「路上再解釋。」

我一邊下樓一邊撥柯恩的電話，然後留言要他盡快打給我。他不知在哪忙著。我打的電話已經累積到像排隊拿免費甜甜圈的警察那麼多了。

我從前門看見一輛怠速中的救護車，後門敞開著。院子裡停滿維爾德郡和亞當斯郡的警車。兩個郡的郡警要不是在搜索房子四周就是在用無線電對話。鑑識小組的車停進來時，我和克萊德正好跑出去，小麥就緊跟在我們後面。我找到菲利浦，告訴他我們得回丹佛去，請他有任何發現都和我們保持聯繫。

「樓上男孩房間的書桌上有一些照片和一張出生證明，」我說：「你們一採到指紋就馬上告訴我結果。」

「好的。很榮幸認識妳們。」他對我們倆點點頭。「歡迎隨時回來。我們這裡從來沒這麼熱鬧過。」

開車時，我將我在羅馬臥室發現的東西告訴小麥：出生證明，以及海勒姆、班恩、珊曼莎和羅馬的照片。

「珊曼莎的照片是在她的工作室拍的，我看過她的網站所以認得。照片背面，她署名送給傑克，底下有另一個人寫的另一句話：『倘若不能激發愛意，那就毀滅它。』」

「聽起來很像我們的凶手。」

「另外還有一張照片，是羅馬在水泥廠拍的。如果我們對他的生父還有所懷疑的話，他其實和父親長得一模一樣。不過真正椎心的是：羅馬就是珊曼莎的助理傑克．賀利。」

小麥在我急轉彎時抓住了車頂把手。「這段時間他一直跟他們在一起？」

「要親近你的敵人。我還弄不明白的是羅馬為什麼還在現在報復戴文波一家。他的催化劑是什麼？」

「我想我知道答案。藍辛．泰特。」

我踩下剎車轉過另一個彎道，隨後加速。「什麼？」

小麥得意地瞥我一眼。「我陪著伊絲塔的時候，她跟我說了很多。」

我開到最高速限，駛過之處泥水四濺。我也謹慎留意著可能從玉米田跳出來的鹿或叉角羚。

「說吧。」我說。

「據伊絲塔說，藍辛．泰特在五個月前來找過她，跟她說他父親中風以後，他整理了亞佛瑞的文件，找到一本日記。」

「所以呢？」

「亞佛瑞在日記裡暗示是海勒姆謀害了蕾雅。」

「『暗示』是什麼意思？」

「從藍辛告訴伊絲塔的說詞，日記寫得並不確定。亞佛瑞懷疑海勒姆，但沒有十足把握。他知道海勒姆和蕾雅的不倫戀，日記上寫說海勒姆把蕾雅送到洛杉磯去墮胎，而她顯然沒有照做。亞佛瑞聲稱蕾雅死的那天晚上，他快要趕到事故現場時，看見海勒姆開車離開。結果四十五分鐘後，海勒姆又來了，還說是初次抵達現場。」

「亞佛瑞寫這些，說不定是以防有人發現日記，希望藉此把責任怪到海勒姆頭上。」

「這點我也想到了。可惜不能直接問他。」

「那藍辛為什麼去告訴伊絲塔這件事，而不是找警察？」

「伊絲塔說藍辛希望由她去舉報。我猜他是覺得由她要求重啟調查會比較好看，他自己也可以置身事外。藍辛沒料到伊絲塔這麼瘋癲，他也不可能知道如果這麼多年來海勒姆一直在給她錢，伊絲塔也許已經知道他幹了什麼。二十八年前她就對女兒的死保持沉默，接受了海勒姆的血腥錢，如今她怎麼會突然答應殺死這隻金雞母呢？」

「所以藍辛去找她說出這件事，也許羅馬偷聽到了。她有沒有說羅馬在不在場？」

「他們三人一起坐在廚房餐桌前。據伊絲塔說，在藍辛來以前，羅馬並不知道海勒姆是他父親。這對他想必是重大打擊。這麼多年了，而他父親竟然就住在八十公里外。然後他又聽說母親很可能是父親殺死的。」

「他就有點發狂了。」我說。

「他一定是決定奪走海勒姆的家人，就像海勒姆奪走他的家人一樣。當他發覺這些年來外婆一直在拿血腥錢，也沒放過她。」

我一時胃液翻騰，因為想到賀利的憤怒與被拋棄感該有多深，才能精煉出如此凶殘的報復行動。「他是慢慢滲透進戴文波家，取得他們的信任。傑克是幾個月前才受雇。說不定他試圖和珊曼莎上床，作為懲罰班恩的一部分，可是珊曼莎沒答應。在關於父親的消息之外，又一次遭到拋棄。」

「不只這樣。」小麥說：「在這期間，我接到俄亥俄組員的來電。」

「他們和遇害男子的母親談過了？」

「做不到，貝琪．金恩兩個禮拜前死了。自然死亡。她在工作時心臟病發，不過他們找到她兒子的一個朋友。」

「然後呢？」

「他母親沒嫁給他父親，也沒告訴他父親是誰，只說他是某個鐵路大亨的兒子。威廉・金恩是個酒鬼，所以最後才會變成遊民。不過有一度，在他還夠清醒的時候設立了一個網站，自稱為『道路之王』❷，並聲稱自己是某位鐵路巨頭的兒子。」

我在十字路口前踩了剎車，很快地順著一排排高大的玉蜀黍望去，隨即加速通過。「羅馬認為威廉・金恩是海勒姆的兒子。他要殺光海勒姆的家人。」

「比起殺死威廉，他應該更有理由與他同病相憐。兩個都是私生子。」

我搖搖頭。「他想要抹去海勒姆每一絲一毫的痕跡。」

小麥冷靜地坐著，但我感覺得到壓力在她心裡不斷累積。「現在，」她開口道：「就只剩下海勒姆自己。還有露西。」

我的心猛地突了一下。「該死。我曾經離他那麼近，比現在和妳的距離還近。那傢伙演得一副內向害羞的樣子，把我都給騙倒了。小麥，告訴我，他昨晚沒有帶著露西自殺。」

「他沒有。」小麥說：「伊絲塔說他在地底下，那是比喻的說法。他活在他自己的地獄裡。」

「伊絲塔跟妳說的？」

小麥沒有應聲。

「所以他有可能死了。」我說。

❷「金恩」即為「王者」之意。

「最好不要這麼想。」

「那他為什麼要帶走露西？為什麼不像殺死她母親和哥哥一樣殺死她？」

「我從一開始就覺得納悶了。」小麥說：「我猜他是想利用露西誘出海勒姆。我想他應該為他們兩個計畫了些什麼。」

「譬如說……什麼？」

小麥搖搖頭。「天曉得。」

我正在憤怒與悲傷的滾燙濃湯中掙扎前進之際，電話響起。是柯恩。我開了擴音，語氣強烈地喊他的名字。

「薛妮？」他聽出我聲音中的驚慌。「妳還好嗎？剛剛才聽到妳的留言。」

我把所有事都告訴他，那迫不及待的急促就像中毒似的。伊絲塔的受虐、狼犬的足跡、蕾雅和海勒姆有個兒子長大變成殺人凶手——他名叫羅馬．昆恩。

而最大的新聞是：我可以確定羅馬就是傑克．賀利。

柯恩暫停了兩個呼吸的空檔，咀嚼這些消息，我可以想像他的表情——驚訝瞬間轉為憤怒。我以前在他臉上見過，那表情幾乎就像準備採取殲滅行動。

「對不起，薛妮，等一下。」他的聲音遠離電話轉與另一人交談。我聽見班多尼低沉的回應聲。

「我們已經派員警出發前往賀利的住址。」柯恩回到電話上說道：「但我們把史登搞丟了。

巡邏車還在她家門外監視，就像我們當初承諾的。員警想讓她知道跟蹤她的人死了，就去敲她的門，但史登不見了。想必是從後門出去的，很可能是兩個小時前的事。浴室裡的盥洗用具都不在了，而且她還重設保全系統，因此我們推測她是自行離開。屋後有一條小巷，一定有朋友來接她。」

「那好，她覺得到其他地方去比較安全。」

「重點來了。」柯恩說：「根據我們在樊德的電腦上的發現，史登和海勒姆已經交往超過兩年。樊德拍了好幾百張他們倆在一起的照片，還有幾張是史登去看婦產科。看來妳說得對，她懷孕了。也多虧我們這位跟蹤狂，海勒姆應該是唯一的父親人選。」

「是海勒姆，不是班恩。」

「對。」

「我們錯過了，因為太專注在班恩身上而錯過了。」驚慌之情竄上高峰。「柯恩，是羅馬虐殺了俄亥俄那個男人，而那個人很可能是海勒姆的私生子。史登有危險。」

「我們已經發出全面通緝，現在正在找她的鄰居和同事問話。」

「海勒姆對於他和史登的關係怎麼說？」

「這裡也碰到了一點問題。妳可以再等一下嗎？」

背景傳來更多聲音，現在似乎變得緊張不安。柯恩咒道「去他媽的」，又一連罵了其他幾句，片刻後才回到電話上來。

「海勒姆也不見了。他們在大樓的送貨門外發現他的一個保鑣，頭被大口徑的武器轟爆了。還有——想不到吧——傑克．賀利不在家。女友說他已經出去一整天。」

羅馬還活得好好的。而且正在行動中。

我駛進FBI總部，讓小麥下車去和組員們會合。我們說好稍後再聯絡。

「好好掌控一切，薛妮。」她下車時說道：「這樣才能保持心智健全。」

「我會的，妳也是。」

我讓克萊德坐到前座，隨即前往DPC總公司。如果史登是自行離家，也許她的辦公室裡會有一些線索，能為我們指引方向。

我正在停車場停車時，接到丹．奧伯來電，就是告訴我皇家酒館所在的那位司機員。

「有人在我的列車上亂七八糟地塗鴉。」他沒頭沒腦地就說：「我的車在軌道上停了整整一小時，結果被一個混蛋盯上了。」

整個世界頓時放慢速度，漸漸濃縮成一個點。「告訴我。」

「寫那個也不知道什麼鬼東西，不像平常的塗鴉。」

「我知道你要不是覺得古怪，不會打給我。他寫了什麼？」

「我照唸喔：『天堂沒有由愛生恨的憤怒』。鬼才知道這什麼意思。漆都還沒乾呢。」

「你在哪裡？」我倒出停車格駛向出口。

「在聯運場站。我的列車要停在這裡過夜。本來我和華特茲已經離開要回家，結果到了半路，我才發現我把電話留在後機車上。回來以後就看到塗鴉了。這王八蛋肯定是趁我不在的這半小時裡面幹的。」

「你還有看到什麼嗎？」

「我沒看到他半點鬼影子，如果妳想問的是這個。我到處走遍了都沒找到他。」

「你還在場站？」腎上腺素登時竄遍我的全身。「你要馬上離開，往東走，我們在高架橋那邊碰頭。」

「門都沒有，我要找到那個兔崽子。」

奧伯一定想不到他面對的是誰——在戴文波家和水泥窯內發現的塗鴉都沒有見報。

「不行。」我說：「我說了算。你在那裡不安全，快點離開。馬上。」

趕去的路上，我打給柯恩。

「剛才的半個小時內，羅馬．昆恩在我們聯運場站的一輛列車上塗鴉，我現在要趕過去。」

「薛妮，等一等。我會派幾個警員過去和妳會合。」

「好的。」我說：「不過我的司機員在場站裡，我要去接他。我們會在那裡等你們。」

他還沒來得及反對，我就掛了電話。

我一駛進場站就看見奧伯，他高一米九、重達一百一十公斤以上的身軀，斜靠在水泥橋座旁，正悠哉地吞雲吐霧，好像無憂無慮一樣。至少遠看是這樣，直到靠近後才看出他有多火大。

我停好車，和克萊德跳下車來。

「走，」他說：「我帶妳去看。」

我搖頭。「我們要等警察來。」

「妳就是警察。他只是個亂塗鴉的人。拜託，他說不定正在我的車的其他地方亂噴亂塗。我們去把他逮個正著。」

「我們先等。」

他表情古怪地看我一眼。「怎麼回事？只是塗鴉幹嘛要報警？」

「這涉及到更大的案情，還是讓他們處理。」

他嘟噥了一句，像是沒膽之類的，但我假裝沒聽到。我的神經都已經在冒火了，可是柯恩說得對，即使懷疑羅馬留下訊息後便在附近伺機而動，我也不能冒險讓奧伯進入他的火線。

奧伯舉起一樣東西，閃了一下光。「有個好東西。我在找塗鴉的人的時候發現這個。我想送給女朋友，說不定她就不會再不給我錢了。」

我靠過去看仔細些。

是一條項鍊，有個銀心墜子，中間鑲了單一顆鑽石，右邊還有一顆紅寶石。很類似蕾雅死時戴的那條，但和我看到史登在偵訊室裡戴的那條如出一轍。

我忽然覺得呼吸困難。「該死。」

「喂，帕奈爾？妳沒事吧？」

我掏出手機又撥一次史登的電話。直接進入語音信箱。

我抬頭看著司機員，他也瞇起眼睛俯視我。

「我要進去，」我說：「警察到了以後告訴他們。」

「少說廢話了。妳去我也去。」

我知道除非被我銬在車上，否則奧伯會跟著來。我考慮到他是平民的身分，同時斟酌著必須去找史登這突發的緊急需求。

奧伯是我認識的人當中極為強悍的一個。他曾經獨力打倒三個企圖跳上他的車的鐵路幫派分子。當時奧伯趁其不備先打昏其中兩人，警察趕到時，第三人也已被他壓制，瑟縮在一節篷車內。

而這只是我聽說的故事之一。

「你還帶著槍嗎，奧伯？」我問道。

「我還帶著槍嗎？」他笑著彎身拍拍腳踝。「鴨子有翅膀嗎？」

26

「所有人都至少被這世界傷害過一點點。但只有在我們試圖反擊時，世界才會察覺。」

——與小麥・麥康納特別探員的對話

「妳在糊弄我啊，」朝場站裡面走時，奧伯以大聲的耳語說道：「那個混混是殺人犯？」

「他殺死了很多人，奧伯。」我說：「這不是鬧著玩的。我不知道他是不是還在附近，你真的不想等警察來嗎？」

他衝著我翻白眼。「少囉嗦。妳不帶我去，我也會跟在妳後面。」

「你比海陸還像海陸。」

「我更厲害一點，我是個紅脖子❸。」

我、奧伯和克萊德往西走之際，下一波暴風雨已經翻過洛磯山洶湧而來，遠處雷聲隆隆。除此之外，場站內安靜無聲。在短距離內，似乎只有我們三個生物。

箱櫃與車廂碩大而模糊的形體在我們周圍默默延伸。聯運交通就是將貨物裝在密封貨櫃中，藉由船、火車或卡車等工具運送，通常則是三者結合。來自台灣的電子產品、來自中國的機械、來自亞洲的家具——這些全都是透過聯運貨櫃送到世界各地。在DPC聯運場站，利用跨載起重機裝卸貨櫃，從一輛列車搬運到另一輛。

方便、有效率、實用。但在丹佛這裡，聯運系統製造了上千個可以藏匿受害者或屍體的地方。我拔出槍，眼睛留意著克萊德——他知道我們在搜尋，但並未聞到任何氣味。

「看來隨時都可能開始淹水，」奧伯說，仍然壓低聲音。「這種鬼天氣我看多了。大湯普森峽谷淹大水的時候，妳都還不知道在哪呢。那時也是七月，一九七六年。那年夏天就跟今年一樣，到處乾巴巴的，結果突然就變天了。死了一百四十四個人。」

我在一輛閒置的列車旁停下來。「這是你的車嗎？」

「不是，我的車還要再過兩條軌道。」

我們越過鐵軌走向奧伯的列車。一繞過火車頭，克萊德立刻豎起耳朵、抬高鼻子。我就在牠身邊——突如其來的寒意讓我全身起雞皮疙瘩。除了為史登擔憂外，現在還有一種被人盯著看的感覺，就是這種感覺讓每個海陸和警察想找掩護和一把點五〇機槍。

「我的地下室淹過一次水。」奧伯說。

我抓住他的手臂，拉他蹲下。「奧伯，我愛你，但你得閉嘴。」

我的思緒飛快地回到當天早上在筆電上看到的班表。聯運場站今天很安靜。有一班車在黎明時出發了，但除了奧伯的車之外，要一直到晚上稍晚才會有其他列車進出。遠方州際公路上，車

---

❸ 美國南方鄉下勞工階級的白人。

輛疾馳而過，較近處，地方平面公路上的車也咻咻呼嘯。可是這裡，鴉雀無聲，只有風吹動鐵絲網的響聲與隆隆不斷的遠雷。

然而史登在這裡，我很確定。也許受了傷，也許奄奄一息，也許已經喪命。

她和她腹中的孩子。

「塗鴉在哪裡？」我問道。

「大概離這裡五十節車廂吧。」

「好，我們走。你要緊跟著我，眼觀四面耳聽八方。」

我們起身，又開始走。

我的視線從列車轉向克萊德，接著轉向停在隔兩條軌道最近的列車。此時被監視的感覺像一塊碎冰刺著我的大腦底部，一種赤裸裸的警告讓我無法忽視。我內在的爬蟲個性想要躲到火車底下去——一種有可能致命的衝動。

沿著列車走到一半，奧伯拍拍我的手臂指向一處，此時我們已接近另一批堆放在平車上的聯運貨櫃。

但我和克萊德看著地面，克萊德身子變僵硬。

只見泥巴裡印著一行動物足跡，一如我們在伊絲塔家看到的爪印。是狼犬。此刻，我頭顱底部的冰順著腦內的管道散布出去，手臂上寒毛倒豎，肌肉則試圖收縮到某個安全之處。

奧伯用手肘撞撞我。「妳要不要看塗鴉？」

我勉強將目光從爪印移開，隨著他的視線往上看。羅馬的技藝又多了一項攀爬。塗鴉位在最頂端的貨櫃，高約四米半。字是用暗紅褐色寫的，乾涸血漬的顏色。與內容搭配得恰到好處。

天堂沒有由愛生恨的憤怒。

奧伯臉上露出勉為其難的佩服神色。「真他媽的會爬。」

「奧伯，」我說：「你得集中精神。有隻狼犬就在附近。」

「妳說什麼？」他看著鐵道，咧開嘴笑。「打靶練習。」

我們沿著列車往西行，我的不安愈來愈強烈，最後幾乎就像穩定朝著我們而來的暴風雨一樣顯而易見。我的直覺（還有克萊德）在告訴我，一切都不對勁。凶手並未離開、狼犬就在一旁，最糟的是死亡的恐懼——克萊德低垂的尾巴與悶悶不樂的表情，讓我不得不相信史登已經救不回來。

克萊德低下頭，嗅了嗅土裡一些暗色汙漬，頸背上的毛瞬間豎起。

我蹲下來凝視車子底下，沒有東西。我抬起手臂將奧伯推靠向列車，嘴巴附到他耳邊。

「是血。叫救護車，然後蹲在列車旁邊等著。我們馬上回來。」

有一刻他似乎不願聽話，隨後才勉強豎起大拇指。我和克萊德便向前移動。

經過兩節車廂後，一節空空的井車（雙層貨櫃平車）靜坐在夕陽的柔和光線下——可能是改了裝載時程，或是原定的貨櫃沒來。這節凹陷的車有如原本應該圓滿的微笑缺了一角。我靠近後，看見平車的鮮黃色側邊又出現潑濺的血跡。

我和克萊德沿著車廂快走，我直盯著克萊德看看有無其他人在場的徵兆。牠的皮毛因為死亡的恐懼而微微顫抖。來到空井車前的最後一個聯運貨櫃邊緣時，我示意牠停下，然後從巨大貨櫃的轉角探頭看。

只見史登手腳大張，被綁在一對交叉成巨大X狀的木梁上。羅馬把木梁陡斜地靠在另一節車廂的貨櫃上，讓史登看似被釘死在十字架。她的頭垂靠在胸前，但可以看見她的喉嚨被劃開——從出血量看來，她完全不可能還活著。除此，還有她的腹部肌肉也被搗爛。羅馬‧昆恩確保了他這個同父異母的弟妹永遠無法來到人世。

我閉上雙眼片刻，手按著胸口。

克萊德突然僵住。我聽見身後的腳步聲，立刻回身、舉槍。

是奧伯，一臉怯怯然。

「在兩節車廂外沒法掩護妳，」他說著越過我瞥見了史登，不由得倒退。

「王八蛋。」他恨恨地低聲咒罵。「真他媽的王八蛋。」

既已知道無法為史登做些什麼，我連忙帶著夥伴們回我的停車處。

「我們是不是應該留在她身邊還是什麼的？」奧伯小聲地說。

遠處傳來尖銳的警笛聲。

「她不會孤單太久。」我說。

離我的車還有一大段距離，我忽然聽見一個又細又尖的爆破聲，接著最近的一個貨櫃側面便出現一個洞。

「到另一邊去！」第二記槍聲響起時，我對奧伯高喊道：「快！」

奧伯輕輕嘟囔一聲，但仍快速移動。

貨櫃車廂底部離鐵軌太近，無法從下面爬過去。奧伯翻爬過牽引桿，克萊德則跳上車廂末端的狹窄平台，我也跟著攀上。隱約間，似乎聽到鳥群驚慌尖叫。我們跳落到另一邊時，場站內回響起第三記槍聲，匡噹的金屬聲就在附近。

接下來四下恢復寧靜，只剩奧伯粗粗的喘息聲。我彎著身子，從貨櫃轉角看過去，發現場站另一頭，就在籬笆外圍，有一群椋鳥又重新歇落在一株三角葉楊樹梢。

「媽的。」奧伯說。

我重新蹲下。「你沒事吧？」

「被那混蛋打中了。」他說。

我看過去。他一手壓著肩膀，血從手指間滲出。

「我看看。」我說道，並慶幸已經叫了救護車。

「我不會有事。」看到我的眼神，他又接著說：「只是小傷。趁槍手繞過來以前趕快去找到他。」

「你待著，」我說：「我馬上回來。」

我示意克萊德留下。然後緊握著槍，連奔過四節車廂，暗暗希望羅馬還在瞄準我們剛才爬過的牽引桿。到了第五節車廂，我停下來從貨櫃轉角探出身去。

沒有人試圖轟掉我的頭。我趴平在牽引桿旁邊一呎寬的平台上觀察場站，想確定開槍的方位，第一個就先往那棵三角葉楊的方向看。

毫無動靜。

我們現在在場站南端附近。在我左手邊，奧伯的列車朝遠方延伸而去。右手邊，子彈來的方向，場站一片平坦，只有空空的鐵軌。遠遠的西邊，這班聯運列車車尾再過去，有一排懸著吊臂的起重機，再過去則聳立著兩米半高的鐵絲網圍籬。

圍籬的另一邊，遠遠地隱約可見一片矮櫟與松樹荒野，標示著DPC產業的盡頭。

羅馬．昆恩只能徒步進入場站，也就是說在場站方圓半哩的範圍內，他只有兩個地方可以停車。如果還帶著一個不停掙扎或失去意識的史登，他應該會希望離列車愈近愈好，考慮到這點，我猜測他會選較近的街道卡門路，就是位在小片林地另一頭的一條安靜道路。隨著警笛聲逐漸接近，我猜他若非正在前往那個方向，就是還在起重機附近等候，希望趁我們突然現跡開最後一槍。

我回到克萊德和奧伯身邊蹲下來。奧伯臉色蒼白，襯衫被血浸透，呼吸聲有如剛跑完馬拉松。不過他意識清醒、警覺，槍就放在腿上。我一度很想讓一切停止，讓時間、日期倒轉，緊緊閉上雙眼，蹲低身子躲起來。

我搖搖頭抖落這種感覺。

「你還好嗎？」我問他。

東邊已可看見警車的紅藍燈閃爍。

「打傷我的這個王八蛋，我非讓他好看。」他說。

我微微一笑，對他說：「在這裡等著。我猜凶手把車停在卡門路，我現在過去，警察到了以後就告訴他們。」

「我也要去。」

「你夠了吧。待在這裡，告訴警察我去了哪裡。」

他臉上閃過一絲怒容，但隨即皺起臉來，伸手按住肩膀。「遵命，女士大人。」

我彎低身子和克萊德快速往西走，讓列車將我們和羅馬隔開。羅馬從起重機的位置到圍籬，距離比我更遠，希望我能超前。如果趕在他前面，我還得決定是要在街道附近等他，還是繞回那排起重機。

有一剎那我想到那隻狼犬，但隨即將影像抹去。克萊德會讓我知道的。

到了列車尾，和克萊德停下後，我用雙手舉起槍，從最後一節車廂轉角探頭去看。

依然一片靜悄。

鐵絲網圍籬就在我們眼前幾百公尺處。圍籬後方是一片樹林，再過去就是卡門路。隨著夜色降臨，黑影變得濃密，極大部分的場站都籠罩在陰影中。我用力睜大眼睛，先看樹林再看起重機四周，希望瞥見些許動靜。

有了！有個形體沿著整排的起重機往西溜過，在暮色中幾乎難以察覺。

我身後遠處傳來用力關車門的聲音與叫嚷聲。羅馬也聽見了，因此快速移動著。我留意著場站內有無其他動靜，但他似乎是孤身一人。無論他與那頭狼犬有何關係，此時狼犬似乎不在他身邊。

我打了個手勢，克萊德立刻和我衝向圍籬。到達後轉向北方，朝車廂方向前進。克萊德安靜得像隻貓，我也盡力配合牠的輕緩腳步。

陰暗中，我失去了羅馬的蹤影，接著聽見鐵絲網的晃動聲。我和克萊德發動最後衝刺，接著我打開手電筒，光束照見一名男子跨坐在圍籬頂端。我舉起槍，暗暗慶幸克拉克手槍有十七發子彈的威力。不能殺死羅馬，因為只有他知道他把露西留在哪裡。但我肯定能讓他痛到哀號。

「別動！」我喊道：「不然我馬上開槍。」

男子停下動作。我將手電筒照向他時，他轉過頭俯視我們，那神情讓我想到獵鷹。我們四目相交，看見他漫不經心流露出的殘酷眼神，我驚恐得脊背發寒。昨天見到的那個溫和親切——還拿著一本詩集、佯裝哀傷——的傑克．賀利不見了，取而代之的是一個殘忍到無以復加的男子，一個破壞自己周遭一切的殘破男子。

我想起我在海勒姆身上瞥見的欲望。有其父必有其子——羅馬．昆恩便是傑克．賀利那張面具背後的狼。

有大半晌，我們倆都沒開口。他的腳跟穩穩地踩在網格內，手隨意地抓著網籬頂端，步槍側背在左肩。籬笆另一邊的地上有一只背包，想必是攀爬圍籬前丟過去的。

我奔跑時飆升的腎上腺素，現在讓我微微顫抖。「羅馬．昆恩，」我說道：「還是應該叫你傑克？」

羅馬的神態冷靜得詭異，甚至顯得滿足；在殺戮戰場上又一個令人滿意的日子。

「聰明的警察，」他認同地點頭。「叫我羅馬就可以。」

我想到克萊德在柯恩家附近發現的爪印。得知此人一直在觀察我和克萊德，或許也在觀察柯恩，我不禁怒火中燒，血液也隨之沸騰。我搭在扳機上的食指抽動了一下，身旁的克萊德發出低吼。

「恭喜妳猜出了我的真名。」羅馬說：「要解開這錯綜複雜的線團，把妳忙壞了。」

他在圍籬頂端微微挪動身子，但幾乎細不可察。「我很想替自己辯護，不過我還有更要緊的事。」

「你只要動一下，我就先拿你的膝蓋開槍。」

「妳要是沒瞄準，後果不堪設想。只要子彈一偏，露西就會孤孤單單死去。但不會被遺忘。我相信全城的人都會出面為她哀悼。」

讓他繼續說話。「可是誰會為你哀悼？不會是你爸爸。」

先是痛苦，接著是憤怒。他氣得臉都漲紅了。「妳想趁虛而入救她出去，想把小露西帶回家，好讓自己晚上能心安，是不是這樣啊，帕奈爾下士？露西只是妳逞英雄的另一個藉口。」他搖著頭說：「警察和軍人。你們是那麼想拯救那些救不回來的人，而失敗的機率又是那麼高。」

我的食指又抽了一下。但我注意到他的用詞。露西就會死。也就是說她還活著。我努力保持聲音穩定。「我絕對知道要打中你脊椎的什麼部位，好讓你一輩子不能走路。而且這是個誘人的動機。所以趁我還沒改變主意，趕快下來吧。」

他眼睛瞇成一條細縫。在漸濃的夜色中，他看起來既虛幻又真實得可怕，宛如剛剛才成形的幽靈。

自動亮燈倏地亮起，在降臨的夜幕映襯下光線明亮耀眼。風改變了方向，沙沙吹過圍籬遠端的樹林。

「最後一次警告，昆恩。」我說：「遊戲結束了。」

「妳說對了一件事。這的確是遊戲，但要結束還早得很。」羅馬嘟起嘴唇吹了聲響亮的口哨，然後毫無笑意地對我咧開嘴。「現在遊戲要開始變得有趣了。告訴我，帕奈爾探員，妳能跑多快？更重要的是，妳會往哪邊跑？我真是等不及想看妳選擇誰。會是露西嗎？還是妳的狗？雖然很不必要，但我們總是愈來愈依戀自己的寵物，對吧？即使牠們頂多只是工具。」

黑暗中傳出一陣低吼。我後頸的寒毛直豎，皮肉發冷。

是那頭狼犬。

我瞄準羅馬的左膝開槍，克萊德卻在這時候衝過來撞我的腿，讓我失去重心。這一槍打偏了，羅馬也趁此機會將另一條腿跨過圍籬，一躍而下。跳到地面後他略一停頓，臉上的表情憤怒中帶著憂傷，然後抓起背包消失在幽暗中。

我才跨出一步要去追他，克萊德卻發出低吼，那聲音讓我膝蓋發軟。我從未聽過牠發出這麼奇怪的叫聲，一種充滿威脅卻也驚駭不已的咆哮。我的臟腑糾結成團，皮膚開始冒汗。

我彷彿慢動作般轉過身去。克萊德在我前面三米處，像個職業拳手似的蹦跳著，嘴唇往後咧開露出牙齒，臀部緊繃。三十多公斤的緊繃肌肉與強健意識。

撲向我們的是一頭童話故事裡的怪獸。

這頭猛獸肩高約九十公分，背部寬闊，鼓脹的胸部奇大無比，腿長，吻部與耳朵碩大。我推測牠至少有四十五公斤，毛色是末端帶黑的煙灰色，眼珠在人工光線底下閃著綠光。牠在安全照明燈投射的光圈中移進移出，忽而闖入視線忽而消失在暗處。

我雙手笨拙地握著槍，尖叫著要克萊德退下以便開槍。然而再多的訓練也不可能讓牠在面對如此巨大的威脅時，聽命趴下。牠低下頭，發出一連串象徵凌厲挑戰的刺耳吠叫聲。

狼犬再次消失在陰暗處，接著再出現時已躍入半空中。

我大叫起來，因為克萊德（有如離弦之箭）朝狼犬飛射過去。兩條狗落下時已糾纏在一起分不清彼此。

「Aus！Aus！」我呼喊著奔向牠們，試圖要讓克萊德脫身。「退下！」

兩條狗終於分開，我舉起槍來。

不料牠們又纏鬥起來，只見一團毛髮肌肉緊緊糾結，根本看不出誰是誰。

「拜託，克萊德！」我高聲尖叫，全身發抖。「退下！」

當牠們再次分開，克萊德一個轉身撲向狼犬的喉頭。但那頭野獸閃到一旁，躲過克萊德的攻擊，並隨即回轉去咬克萊德暴露在外的側身。

就在那張大嘴咬合之前，我開槍了。

狼犬停止往前撲的動作，回過頭，對著意外的疼痛一口咬下。克萊德往前一跳，又跳回來，沒有靠近，想必感覺到遊戲改變了。我又開第二槍。

狼犬的臀部重重落地，接著側身摔倒。巨大的眼睛空洞無神。

我跪了下來。克萊德對著狼犬噴鼻息，昂首闊步在狼犬可及的範圍走進走出，彷彿想激牠起身。我叫牠到我身邊，牠便搖著尾巴過來。我摸索牠的身子，檢查有無受傷，手收回後手指上沾了一點牠的血。牠舔去我臉上的淚。

這時有個人影擋住最近的照明燈，我抬頭一看，奧伯正低頭瞇著眼看我。

「那什麼玩意？」他問道：「狼人嗎？」

第三天

27

家，就是你站在門廊上，納悶著何者更糟的地方：是進去，還是走開？

——薛妮・帕奈爾，私人日記

我小時候常上老喬酒館。起先是爸爸，後來是媽媽帶我去的。爸爸去見朋友，媽媽呢，我想只是為了出門。我會坐在吧檯末端看書，然後會有一連好幾個酒保（沒有一個名叫喬）給我一杯插著吸管、配上一顆馬拉斯奇諾甜櫻桃的可樂。我媽或我爸會在這裡打撞球或射飛鏢，又或是和一些白天就已經喝得半醉的酒客（這是老喬的主要客群），閒坐在某張大桌旁。我從來沒想過酒吧不是小孩該去的地方。老喬酒館溫馨又友善，雖然不管進出酒館，我都不喜歡與父母同行，但總比一個人待在家或是被丟給保姆來得好。

我離開這個社區十六年了，但老喬酒館是從我童年就存在的地方，每當感到沮喪，我總會飛奔回來，一如幼兒奔向母親。

「妳們兩個真的不點別的了？」雷夫問道。

我和小麥坐在靠近前門的雅座，慢條斯理喝著可樂。我頭痛到半邊臉都沒知覺，心痛得更厲害。

「你們有漢堡嗎？」我問道：「克萊德餓了。」

雷夫咧嘴一笑，很高興能提供點什麼。「馬上來。」

羅馬失蹤好幾個小時了。當醫護人員照料奧伯、法醫團隊抵達現場處理史登遺體、柯恩與班多尼開始調查現場之際，我和克萊德加入警察隊伍，在樹林與街道地毯式搜尋羅馬。但毫無所獲。這是當然了。羅馬強迫我在追捕他與保護克萊德之間做選擇，他頃刻間便跑得無影無蹤。

在警察總局，我重述整個事發過程留下紀錄。然後我和小麥就和柯恩、班多尼與團隊其他成員坐下來，竭盡全力追蹤每一條線索，鉅細靡遺。直到最後，在這團慌亂喧鬧中實在無法思考，我和小麥便走出大門，最後在午夜剛過不久來到了這裡。

克萊德在我腳邊喘著氣。只要我開心，或至少不會尖叫，牠就願意忍受酒吧。但不只有我感到焦躁，牠也是整晚像個溜溜球一樣情緒起伏不定。前來處理那頭狼犬的獸醫也替克萊德做了檢查，說牠的傷勢都不嚴重，給了我一些藥膏。可是那頭猛獸用牠隱喻性的牙齒咬住了克萊德，也同時咬住了我。

我和小麥都把手機放在桌上，隨時等候消息。外頭，搜尋者仍在丹佛四處來回尋找羅馬和海勒姆。丹佛犯罪實驗室的人正在針對從傑克．賀利住處帶回的物品做DNA檢測，看看羅馬．昆恩是否確實是海勒姆的兒子。無論他們真正的關係為何，凡是在尋找海勒姆的人對於他的生還，都不抱太大希望。羅馬的目的似乎是將海勒姆的親屬趕盡殺絕。海勒姆（也或許露西）可能是最後一個。

「妳那槍夠厲害的。」小麥說：「一頭狼耶，肯定很有看頭。」

「是狼犬。」我提醒她。

「一樣啦。」

「克萊德嚇壞了。」我說：「但牠沒有一點遲疑。」

我們倆都彎下身，用充滿敬意的目光看克萊德一眼。

自從那頭野獸從黑暗中現身後，我就始終無法將牠從腦海中抹去。在燈光下閃著綠光的那雙眼睛，和牠詭異的優雅姿態；胃糾結、頸背寒毛倒豎的感覺；彷彿獵物在遠離營火處被捕獲的感覺。

「就讓我們為電喝采吧。」我說。

小麥點點頭，好像真的聽懂似的。

我低下頭。克萊德終於睡著了，但爪子仍不斷抽搐。

「我不能去追羅馬。」我說道，同一句話今晚大概已經說了上千次。「我不能丟下克萊德。」

「我知道。」小麥說：「換作是我也會這麼做。」

在酒吧的昏黃燈光下，她看起來好像內心深處有什麼東西碎了。其實外表看不出來。她依然沉著冷靜，如果不去看那隻瘀青眼睛和衣襬已經翻出牛仔褲頭的上衣的話。若真要說有什麼，就是她姿態中的一絲脆弱，好像當下唯一支撐著她的是她還能隱約意識到，她絕不容許自己倒在「老喬」這樣的酒吧裡。

「妳得進聯邦做事。」她說：「妳會是個了不起的幹員。」

我的笑聲繃得尖銳。「因為我配合度很高嗎？很適合當團隊的一員之類的。」

她探身越過桌面，露出她那嚴肅的表情看著我。「妳是在浪費妳的天分。妳應該申請。」

「小麥，不要。」

「要。身家背景調查要花上一年，現在就做。」

為了轉移焦點，我說道：「告訴我第三個原因。」

她立刻明白我的意思，臉上的短暫活力頓時消失。「那不是好聽的故事。」

「剛好適合今晚。」

小麥推開玻璃杯，雙手合掌拄著下巴。她忽然眼睛發亮，眨眨眼垂下眼簾。是淚水，我這才發覺。

「嘿，」我說：「對不起。我們聊聊別的吧。」

不料小麥說：「是我的第二個案子。在阿拉巴馬的莫比爾，有個小女孩在上學途中被擄走，遭到強暴凌虐兩個月之後被分屍，屍塊被丟進城裡多處的下水道。」

「老天哪。」我的手滑進口袋，摸著露西和馬利克的照片。

「她八歲。」

頭痛在我頭顱底部爆發，像長了牙似的啃咬我的頸子。「跟露西一樣大。」

小麥點頭。「我們沒有嫌犯，毫無線索。所以這傢伙整整虐待她兩個月，我們卻不知道上哪找她。我們知道她還活著，因為那個人不停地送紙條和照片去報社。我有點陷入瘋狂，不吃東西、不睡覺，那個案子變成我全部的生活。我盡了所有的力量，但到頭來還是幫不了她。」

「這不是妳的錯。」

「在那之後我的婚姻就結束了。誰會想跟一個精神有問題、執著到瘋狂的女人在一起？那已經到了最糟的地步。克里斯和我曾經一起熬過無數艱難時刻。」

「他是因為怯懦才會離開妳。」

「這是警惕的故事，薛妮。警惕妳辦案時不要太感情用事。」

「妳辦這個案子也很感情用事。」

「這是錯的。這樣幫不了露西，只會拖慢我們的速度。」

我喝下半杯可樂，希望藉由咖啡因稍稍舒緩頭痛。「那後來呢？妳有遇到其他對象嗎？」

她慘澹一笑。「九成五的破案率，記得嗎？我嫁給工作了。」她推離開雅座站起身來。「說到工作，我要回指揮中心去了。妳呢？」

「我再五分鐘。」我說：「克萊德的漢堡還沒來呢。」

她穿上西裝外套，往桌上丟了一張五元鈔。「別再苛求自己了。」

「因為妳苛求過。」

「別拿我當榜樣，要想想我犯了什麼錯，以免妳重蹈覆轍。」

我目送她走出大門。其實克萊德的餐點可以打包，但我心裡有個說不出的疑慮，因此決定多待一會兒，看能不能理出些頭緒。我在這家店裡曾有過幾次絕佳的思考經驗。

雷夫用紙盤子端來克萊德的漢堡。他將盤子放到地上，克萊德醒過來幾乎是狼吞虎嚥地吃下漢堡。至少狼犬沒有破壞牠的食慾。

「哇，我是不是應該再替牠拿一份來？」雷夫問道。

我搖搖頭。「牠得自己懂得拿捏。」

雷夫滑坐進我對面剛才小麥坐的位子，在桌上放了一瓶褐色液體和兩只小酒杯。

酒吧裡幾乎沒有客人。角落裡的點唱機播放著強尼・李的〈尋愛〉，有一對男女踩著酒醉的步伐，配合音樂慢舞。兩名男子坐在吧檯前，視線緊盯著無聲電視好像會讀唇語似的。還有一個年紀較大的婦人蹲坐在較裡面的一個雅座，一點一點喝著一杯清澈的東西，我敢拿我的制服打賭那不是水。後面廚房裡，有人在搬弄鍋子搞得震天響。

「妳看起來好像需要個伴，」雷夫說：「也需要喝一杯。」

「你在這裡工作有沒有覺得沮喪過？」

「隨時都很沮喪。所以才需要威士忌。」

心中的疑慮持續著。威士忌。波本。應該是和波本有關。

「其實我很喜歡我的工作，」他說：「妳一定不相信我會聽到什麼樣的故事。」

他舉起酒瓶，但我搖頭。「我不用。」

他揚起一邊眉毛，聳聳肩，然後給自己倒一杯，並朝著燈光舉杯。「眾神的佳釀，」他一飲而盡。「神的確很懂得生活。」

當時在蕾雅．昆恩的車上有一瓶 Rebel Yell。我爸喝過 Rebel Yell，說那是最棒的便宜貨。與海勒姆談話時，他曾想請我喝波本。

「你對 Rebel Yell 知道多少？」我問雷夫。

他又倒一杯，仰頭乾了。「那是波本，以前很便宜，但後來包裝和價格都提升了。現在外表看起來不一樣，但還是同樣的東西。」他從口袋掏出手機，在螢幕上敲了幾下。「它是在一九三六年引進肯塔基，一直都只在南方販售，直到一九八四年才流通到全國各地。」他抬頭看我，咧嘴笑了笑。「就是這樣，妳想嚐一點嗎？」

「不用。」我幾乎沒聽到他說什麼，內心原本的疑慮已變成非搔不可的癢處，要是能搔得著就好了。

我站起來。「我恐怕得走了。」

「我說了什麼嗎？」

「我只是很焦躁不安。」我拿出皮夾。「多少錢？」

雷夫舉起雙手，手掌一攤。「店家請客。我知道妳在忙那個案子。」

我向他道謝並告別後，帶著克萊德推門出去，讓門自行在身後關閉。

街頭的夜很溫和，空氣潮濕，天也終於開了。我解開克萊德的牽繩，讓牠去探索牠在附近聞到且感興趣的氣味，我則靠著車身，點起最後一根安格給的菸。頭痛略微減輕了些，已不再覺得有人拿老虎鉗夾住我的頭。

我吸入深沉甜美的燒灼味，然後把頭往後仰，尋找星座的形狀。北極星。武仙座，英雄海克力斯。另一個英雄帕修斯，英仙座。還有天鵝座，這是宙斯誘惑麗妲時的化身。經過那次誘惑後，麗妲生下了特洛伊的海倫，世上最美的女子。此女子的容貌發動了千艘戰船，被劫持後更引發特洛伊戰爭。

我將香菸置於唇間，看著餘燼燒紅又消退。有一輛車駛進來停在附近，一對男女下了車，老喬的店門隨後打開。光線與笑聲灑入黑夜，猶如另一個宇宙的驚鴻一瞥，當門關上便再度消逝。

我的眼睛跟著克萊德在淡淡的月光下，一路沿著店家所有地的邊緣東嗅西聞。我永遠不會後悔當初決定留在牠身邊不去追羅馬，但我也永遠無法原諒自己讓羅馬逃脫。

我的皮膚起了一陣寒意。那六個人來了。我可以感覺到他們就在附近的黑暗中，那種幾乎可以觸摸到的邪惡，是我自己像漿糊一樣的大腦製造出來的。誠如牧師所說，是一種道德傷害，那份罪惡感猶如嚴苛的同伴。

我敲落菸灰。

城的另一頭，班恩還在與死神拔河。也許有一天他會醒來，重新得知自己失去了什麼——如果當他遊蕩在這些沉默之路上，尚未曾得知的話。也許當他醒來發現只有自己一人，他會想到自己在伊拉克所做與所見，會想到自己在那裡所承受的一切道德傷害。他會思考自己帶回來的令人恐懼的東西，並看見自己在這裡的殘破人生。

於是他的思緒會游移向威士忌。和槍。

覺得自己犯下最大錯誤的人是最清白的，海勒姆這麼說過。

我腦中滿是矛盾想法，一團混亂。沾滿蕾雅衣服的很可能是狗毛，然而她母親養的是貓。藍辛從小和狗一起長大，說不定海勒姆也有養狗。她車上有波本威士忌，而海勒姆會喝波本。不過也許亞佛瑞・泰特也喝。

泰特在日記裡寫說他覺得是海勒姆殺死蕾雅。但以我和小麥的猜測，他可能撒謊，或是搞不清楚自己看到了什麼。

那晚公牛也在現場，他肯定知道些什麼，但願能夠找到他。他是自行失蹤的嗎？或者他也被羅馬殺了？

我再次望著星群，想到公牛那間破爛不堪的房子、他的賭博、那堆積如山的空啤酒罐，和一輛他不敢開的皮卡，不禁納悶他為何而活。他是為了什麼去懷俄明的吉列特？那裡除了一大堆叉角羚，和一塊曾經作為某部關於外星人的電影布景的巨石之外，還有什麼？在我看來，公牛說不定是去那裡與外星人交流，也許他下車後登上他們的母艦，從此杳無蹤跡。

而且除了蒂莉亞，他在皇家的老闆，可能也不會有人懷念他。他無妻無子——我懷疑他恐怕連家人都沒有。沒有兄弟姊妹，沒有姪兒女或外甥兒女。我想起他有南方口音，那種細柔語調與他的粗暴個性或那隻健全眼睛的冷酷目光絲毫不搭。

Rebel Yell。蕾雅死於一九八二年。蕾雅（或是凶手）是怎麼拿到一瓶在一九八四年以前科羅拉多沒有販售的酒？除非有個剛去過南方的人帶回來給她。

我想到這許多年來海勒姆付給伊絲塔的血腥錢。接著我思量起固定匯入公牛帳戶那些來源不明的錢。

我抽完香菸捻熄，把菸蒂丟進放在車上的一個塑膠袋。

「你在哪裡，公牛左納？」我出聲說道：「我真的很想和你談談。」

克萊德聽見我的聲音小跑步回來。我從口袋掏出零食丟給牠，牠便在我身旁坐下。我將一隻手擱在牠頭上。

會不會公牛其實不在吉列特？會不會他只是想讓某人——我打賭是羅馬——以為他在那裡？假如需要躲起來，不管是躲職業殺手或是變態殺人犯，還有什麼比讓他們以為你在其他地方更好的失蹤法？

丹佛到吉列特來回大約十到十一個小時車程。距離遠到足以讓人忙一陣子，卻也近到可以當晚來回。而且當然要開那輛黑色舊皮卡，而不是拉風的紅色F650超級卡車，後者太醒目了。

我的腦海重新浮現柯恩對吉列特的描述。這裡最有名的是一塊名叫『魔鬼塔』的巨岩，之所以出名是因為七〇年代的那部科幻電影。

昨天早上和我說話的時候，皇家的酒保蒂莉亞穿了一件T恤，上面有一個小小的綠色外星人，並寫著關於接觸的字樣。衣服上還留有一塊標示尺寸的塑膠標籤——好像等不及先洗過就穿了。那件T恤恰恰正是那種可以在紀念品店買到的便宜貨。又或是在二十四小時營業的加油站。

我把香菸丟到碎石地上，踩進土裡，然後摸摸克萊德的頭。

「走吧，老弟。那個胖大姊沒說實話。」

28

你會到達一種空蕩蕩的狀態。沒有感覺和想法，沒有骨血肉，沒有希望也沒有絕望。你沒有死，但也不是活著。

——薛妮．帕奈爾，私人日記

「妳把他藏起來了，蒂莉亞。」我隔著吧檯說。

蒂莉亞看起來比前兩天早上還累，馬尾鬆鬆地綁著，瀏海油膩貼平，眼袋簡直和古董旅行箱一樣大。原本那件「第三類接觸」的T恤已換成一件寫著「我討厭耍性感，但總得有人做」。

第二次造訪，皇家的氣氛並未愉悅些。撞球桌邊空無一人，寥寥幾個客人聚集在吧檯末端，好像葬禮前前來弔唁的人。外面，酒館後頭，有隻狗在叫。我走進店裡之前已經先繞到後面查看過，八成就是我上一次來訪時聽見的那隻。

此時，在薄薄的香菸煙霧中，克萊德的尾巴無力下垂，或許牠也受到孤寂的氛圍感染，又或許是因為外頭後面那條狗，汪汪汪叫個不停。

蒂莉亞將我和克萊德走進店時她正在用的抹布折起來，對我搖搖頭。「妳覺得我會把佛瑞德．左納當成儲備的m&m's巧克力一樣藏起來，然後自己做兩人份的工作嗎？」

「我覺得妳很累是因為禮拜五晚上妳跟他去了吉列特，好讓他可以把他的車留在那裡。因為妳就是這樣的人，隨時準備幫助有需要的朋友，尤其這個朋友又是有退休金的單身漢。」

她臉紅起來，忙著擦拭一點也看不見的髒汙。「妳在胡說八道。」

「來回一千一百多公里，中途應該有進加油站，而且很可能是偏僻的加油站，因為公牛擔心被跟蹤，不會冒險在丹佛附近加油。」我沉下臉來看她。「難道要我去調丹佛到吉列特之間每個加油站的所有監視器嗎？」

她舔舔嘴唇。「妳要不要告訴我，妳瘋言瘋語的是為什麼？」

「那他告訴妳為什麼了嗎，蒂莉亞？他有沒有讓妳知道，妳這麼幫他可能會讓自己遭遇危險？如果他真的想讓人以為他在吉列特，至少應該假裝登記入住旅館才對。」

這時她快速眨了幾下眼睛。「什麼樣的危險？」

「妳聽說過『變態殺手』這個字眼嗎？」

她好不容易不屑地哼了一聲。「要我說啊，妳比他還瘋。好了，我得繼續忙了。」

就在這一瞬間，我受夠了。疲憊與氣憤一齊沸騰，剩下狂怒與沮喪的有毒沉澱物。當蒂莉亞作勢要走開，我立即伸手越過吧檯抓起她的手臂，牢牢扣住。克萊德出聲吠叫，外面的另一隻狗也嚎叫應和。

「妳要是就這麼走開，」我說：「我會以多起違規事項為由把妳抓起來，店內抽菸、撞球桌擋住後門，我相信還可以找到很多。市政府會以迅雷不及掩耳的速度勒令妳關店。」

她臉色發白。「妳不會的。」

「也許等妳把一切清理好，他們就會讓你重新開店。」我說：「但到時還是可能永遠開不了，因為妳沒收入就沒辦法繳帳單。然後我會找個理由讓警察去搜索妳家，譬如消遣性的毒品或是未繳稅通知。我很確定妳的過去一定有一些能讓我作文章的地方，蒂莉亞。這件事生死交關，妳不要，」我頓了一下把話說完：「跟我耍花招。」

她臉上的驚愕表情幾乎讓我感到羞愧，但我忍過去了。

吧檯另一頭，其中一個喪屍動了動身子，朝我們的方向眨眨眼。我湊向蒂莉亞，以免那人戴了助聽器。「妳也看到那個孩子失蹤的新聞了。」

她眼中恢復了些許生氣。「露西．戴文波？那跟公牛有什麼關係？」

我放開她。「他知道一些事，也許幫得上忙。這點說不定連他自己都不知道。」這很可能不是真的，但我覺得也沒什麼。「所以他有可能是在躲賭債，也可能是在躲殺死戴文波家的人，我都不在乎，我只是需要問他幾個問題。」

吧檯盡頭的一個喪屍張開嘴，我真的聽見喀喀的響聲。

「蒂莉亞！」喪屍說：「妳廢話要是說完了，就拿一瓶啤酒來。」

「馬上回來。」她對我說。

我強自按捺住才沒去抓她的喉嚨。我看著她走過去替那個人倒酒。克萊德抬頭看我，看看是否準備要走了。我相信菸臭味一定讓牠難受至極。

「忍耐一下，夥伴。」我說。

蒂莉亞倒完酒了。這時她從口袋掏出手機。成功了。馬上打給左納，毫無疑問。也許她會說服他和我見面，否則我會開始砸店直到她說出他在哪裡。

他們的對話激烈又沉重，看起來大多都是公牛在說。可是五、六分鐘後，她將手機重新放回口袋，回到我身邊。

「他氣炸了。」她說。

「那就再正常不過了。」

「他在後面的房間。」

29

我們所有人都有自己的代價。幸運的話，我們永遠不會知道那代價是多少。

——薛妮·帕奈爾，私人日記

以啤酒箱堆高後充當的屏風後面有一間儲藏室，公牛就坐在裡面的一張行軍床上。儲藏室的地板和牆壁都是混凝土，頭頂上高處有金屬椽架，全部空間只有一盞鵝頸燈的燈光微微照亮。他背後的牆壁高處有一扇小方窗，即使白天恐怕也幾乎透不進光。

公牛又肥又多肉，這種邋遢樣在很多無意保持身材的退休警察身上都看得到。他頭髮理得很短，鼻子因為微血管破裂而發紅，好的那隻眼睛冷冷地看著我，另一隻眼戴著眼罩。他看起來好像一隻巨大臃腫的蜘蛛坐在網子正中央，而網子裡除了破碎的夢之外空空如也。

我和克萊德進入房間時，公牛的頭跟著我轉動。他穿著短褲和無袖汗衫，房裡散發著啤酒味與累積多日的刺鼻汗臭。在這臭味底下隱藏著公牛強烈的恐懼氣息，有如牆內流動的電流。

行軍床後面有一張辦公桌，桌上堆滿食物包裝紙，還有一台小電扇努力地循環著滯悶的空氣。除了那盞燈的微弱光環，房間裡漆黑一片。

公牛的眼睛直盯著我的雙眼。「妳是杰科・帕奈爾的女兒。」

「是的。」

我讓克萊德趴坐在藍帶與百威啤酒箱旁邊。我手上拿著一瓶Rebel Yell和一只玻璃杯，從公牛身旁走到辦公桌後放下杯子，打開酒瓶。

我把酒拿給他看。「我猜對了嗎？對你來說，啤酒和Rebel Yell是艱難的選擇。」

「我只喝這個牌子的烈酒。妳爸告訴妳的？」他目光跟隨著我的手，一面舔嘴唇。「我記得妳那時候才到我的膝蓋高，脾氣很火爆，聽說長大以後也沒變。」

公牛閒聊著，但沒戴眼罩那隻眼睛仍然沒有表情。他的口音拖得長長的，和我印象中一樣。這是他唯一溫和之處。

我倒了一指波本遞給他。

「喝吧，」我說：「乾了。」

他一口喝乾，把杯子給我。我又倒一杯。他照舊喝了。我再倒第三杯，但這回拿得遠遠的，然後一把抓起酒瓶。我看到有一張折疊椅靠在牆邊，便打開椅子坐下來，並將酒瓶和那杯波本放到地上。

「剛才就當作是暖身吧。」我說。

「我不知道妳以為我和那個小女孩有什麼關係。」他闔起眼皮又張開時，發出一個黏黏的啪嗒聲，好像蛇的第三層眼皮。「但我發誓，她的事情我一點都不知道。我還沒有離譜到明明知道卻不告訴妳。」

他給我的感覺卻像個再怎麼離譜都有可能的人。不過，我相信他。

「你拿海勒姆的薪水多久了，公牛？」

話題的改變並未讓他驚慌失措。

「我八年前退休了。」他說。

「不是那個薪水，我說的是替你付賭債那筆，是要你去做一些有點越線的事情那筆。」

他緊緊盯著波本。我於是將小酒杯遞給他，他立刻仰頭一口喝乾。

「我不知道妳什麼意思。」他說。

「我是這麼想的，公牛，你不是個壞人，沒錯，你有一點賭博的問題，但誰不會對某種東西上癮呢？藥、酒、性。電視或接龍。我們每個人都會被某樣東西影響，那不是我們的錯，只是天生就這樣。」

我邊說他邊點頭，這番話他八成對自己說過上百萬次了。就我對上癮一事的了解，這些話至少有部分為真。

「所以你想賺點外快，我可以理解。」我說：「鐵路警察的退休金撐不了多久，對吧？這點我是知道的。」

「連養隻老鼠都不夠。」公牛附和道：「如果這隻老鼠有點野心的話。」

「而你想要更多。這是當然的了，海勒姆的錢給了你這個機會。」

他的右腿往前伸直，我看著一顆汗珠一路沿著他右腿的腿毛滑落，短髮間露出的頭皮發亮。

「你覺得像海勒姆這種男人會對什麼上癮?」我問道:「一個想要什麼就能得到什麼的男人,他會有什麼弱點?」

公牛微微一笑,嘴角往兩旁咧開,臉變得扁平,很像在哈哈鏡裡看到的面容。

「權力和女人。」他說道,好的眼睛閃著光。「只要可以,任何男人都會要。」

我想到蕾雅・昆恩、貝琪・金恩和維若妮卡・史登,不禁好奇海勒姆還有多少其他的女人。有權力的男人想得到自己想要的東西,不管取自其他男人或女人,都易如反掌。我也對公牛和蒂莉亞的關係感到好奇。對於一個將來除了聯邦醫療補助之外一無所有的單身女性,即便是公牛這種男人都具有權力。我覺得噁心,連忙抹去腦中的影像。

我想再替他倒酒,公牛便遞出酒杯。

我說:「所以說海勒姆就高高坐在他的黃金塔內,指揮全世界。而你則像隻躲在洞裡的老鼠,等著貓找到你。你替海勒姆做事,聽命於他,結果得到什麼?」

公牛默默看著我。我可以聽見我手錶的秒針穩定的滴答聲。酒吧裡電視機的噪音穿過牆壁隱約傳來,是球賽。

「我心裡猜想你是個好人,公牛。這些年來海勒姆叫你去做的事情,讓你很不安。都是些不道德的事,違法的事,譬如破壞藍辛・泰特的火車。」

「我什麼都不會承認。」

「說不定是他要你做的一些事情,導致他的家人受傷遇害,露西也失蹤。不過我們這麼說吧。」我往前傾身，前臂擱在腿上，表現出一副關心憂慮的樣子，希望不會被他看穿。「打從一開始我就想讓你知道，唯一會有麻煩的人是海勒姆，不是你，也不是他雇來幹髒活兒的其他人。海勒姆命令你，付你一大筆錢，而你就做了你該做的事。也就是說我可以保護你。」

他嗤之以鼻，用髒汗衫的下襬擦擦鼻子。「我沒那麼天真。」

「FBI要的不是你這種人，而是海勒姆那種。你只是用來抓到真正大咖、真正戰利獵物的管道。你出面作證，聯邦幹員就會把你那些麻煩事一筆勾銷。像是那些賭債。像是羅馬．昆恩這樣的殺人犯……」公牛聽到羅馬的名字抽搐了一下。「總之就是對你造成問題的任何事情，聯邦幹員都能解決。然後，你願意的話，可以找個新的地方，一個像白紙一樣的地方，重新開始。」

「妳為什麼要跟我說這些？妳有什麼目的？我說過了，我完全不知道那個孩子的事。」

「我知道，公牛。我知道戴文波家發生的事和你無關。可是海勒姆一直在付給你的錢最近變多了——聯邦幹員已經查過你的戶頭。我想是海勒姆知道即將會有麻煩，就付錢讓你去看著他兒子一家人。以前你就替他做過保護的工作，對不對？現在的你可能生疏了，珊曼莎想必是看到你或是有所感覺——她以為你是跟蹤狂。」我聳聳肩。「但那又怎樣？密切注意某人又不犯法。我只是好奇你會不會看到了什麼很重要的事，卻連自己都不知道。」

公牛聳聳肩。「海勒姆收到妳剛才提的那個傢伙，羅馬．昆恩，寄來的恐嚇信。海勒姆說那傢伙滿嘴胡說八道，但他很擔心他的家人。」

「他有沒有報警？」我問道，其實心裡清楚得很他沒有。報警會牽出羅馬，然後會牽出這整件事。現在時機不對，因為正在爭取聯邦的數十億補助款。

「他喜歡自己解決。」

「那麼上個禮拜五你也在監視他們家人嗎？就是案子開始那天。」

公牛點點頭。「要看著他們真的很痛苦，每個人都到處跑。我也就跑來跑去，輪流看守不同的人。禮拜五那天，我看著珊曼莎。漂亮的女人珊曼莎。」

你當然會看嘍。「她在哪裡？」

「她的工作室。我正要離開去看看那兩個男孩——他們在夏令營，珊曼莎卻忽然沒帶助理，自己一個人出去了，所以我就跟過去。」

「她去哪裡？」

「那裡離她最後死的地點很近。就是那個舊水泥廠。」

雨嘩啦啦打在牆壁高處的窗子。克萊德抬起頭來。

「她去那裡做什麼？」我問道。

「只是拍了很多照片，我也不知道為什麼。她已經在那裡拍過很多了，那地方比我還醜，怎麼會有人想看那裡的照片？」

「確切來說，她去了工廠的什麼地方？」

「她把車停在大門前，走路進去。大門和籬笆中間有個缺口。她經過那些像蜂窩的東西……」

「窯嗎？」

他聳聳肩。「不知道。我只跟到那裡，她拿著相機繼續往裡面走，但我決定留下來等。我怕被她看見。大概過了半小時，她出來了，直接從我身邊經過但沒看見我，然後就上車離開了。我想把菸抽完，所以沒有馬上離開，我應該馬上走才對。」

「有個男人來了。」我想起窯外的屍體，柯恩又說彈道不符。「他當場逮到你。」

「妳知道那件事？」

「殺死戴文波家人的槍和殺死工廠那個男人的槍不同一把。」我瞇起眼睛看他。「你用的是什麼槍，公牛？像你這種人，應該是大口徑的。等警察找到……」

「那不是我的錯，」公牛急忙說道：「那王八蛋也不知道從哪冒出來的，就追著我跑。我本來就已經嚇得快沒命。我因為在值勤所以隨身帶著槍，防範那個瘋子羅馬．昆恩。我以為那是他，所以很快就拿起槍射他。」

「射肚子？」

「對，射肚子。我來不及把槍舉得更高。」

「你有沒有叫救護車？」

「何必麻煩？那傢伙都死了。」

「你知道他是誰嗎？」

公牛聳聳肩。「我看了他的皮夾，叫大衛什麼的吧，是某間工程公司的人。」

亞佛瑞．泰特的探測員。「柯萊菲爾工程？」

「對，好像是。」

「好，公牛，不是你的錯。」我兩手繼續緊握在一起，以免一時衝動掐死他。我此刻心跳飛快。這樁案子千頭萬緒糾結纏繞，我沒有把握能全部解開。但公牛至少拉出了幾個線頭。

「後來怎麼了？」

「我拍了張照片傳給海勒姆，他說那不是他，不是羅馬。我開始慌起來，心想自己剛剛殺了一個無辜的人。我回家想清理一下，結果看到門上有一張紙條。」

「繼續說。」

「上面寫說：『我會來找你。』簽名是一個X，寫給海勒姆的信也是這樣的簽名。」

「所以你就出城了。」我說。

「那還用說，不然要等著哪個傢伙趁我睡覺的時候，闖進來殺死我嗎？海勒姆可沒給我那麼多錢。再說我又誤殺了一個人，我得想想該怎麼辦，我需要一點時間思考。」

失望之情無以復加。我本希望他看見羅馬進入戴文波家，當羅馬和珊曼莎和露西開著珊曼莎的車離去時，說不定他還尾隨而去。我本希望他會有關於露西下落的線索。

我站起身並打手勢示意克萊德可以起來了。我又給公牛倒了一杯。有何不可？這可能是他的最後一杯了。而且我們還沒完。還早得很。

公牛說話時，我一直在心裡暗自查核事實，將我所知道關於蕾雅死去那晚的事一一列出。還有關於公牛的事。

「死人平交道。」我說：「你有想到什麼嗎？」

「我記得，那裡現在是高架橋，但以前是平面路口。」

「你記得發生在那裡的最後一次交通事故嗎？」

「不太記得了。」

「一九八二年七月，一個名叫蕾雅．昆恩的女人。」

公牛放下空杯，把桌上的垃圾推來推去，直到找到一把指甲銼。他將銼刀尖端伸進大拇指指甲底下，摳出一塊汙垢。「不記得。」

「年輕、漂亮，和海勒姆有外遇，替他生了個兒子。就是那個蕾雅．昆恩。」

「噢。」他嘴角泛起一絲笑意。「那個蕾雅．昆恩啊。」

「你知道他們的戀情。」

他緩緩點頭，眼罩在幽微燈光下黑黑的，像個眼窟窿。「他看上那個女的以後，是我替他打點一切的。剛開始的時候，她只是個高中生。有時候我會去接她到飯店，他們在裡面打炮的時候，我就替他們把風。然後再載她回家，她要是餓的話就給她弄點吃的。那時候，我替海勒姆．戴文波做了很多事，就跟現在一樣。只要他需要什麼，我就會處理。」

「但這不是你處理蕾雅．昆恩的原因。你是為了你自己。」

他眼中溜進一抹陰暗冷酷。「妳是什麼意思？她的死是意外。妳自己剛剛才說過。」

「不，公牛，那鐵定是謀殺。一開始我們——就是警察和FBI和我——我們以為殺害蕾雅的凶手要不是海勒姆就是亞佛瑞．泰特。海勒姆，是因為不倫戀情和小孩。這麼久以來他一直有拿錢給蕾雅的母親，我猜那是血腥錢，但會不會其實是孩子的撫養費？海勒姆想藉此消除自己拋棄兒子的罪惡感。他也許沒法穿過針的眼，但絕對有能力買通塵世間的人。到這裡都聽懂了嗎，公牛？」

我說話時公牛動也沒動，但我感覺得到他內心的怒氣愈來愈高漲，就像遠方爆發的閃電。克萊德也感覺到了，便牢牢盯著公牛。

公牛冷笑道：「好吧，那也許是海勒姆殺了她。他第一次也是最後一次弄髒自己的手。」

我接著說：「我們也在想，可不可能是亞佛瑞下的手，因為蕾雅偷走他某樣貴重的東西，會讓他失去一部分鐵路公司。看起來也有可能。不過我接著又想了。」

公牛交抱雙臂，頭前後晃動。

「我問自己那晚還有誰在。有保安官。有蕾雅的朋友季兒。有海勒姆和亞佛瑞。還有你。」

「我是警察，本來就要在場。」

「就我對亞佛瑞．泰特的粗淺了解，我覺得他個性太溫和不像殺人犯，所以我賭海勒姆。我想也許他雇用了你，就像你說的，他不喜歡弄髒自己的手。」

公牛開始用指甲銼拍打膝蓋。

「可是我們倆在這裡閒聊的時候，我一直在想。」

「妳想的可真多哦？」

「兩天前我老闆跟我說了一件事，他說以前大家都說，你會這麼混蛋是因為有個女人傷了你的心。」

他哼了一聲。

「然後我想起你以前養過比特犬。我在你家看到鐵椿和鐵鍊。還有今晚我進來以前，先繞到酒吧後面去，結果我看到什麼了？」

「那又怎樣？」

「一隻比特犬。蕾雅死的那天晚上，她衣服上有狗毛，可是她沒養狗。」狗毛是我的大膽假設，但公牛不會知道。「沒錯，這些都不足以讓你變成嫌犯，這我同意。但有兩件事可以。」

「快說來聽聽吧。」

「一是蕾雅某位朋友說的一句話。她說有個男人很喜歡蕾雅，經常寫情書給她。她們都喊那個人『獨眼鬼』。是獨眼喔，公牛。好吧，我知道這也不是太重要的點。可是當我回想這一切的時候，我想到了在她車上發現的酒。一只Rebel Yell的空瓶。」

「這酒很多人喝。」公牛說。

「蕾雅滴酒不沾，所以這很奇怪。你是哪裡人，公牛？」

「什麼？」

「哪一州的人？我知道你從南方來，不過是哪一州？」

他還沒發現陷阱就先開口。「肯塔基。」

「那年夏天，你是不是回家探望家人了，公牛？或者是聖誕節？我猜想，你車上能放多少Rebel Yell你就會帶多少回來，因為在科羅拉多買不到那個牌子的波本酒。當時買不到。」

他朝我丟來指甲銼。我閃開了，聽見它空咚一聲撞到混凝土牆。克萊德發出低吼。

「我猜也是，」我說：「聽人使喚載一個美女跑來跑去，你一定厭倦了，何況你還知道那個男人玩厭了以後會把她當用過的衛生紙丟掉。那天晚上發生了什麼事，公牛？她下班以後你跟蹤她嗎？因為你再也受不了了？你向她告白了？求婚了？說要保護她？」

怒氣從公牛臉上掠過。他跳起來。「妳什麼都不知道。」

克萊德又低吼一聲，飛快擋在我身前。公牛看著牠，隨後重重坐回床上。

「她嘲笑你嗎，公牛？她是不是罵你醜，說她寧可死？蕾雅會說這種話，因為她有大計畫，你給不了的大計畫。所以她才把兒子取名羅馬，她希望他擁有一個帝國。」

「她是個婊子！」公牛大吼：「一個冷酷、冷血的婊子。是她自找的。那樣笑我，也不想想我只是……」他將臉埋入手中。「我只是想把我有的一切都給她。」

「你是怎麼讓她喝酒的，公牛？你跟她說她如果不從你就要傷害她嗎？可是即使喝了酒，她還是拒絕。就算喝光全世界的酒，她也不可能愛上你這種男人。於是你兩手勒住她的脖子，掐死了她。」

公牛啜泣起來。

「然後你拿走她從SFCO偷來的文件，交給海勒姆。蕾雅的事，他可能有點傷心，但重要的是文件。他原諒你了。」

儲藏室的門喀嗒一聲開啟。是蒂莉亞。

「這裡是怎麼回事？」她問道。

雨開始敲打屋頂。

我起身走向公牛，拿出手銬銬住他。接著掏出手機打給奧羅拉警方，告訴他們有個殺人犯被銬在皇家小酒館的儲藏室。

「好好享用那件T恤。」我從蒂莉亞身旁經過時對她說：「我想那是妳唯一能從左納那裡得到的東西。」

30

我從小在藉口中長大。但我在海軍陸戰隊學到了藉口不重要，藉口——哪怕美化成理由——都只是為了逃避需要做的事。

——薛妮・帕奈爾，私人日記

我和克萊德坐在車上，思考著貪婪、欲望與謀殺之際，大雨打在車頂上，車內也因為我們的呼吸而變得暖和潮濕。

西邊，雷電閃動。暴風雨，來勢洶洶。

我們已經走了這麼遠，查到這麼多，怎會仍然不知道羅馬把露西藏在哪裡？我們漏掉了什麼？海勒姆那麼多金為何保護不了自己？

「金子。」我大聲說。羅馬房間裡那些金子。他釘在牆上的金礦地圖。

他現在在地底下，那是他該去的地方，伊絲塔這麼說。

我想到恩尼斯・帕克，就是針對如今水泥廠所在土地申請採礦權的那個人。根據湯姆・奧哈拉打聽到的消息，帕克始終沒找到什麼——他只專注於淘洗金沙，並沒有開挖。

帕克死於一場槍戰——殺死他的人會不會是想奪取他的所有權？帕克死後，那人會不會開挖了那塊地採金？

有礦場就代表有隧道。

我帶著愈來愈高漲的興奮之情發動引擎，開啟除霜功能和雨刷。外頭，病懨懨的白楊樹枝被風吹得東搖西晃。皇家小酒館招牌的霓虹燈在雨中暈開了。

早在海勒姆買下之前，亞佛瑞家族便擁有那塊地。說不定——我坐直起身子——說不定那塊地下遍布坑道，而亞佛瑞知情。他一察覺海勒姆打算讓子彈列車通過一部分土地，光是這則新聞就足以讓他請人進行探勘——即使在中風後。在科羅拉多，建物底下忽然露出未經正式申請的礦場，導致道路崩塌房屋陷落的情形並不罕見。誰也不能在那樣的土地上蓋高速鐵路。探勘結果將會使亞佛瑞在這場持續的戰爭中，多出一樣對付海勒姆的武器。

一陣強風吹來，晃動了車子。克萊德在我旁邊的座位上喘著氣。

海勒姆應該也請人勘查過，這是他在捐地給MoMA前必須做的。那次的勘查無疑披露了這項風險，但海勒姆會使出一貫的手法：利用金錢。他會買通工程公司，將部分土地捐給MoMA，減免掉一大筆稅金。冒這個險看起來應該很合理。水泥廠都已經屹立一百年了。誰想得到一生中會碰上一場五百年一遇的洪水？

我顫抖著手打開筆電，拉出我不斷收到的戴文波案現況報告。桑頓警探曾帶一名專家去進行GPR掃描，利用透地雷達檢測周遭地區，我找到那名專家的姓名與電話，打了過去。響幾聲後，線上傳來睡意濃重的聲音。

「我是丹佛太平洋大陸公司的特別探員帕奈爾。我找傑夫・畢特曼。」

略一停頓。「我就是。」

「畢特曼先生，關於你在愛迪生水泥廠使用GPR一事，我有幾個問題想請問。」

「妳說妳叫？」這次較警醒了。

「帕奈爾，薛妮・帕奈爾。我是尋找露西・戴文波專案小組的一員。」

「好。」隱約可以聽到紙張的沙沙聲。「妳想知道什麼？」

「你沒有發現任何異常，對嗎？地下沒有建物或屍體的跡象。」

「對，我都寫在報告上了。」

「那塊地可能在很多年前挖過金礦。你掃描的時候會不會顯現出來？」

「看情形。我跟桑頓的警探說過，有黏土成分的土壤傳導性弱，加上這幾天下這麼多雨，透地效果非常有限，有些地方頂多幾公分深。最後他們就叫停了。我什麼都沒發現。不過我只檢測了一小塊區域。」

「在水泥窯附近對嗎？」那裡和圍籬上被割開的入口（一個幾乎看似不存在的入口）正好位於廠區的兩端。

「對。」畢特曼說：「就我所聽說，我認為警方追蹤凶手到了那個地方，我也確實從那裡往外探測了幾十公尺，但還是沒有更進一步的結果。據我了解，大部分的廠區都是靠警犬搜索。」

我謝過他之後正要掛電話。

「如果妳真覺得有地道，」他說：「現在別去找。下了這麼多雨，土壤很快就會飽和，如果真有礦場的話，地道可能隨時都會崩塌。」

「明白。」我說完便結束通話。

我一邊高喊一邊排檔，快速駛離停車場，急轉上馬路時後輪還甩了個尾。我不願去想淹水的隧道與飽含水分的泥土。我們已經走得太遠，不能去想那些。「撐著點，露西，我們來了。」

克萊德睜著明亮的雙眼看我。牠感受到我的興奮，於是愉快地吠叫一聲，抬頭豎耳。

「遊戲開始了，老弟。」

我按了柯恩的號碼，他接起後我說道：「她在水泥廠，我是說露西。我現在要過去了。」

柯恩沒問我怎麼知道。「我會呼叫支援，到那裡和妳會合。」

「她在工廠底下的礦坑。應該是在西邊。記得凶手割開的那個入口嗎？在那裡頭會需要工程技師，會需要燈光和設備。地道會淹水。她時間不多了。」

「交給我，」他說：「和我在前門碰頭。」

外面的夜黑壓壓的。我覷一眼儀表板上的時鐘，還有兩三個小時才會天亮。

接著我試著打給小麥。她接起後，我盡可能說明我得知的消息與現在要去的地方，但即將到來的暴風雨擾得通訊不穩，聲音斷斷續續。到最後，我也不確定斷線前傳達了多少訊息，而要重打已經打不通。

找柯恩談，我這麼告訴她，但願她至少聽到了這句話。

轉下高速公路朝波特斯路駛去時，雨勢大到雨刷的速度都趕不上。我不得不以龜速前進，以免偏離道路。公路上，無論何時何日都川流不息的車潮，時速已減為三十公里，大部分時間我都是開啟警示燈與警笛並駛上路肩，穿梭於緩慢的車流中。

如今到了波特斯路，沒有車了，卻得駛過一片汪洋。

我猜想兩天前的晚上，當珊曼莎和露西跟著羅馬到這裡來的時候也是這樣。我想像著珊曼莎在開車，羅馬持槍坐在她旁邊，露西在後座緊抱著她的襪子猴。珊曼莎知道他們要上哪去，那天下午她才去過。她非常清楚水泥廠那空曠、有回音繚繞的寂靜，有許多地方可以關閉並傷害人，而且附近根本沒有人會聽到或看到。

因此她猛然衝出車道，讓Lexus受撞擊而停下，大喊著叫露西快跑，還把車鑰匙丟進田野間好讓羅馬無法強迫她們開到其他地方。也許她以為自己可以絆住凶手，女兒便能在黑暗中脫逃。

警方架設的路障的燈光在雨中一閃一閃，我慢慢將車停下，搖下車窗，向警員出示警徽，解釋我的目的，告訴他還有更多警察已經上路，請他將他們指引到水泥廠。

「靠近河邊那裡會淹水。」他說，水不停從他的帽簷滴下來。

「事態緊急。」

他點點頭，搬開其中一個拒馬。幾分鐘後，我經過珊曼莎衝出馬路的地方。車子被拖離處已滿是泥巴，現場封鎖線在狂風中劈啪作響。我經過時，有一截封鎖線斷了，打在擋風玻璃上，一時遮住視線嚇了我一大跳，但隨即又被風吹散。

封鎖線打中玻璃時，克萊德吠叫起來，聲音淩厲狂野。

我們到的時候，工廠大門開著，鐵鍊與掛鎖垂掛在一旁。柵門在風中擺晃，金屬柵欄反覆撞擊圍籬，匡匡匡響個不停。我踩下剎車緩緩駛過，過了柏油路面，進入泥巴與雜草地後，輪胎開始蹦跳。我將方向盤往右打，駛向羅馬在圍籬上割開的入口。我開得很快，後輪不停甩尾，雜草打在車頭燈上旋即消失於輪下。

這時，我頭一次容許自己想想那些地道會是什麼樣子。雨水滲入後，黏土牆變得黏滑了嗎？雨勢稍緩了些，前方好像看到燈光。我放慢車速，試著打電話給柯恩，但暴風雨想必吹倒了電塔或甚至基地台，完全沒有訊號。我重新加速，車子在凹凸不平的地上劇烈彈跳。不可能等警方到達了。我很確定，羅馬把露西帶到這裡來，很可能還有海勒姆，不管羅馬為他們做了什麼醜惡的計畫。

我轉入倉庫之間，又有了，在左手邊建築的遠端有微弱燈光。我熄滅車燈往前行駛，相信就算有人在聽，我們接近的聲音也會被風雨的怒吼聲淹滅。

建物夾道形成的小巷裡停了一輛黑色的賓士SUV車，擋住去路。車燈沒開，車內也看不出動靜。我把車停在巷口，警察抵達時會看得到的地方，然後關掉引擎。我最後再一次試著打給柯恩，仍然沒有訊號，便將手機放進雨衣的內口袋。

我爬過扶手置物箱，跪在後座，伸手打開放在後車廂、裝滿額外裝備的上鎖金屬盒，挑出一副夜視鏡、一盞頭燈、一把刀子和一罐噴彩帶。刀子、頭燈與夜視鏡是鐵路警察的標準裝備，噴彩帶卻不是。

我把夜視鏡和頭燈掛在脖子上，塞進雨衣裡面，並將刀子和噴彩帶放進制服長褲的一個大口袋裡。

回到前座後，我替克萊德扣上牽繩，一記閃電照見牠正凝望著窗外。牠和我一樣既緊張又迫切。

「我們去找露西吧。」我說。

我關上車內燈，打開車門時，正好一陣強風晃動車身。

「就把擁抱火坑給忘了吧，克萊德。這次我們要讓他好看。」

31

——聽好了，新兵弟兄們。你們有些人天生喜歡當英雄。改掉這習慣。在伊拉克想當英雄，只會讓你死得特別快，恐怕還沒入境就已經和運送你出境的棺材擦身而過了。

——長官，這個新兵想知道如果只有他一個站在小隊同袍和壞蛋之間，他該怎麼做？

——在這種情形下，你就要前進。那不是逞英雄，那是海陸本色。

——課堂上，美國海軍陸戰隊領導統御課，帕里斯島

雨水混著冰雹，重重敲打在車輛與我裸露在外的皮膚上，猶如上千條細鞭揮打著。暴風雨核心似乎就在我們上方。四面八方電光閃耀滋滋作響，每一記閃電過後，幾乎就緊跟著震耳欲聾的雷鳴。

我緊緊握著克萊德的牽繩，與牠一起從建物中間衝過，最後在賓士SUV車旁止步。我認得那車牌號碼，是海勒姆的車。幾個小時前發現海勒姆警衛的屍體後，便發出全面通緝。和克萊德蹲到賓士車旁之後，我以關懷的眼神看著夥伴，擔心牠不知會對暴風雨的噪音有何反應。牠瞄我一眼，又再次將身子往前傾——耳朵豎起、頭挺直，一心專注於任務。

「我們在等什麼？」牠似乎在問。

好孩子。

左側建物高處的窗口透出微弱燈光，我側耳傾聽風雨以外的聲音，但冰雹的劈啪聲蓋過了其他一切聲響。我微微起身，用頭燈往車內照，前座只有地板上掉了一些速食包裝紙。駕駛座側的後車門微開，我的頭燈正好照見海勒姆另一位保鑣的鬆弛五官。叫傑夫吧，我記得。他像在打盹似的坐著，肩膀鬆垂，頭往後靠著座椅，空洞無神的兩眼中間有一個黑森森的小圓孔。我很快地用手按著心口，一如對其他死者那樣，隨後正要轉頭，忽然注意到他旁邊有一條男用領帶。我暗自希望那是海勒姆的，也希望傑夫出現在這裡就意味著羅馬把海勒姆帶到這裡來了。於是我慢慢打開車門，抓起領帶放進雨衣內以保持乾燥。克萊德可以利用領帶聞出海勒姆的氣味。

又一記閃電劈空，接著四周更加黑暗。建物內的光不見了，表示我們若非已被發現，就是離羅馬和海勒姆不遠了。我碰一下克萊德的肩膀，然後移動通過SUV車，背靠著倉庫的老舊磚牆，留意四下動靜。毫無發現後，便沿著牆走，尋找開口。

走了大約四米半，來到一個門口，我讓克萊德停下。門板老早就已不在，我戴上夜視鏡，探頭從混凝土門框往內看。

門內是一個寬敞的空房間（從夜視鏡看去一片綠），往前方與右方延伸。石塊鋪設的地板加上高高的窗戶，感覺很像古時候的監獄。我向克萊德打手勢後，慢慢走進門口，一進去立刻蹲低身子。我再次環顧一周，仔細聆聽有無聲響。在這裡面，雨聲變成模糊的咚咚聲，像是遠方有人打鼓。沒有東西在動。

我拿出領帶讓克萊德嗅一嗅，希望附近就有通往礦坑的入口。

「去找吧！」我輕聲說。

克萊德出發後，我尾隨而去。往內走十二米之後，他慢了下來然後停住，鼻子貼在地上，那裡有些許雜亂不平——有塊石板略顯歪斜。透過夜視鏡，石板底下出現更深的綠色，好像隱藏著一個開口。克萊德張開鼻孔吸入氣味，然後抬起頭看我，等候指示。

我在牠身旁蹲下，傾聽片刻，接著跪下來將一隻眼湊向裂縫。夜視鏡顯示有一個長豎坑直落而下，到底後九十度轉彎，還有一截木扶手鋁梯通往下方。我起身恢復蹲姿，將薄石板抬離開口，並盡量不讓石板刮擦地面。

石板挪開後，濕涼的空氣飄了上來，帶有泥土與腐爛植物與老樹根的氣息。另外還有一股味道——是南普拉特河幽暗深處的汙泥與河水攪動的味道。

我閉上眼睛。陰暗與狹窄空間與上漲的水。我強嚥下湧到喉頭的膽汁，睜開眼睛，再讓克萊德聞聞領帶。牠深深吸一口氣，邊搖尾巴邊繞著開口走。

「好，老弟。」我小聲地說：「等一下。」

我拿出彩帶噴灌，在入口附近噴灑一大團鮮豔的彩帶絲作為記號。接著解開克萊德的牽繩，我先趴在地上，腳從洞口往下伸，直到踩到梯子的第一階橫槓。我又往下踩兩階後，示意克萊德跟著來。這個動作牠很熟悉。牠也趴下身子，搖擺著臀部從洞口邊緣滑入。

小時候，鄰居養了一頭會爬梯子的德國牧羊犬。往上爬容易，往下時，狗的後腳爪會在鋁梯上打滑，當牠慢吞吞地步下階梯，頭還左右轉動，這情景總讓我聯想到一個小心翼翼摸索著回到地面的老人。

克萊德的腳步比較穩。這項技巧牠和新教練練習過許多次，一開始亞威讓梯子幾乎呈水平，然後才漸漸往上斜。此時，克萊德爬下梯子時我就待在正後面，引導牠的腳步，萬一打滑也可以隨時接住牠。

階梯底部是個狹隘空間，左右兩邊各有一條一人高的隧道背道而馳。克萊德躍下最後一級階梯，我將牠的牽繩扣上，然後又讓牠聞一次海勒姆的領帶。

在黑暗中，克萊德僅憑著氣味引導，轉入西側隧道，遠離水泥工廠。我又噴了一些彩帶做記號，隨後跟上。

這隧道是個工程奇蹟。起初也許只是恩尼斯．帕克或另一個人為了找金礦而挖掘的狹窄通道。但不知何時，有人（可能是羅馬）做了改善。

隧道寬一米二，高逾一米半，每隔三米便以木梁加固支撐。路徑平坦也整理得很用心，每隔一定距離都掛著提燈，只不過都沒點亮。儘管四下很暗，克萊德卻充滿自信地快步走，唯一能聽到只有牠和我的呼吸聲，還有一個遙遠細微的聲音——是遠方河水的呢喃。

夜視鏡辨識出因潮濕而閃亮的牆面，地上也有一塊塊發亮的濕痕。

往隧道深處走三分鐘後，克萊德停下來，豎起耳朵，姿態僵硬。接著便趴下來。走在後面的我頓時僵住，心臟幾乎就要從喉嚨跳出來而堵塞了氣管。

克萊德會以這樣的姿勢示警只有三個原因：違禁品、非法入侵者與爆裂物。由於隧道內只有我們倆，現在也不是在搜查列車上的違禁品，那就只剩一個原因了。

炸彈。

我不由自主地後退一步，一份清單在電光石火間跑過腦海，就像火沿著導火線燒過一般。管式炸彈、行李箱炸彈、桶裝炸彈、地雷、彈跳炸彈、壓力鍋炸彈、簡易裝置炸彈……自從火藥發明以來，各式各樣讓人粉身碎骨的爆裂物。

有一部分的大腦哆哆嗦嗦地哀求我轉身逃跑，遠離炸彈和結構已被水破壞的隧道和一個變態殺人狂，讓我自己和我的夥伴離開這裡，回到堅實的地面與撲鼻而來、甜美又提神的新鮮空氣。

我身後，那六人在動，那窸窣聲我不是聽到而是感覺到。他們是來目睹我的結局。

接著耳邊響起一個聲音。是「長官」。

穩著點，他說，我們情況還好。

我深吸一口氣，強自端詳隧道，尋找爆裂物的跡象。往前三米左右，右手邊有一小堆土石破壞了原本乾淨的空間。那些碎土石看似無害，只是清理維護隧道後正常的副產物。

我嚥了口口水。嘴巴裡很乾，心臟跳得好像打算棄我而逃。

不過這是我原先就預料到的。不只預料到而已，我知道羅馬會像守護水泥窯一樣保護他的隧道。由於製作炸藥的人往往會專精於一種，因此我也知道他用的八成是同一種引爆裝置。我從口袋掏出彩帶噴灌，朝眼前看似空空的空間噴灑長絲帶。

在伊拉克，士兵到後來都倚賴這樣兒童玩具，有效地找出炸彈絆線。這黏黏的彩帶線落地時，會掛在絆線上，暴露出它的位置。由於彩帶很輕，不至於觸動炸彈，是絕佳的暴露方法。

但現在，塑膠彩線無用地落到地面。我往前一小步，再噴。這回三米長的彩線被一條離地三十公分的隱形絆線勾住，彷彿聖誕樹飾品似的掛在上頭，隨著微弱的罅隙風輕輕飄動。

我聽見一聲呻吟，發覺是我自己發出的。

在隧道裡，「長官」站在我身旁說：妳在害怕。沒關係。這能讓妳提高警覺。

我瞪著絆線，然後咬緊牙根挺直背脊。在伊拉克時，我曾經處理屍體直到手指不聽使喚、兩腿發軟，屍臭味像皮膚一樣黏附在身上。我曾經被吐口水、被槍射中、被炸彈炸傷。我從伊拉克帶回了死人，後來又增加了幾個。我做這些是因為我曾發誓要保衛國家。

那又怎樣呢？海陸就是強悍。第一個進，最後一個出。是美國的良心與力量。

「你覺得如何，夥伴？」我小聲地問。

克萊德安靜不動，等候我示意牠可以起身。等候我振作起精神。

牠的尾巴用力拍了一下，似乎在說：「遊戲開始。」

我打手勢要牠起身，接著我蹲到牠身邊，兩手像堆高機的牙叉一樣伸到牠肚子底下，緊抱住牠。克萊德始終保持安靜。我高高抬起右腳跨過絆線，接著換左腳。

沒有東西爆炸。世界依然還在。噴彩帶也依然輕輕搖晃，可以為後來的人示警。

我重新放下克萊德，鬆了一口氣。

「去找吧。」我輕聲說道，牠立即出發。

到了某處，隧道變窄變低，我只得彎腰前進。地上的濕痕變成水窪，靴子被濕黏土沾得發黏，克萊德的爪子也被累積的泥巴裹住。每當經過其他通向陰暗的地道，我便會留下我們走過的記號。愈往前走，我內心愈加雪亮——我想起羅馬釘在房間裡的地圖，並認出了路線。這些彎道正帶領我們往河的方向去。

這個時候，地面上，柯恩與其他警察應該已經到了。他們會發現我的車和那輛賓士，很可能已開始進入建物。

但在地底下這處墓穴，卻只聽得見我和克萊德的呼吸聲，以及持續不斷的潺潺水聲。隧道以將近直角的角度右轉。我命克萊德停下，確認角落沒有危險，才又示意牠前進。轉過轉角後，正前方飄來說話聲。

我再次命克萊德停下，並摘下夜視鏡。前方亮著燈光。隧道變寬後，又在前面大約十公尺處九十度左轉。我和克萊德身處於兩個九十度轉角之間的死角地帶。我四下環顧尋找監視器與移動感測器，但通道空無一物。對羅馬來說，這個雙盲地段是個有疑慮的防衛策略。我們看不見他，但他也同樣看不見我們。我打手勢讓克萊德坐下，然後蹲到牠身邊，拔出手槍，努力辨識說話聲。

我們的腳邊已經有積水。

「我為了你的開銷成立一個基金，」一個男人說道：「每個月還給你外婆足夠的錢照顧你。替你付大學學費，你需要什麼就買給你。」

是海勒姆。他的語氣平穩，既沒有認輸也不是挑釁。就像在會議室裡協商交易的口氣。「你什麼都不缺，大可以——」

「血腥錢！」第二個人厲聲說道：「她是個酒鬼！是個毒蟲！我們幾乎連日子都過不下去。跟她住在那裡簡直就像他媽的坐牢。她把你的血腥錢吸掉了、注射掉了、吞掉了。」

傑克．賀利，也就是羅馬．昆恩。

「這麼多年來，你應該告訴我，」他接著說：「你應該認我這個兒子。都他媽這麼多年了，你從來沒有承認過我。」

我和克萊德悄悄靠近。半米。一米。靴子底下發出嘩啦聲，我低頭一看，地上已有一吋高的水。

「你外婆不希望我——」

「閉嘴。」

一米半。兩米。三米。不知什麼地方有個微弱的匡噹聲，像是金屬互相撞擊。可是聽不出聲音來自前面或後面。

「那些都不重要，」羅馬說：「反正我活下來了。可是你殺死了我母親。」

「不，羅馬。我發誓。我沒有傷害她。」

克萊德停住了，抬高鼻子嗅聞空氣，然後坐下來示警。

又有炸彈。我的老天。

「她在幫我，」海勒姆說：「我為什麼要傷害她？她……」

這時響起一個凶狠的、濕濕的拍擊聲，像是有硬物打在皮肉上，海勒姆隨即安靜下來。接著是另一個聲音，既令人揪心卻也是我所聽過最甜美的聲音。

是一個小孩。在哭。

我伸出左手去拿彩帶噴罐，眼睛稍稍轉離隧道片刻。由於噴罐被口袋蓋卡住，我輕輕咒了一聲。

克萊德發出低吷，我急忙抬頭。

「別動，」羅馬說：「不然我就把妳的頭轟爆。」

我停止動作。克萊德已半脫離示警姿勢。

「待著，」我對牠說：「Bleib。」

牠重新坐下。

我抬起眼睛，左手依然摸著噴罐。

只見羅馬站在角落，閉著左眼，一把點四五的槍管對著我瞄準。

「妳真有毅力。」他說。

「警察馬上就到了。」

他聳聳肩，將手槍稍微放低。「無所謂。這裡差不多結束了。」

「把露西給我。」

「妳敢動我就先射狗，血債血償。然後射妳。」

剛才拿噴罐時，我垂下右手，此時手中的槍仍然槍口朝下。但是，我動起心思。

「把槍放到地上，」他說：「讓我看到妳的兩隻手。」

「羅馬，」我輕聲說：「我只是來找小女孩。」

「馬上！」他大喊。

我丟下槍，落地時輕輕撲通一聲。

「踢過來給我。」我只微微蹭了一下，他又說：「遠一點。」

槍滑行過地面，在羅馬腳邊停住。

「讓我帶走露西。」我說。

他搖頭。「等我結束以後，這世界上再也不會有任何屬於他的東西。」

「除了你。」

「我會跟他們一起死。一個不快樂的大家族，終於團圓了。所以我才帶走露西，好讓海勒姆看著她死。」

「如果這是你的希望，你怎麼不回去解決班恩？我無法想像光是一個警察就能阻止你。」

「不需要。就算他活下來，也會知道自己家人受了什麼苦。」羅馬露出微笑，眼中卻毫無笑意。「到了現在，我猜妳對班恩．戴文波應該有點了解了。他會自我了結的。然後我們就會在地獄大團圓。」

我背後的隧道裡發出另一個細微聲音，我咳嗽一聲，希望能掩蓋正在接近中的救兵的聲響。克萊德全身緊繃得有如被壓擠的彈簧，但牠連耳朵都沒動一下。

「海勒姆沒有殺你母親，羅馬。我已經取得凶手的自白了。」

他對我咧嘴一笑。「再扯啊。」

「殺死你母親的是一個鐵路警察。」我說：「佛瑞德．左納。你知道左納。你去找過他，希望能聽他說說那天晚上發生了什麼事。外遇一開始他就在，是他載你母親去找你父親。一起在車上相處那麼久，左納就愛上她了。」

「編得不錯，」羅馬說：「這故事妳花多久想出來的？」

「她死的那天晚上就是左納決定向她告白的那晚。左納以為她會為一個真心愛她的男人放棄你父親。沒想到他對她掏心掏肺之後，她卻拒絕了，還嘲笑他，罵他獨眼鬼，結果他就把她掐死了。」

羅馬朝他右邊的房間裡瞅一眼，也許是想看看海勒姆的表情。

我垂下手去拿噴罐。

他的目光倏地轉回來。「不要。」

我又把手舉起來。「我半小時前才和他談過，他為了躲你藏身在皇家小酒館。你還記得你小時候的他嗎？他寄很多情書給你母親。」

羅馬首次因為不確定而目光閃爍。

遠處，土地出聲呻吟。較近處，有根木梁吱嘎作響。我耳中滿是心臟怦怦跳動的巨響，真沒想到還能聽到其他聲音。

「你母親和她朋友經常拿這件事取笑，」奔流而出的語句急促得斷斷續續。「她們都喊他獨眼鬼，因為他只剩一隻好的眼睛。」

羅馬搖搖頭。「太弱了，帕奈爾。」

「左納承認了。」

「這是妳說的。」

「他喝 Rebel Yell。」我繼續說，同時佯裝焦躁地往左微微移動，吸引他的目光，盡量為隨後抵達的人騰出空間。「那晚他強迫你媽媽喝了點酒，希望把她灌醉後她會改變心意。他把酒瓶留在車上了。你可以看看解剖報告。」

「我讀了亞佛瑞．泰特的日記，」羅馬說：「他在那裡看見海勒姆了。」

他上鉤了。他很仔細在聽，因為他想要相信，他需要相信父親沒有殺死母親。

「亞佛瑞心裡懷疑，」我說：「但也只是懷疑而已。他知道外遇的事，也知道你的事。他以為你父親想掃除你母親這個障礙，但事實上，你母親是在幫他。他想奪走亞佛瑞一部分鐵路所需要的東西，就是你母親給他的。他們之間不是只有不倫，」就跟對媒體一樣，對殺人凶手說說謊也沒關係。「他們是相愛的，羅馬。」

我身後的隧道傳來細微的嘩啦聲。

「你找錯人了，」我說：「找錯家庭了。我們趕快出去吧，趁隧道還沒崩塌，也趁你雙手還沒染上更多鮮血。」

羅馬背後一個陰影籠罩。是海勒姆，臉色蒼白、雙眼圓瞪，頭上一處傷口流著血。他手裡拿著鐵鎚，揮向羅馬。

我沒有等著看後續發展，立刻從口袋掏出噴罐噴灑，尋找絆線。克萊德則沮喪地微微打顫。前方傳來打鬥聲，有一個人大聲怒吼，不知道是海勒姆或羅馬。

絆線勾住了彩帶，立刻現形。

我抬起頭，看見羅馬半背對著我站立，海勒姆趴伏在他腳邊。海勒姆滿臉鮮血，嘴角往後拉露出獰笑。

我凝神注視著絆線，一面抱起克萊德跨越過去，嘴裡念念有詞「拜託上帝，拜託上帝」，祈禱海勒姆能將羅馬的注意力引開久一點，讓我和克萊德能及時趕到。

可是我才放下第二隻腳，羅馬便舉著點四五手槍轉向我們。

「大錯特錯。」他說。

這時我身後響起小麥的聲音：「蹲下。」

我立刻放低身子，手裡仍抱著克萊德。我的衣服和牠的毛都被水浸濕了。

小麥這一槍打中羅馬左肩，他尖叫一聲（聲音幾乎震碎我的耳膜），槍從手中掉落，隨著上漲的水漂移開，最後撞到牆壁，羅馬則單膝跪下。

小麥整個人跨進我背後的走道。

「手舉起來！」她喊道。

羅馬抬起頭，臉上血跡斑斑——可能是他的血或海勒姆的，或是兩個人的。在他背後，海勒姆動也不動地躺著。

土地深處，隆隆聲愈來愈響。遠遠地傳來連續的爆裂聲，聽起來好像樹幹斷裂，然後發出古怪而模糊的「砰」一聲。

此時羅馬跪趴在地，兩隻手肘彎折，沒受傷的手試圖抓住什麼作為支撐。「不能……」他虛弱地說：「很痛。」

我放開克萊德。「Fass！」

但即使克萊德已飛撲出去，羅馬摸索的手摸到我的槍，就在他膝蓋旁邊。槍聲響起時，克萊德正在半空中，小小空間裡那聲音有如轟然巨響。

緊接著克萊德衝撞羅馬，和他一起往後摔倒。

我奔向克萊德，見牠死命咬住羅馬的手臂。羅馬清醒著，但沒有動也沒有出聲。他定定看著我將點四五手槍踢出他可及的範圍，並從他掉槍處拾起我的槍。

「別動，」我對他說：「你愈掙扎牠會咬得愈緊。」

我想檢查克萊德，想跪下來摸遍牠全身，看羅馬那槍有沒有打中牠。

然而我卻從牠和羅馬和海勒姆身邊跑過去，繞過轉角，一個橫滑後在一個小房間裡停下腳步。光線來自放在木桶上的一盞提燈。房裡有兩張行軍床、一個堆滿食物的架子、一對鏟子靠立在牆角，還有一張桌上擺滿炸彈製作物。房間另一頭有個小開口，看似通往另一條隧道，那隧道狹窄，離地約一米半高。

不見露西的蹤影。

「露西？妳在哪，親愛的？妳現在安全了。」

地面震動了一兩秒，其中有把鏟子搖晃了幾下倒落在地。然後一切變得非常、非常安靜。

我再一次掃視房間，有張行軍床上面，胡亂堆放的毯子微微動了一下。

「露西！」

我撲倒在床邊，拉開毯子，對自己不知會見到什麼情景驚恐不已。

我認得她的臉，因為始終放在心上，作夢也會見到。那活靈靈的棕色眼睛，那柔細的棕色頭髮。

但此刻露西的臉因為恐懼而僵硬，雙眼圓睜且空洞。當我朝她伸出一隻手，她畏縮了一下。

「露西，」我說：「我叫薛妮，我來帶妳去找爸爸。」

她眨眨眼。「我爸爸死了。」

「沒有，露西，他還活得好好的。」希望這仍是事實。「他受了傷，但現在他在等妳。」

她搖搖頭。「我看見了。」

我想起她畫的圖，放在班恩抽屜裡那張。「他叫我跟妳說一件事。他說：『妳要勇敢，露西鵝。』」

她的眼睛聚焦了，與我四目相接。眼中有一點點的驚恐被希望所取代。「他這樣跟妳說的？」

「我絕對沒騙妳。」

「說謊是不對的，我媽媽這麼說。」

「沒有說謊，露西。我們去找他。」

她張開雙手，我將她一把抱起往回走向隧道。我在海勒姆身旁暫停下來，看了一眼他睜得老大、定定凝視的雙眼，然後跨過他的身體走出房間。

克萊德已經鬆開羅馬的手，但就近坐著。我的搭檔看起來沒有受傷。遭到克萊德撞擊時，羅馬仰著倒下，現在呈一個破碎的大字形文風不動地躺著，瞪大的眼睛空洞無神，嘴巴也張開。也許是被小麥那一槍打中心臟，流血過多死了。人總是可以抱著希望。

「小麥！」我喊道。

沒有回應。

我把露西放在克萊德身邊，讓她背向父親同父異母弟弟的遺體。

「露西，這是我的夥伴克萊德。妳跟牠在這裡等著，我得回隧道去找另一個人。在這裡等著，好嗎？這裡有炸彈，所以妳一定不能亂動。和克萊德一起等著，不要動。妳可以再勇敢一次嗎？」

她一臉蒼白，眼睛睜大，但點了點頭。

「Pass auf。」我對克萊德說。守護著。

我匆匆跑進隧道，跨過絆線。這裡的光線暗淡，我便重新戴上夜視鏡，世界變成綠色出現在眼前。

小麥背靠著牆坐，兩條腿往前伸直，臉色發白沒有表情，右腿膝蓋到臀部中間缺了一塊肉。她已經解下腰帶，緊緊綁住大腿當作止血帶。

她後面的隧道被一堆土石堵住，土石堆後方傳來洶湧水聲。

「小麥？」我來到她身旁蹲下。「小麥！」

她張開眼睛。「露西呢？」

「她在等著。我們得離開這裡。」

她淡淡一笑。「羅馬呢？」

「死了。好了，站起來吧！」

「我們被困住了。」她說：「水……」

「有另外一條隧道。起來！」

她兩手按地，屈起沒受傷的腿，用力一推。我抓著她兩邊腋下，拉她起身。傷腿一碰地，她痛得大叫。

我將她的手臂跨放在我肩上，我們便一跛一跛地走過隧道。到了絆線處，我扶她跨越，再一起拖著腳步走向露西和克萊德。我讓小麥靠在牆上，然後彎身抱起露西。

我們三人一狗繞過角落，經過如今已半泡在水中的海勒姆的屍體，一路涉水穿過房間來到隧道口。我將頭燈往裡照，通道消失在遠處，但有一絲微風搔著我的臉。羅馬當然會有其他出路。

「這裡有空氣流通，」我對其他人說：「不過通道很窄，得用爬的。」我看著小麥。「妳可以嗎？」

「我不是肝醬。」她說。

「對，」我說：「妳肯定不是。」

我把我的頭燈戴到露西頭上，然後抱起克萊德推入隧道，讓露西跟在牠後面。小麥堅持要殿後。

「妳要是停下來，就是逼我回來找妳。」我說。

「我不會停。」

我跟著露西爬進去，然後聽到小麥隨後爬上洞口時，大聲地倒吸一口氣。

我試著確認我們是向著河水或遠離河水移動，試著想像我們會在何處爬出隧道見到黎明天光——如果真能爬出去的話。我試著不去想當水上漲時，我們被困在這裡，試著不去想柯恩或其他任何人隨後找來時，可能遇上隧道塌陷。

每過十公尺左右，露西就會停下來，克萊德也會跟著停。我可以聽見牠在前頭等候，在濕涼空氣中喘著氣。我後面的小麥則發出粗啞斷續的喘息聲。

每當露西停下時，我便驅策她。「跟著狗狗走，露西鵝。牠會帶妳回家。」

而每一次，停個一兩分鐘，她又會開始移動。

不知道經過了多久時間——是幾分鐘或幾小時。總之後來露西又再次停下，我還沒來得及開口催她，她便說：「有日光。」

我瞇起眼睛往她前方看去。蒼白灰濛的光線細細灑入通道內，同時帶著雨水與青草的淡淡氣味。

「繼續往前，露西，繼續往前。就快到了。」

隧道逐漸變寬，然後來到一個小空間忽然終止，轉而接上一道豎坑。克萊德扭著身體爬出隧道，露西也跟著出去。雨水與青草味變得濃烈，壓過了濕土的臭味。有一段梯子，和通往水泥廠下方隧道的梯子一樣，直通地面。

上方高處，從圓形開口看去，有一片發亮的珍珠灰色圓盤——黎明將至。

兩星期後

32

每個人的一生都在對抗一個充滿反抗的世界。那種反抗有可能打倒我們或扭曲我們或壓垮我們。

但有時候，我們會找到一種自己未曾察覺的力量，並利用這新發現的力量度過難關，然後到了下一回合會變得更堅強一點。

——薛妮・帕奈爾，私人日記

珊曼莎與兩個兒子的葬禮是在科羅拉多一個燦爛的八月午後舉行的，那是個有陽光、乾燥而溫暖的日子。僅有的幾片雲又高又薄，宛如幾縷棉絮綿延在蔚藍天空中。在科羅拉多各地造成破紀錄淹水災情的大雨過去了，大地對於這史無前例的潮濕天候，報以一波蒼翠綠潮，漫過草坪與公園與開放空間。丹佛宛如一座重生的城市。

舉行葬禮時，我和克萊德互相依靠著站在一處樹叢綠蔭下，遠遠看著送葬者聚集在墳墓旁。我們倆都還沒做好離死者那麼近的心理準備。需要對班恩，還有對露西說的話，我已經說了。我們前來致意，卻不需要讓任何人知道。

即使越過高低起伏的青綠草地，我仍辨識出了班恩的高大身影，他臉色蒼白，但仍展現軍人的挺拔英姿。他穿上他的藍色軍禮服，拿著一根他不願依靠的枴杖。

護士們告訴我，他是在我們尋找露西那天早上的清晨時分清醒的，就好像她對他的需求直通到他夢中，就好像他知道當她回來時會有多需要他。

就好像上帝完全知道他們倆能承受多少，就給了他們多少，沒有更多。

醫生說班恩要恢復以前視為理所當然的一些技能，會需要幾個月的治療時間。但大腦具有驚人的彈性，他應該能恢復得不錯。只是很可能永遠不能再像以前一樣，醫生這麼說。他必須有心理準備。但其實自從戰後，他就已經不同以往了。我相信班恩不是你應該低估的人。無論未來如何，他都會適應。

或許露西也是一樣，她雖然身體沒有受傷，卻有著誰都不該承載的記憶。但我也沒有低估她。此刻她站在他身旁，穿著粉紅洋裝搭白毛衣，編著整齊的髮辮，手握在父親手裡，儀式期間他二人不停望向彼此。到了某一刻，班恩鬆開她的手，摟住她的肩膀。她向他靠近。

他們有彼此。

我的手不知不覺伸進口袋，就像之前許多次那樣，用大拇指輕撫著那個伊拉克男孩馬利克的照片。為了自己所信仰，或是自己所愛，我們永遠都不該放棄奮鬥。

克萊德在我旁邊搖起尾巴，我轉過身看見小麥正越過草地走來。羅馬那一槍的子彈削掉了一塊肌肉，導致股靜脈撕裂而大量失血，後來又因為在泥巴中拖行造成傷口感染。小麥立刻動了手術，目前仍在接受物理治療。可是她自己提早出院，還不肯坐輪椅去開車，她堅稱不要太愛惜那條腿的話會復原得更快。醫生告訴她若是不小心一點，傷害可能會大過好處。她笑著揮揮手不予理會，現在大家又多一個理由可以喊她麥瘋子了。

「終於能重見藍天，真好。」她說。

「我當時其實沒把握。」

我們聊起在地底下共度的時刻。我傳達的訊息小麥聽得清清楚楚，但她花了好一會兒工夫才到達水泥廠。不過還是比柯恩和大多數警察快。比她早到的只有一名年輕警員，她爬下礦坑時，他竟只是站在豎井旁守衛。凱茨警員，她事後告訴我，這小夥子需要把膽子養大一點。

凱茨便是這一連串事件展開時抵達事故現場那名警員。銼銼他的銳氣或許也不是壞事。他會復原的。

小麥的行動過程直截了當。她跟著我用噴彩帶做記號的路徑走，而且（她口氣冷淡地說）特別感激那些掛在絆線上的彩帶。但走進隧道後，水位便快速上升，她知道要循原路出去機會渺茫。無論如何她還是來找我了。妳真是瘋子，我對她說。瘋到連上帝也學會不跟我爭辯了，她如此回答。

土崩時，隧道內只有一名警察，就是麥可．柯恩警探。他爬下梯子後走了約十米遠，牆壁開始崩塌，他連忙跑回梯子，差一點就來不及逃出，接下來兩個小時只是不斷吼著要工程技師找其他入口。當我們終於出現，柯恩的興奮程度就和見到他的克萊德一樣——好像被兩個兩歲小孩圍繞似的。

此時，我微笑看著身子靠在樹幹上摘下太陽眼鏡的小麥。眼睛的瘀青已褪成黃色，消得差不多了。

「聰明之舉，」她說：「我是說妳提出申請。妳會是個傑出的FBI幹員。」

「我只是展開程序，小麥。可是還沒確定。」

她不在意地擺擺手。「會很順利的。」

我沒告訴她柯恩的上司安格警督也找過我，他認為我會是重案組的強大生力軍。他希望我從鐵路公司水平調動到丹佛警局，接受六個月訓練就能學到我所需要知道關於規章條例與表格的一切，然後我會因為「才能與經驗」受邀加入凶案強盜小隊。平步青雲的黃金女郎。

莫爾和柯恩都覺得這是好主意。我對柯恩說只要過完第一天，他就會厭倦我了。但我還是答應考慮。

「我和幾個人約在老喬酒館碰面，」小麥說：「妳一起來吧？」

「妳跑到我的地盤去宣示主權？」

「如果是好地盤，有何不可？三十分鐘後到那裡找我們。」

但我搖搖頭。「我要去水泥廠。」

「妳去那裡幹嘛？」

「瘋子又不只妳一個。我覺得有必要去道別一下。」

她彷彿明白似的點點頭，但我們倆都沒打算離開的樣子。

在墳墓旁，吊車正緩緩將珊曼莎的棺木放入墓穴。班恩與露西一臉淡然地看著，但即便相隔遙遠，我也能看見他們的淚水。

「我們對他人有義務。」小麥說。

我點點頭。

「但是，」她接著又說：「我們對自己也有責任。」

「妳要開始訓話了嗎？」

「不是訓話，只是一點忠告。」

我瞄她一眼。「關於榮譽是一面爛盾牌之類的？」

「原諒自己吧，薛妮。我知道妳認為自己應該早一點找到露西，應該可以救得了海勒姆。」

「我沒有。我知道不可能……」

「少睜眼說瞎話了。」

我沉默不語，因為她說得沒錯。我在諮商時和牧師談過這件事。誠如海茲所說，原諒自己是我跑這場馬拉松的第一步。但十分艱難。自從爸爸離家出走、媽媽開始酗酒後，我幾乎把一切都怪到自己頭上。小孩都會這樣。即使長大後，也很難說服自己相信不同的說法。

「我正在努力。」我最後說道。因為我有個計畫，至少可以減輕些許罪惡感。

「那就好。」小麥說：「我會去老喬酒館找妳。」

「沒問題。」我說。

小麥離開後，我和克萊德走回停車處。等克萊德跳上我旁邊的座位，我慢慢開車穿越停車場駛離墓園，心裡想著過去兩個星期與戴文波案所激起的餘波。

公牛左納被捕，並以謀殺蕾雅．昆恩的罪名遭到起訴。第二項罪名是殺害大衛．孟羅，柯萊菲爾公司的工程師。他還被控蓄意毀損SFCO的資產。針對最後一項罪名，檢察官啟動了調查，追查關於左納、海勒姆與DPC的其他可疑活動。

從報紙上的報導看來，似乎族繁不及備載。

藍辛．泰特始終沒有承認自己扮演搧風點火的角色，導致羅馬殺死了十個人，包括史登未出生的小孩在內。對於同業鐵路大亨慘遭不幸，藍辛公開表達了驚愕之情，之後便對整起案件保持緘默。但就在內情傳開後第三天，他宣布成立一個慈善基金，除了資助孤兒也為偏遠社區提供寄養服務。

這是他彌補的方式吧，我猜。我沒有資格斷定這樣做夠不夠。

至於子彈列車，在泰特家族與海勒姆．戴文波爭奪了這麼久之後，政府的補助被國會大刀一揮砍掉了。昂貴贅物也好，救星也罷，總之是不會有黃金礦快車讓西部再度偉大了。至少在可預見的未來不會有。

巨人倒下得何其快。

在孫子手中受盡凌虐的伊絲塔始終沒能完全復原，或者也可能是毒品的戕害已經太嚴重，虐待只不過是最後一根稻草。她被安置在桑頓一家精神療養院，距離她孫子殺害珊曼莎的地點不遠。

羅馬的屍體一直沒有尋獲。在花費數百工時之後挖出了海勒姆的遺體，羅馬卻消失在數噸重的泥巴與泥漿底下。或者說不定他的屍體被沖進南普拉特河，將來哪一天會像個恐怖的彈跳玩偶一樣驀然出現。

我對他的感覺很複雜。就我們所知他殺死了九個人，而且手法殘忍無比。這世上不可能有人會原諒他，至少我沒有辦法。但我也忍不住好奇，倘若他生長在一個穩定的家庭，身邊有家人、朋友與同學環繞，他會長成一個什麼樣的人呢？他假造身分，想方設法滲入戴文波家，只為了毀滅他們，他所花費的這些力氣大可以用在攝影上面，展現他真正的才華。或是用來經營和坐在他吉普車上那名女子的關係。那麼也許他便不會是羅馬·昆恩，而會是他假扮的那個友善而樂天的傑克·賀利。

當然了，我們永遠不會知道。海茲牧師告訴我，有些型態的精神疾病會像炸彈一樣隱藏著，也許一輩子不會爆炸，也可能踏錯一步就引爆。

我將車停在通往愛迪生水泥廠的大門前時，太陽已經西斜。我和克萊德下車後，鑽過圍籬與大門間的縫隙。我們小心地一步一步走到第一天早上炸彈爆炸後我們站的那面牆。我四下環視，半以為會看見「長官」或是瞥見那六人。但卻只聽見吹過廢墟的風聲，只看見草葉在微風中搖曳。

隧道淹水後，許多建物結構下方都坍塌了。一座歷時數十年、大亨們爭搶不休的建築物，被大自然毀於一旦。倉庫搖搖欲墜，殘留的水泥窯眼看就要倒塌，三座筒倉中的兩座出現了巨大裂縫。每棟建物都必須拆除，磚石、水泥與其他瓦礫也得運走。然後，也許會有某個人回填隧道，將這一區變成藝術博物館。

不過，少了海勒姆和史登和珊曼莎，這塊地也可能永遠空著。

我們背後響起砂石的吱嘎聲，有輛車駛近後停下。我轉頭看見柯恩下車，一手遮在眼睛上緣，東張西望地找我。我向他招手，他立刻起步穿過田野朝我們走來。

克萊德像箭一樣飛射出去。我看著他們倆互相打招呼。當柯恩重新起身又開始往前走，克萊德奔回到我身邊。

「嘿，」柯恩來到我站立的頹牆邊，開口道。

「嘿。」

「真是約會的好地點。」

「這是中世紀的哥德風。」我說。

「沒錯。」他環顧一周後，目光回到我身上。「我沒多少時間。我和班多尼剛剛接到一個新案子。這次沒有火車，也沒有小孩。」

「很好。」我說。

我轉身面向波特斯路，只能隱約看到珊曼莎喪命地點附近的那座高架橋。我在心裡沿著鐵道北行，出了科羅拉多，穿過懷俄明，繼續進入蒙大拿與擁有數百萬噸煤礦的保德河流域，DPC便是藉此發跡，海勒姆也藉此功成名就。接著我繼續往北，通過蒙大拿進入加拿大，DPC的勢力已擴展至此。

我在柯恩的注視下轉身向南，在腦海中循著鐵軌下行至新墨西哥，越過邊界，進到幾乎處處危險的契瓦瓦州，然後穿越大半個國境來到墨西哥城聯邦行政區。

我伸手到口袋裡摸著馬利克的照片。

兩天前，「希望計畫」的大衛．富勒傳了一張照片給我。有人在墨西哥城看見一個很像馬利克的男孩和一個白人男性在一起。這是我們的第一條線索。

我一手搭在柯恩的手臂上。

「我得先離開一陣子。」我說：「有點事要處理。」

他面向我。「是因為那通電話嗎？讓妳在地上呆坐了二十分鐘那通？」

我點點頭。「這關係到一個孩子，柯恩。關係到在伊拉克發生的一件事。」關係到道德傷害，我心裡暗想但沒說出來。

「就是妳說妳無法談論的事情之一。」

「還沒辦法。」

我以為他會爭論，會生氣，沒想到他伸出手與我十指交握。或許是因為找到露西後的一個星期當中，我開口了，開始告訴他在伊拉克發生的事。不是會害他喪命的事情，而是其他事情。例如炸死甘佐的土製炸彈；我處理過的屍體；我們找到的小男孩，但沒提是怎麼找到他還有他失蹤的事。也許這是我跑那場馬拉松的第一步，也許談一談能讓我原諒自己。我暗忖，光是讓這些事見光，便已經使得它們的箝制力道鬆動了些。

「多久？」柯恩問道。

「不知道。也許很久，也許很快。」

他點點頭，再次看向別處。他將手肘靠在牆上，我則靠在他身旁，兩人靜默了一會兒，看著夕陽西沉，看著一道道紅光將詭異的廢墟變得恐怖又脆弱。

我想著自己對一個死去男人的愛，然後倚靠著站在我旁邊這個活生生的男人。活人的優點可多了。

「我回來的時候你還會在嗎？」我問道。

他對我微微一笑，帶著傷心，但還是點了點頭。

「就像我偶爾會聽到妳跟克萊德說的話。」

聽到自己的名字，克萊德抬頭看著柯恩，柯恩撥撥牠的耳朵。

「什麼話？」我問。

「我們情況還好。」他捏著我的手說：「我們情況還好。」

致謝

我寫第一部小說集合了眾人之力，寫這部集合了更大眾之力。

我要感謝我的評論團體成員與試閱讀者：Donnell Bell、Ronald Cree、Kirk Farber、Robert Spiller與Riley Walker。深深感謝Michael Bateman、Michael Shepherd與Chris Mandeville超乎預期的貢獻。並特別感謝Deborah Coonts願意在這一路上一步一步地提供協助——有時候那想必是難以忍受的折磨。此外還要感謝Kyle & Amanda Nickless、Cathy Noakes、Lori Dominguez、Patricia Coleman、Maria Faulconer，還有一個永遠是最重要的人，我的先生Steve。

這本書得以問世完全歸功於一些人的博學與洞見：丹佛警犬隊的退休警官Dan Boyle、資深特別探員Scott Anthony、總領班Edward Pettinger與就業情報專員Steve Pease。另外還有聯合太平洋鐵路公司的退休資深庭審律師Harding Rome；丹佛法醫部門的醫檢官Meredith Frank；「高山服務犬」總裁Candy Muscari-Erdos與她可靠的夥伴，一隻名為奈撒尼爾·阿索斯伯爵的德國牧羊犬（朋友都喊他小奈）；退休的FBI側寫師兼特別探員Pete Klismet；FBI丹佛分局的公共事務與社區外展專員Deborah Sherman；以及FBI特別探員Phil Niedringhaus。有關克萊德的德語口令，多謝Britta Lietke的幫助。這次仍不例外，要特別感謝退休的丹佛警探Ron Gabel貢獻他的耐心、知識與豐富的故事。以上眾人所提供給我的幫助珍貴無比，書中若有任何謬誤完全都得歸咎於我。

本書中一些意外事故是直接取自報導標題。我參考的是《紐約時報》Walt Bogdanich撰寫的一系列文章。倘若讀者有興趣知道鐵路平交道究竟有多危險，應該會對這些文章大為著迷。不過要記住，每個故事都有兩面。

假如你對（過去與現在的）鐵路大亨，以及鐵路是如何建造，有時又是如何摧毀的過程感到好奇，應該會喜歡Rush Loving Jr.寫的《*The Well-Dressed Hobo*》（外表光鮮的遊民）。

若想知道更多關於道德傷害的資訊，我強力推薦David Wood的著作《*What Have We Done: The Moral Injury of Our Longest Wars*》（我們做了什麼：漫長戰爭造成的道德傷害），書中探討了戰爭所造成的不可思議的道德創傷。

最後，假如你想多了解一點美國海軍陸戰隊的軍墓勤務組，請閱讀Jessica Goodell令人悲痛的著作《*Shade It Black: Death and After in Iraq*》（把它塗黑：伊拉克的死亡與死後）。

特別感謝我的經紀人D4EO文學經紀公司的Bob Diforio，也感謝了不起的Liz Pearsons、Charlotte Herscher與Thomas & Mercer團隊。我何其幸運能與你們合作。

作者後記

現代貨運鐵路是個龐大複雜的實體。為了避免故事陷入太多枝枝節節，我在本書中呈現的是簡化的管理架構。

至於書中某些郡、城市、鐵道、軍事基地與機構的描述，我也任意做了一些更改。書中所呈現的世界，以及其中的人物與事件，完全都是虛構。丹佛太平洋大陸（DPC）、T&W與SFCO都是全然虛構的鐵路公司。倘若書中敘述與實際事件及公司團體，或是與實際仍在世或已去世者有任何相似處，純屬巧合。

Storytella **197**

安珀警報

Dead Stop

安珀警報/芭芭拉.妮克莉絲作；顏湘如譯. -- 初版. --
臺北市：春天出版國際文化有限公司, 2024.05
面；公分. -- (Storytella；197)
譯自：Dead Stop
ISBN 978-957-741-837-1(平裝)

874.57　　113003716

ISBN 978-957-741-837-1
Printed in Taiwan

作　者　芭芭拉・妮克莉絲
譯　者　顏湘如
總編輯　莊宜勳
主　編　鍾靈

出版者　春天出版國際文化有限公司
地　址　台北市大安區忠孝東路四段303號4樓之1
電　話　02-7733-4070
傳　眞　02-7733-4069
E－mail　bookspring@bookspring.com.tw
網　址　http://www.bookspring.com.tw
部落格　http://blog.pixnet.net/bookspring
郵政帳號　19705538
戶　名　春天出版國際文化有限公司
法律顧問　蕭顯忠律師事務所
出版日期　二〇二四年五月初版

定　價　510元

總經銷　楨德圖書事業有限公司
地　址　新北市新店區中興路二段196號8樓
電　話　02-8919-3186
傳　眞　02-8914-5524
香港總代理　一代匯集
地　址　九龍旺角塘尾道64號 龍駒企業大廈10 B&D室
電　話　852-2783-8102
傳　眞　852-2396-0050